btb

Buch

Es ist Nacht in Palermo, als Lorenzo La Marca seinen Freund, den Polizeikommissar Spotorno, zum Tatort eines Mordes begleitet. Der Tote ist der Antiquitätenhändler Umberto Ghini. Das vermeintliche Blut entpuppt sich bald als Regenwasser aus einem umgestürzten rostigen Fass; die Leiche jedoch ist echt, und La Marca bleibt nicht lange Zaungast: Der Vater seiner heimlichen Freundin Michelle Laurent wird unter Mordverdacht verhaftet. Er hatte ein Verhältnis mit Ghinis Ehefrau und teilte auch andere Neigungen des Toten.

Bei dem Versuch, Monsieur Laurent aus der Patsche zu helfen, wird der Biologieprofessor La Marca nachhaltiger in den Mordfall verwickelt, als ihm lieb ist. Und auch der Mörder sieht La Marcas Einsatz mit Besorgnis. Denn nicht zuletzt das botanische Wissen und die Menschenkenntnis des Biologieprofessors und Palermo-Liebhabers La Marca bringen diesen auf die Spuren eines gefährlichen Spiels mit doppeltem Boden.

Autor

Santo Piazzese wurde 1948 in Palermo geboren, wo er auch heute noch lebt und als Biologe an der Universität Palermo arbeitet. Er ist Filmkenner, Musikliebhaber und seit einigen Jahren auch begeisterter Autor von Kriminalromanen. Mit seinem ersten sizilianischen Krimi »Die Verbrechen in der Via Medina-Sidonia« schuf er sich nicht nur in Italien, sondern auch in Deutschland eine große Fangemeinde.

Santo Piazzese bei btb

Die Verbrechen in der Via Medina-Sidonia. Roman (72652)

Santo Piazzese

Das Doppelleben
von M. Laurent
Roman

Deutsch von Monika Lustig

btb

Die Originalausgabe erschien 1998
unter dem Titel
»La doppia vita di M. Laurent«
bei Edizioni Sellerio, Palermo

Umwelthinweis:
Alle bedruckten Materialien dieses Taschenbuches
sind chlorfrei und umweltschonend.

btb Taschenbücher erscheinen im Goldmann Verlag,
einem Unternehmen der Verlagsgruppe Random House GmbH.

1. Auflage
Taschenbuchausgabe April 2002
Copyright © 1998 Edizioni Sellerio, Palermo
Copyright © der deutschsprachigen Ausgabe 2000
by DuMont Buchverlag, Köln
Umschlaggestaltung: Design Team München
Satz: IBV Satz- und Datentechnik GmbH, Berlin
VS · Herstellung: Augustin Wiesbeck
Made in Germany
ISBN 3-442-72658-1
www.btb-verlag.de

September song,
auch wenn es Oktober war

»Es liegt auf meinem Weg, ich kann dich mitnehmen«, hatte ich Spotorno angeboten.

In Wirklichkeit lag überhaupt nichts auf meinem Weg.

Oft sind auch in den harmlosesten Sätzen ganz verflixte Zeitzünder eingebaut.

Doch bevor ich mit der Geschichte des Ermordeten, der Ugro-Finnin, der lustigen Witwe und dem ganzen Rest loslege, erzähle ich wohl besser, warum ich mich in den vier Wänden des Herrn Kommissar befand. Die Wahrheit hat immer etwas Revolutionäres an sich.

Auch die meteorologische.

Tatsache war, es blitzte und donnerte, Regen und Hagel schlugen heftig gegen die Scheiben, und pünktlich wie die Nemesis des Gewitters herrschte auch die übliche, von den Stadtwerken verhängte Finsternis. Und in Palermo weiß man ja, wie lange die anhält, wenn sie einmal eingesetzt hat.

Die Nacht war also finster und stürmisch, was kann ich dafür? Stockfinster und hoffnungslos stürmisch war sie. Und ich war konfus.

Es war eine jener existentialistischen Verwirrungen, wie sie nur ein echter Herbst zustande bringt, kein metaphorischer Herbst-des-Lebens, dem wir sowieso das ganze Jahr über in den Texten aus der Art geschlagener, post-marxistisch-neuprévertscher Liedermacher ausgesetzt sind. Es war Oktober, und seit Beginn der Zweiten Republik beschert mir der

Herbst einen unruhigen Oktober. An diesen Tagen fühlt es sich an, als hätte ich die Bronx in meinem Kopf. Dann heißt es, behutsam mit den Gedanken umgehen und aufgepaßt bei jeder Biegung und an den dunklen Ecken, bis man endlich bei einem eisgekühlten Daiquiri Trost suchen darf. Selbst der ganz private Hi-Fi in meinem Kopf hatte sich darauf eingestellt: Seit Anfang Oktober überraschte er mich manchmal mit *September song* in den unterschiedlichsten Liebhaberversionen. Das ist nur ein scheinbarer Widerspruch ... war nicht auch das ein Alarmsignal der Verwirrung?

So kam es, daß ich bei Spotorno zu Hause saß. Wozu hat man schließlich Freunde? Und es war nicht das erste Mal in diesem Monat: Meine Besuche bei Vittorio, für gewöhnlich so selten wie ein polnischer Papst, waren mittlerweile so häufig wie Seminaristen aus Krakau.

Konkret hieß das, wegen Stromausfall zu Fuß die sechs Stockwerke bis zu seiner Wohnungstür zurücklegen, die er sich, darauf könnt ihr Gift nehmen, aus Schleifglas mit schon leicht abgeblätterter Aufschrift »Philipp Marlowe ... Detektiv« wünschte, was im hiesigen Jargon so klänge: »Doktor Vittorio Spotorno ... Kommissar«. Vittorio, ein Sbirre, ganz High-Tech und häusliche Gemütlichkeit, betrachtete nämlich sein Eigenheim als eine Art Filiale seines Dienstraums beim mobilen Einsatzkommando in der Villa Bonano.

Es war ein echtes Dinner bei Kerzenschein, das elektrische Licht kam und ging in Abständen wie der Lichtkegel des Leuchtturms an der Nordmole; Amalia bekam schon Krämpfe, weil sie längst die Hoffnung aufgegeben hatte, mir die neue CD mit den Vivaldi-Konzerten für Gitarre und Mandoline und Narciso Yepes als Solist ohne Unterbrechung vorspielen zu können. Wir waren schon eine ganze Weile mit dem Essen fertig, als Vittorio seine üblichen Manöver startete.

»Wenigstens dir gegenüber mußt du ehrlich sein. Die Zeit spielt keine Rolle. Du wirst nicht anders können und wieder den Kurs an der Uni halten müssen. Und das stinkt dir mächtig, weil du ein echter Faulpelz bist.«

»Du weißt ja, wie es ist, Vittò, unter dem alten Kultusminister stand die Universität am Rande des Abgrunds; unter dem neuen ist sie glücklicherweise soweit, einen entscheidenden Schritt nach vorne zu tun ... Und ich möchte mich da nicht einmischen.«

»Wenn du wenigstens deinen Militärdienst gemacht hättest, dann wärest du jetzt ...«

»Dann wäre ich jetzt noch vertrottelter als du. Vittò, du mußt dir nicht auf Teufel komm raus das Abel-Syndrom zulegen. Du weißt doch, wie die Geschichte damals ausging, oder?«

Gewöhnlich braucht er ein paar Glas Sliwowitz, um loszulegen und mir zu erklären, was ich aus meinem Leben zu machen hätte. Dieses Mal genügte ihm schon eines. Wahrscheinlich handelte es sich um einen frühzeitigen Alzheimer. Auch wenn er heute vielleicht ins Volle getroffen hatte. Es war immer die gleiche Geschichte. Ich hatte das ganze Drehbuch im Kopf. Punkt zwei der Tagesordnung sah das Thema Ehe vor. Meine Ehe. Die es nicht gibt. Dieses Mal kam ich ihm aber zuvor:

»Denk nur, wie schön, Vittò, wenn auch ich in den heiligen Stand der Ehe getreten wäre! Stell dir vor, wie viele sonntägliche Picknicks auf der Wiese wir verpaßt haben! Wir alle, eine große Familie, innig vereint mit unseren Kindern mit Berber- und Normannenblut, die einen schönen Haufen bildeten à la »Sie kannten kein Gesetz«, und unseren Hunden von rein arischer Rasse, und wie wir Partnertausch mit unseren dank der Lektüre von *Cosmopolitan* emanzipierten Gattinnen praktiziert hätten. Amalia hätte gar nicht gewußt, wie ihr geschieht. Hat sie dir gesagt, daß sie nachts von mir träumt?«

»Alpträume sind das, Lorè, nichts weiter.«

Das Klingeln des Telefons rettete Vittorio vor meinem Sar-

7

kasmus, der bei solchen Reden ständig und unaufhaltsam wie Hochwasser ansteigt. Beim ersten Ton hatte ich unwillkürlich auf die Uhr gesehen. Es war beinahe Mitternacht. Amalia blätterte ihre Handarbeitszeitschrift durch und machte keinerlei Anstalten, ans Telefon zu gehen. Abgesehen von dem Seitenhieb mit dem Alptraum hatte sie während des Wortwechsels zwischen mir und ihrem Angetrauten nicht einmal den Kopf gehoben. Auch für sie war das nichts Neues.

Um diese Uhrzeit konnte das Läuten des Telefons nur eins bedeuten. Der Herr Kommissar stand auf, schnitt eine Grimasse und latschte zum Telefonapparat:

»Kommissar Spotorno.«

Vittorio antwortet immer so am Telefon, auch zu Hause.

»Wo? … Weiß man, wer es ist? … Nein, nein, das ist nicht nötig, ich komme.«

Amalia hob das Kinn, und ihr Blick war mehr vorwurfsvoll als fragend, vielleicht, um den Gesichtsausdruck ihres Gemahls auszugleichen, der sich im Bereich des Vagen hielt.

»Beim Papireto ist auf einen geschossen worden«, sagte Vittorio. Mehr brauchte er nicht zu sagen. Er ging zum Kleiderständer in der Diele, wo er vor dem Essen Jackett und Krawatte verankert hatte. Der Krawattenknoten war noch der vom Morgen, nur leicht gelockert.

»Ich hab's im Urin gehabt.«

Amalia schnaubte. Nicht heftig, das gehört sich nicht für die brave Gattin eines Sbirren, aber sie machte ihrem Unmut Luft. Vittorio wollte gerade nach den Wagenschlüsseln Ausschau halten. Als der unglückliche Zwischenfall geschah.

»Ich nehme dich mit«, sagte ich, »es liegt auf meinem Weg.«

Vittorio sah mich einige Sekunden lang forschend an. Ich bildete mir ein, er wolle mir gewisse, von ihm nicht gutgeheißene Einbrüche in seine Jagdreviere aus der letzten Zeit vorhalten.

»Wenn es dir lieber ist, bleibe ich hier und versuche, deine

Frau zu verführen; nur damit du es weißt, sie hat den ganzen Abend unter dem Tisch mit mir gefüßelt.«

Ohne seine Antwort abzuwarten, ging ich geradewegs Richtung Wohnungstür. Er zuckte mit den Achseln und folgte mir. Amalia kam uns nach:

»Und wie kommst du wieder heim?« Eine rhetorische Frage in wehleidigem Tonfall, der im Widerspruch zu ihrem kriegerischen Blick stand.

»Er läßt sich von einem seiner Handlanger chauffieren«, erwiderte ich. Amalia sah wieder einmal den mageren Rest eines Wochenendes als rauchenden Trümmerhaufen vor sich. Es war ein Samstag Ende Oktober, der mittlerweile auf der Schwelle zu einem Sonntag stand und nichts Gutes versprach. Genau wie der verbliebene Rest des Jahrtausends. Das Neue marschierte unaufhaltsam voran, ohne Rücksicht auf Verluste. Mit einem Hohnlächeln im Gesicht.

Inzwischen war das Licht zurückgekehrt, und trotzdem nahmen wir die Treppe, um nicht im Aufzug steckenzubleiben. Vittorio ging schweigend die sechs Stufen vor mir her bis zum Eingangsportal. Spotornos wohnen in einem kleinen Mehrfamilienhaus am Ende des Viale Strasburgo, beinahe an der Grenze zu den Wohnblocks des ZEN, in einer gottverlassenen Gegend also.

Ich hatte keine Lust, an die Basis zurückzukehren, und müde war ich auch nicht. Nach der langen Fahrt quer durchs Westend, auf der Leitlinie Strasburgo-Restivo, bog ich in die Via Brigata Verona ab, verzettelte mich in den üblichen Straßenschlingen und kam auf der Via Libertà heraus. Der Verkehr war dicht und hektisch wie am hellichten Tag, denn gerade waren die Spätvorstellungen der Kinos zu Ende. Abgesehen davon, daß die Stadtverwaltung das Versprechen, Fahrradpisten zu schaffen, nach Jahren – zumindest streckenweise – schließlich doch eingelöst hatte. Was bedeutete, daß sie uns inzwischen die Wüstenpisten – im Stile von Camel Trophy – zumuten. Darüber hinaus gab es noch so einige Gefechtsgräben aus dem Großen Krieg, die Haut und Gerippe des alten Palermos sezierten und ein engmaschiges, zweckloses Netz bildeten. Die großartigen Arbeiten für die Methangasleitungen (von wegen »das Methan reicht euch eine Hand«) warteten darauf, uns in einen Mucius Scaevola zu verwandeln.

An der Kreuzung Quattro Canti bog ich in den Corso Vittorio Emanuele Richtung Kathedrale. Seitdem wir das Haus verlassen hatten, regnete es nicht mehr, und die gesamte Bevölkerung unserer ach so glücklichen Stadt Palermo, la Felicissima, nutzte offensichtlich diese Unterbrechung und ergoß sich auf den Cassaro Alto. Ich hatte vergessen, daß Samstag abend dort Fußgängerzone ist. Nichtsdestotrotz drang ich mit dem Bug meines weißen Golfs ein und bahnte mir Zentimeter für Zentimeter einen Weg durch die Menge, weigerte mich aber, alle fünf Sekunden zu hupen, wozu Vittorio mich drängte. Keiner der Passanten nahm größere Notiz von meinem Wagen. Vittorio fluchte.

»Ich hätte wohl besser einen Streifenwagen angefordert.«

»Was willst du, der Tote ist tot, Vittò, der läuft dir nicht davon.«

»Das richtige Timing ist grundlegend für den guten Ausgang der Ermittlungen.«

»Daß ich nicht lache! Wann habt ihr je mal einen geschnappt, Timing hin oder her!«

Auf der Piazza Bologni ballte sich die Menschenmenge derart, daß wir ein paar Minuten anhalten mußten. Von der Höhe seines Sockels blickte Karl V mit ausgestrecktem Arm und nach unten gekehrter Handfläche noch verdrossener als gewöhnlich. In der Stadt gibt es zwei Denkrichtungen über die Bedeutung dieser Geste. Nach der inflationistischen Theorie meint Karl V, daß man einen Haufen Geld in der von ihm angezeigten Höhe braucht, um in Palermo über die Runden zu kommen. Die historistische Interpretation hingegen nimmt Bezug auf die Höhe, die der Müll erreicht hat, als das

Azorenhoch die Gemüter der gelben Gewerkschaft der städtischen Müllabfuhr in Wallung brachte. Um ehrlich zu sein, gibt es auch eine Auslegung à la Cambronne. Doch die verändert sich je nach den politischen Kräfteverhältnissen im Palazzo der Stadtverwaltung.

Vor der Kathedrale kam Spotorno wieder zu sich:

»Hier mußt du abbiegen.«

Nach der Piazza Sett'Angeli bedeutete er mir, die Straße linker Hand einzuschlagen und dann die Via Bonello entlangzufahren, über die Loggia dell'Incoronazione hinaus. Als hätten mir die Einbahnstraßen eine andere Wahl gelassen. Die Restaurierung der Loggia war erst vor kurzem abgeschlossen worden; schon von weitem stach sie einem ins Auge wie die Krawatte eines knallharten Parteimitglieds der Lega Nord auf der Grisaille eines Anhängers der Forza Italia. Blitzblank war sie jetzt in ihrem Bernsteingelb, das an die Atmosphäre eines Mittagsschläfchens an einem späten Augustnachmittag erinnerte. Vorher hatte sie besser ausgesehen, mit dem verwitterten Gestein, das zwischen den wilden Kletterpflanzen herausschaute, die jetzt allesamt ausgerissen waren. Oder vielleicht habe ich einen dekadenten Geschmack im Stil von *Tod in Venedig* entwickelt, der intellektuell gesehen ja so wunderbar überholt ist.

Wir verschwanden im Straßenlabyrinth am Flohmarkt längs des Seitenbaus des Palazzo Santa Rosalia, der heutigen Kunstakademie. Der Tote lag ein Stück weiter. Es wimmelte nur so von Polizisten dort. Aus dieser Entfernung schienen es viel mehr, als sie in Wirklichkeit waren – eine optische Täuschung aufgrund der engen Raumverhältnisse am Tatort. Daß dies der Tatort war, stand außer Zweifel, denn da war ein riesiger See von Blut; es mußten wesentlich mehr als die fünfeinhalb Liter sein, die laut den heiligen Schriften der Wissenschaft in einem Standardkörper zirkulieren. Genauer besehen schien der Körper des Toten vom Volumen her nicht in der Lage gewesen zu sein, übermäßig viel Blut zu enthalten.

11

In der Tat handelte es sich um eine Täuschung, denn der Tote war mit dem Gesicht nach unten mitten in eine schlammige Regenpfütze gefallen, die alles verdünnt hatte. Den ganzen Tag über war bis gerade eben eine echte Sintflut niedergegangen, als hätten der Himmel und das Erdreich zugleich ihre Schleusen geöffnet. Ich hoffte, daß es auch bei meiner Schwester auf dem Land geregnet hatte, damit mein Schwager endlich mit dem ewigen Gejammere wegen der Trockenheit aufhörte, die die ganze Familie demnächst an den Bettelstab brächte.

Das Scheinwerferlicht der Autos und die Beleuchtungsanlage tauchten die Szenerie in helles Licht und warfen amöbenartige Schatten, die von den bläulichen Reflexen der kreisenden Blaulichter belebt wurden. Trotz dieser Farben hatte das Ganze etwas Flämisches an sich, wie die lebenden Bilder gewisser Filme von Greenaway. Ich zündete mir eine Camel an und betrachtete die Szenerie. Ich war nicht der einzige, da waren auch die üblichen Müßiggänger, die von den Bullen lustlos zurückgehalten wurden. Neben Vittorio stand ein junger, milchbärtiger Typ, dessen Gesicht mir schon in der Zeitung aufgefallen war. Während ich grübelte, wer das wohl sei, rief jemand laut nach ihm. De Vecchi. Es war der Doktor Loris De Vecchi, die neueste Errungenschaft der Staatsanwaltschaft. Live gesehen, verstärkte sich der Eindruck eines unter Polizeiaufsicht freigelassenen Sittlichkeitsverbrechers. Er schielte. Das eine Auge schweifte in Richtung meines Freunds, des Bullen. Das andere schielte genau im richtigen Winkel und sondierte den blühenden wiewohl reservierten Brustkorb Michelles. Reserviert in jeder Beziehung, hoffte ich. Die wichtigste dieser Beziehungen war die zu meiner Wenigkeit.

All das ist mir zu erzählen vergönnt, weil ich der Aufforderung Vittorios, ihn einfach abzusetzen und mich auf den Heimweg zu machen, nicht gefolgt war. Nicht etwa einer krankhaften Neigung wegen: Tote hinterlassen bei mir immer ein gewisses Unwohlsein, und ich neige eher dazu, ihnen aus dem Weg zu gehen, vor allem, wenn es Grund zur Annahme gibt, daß sie entstellt sind, ihnen Gliedmaßen fehlen, oder sie sonstwie übel zugerichtet sind. Ganz zu schweigen von den Erhängten mit herausquellender Zunge.

Wenn ich haltgemacht habe, dann nur aus dem Grund, weil ich inmitten der Schar von Bullen, Fotografen und Schaulustigen mit schweren Symptomen von Wochen-end-Nekrophilie das Hennarot eines mir vertrauten Haar-schopfs aufblitzen sah.

Insgeheim hatte ich sowieso gehofft, Michelle zu begeg-nen, als ich Vittorio angeboten hatte, ihn zu begleiten. Es war eine Frage der Wahrscheinlichkeit. Auch in der Hauptstadt des Verbrechens ist die Anzahl der Gerichtsärzte nicht unbe-schränkt. Von weitem machte ich ihr ein Zeichen, daß ich das Ende der Vorstellung abwarten wollte, und führte mir weiter das Schauspiel zu Gemüte.

Von der Gürtellinie abwärts lag der Tote auf dem Gehsteig, mit dem übrigen Teil war er in der Pfütze im Straßengraben gelandet. Die Straße endete an einem alten Haus in ziemlich verlottertem Zustand, über dessen Frontseite ein Balkon mit Marmorsockel und schmiedeeisernem Geländer verlief. Von einer Ecke des Balkons unter gewelltem, grünem Kunstharz-dach blickte eine schneeweiße Pelargonie arrogant und vor Vitaminen strotzend auf die zerfallenen Häuschen herab, die von hohen Brennesseln mit Stengeln wie Ankertrossen einge-kreist waren.

Auf Michelles Anweisung hin wurde die Leiche auf den Rücken gedreht. Nach dem, was sich über jemanden in einem solchen Zustand sagen läßt, war der Mann ungefähr fünfzig Jahre alt, trug Kleidergröße 48 und Jackett und Krawatte wa-ren von akzeptabler Eleganz und tropfnaß. Zu meinem Glück hatte er keine Verletzungen am Kopf, und die Gehirnmasse hatte sich nicht in Einzelteilen verselbständigt. Ihn mußte es wohl am Brustkorb erwischt haben, was man aus dem roten

Fleck auf der Hemdbrust schließen konnte. Michelle trat näher und betrachtete ihn von allen Seiten. Ich bemerkte eine gewisse Vorsicht bei den Anwesenden. Bei dem ganzen Blut da und der Hysterie wegen des HIV-Virus konnte man ja nie wissen. Michelle wirkte gelassener als die anderen, was von ihrer langjährigen Erfahrung im Umgang mit Ermordeten herrührte. Zu den sterilen Plastikhandschuhen und dem weißen Kittel trug sie ein Paar übergroße Gummistiefel, die ihr bis übers Knie reichten. Trotz der ungelenken Schritte war immer noch eine Ahnung von Schweben vorhanden, die ihren Gang wie eine Aura umgab. Sie beugte sich über den Toten und öffnete sein Jackett noch etwas weiter. Sie versuchte die Krawatte beiseite zu schieben, was wegen der Krawattenhalter mit Plakettenverschluß nicht ging. Michelle zog die Nadel heraus und lüpfte die latzbreite Krawatte. Die angesengten Ränder des Einschußlochs kamen darunter zum Vorschein, das trotz des Bluts auf dem Hemd auch von meinem Standort aus gut sichtbar war. Es bedurfte keines Fachmanns, um zu begreifen, daß der Schuß aus wenigen Zentimeter Entfernung abgegeben worden war.

Vittorio näherte sich zusammen mit dem Staatsanwalt, und alle drei besprachen sich ein paar Minuten lang. In der Zwischenzeit kümmerte sich jemand darum, den Platz räumen zu lassen. Nachdem der Tote von allen Seiten fotografiert worden war, brachte man ihn weg. Es blieben nur noch die Hieroglyphen, die nach dem Regen mit Kreide hie und da auf das Pflaster gemalt worden waren. Nach einer Weile zuckte Michelle mit der Schulter, verabschiedete sich von den anderen und verschwand hinter dem Transporter. Sie zog Kittel, Handschuhe und Stiefel aus und tauchte in Jeans, Sweatshirt und flachen Schuhen wieder auf. Sie kam auf mich zu und meinte:

»Lorenzo. Was machst du denn hier?«

»Ich habe Vittorio begleitet.«

»Lädst du mich auf eine Pizza ein?«

Mein vernichtender Blick war nur deshalb nicht tödlich, weil ich mich langsam auch an die zynischsten Aspekte ihres Berufs als Ärztin für Mordopfer gewöhnte. Wenn ich derart im Blut gewatet hätte wie sie, wäre mein Magenmund selbst nach einer Woche Punktediät eine ganze Weile versiegelt geblieben. Und dann auch noch Pizza mit dem Tiefrot der Tomaten oben drauf!

»Pizza kannst du dir aus dem Kopf schlagen. Wenn dir wirklich etwas am Essen liegt, mußt du schon mir die Wahl des Menüs überlassen. Und auch die des Ortes.«

Das bescherte mir eines ihrer legendären Lachen aus voller Kehle, die scheinbar direkt aus den präkognitiven Sphären des Unterbewußtseins hervorbrechen, zumindest wenn die Präkognition meine Wenigkeit betrifft. Ich faßte sie am Ellenbogen und geleitete sie Richtung Wagen. Vittorio fixierte mich aus der Ferne. Den Arm schwenkend und über das ganze Gesicht grinsend, grüßte ich ihn zum Abschied. Er zog den Kopf ein und wandte sich ab. Außerhalb seines Arbeitsbereichs war er noch nie gut im Einstecken gewesen. Was er sich bei dieser Gelegenheit nur schwerlich eingestehen konnte, war die unbezweifelbare Existenz eines direkten Drahts zwischen Michelle und mir. Wer weiß, ob er begriffen hatte, wie die Dinge standen. Daß nämlich sein Trauzeuge mit einer auf dem Papier noch verheirateten, wenn auch in Scheidung lebenden Frau verkehrte. Das war kein Pappenstiel. Um so mehr noch, als ich sein Trauzeuge und mir voll bewußt war, ganz zu Recht Objekt der Verehrung der beiden unbesonnenen Nachkömmlinge des Herrn Kommissars zu sein. Spotorno als Sittenwächter ertrug ich in der kalten Jahreszeit etwas besser. Auf alle Fälle würde er es bestimmt nicht von mir erfahren, wie die Dinge stehen. Auch weil ich selbst nicht genau wußte, wie sie standen.

Michelle hielt eine laue Konversation aufrecht, während ich mich in die Gassen des Stadtteils Capo vorwagte, die zu dieser Stunde leicht zugänglich waren, zumindest für meinen Golf.

Ich kam auf der Piazza Verdi heraus und parkte gegenüber der Freitreppe des Theaters Massimo. Zu Fuß setzten wir unseren Weg fort. Wir verloren uns in den Menschenscharen in der Via Bara, der Sargstraße, passender ging es gar nicht. Ich trällerte *Fünfzehn Mann auf dem Sarg und eine Flasche Rum* – Reminiszenzen aus dem Fernsehspiel *Die Schatzinsel.*

In dem kleinen Restaurant in der Via Bara war nur ein einziger Tisch frei. Nach dem Aperitif des Hauses brachten sie uns die Antipasti. Aller Unbill zum Trotz ertappte ich mich dabei, wie ich lange Finger bekam und mir eins von den warmen Crostini mit zerdrückter Sardelle, geriebenem Schafskäse und zwei oder drei Tropfen Orangensaft angelte. Das war ein Schlag des Küchenchefs aus dem Hinterhalt, der obendrein auch Journalist ist. Wieder einmal zeigte sich die enge Verbindung zwischen Journalismus und Gastronomie, die mir aufgefallen war, als ich meinen Fuß zum ersten Mal nach London setzte. Dort herrscht nämlich die Gepflogenheit, *fish and chips* in Zeitungen einzuwickeln, die streng auf der Tory-Linie liegen, denn es gibt nichts Besseres als konservative Zeitungen, um die Stockfischfilets im richtigen Grad der Erstarrung zu erhalten. Vor allem, wenn sie fast rohe Artikel über den Rinderwahn oder die Post-Thatcher-Ära enthalten.

Michelle bestellte für sich mit Fleisch und Obst gefüllte Ravioloni. Mir hätte es gerade schlecht werden können. Ich bat um einen Wodka.

»Wer war der Tote?«

»Ein gewisser Ghini. Umberto Ghini.«

»Das ist kein Nachname von hier ...«

»Das scheint er auch nicht zu sein. Sie haben ihm das Herz durchbohrt. Mit einem einzigen Schuß aus einer kleinkalibrigen Waffe und aus allernächster Nähe. Wahrscheinlich eine Zweiundzwanziger.«

»Frauengeschichten.«

»Das ist nicht gesagt. Er schien aus guten Verhältnissen zu sein, und dann in dem Viertel ...«

»Ein Raubüberfall?«

»Ich glaube nicht. Sein Geldbeutel ist nicht angerührt worden. Und auch die goldene Krawattennadel und seine Uhr hat er noch.«

»Es scheint mir keine Mafiageschichte zu sein ...«

»Wer weiß ... Es wäre nicht das erste Mal, daß ...«

»Stimmt. Was hat er beruflich gemacht?«

»Das ist noch nicht raus. Als wir weggingen, lag noch keine Information von der Zentrale vor. Name und Adresse stammen aus dem Führerschein.«

»Dann wird es morgen in der Zeitung stehen. Es geht uns ja nichts weiter an ...«

Funkstille. Hatte ich das letzte Mal nicht genauso unbekümmert dahergeredet? Trotzdem durchlief mich jetzt kein ahnungsvoller Schauder.

»Wann reist du ab?« nahm sie nach einer Weile das Gespräch wieder auf.

»In einer Woche. Ich fahre Sonntag, der Kongreß beginnt am Montag.«

Der Wiener Kongreß. Das klingt gut, so nach Gelebtem. Auch wenn es nichts weiter als ein Kongreß der europäischen Gesellschaften für Biochemie war. Doch alles in allem gab es ein paar Berührungspunkte mit dem Kongreß aus dem Jahr achtzehnhundertsonstwas. In unserem Fall ging es darum, neue Gleichgewichte zwischen den europäischen Biochemie-Mafiagruppen zu finden und die Einflußgebiete neu zu verhandeln. Das geschieht immer häufiger, seitdem die Biotechnologien von der reinen Wissenschaft zum unreinen Busineß übergelaufen sind. Bei der Gelegenheit sollte ich im Auftrag unseres Fachbereichs lediglich den Beobachter spielen. Das war der persönliche Wunsch Peruzzis, der es endlich geschafft hat, sich zum Direktor wählen zu lassen, und bei dem der Verfasser seit einiger Zeit einen Stein im Brett hat-was nur zum Teil auf Gegenseitigkeit beruht. Peruzzi war auf der Jagd nach neuen Tätigkeitsfeldern für den Fachbereich und der

17

Möglichkeit internationaler Allianzen. In diesen Dingen bin ich nicht gerade auf den Kopf gefallen. Und außerdem lag mir Wien schon immer an meinem mitteleuropäischen Herzen. In meinen maghrebinischen Eingeweiden müssen sich ein paar mitteleuropäische Neuronen verirrt haben. Ich bekam Lust, die Filmmusik zu *Der dritte Mann* zu pfeifen.

»Warum kommst du nicht mit?« fragte ich sie auf den Kopf zu.

»Wie soll ich das machen?«

Ich wußte recht wohl, daß sie nicht konnte. Und im übrigen war es noch unklar, welchen Zuschnitt wir unserem neuen existentialistischen Walzerreigen verpassen sollten, nachdem der erste schon seit geraumer Zeit zu Ende getanzt war. Wir waren noch bei den Proben. Ein falscher Schritt, und die Vorstellung würde platzen. Vielleicht hatten wir unsere unruhigen Jahre noch immer nicht endgültig ad acta gelegt. Sie konzentrierte sich auf ihre Ravioloni, ich mich auf meinen Wodka. Dachten wir beide dasselbe?

Als wir auf die Straße traten, war die Regenfrische verschwunden. Die Luft war wieder lau und kündigte ein langsames Abgleiten Richtung Winter an.

Gegenüber des Archäologischen Museums und der Kirche der Olivella waren die Pubs proppenvoll und die Menschenmassen ergossen sich auf die Straßen. Vor dem Fuso Orario versuchte ein Heer von Zwanzigjährigen den Strom eines Acid-Rocks hinaufzuschwimmen, um sich einen Stehplatz im Innern des Lokals zu erobern. Mühsam bahnten wir uns einen Weg. Wir bogen Richtung Via Spinuzza ab. Obwohl es schon ein Uhr geschlagen hatte, war die Via Roma noch verstopfter als zur Mittagszeit. In wenigen Tagen war Allerheiligen, und die Spielzeughändler hatten wie jedes Jahr zwischen Via Cavour und der Olivella ihre Stände für die Fiera dei Morti aufgestellt. Es war eine Menge Leute unterwegs, um die feilgebotenen Waren zu begutachten oder schon Geschenke für die Kinder zu kaufen. Wir schwammen mit dem

18

Strom die Straße hinauf und bewunderten gebührend die Auslagen der Torrone-Händler. Darunter war ein riesiger Stand, der beinahe bis zum dritten Stock der Häuser reichte und das bunte *gelato di campagna* in Reih und Glied in den Fächern gestapelt hatte.

Bevor wir wieder zum Wagen gingen, machten wir auf einen Kaffee halt in der Superbar, die in der Via Volturno neben dem Theater Massimo aufgemacht hatte. Das Theater jedoch war geschlossen, stets geschlossen, rigoros geschlossen.* Closed, locked, fermé, geschlossen, zu, cerrado, sbarrato, allapazzato, wie der geheime, strengstens überwachte, unverstrahlte, metaphorische – und deshalb unbezwingbare – Keuschheitsgürtel der Dekanin des Fachbereichs.

»Wieso zögern die nur, Mister McDonald's das Theatergebäude zu verpachten?«

»Innerhalb von zehn Minuten wäre es wieder offen.«

»Es wäre besser, es einem unserer *méusa*-Brater zu geben.«

»Dem Betreiber der Fladenbäckerei Basile. Niemand wäre besser geeignet. Bei der Namensgleichheit mit dem Erbauer des Theater Massimo erscheint mir das geradezu zwingend.«

»Und was machen wir mit dem Theater Politeama?«

»Daraus wird die größte Bonbondose der Welt. Wir überlassen es diesem bulgarischen Verpackungskünstler namens Christo. Der soll es mit Mandelkonfekt anfüllen und mit Tüll verschönern.«

Ich begleitete sie nach Hause. Sie lebte nicht weit entfernt in einer Dreizimmerwohnung beim Gericht, die ihrem Vater gehört. Dort hatte sie ihre Zelte aufgeschlagen, als sie beschloß, ihrem Angetrauten den Laufpaß zu geben; das war der nicht betrauerte – das wollte ich auch schwer hoffen – Professor Benito De Blasi Bosco, der wuchtigste Gernegroß, der je unter den Primaten (sehr wohl in der zoologischen Bedeutung) im Guinness gelandet ist.

---

* Das war es, als ich dieses Kapitel schrieb.

Michelle forderte mich nicht auf, mit hochzukommen, und ich bat sie nicht darum. Sie hatte mir schon gesagt, daß sie am nächsten Tag, wenngleich ein Sonntag, früh aufstehen mußte, um zu arbeiten. Und früh heißt bei Michelle beinahe im Morgengrauen. Ein Kuß auf die Wange, das war alles.

Ich fuhr über den Corso Alberto Amedeo nach Hause. Im Corso Vittorio, gleich hinter dem Bischofspalast, war ich versucht, wieder Richtung Via Bonello abzubiegen und einen Blick auf den Tatort des Mordes zu werfen. Ich besann mich jedoch und fuhr schnurstracks nach Hause.

Michelle rief mich ein paar Tage später im Fachbereich an:

»Lorenzo, wenn ich mich nicht melde ...«

Das war nicht fair von ihr, und sie wußte es.

»Was machen wir also?«

»Sehen wir uns heute abend?«

Ich hasse diese Art von Konversation, bei der man auf Fragen mit Gegenfragen antwortet. Selbst wenn ich der Fragesteller bin. Aber was soll's ... Wir vereinbarten, daß ich gleich nach Feierabend bei ihr zu Hause vorbeikäme.

Ich hatte massig zu tun. In ein paar Tagen ging das akademische Jahr los, und ich sollte mir etwas Neues für mein Seminar ausdenken. Aber alle meine offiziell übergeordneten Kortikalbereiche verzehrten sich im stillen. Um die Wahrheit zu sagen, hatte ich den Eindruck, als sei ich es, der sich in jeder Hinsicht verzehrte. Ich sollte wohl etwas ganz Drastisches, eine einschneidende, existentielle Wende anpeilen, wie zum Beispiel meinen Scheitel anders ziehen. Das ist ein echtes Problem, wenn einer keine glatten Haare hat. Und die Studenten sind auch nicht mehr das, was sie einmal waren. Gebe ich vor ihnen geistreiche Bemerkungen zum besten, die sogar die Gebrüder Marx und den alten Engels von den Toten auferwecken würden, hocken Sie reglos wie Stockfische da und machen sich Aufzeichnungen, als würde ich gerade die Einkaufsliste diktieren. Wo ist nur die schöne, gute, alte Katzbuckelei aus der Vor-68er-Zeit hin?

Als es Zeit war, brauste ich zu Michelles Heimstätte.

»Ich bin noch nicht fertig«, teilte sie mir an der Gegensprechanlage mit. »Warum kommst du nicht hoch?«

Sie empfing mich im Unterrock. Diese Aufmachung steht ihr ausgezeichnet, und das weiß sie sehr gut. Die Unterrockträgerinnen und wir knallharten, unverdorbenen Wetterfühligen im Endstadium stellen in einer Welt, die mehr und mehr von Informatikern und Typen mit hartem Päckchen hinterm Hosenladen beherrscht ist, die äußerste Grenze, die einzige Ressource, die letzte Hoffnung dar. Der Anblick Michelles im Unterrock evoziert in meinem Kopf oft Bilder von Karawanen in der arabischen Wüste und weiche, verlangsamte Töne wie ein Trompetensolo von Chet Baker zu nächtlicher Stunde in einem winterlichen, verräucherten Jazzkeller.

War es etwa an mir, in Erwartung des existentiellen Umschwungs diesen Spätnachmittag eine unerwartete Wende nehmen zu lassen? Michelle huschte ohne ersichtlichen Grund vor mir hin und her, Seidenrascheln und ganz schwache Amazone-Wolken erzeugend, die ich nur dank meines raffinierten Geruchssinns wahrnahm. (Eine lange Bildsequenz: Die Filmkamera folgt Michelle durch die ganze Wohnung; im Hintergrund spielt ein Klavier *Moon river,* der Pianist könnte jeder außer Oscar Peterson und Errol Garner sein. Abblende zum Schluß: Das Feuer flackert im Kamin – wie aus dem Handbuch des Selfmade-Drehbuchautoren. Aufgrund des Fehlens von Kaminen in Michelles Wohnung ist das ziemlich problematisch. Und wenn ein Heizkörper ins Glühen käme? Reklame.)

Es war schon spät, als wir ihre Wohnung verließen.

Eine Viertelstunde später saßen wir zu Tisch bei Grilli und glitten in ein angenehm leichtes Schweigen ab, wohlwissend, daß nicht um jeden Preis eine Konversation stattfinden mußte.

Sie war es, die es unterbrach. Während sie ein Stück geräucherten Schwertfisch kaute, fiel ihr plötzlich etwas ein. Sie machte eine brüske Handbewegung, schluckte schnell den ganzen Bissen auf einmal und wäre um ein Haar daran erstickt.

»Fast hätte ich es vergessen. Weißt du noch der Typ da neulich abends?«

»Wer, der Erschossene? Wie hieß er noch mal?«

»Ghini. Umberto Ghini. Mein Vater kannte ihn.«

»Ach ...«

»Ja, doch, er war nämlich Antiquitätenhändler. Und weißt du was? Er hatte einen Laden in Wien, ein ziemlich elegantes Geschäft, sagt mein Vater. Ghini's hieß es. Das Geschäft in Wien. Ghini's. Ich wollte es dir bloß sagen, weil du ja dorthin fährst ...«

»Ja und?«

»Nichts und. Ich habe es dir nur so gesagt. Wegen des Zufalls ...«

»Verstehe.«

Ende des Zwischenfalls. Oder sollte ich besser Anfang sagen?

Die Ugro-Finnin

Und jetzt befand ich mich genau dort, halb ausgestreckt auf einer traurigen Lagerstatt in einem einigermaßen bedrückenden Hotelzimmer mit Fenster, das auf einen einigermaßen bedrückenden Himmel ging, und mit einer – meiner – einigermaßen bedrückenden Stimmung. Das Wetter – das braucht nicht extra betont zu werden – war einigermaßen eklig. Genau wie der Kongreß zum augenblicklichen Zeitpunkt. Erschwerend kam hinzu, daß es schon der vierte Tag war und ich einigermaßen die Schnauze voll hatte. Aus diesem Grund hatte ich das Wiener Telefonverzeichnis beim Buchstaben G aufgeschlagen vor mir. Falls ihr nicht von selbst drauf kommt, ist das der Anfangsbuchstabe von Ghini's. Und es wäre noch Zeit gewesen, mich aus der Sache herauszuhalten, wenn derselbe, anstatt in der linken Spalte mit einem gut sichtbaren Kasten zu stehen, sich mit einem schlichten Eintrag in den Gelben Seiten begnügt hätte. Die ich nicht in Reichweite hatte und nach denen ich nicht im Traum gesucht hätte. Auch nach dem Telefonbuch hätte ich nicht gesucht, wenn ich es nicht ganz bequem auf meiner Ablage unter der üblichen Bibel in mehreren Sprache vorgefunden hätte. Und wenn ich nicht so sensibel auf unheilvolle Angelegenheiten inmitten von Hoch- und Tiefdruckgebieten reagierte. Ansonsten hätte ich mich nämlich in Dauntaun herumgetrieben. Bestimmt nicht in Gesellschaft der Karyatiden, die gerade Vorbereitungen trafen, mit dem Autobus nach Grinzing abzulegen, wo ein Abendessen für die Kongreßteilnehmer gegeben wurde. Als hätten sie nicht schon genügend Schoppen Wein (wie man so schön sagt) aus dem Wienerwald gehabt, mit fatalen Begleiterscheinungen wie Chöre, Schunkeln, Menschenschlangen und britisch betrübliches Fehlen irgendeines Annäherungsversuchs zwischen den Geschlechtern.

Und es schien auch, als läge eine Art Fluch über der ganzen Geschichte. Warum Teufel noch eins hatte sich dieser Ghini's ansonsten provozierend auf der Mariahilfer niedergelassen, die für mich keine Geheimnisse besitzt, anstatt in einer anrüchigen Gasse im Niemandsland zwischen Prater und Donaukanal?

Es war eine Frage von Sekunden. Ich notierte die Adresse, und mein Entschluß stand fest, das Ding aus nächster Nähe in Augenschein zu nehmen. Ein verstohlener Blick auf die Uhr genügte mir jedoch, um von einem sofortigen Blitzbesuch Abstand zu nehmen. Es war schon spät, und ich wäre Gefahr gelaufen, vor verschlossenen Türen zu stehen. Ich verschob die Sache auf den nächsten Tag. Zumal ich sicher war, daß der heftige Anfall von Paranoia, der mich zum Telefonbuch hatte greifen lassen, bis dahin vorhalten würde.

Ich klappte das Verzeichnis sehr entschieden wieder zu und griff nach dem Buch der Duras, das ich mitgenommen hatte. Ich brauchte eine halbe Stunde, um die letzten zwanzig Seiten zu lesen. Es war *Der Schmerz*. Das Schreiben der Duras, das sind mit den Fingernägeln in die Steine des Mekongs geritzte und dann mit Blut und Tränen angefüllte Kerben, wie Michelle sagt. Es hat nichts mit gewissen Büchern gemein, die wie Stoßgebete der Damen der San Vincenzo sind, wie ich sage.

Ich reckte und streckte mich und schaltete den Fernseher an. Zeichentrickfilme, Volkstänze in Tiroler Trachten und eine Diskussionsrunde über biologischen Anbau. Ich schaltete aus und versuchte es mit dem Radio. Ich erwischte der Reihe nach eine unverständliche Standpauke auf niederösterrei-

24

chisch, ein Programm mit Folksongs und einige musikalische Arrangements à la Ray Conniff. Es war beinahe eine Anstiftung zum Selbstmord. Wer weiß, was ich zu guter Letzt gehört hätte, wäre ich zu Hause gewesen. Etwas zur Unterstützung meiner Stimmung wie die letzten Quartette für Harfe von Ludwig van oder im Notfall die von Bartok. Mein jüngster Neffe hat einmal der Familie verkündet, daß die Quartette für Harfe von Bela Bartok in natürlicher Kontiguität zu den letzten Ludwig vans stehen. Das hat ihm die Kindergartenlehrerin gesagt. Sie wurde sofort rausgeschmissen und durch eine in gewerkschaftlichen Basisgruppen engagierte Montessori-Anhängerin ersetzt; die Proteste meines Schwagers waren dabei unberücksichtigt geblieben, der sie nach islamischem Brauch auf der Stelle hatte steinigen wollen. Armando hegt ein großes Mißtrauen gegenüber der Kultur an sich. Sein offizielles Motto lautet: Läuft dir jemand mit einem Buch über den Weg, schieß als erster. Doch im Grunde sagt er das nur, um meine Schwester in Schach zu halten.

Als Alternative dazu hätte ich auch etwas auswählen können, was meinen Humor wirklich ändern könnte. Eine allopathische Musik wie die Serenaden von Wolfgang Amadeus. Oder etwas Homöopathisches wie der *Manfred* von Schumann/Byron, vorgetragen von Carmelo Bene; oder auch etwas Anspruchsvolleres wie ein paar Tangos von Astor Piazzolla, gesungen von Adriana Varela oder Amelita Baltar. Wahrscheinlich hätte ich am Ende den dritten Weg, den leichteren, eingeschlagen und etwas aus Vinyl auf den Plattenteller gleiten lassen, etwa *West end blues* in der Version von Clarence Williams und Katherine Henderson.

Draußen strahlte der Himmel unnatürlich hell. Ich sah eine weiße Wolke vorbeischweben, die das Profil Sigmund Freuds hatte, gehetzt von schwarzen Riesenwolken mit aufgerissenem Rachen über Lacanschen Gebissen. Schutzvorkehrungen des Unterbewußtseins, glaubt ihr? Auch ich würde das glauben wollen, hätte ich nicht schon höchstpersönlich einen

Haufen kultureller Gemeinplätze erlebt. Wie damals in der Bretagne, als genau in der Sekunde, da der Zug das Ortsschild von Brest passierte, sich die Himmelsschleusen öffneten und die nächsten paar Tage nicht wieder schlossen. Obwohl es Juli war. Ein Zufall? Wie erklärt sich dann, daß die erste Frau, die ich außerhalb des Bahnhofs antraf, Barbara hieß? Das stand schwarz auf weiß auf der Gewerbelizenz in ihrem Taxi: Kowalsky, Barbara, geboren 1932 in Warschau, und von so ergreifender Häßlichkeit, daß sie schon wieder poetisch war. Mit einem solchen Nachnamen hätte sie einen weißen Mustang, nicht einen bordeauxfarbenen Renault fahren sollen. Das liegt schon viele Jahre zurück, und doch erinnere ich mich noch an jede Einzelheit, denn ich wäre um ein Haar auf der Stelle tot umgefallen. Drei Monate vorher war Prevert gestorben:

Rappelle-toi Barbara
an jenem Tag waren die Schleusen des Himmels offen
    über Brest
und du saßest am Steuer deines Taxis
dein Gesicht sah bemerkenswert polnisch
aus unter dem Regen ...

Plötzlich drang anschwellendes Stimmengewirr der Kongreßteilnehmer vom Vorplatz des Hotels immer lauter in mein Denken. Infolge einer jener blitzschnellen Meinungsänderungen, wie ich sie mir seit einiger Zeit genehmige, beschloß ich, zur Gruppe vorzustoßen. Ich machte mich ein wenig zurecht, und während ich zu Fuß die Treppen hinunterging, überprüfte ich mit kritischem Auge meine Erscheinung in dem großen Wandspiegel. Man hatte mir einmal gesagt, daß ich, wenn das Licht in einer bestimmten Weise auf mich fällt, fast schön bin. Seitdem mache ich praktisch nichts anderes, als nach diesem Licht zu suchen. Irgendwo muß es doch sein. Früher oder später werde ich es finden.

Unten schloß ich mich der anglophonen Gruppe an. Im Bus war sogar eine Italienerin. Sie war spindeldürr, hatte Stoppelhaare und die depressive Ausstrahlung eines lutherischen Bischofs, der von einer Kolik heimgesucht wird. Ich hielt sie mir vom Leibe und ließ mich neben einem Riesenweib aus Liverpool nieder.

Schlag sechs legten die Busse mit neurotischer Pünktlichkeit Richtung Wienerwald ab. Dann folgte die übliche Heurigenrunde und als lehrhafte Beilage dazu die eingeborenen Reisebegleiterinnen. Aus den Worten einer dieser Damen schloß die Fettleibige aus Liverpool, daß die junge Frau Thatcher und der alte Ludwig van in einem bestimmten Haus zusammen geschlafen hätten. Das machte auf sie einen so gewaltigen Eindruck, daß sie sofort eine Ansichtskarte an ihren Gatten schickte.

Bei Tisch behauptete ich meine Stellung an der Seite der fetten Tante, dem besten Stück der ganzen Mannschaft. Nach ein paar Stunden war ich sogar euphorisch und hatte zweimal die Gelegenheit gehabt, mit dem Wort *Schmock* zu prahlen, das ich erst vor kurzem in mein Vokabular aufgenommen hatte.

Noch vor Mitternacht waren wir im Hotel zurück. Ich ging in mein Zimmer, wählte Michelles Nummer und ließ es so lange läuten, bis die Leitung unterbrochen wurde. Eine verdammt kleinbürgerlich gefärbte Unruhe überfiel mich. Ich ging wieder nach unten und spazierte den Kai entlang und über die Rotenturmstraße bis zu Sankt Stephan. Es herrschte eine Schweinekälte – unbarmherzig wie der harte Kern eines Eismenthol-Bonbons. Zwei Besoffene, dick vermummt wie Kosaken aus der Steppe des Magenknurrens trompeteten abwechselnd auf derselben Bierflasche. Sacher hatte schon die Läden dicht, nachdem ein Rudel von Nutella-Fetischisten im Stile Nanni Morettis auf der Jagd nach Souvenirs eingefallen waren. Die Kärntnerstraße war halb verwaist. Bei meinem ersten Besuch hatte hier ein Höllenverkehr geherrscht. Damals war es eine normale Straße gewesen, keine Fußgängerzone, um die Touristen besser neppen zu können. Der Graben hingegen war wieder zu alten Ehren gekommen. Das letzte Mal hatte ich ihn mit einer schweren Verwundung vorgefunden, wegen der Baustelle für die U-Bahn dreißig Meter unter der Erdoberfläche, und war zu der Überzeugung gelangt, daß ich mir die Reise auch hätte sparen können.

So in der Gegend herumstreunernd landete ich schließlich in der Nähe der Universität. In dieser Gegend mußte auch das Orient-Hotel sein, eine bescheidene, etwas verruchte Pension, wo ich vor Jahren eine Nacht verbracht hatte. Vergeblich suchte ich zwei Straßen danach ab. Statt dessen fand ich ein mehrstöckiges Haus, in dem vor Zeiten ein proletarischer Mittagstisch mit Selfservice untergebracht war, wo Studenten und Rentner verkehrten, denen das Wasser bis zum Halse stand.

Damals war ich in Michelles Begleitung mit dem Auto unterwegs, und der bloße Zufall hatte uns dorthin verschlagen. Wir hatten Schweinekoteletts bestellt, die – wie uns ein Aushang in drei Sprachen versicherte – für den Kalorienbedarf eines durchschnittlichen Universitätsstudenten berechnet waren und sich wie üblich in Begleitung eines Kartoffelsalats befanden. Wir waren neben einer alten, würdevollen und schlicht gekleideten Dame gelandet. Gerade hatten wir begonnen, die Koteletts zu zersäbeln, als die Old Lady mit Blick auf unsere Teller ihr Haupt schüttelte: Das ging einfach nicht – hatte sie uns auf englisch gesagt –, für denselben Preis hätten wir Anrecht auf wesentlich reichlichere Portionen, wie beispielsweise die auf ihrem Tablett: Es war die klassische Kalorienbombe, die Tante Carolina bestimmt Bauchlader getauft hätte: riesige Semmelknödel, winzige Stückchen Fleisch, die in einer dunklen, sämigen Soße schwammen, und ein Berg von Kartoffeln und Karotten, die zu Zeiten des Wiener Kongresses gekocht sein mußten. Mein Herz war erschüttert, und ich spürte, wie sich mein Magenmund zusammenzog.

Die alte Lady war eine Englischlehrerin im Ruhestand, und als sie mitbekam, daß wir Italiener waren, sagte sie uns, daß sie bislang einmal in Italien gewesen sei und zwar in Grado zu Zeiten der Eroberung der Heiligen Pforte oder in der Richtung. Sie sprach ein veraltetes, sorgsam gepflegtes Englisch. Sie war sehr verlegen, weil sie die Bedeutung des Worts *pollution* aus meinem Mund nicht verstand, als ich von der heutigen Adria erzählte. Vielleicht rührte die Verlegenheit auch daher, daß sie die Bedeutung verwechselt hatte.

Wir hatten uns angeboten, sie im Auto heimzubegleiten, und sie hatte uns hinaufgebeten. Sie wohnte in einer Einzimmerwohnung. Ein muffliger Geruch nach faulem oder schlecht gewordenem Sauerkraut, was ja das gleiche ist, lag in der Luft. Sie hatte uns Tee gekocht, in ihrer zwar sauberen, aber wirklich ärmlichen Wohnung – arm wie eine Kirchenmaus. Ich geriet in Versuchung, heimlich meinen Barbestand an Schillingen irgendwohin rutschen zu lassen. Und wäre ich der junge Holden Caulfield gewesen, hätte ich es auch getan. Doch am Ende entschied ich mich dagegen, auch weil sie eine Teekanne und winzige Teetassen aus altem, hauchdünnem Porzellan mit den Initialen Z. v. S. hervorgezogen hatte, die wesentlich weniger verhalten wirkten als die Dame des Hauses. Vielleicht hatte auch sie ein empfindliches Ehrgefühl. Der Gedanke an eine postume Erniedrigung deprimierte mich schwer. Wenn es stimmt, was Longanesi sagt, daß es keinen Kommunisten gibt, der neben einem Herzog sitzend nicht ein freudiges Kribbeln im Bauch verspürt, was nur dürften dann die Ex-Kommunisten spüren, wenn die Ex-Herzoginnen ihnen Tee reichen?

Den Selfservice gab es jetzt nicht mehr, und das alte Geschäftsschild war durch die grün-rosa Neonlichter des Nightclubs Tropicana ersetzt. In jeder mitteleuropäischen Stadt, die etwas auf sich hält, gibt es ein Nachtlokal namens Tropicana. Gewöhnlich handelt es sich um die traurigsten Stätten des ganzen Erdenrunds, wie schon der alte Lévi-Strauss getippt hatte, bevor er zur Herstellung von Jeans in großem Stil übergegangen war. Aus dem Innern drang das Motiv einer Bauchtanzmusik, aber mit einem Arrangement nach Henry Mancini und gespielt von einem Schrammelorchester. Alles zusammen war ein Anschlag auf Auge, Auditorium, Außenstehende und den gesamten Aufbau der Welt. Nach der Großen Kälte der achtziger Jahre, nach der Großen Paronoiden Eiszeit der neunziger wird das dritte Jahrtausend vielleicht die Ära der Großen Kollektiven Einbalsamierung?

Eine Katze strich mir zwischen den Beinen hindurch und schlich wie ein Tiger zum Portal eines alten Hauses. Ein paar Trümmer mehr, ein paar Leuchtreklamen weniger, und ich hätte damit gerechnet, die Fratze von Orson Welles aus der Dunkelheit eines Hauseingangs auftauchen zusehen.

Ich hütete mich davor einzutreten. Und da ich es leid geworden war, in der Gegend herumzustreichen und verschiedenerlei Erinnerungen im Schlepptau hinter mir herzuziehen, machte ich kehrt und ging ins Hotel zurück.

Wieder wählte ich Michelles Nummer. Dieses Mal antwortete sie beim ersten Läuten:

»Habe ich dich geweckt?« fragte ich hinterhältig wie eine alte Kobra.

»Nein, ich bin gerade erst nach Hause gekommen, ich war mit meinem Vater essen. Wir hatten uns schon eine ganze Weile nicht mehr gesehen. Er hat nach dir gefragt. Wann bist du wieder hier?«

Ich sagte es ihr. Nach einem kleinen Smalltalk verabschiedeten wir uns.

Michelle hängt sehr an ihrem Vater. Ich fühlte mich aufs Bürgerlichste erleichtert. Trotz unausgesprochener Übereinkünfte bezüglich unser beider Bewegungsfreiheit bereitet mir allein die Vorstellung, daß sie mit wem's ihr gerade paßt durch die Gegend ziehen könnte, Eifersuchtskrämpfe, die schon etwas außer Mode sind. Und ich glaube, bei ihr ist es das gleiche. Zumindest wäre ich enttäuscht, wenn dem nicht so wäre.

Am nächsten Morgen nutzte ich die Kaffeepause, um mich auf englische Art aus dem Kongreßsaal zu schleichen. Ich hatte einen Austausch biotechnologischer Seminare mit einem Professor aus Manchester zustande gebracht, der ein einwandfreies, verständliches Englisch sprach. Er hatte ein Gesicht wie ein humanitärer, ein demokratischer Werwolf und wirkte ein bißchen dandy, mit einem Hauch von Schoumm-Lösung als Aura. Es war das Gesicht von einem, der Pinketts hätte heißen können. Dabei hieß er in Wirklichkeit John Brown.

Zu Fuß machte ich mich auf den Weg zur Mariahilfer. Der Laden befand sich im südlicheren Abschnitt, ziemlich nahe am Ring, eingezwängt zwischen einer Konditorei und einem Delikatessenladen. Ich ging langsam am Eingang vorüber, dann machte ich kehrt und vertiefte mich in den Anblick der Schaufensterauslagen. Ich habe nicht die geringste Ahnung von Krimskrams und Altwaren. Den einzigen Trödel, den ich auf Anhieb erkenne, ist die Dekanin unseres Fachbereichs. Über den Daumen gepeilt, schienen es mir die gleichen langweiligen Stücke zu sein, wie sie überall in der Branche zu sehen sind. Was mich anging, hätte das Schaufenster auch voller Freudscher Versprecher sein können.

Der Name »Ghini's« war elegant auf ein kleines, schmiedeeisernes Fahnenschild graviert und stand noch ein zweites Mal golden in englischer Kursive auf dem Türklopfer der kristallenen Drehtür. In der Auslage inmitten des ganzen Plunders entdeckte ich einen schönen, nußgroßen Jadestein von herrlichem, beinahe durchscheinendem Grün. Michelle ist verrückt nach solchen Sachen. Ein hervorragender Grund, den Laden zu betreten. Als ich die Tür aufdrückte, bimmelte ein Glöcklein. Im Innern war eine Frau dabei, zwei Lampen umzustellen, deren Schirme eine Farbe wie Leber hatten, genau wie die Gesichter gewisser alter Österreicher, wenn einer in ihrer Nähe das Wort *Anschlag* in den Mund nimmt. Die Frau drehte sich zu mir um und deutete ein schwaches Lächeln an. Sofort begann ich mich umzusehen, und sie fuhr in ihrer Beschäftigung fort.

Das Geschäft war nicht übel. Gut bestückt, wie Michelles Vater gesagt hatte. Es wirkte ganz und gar nicht verstaubt, noch roch es muffig oder ließ sich gar das Knacken von Holzwürmern hören, wie ich es mir immer von Orten dieser Art erwarte. Während ich angestrengt überlegte, was jetzt zu tun sei, hörte man ein gedämpftes, unterbrochenes Summen. Die Frau nahm den Hörer eines halb versteckten Telefons ab und begann leise zu sprechen. Ich spitzte die Ohren, erhaschte aber nur geflüsterte Wortfetzen in einer Sprache, die nicht Deutsch zu sein schien. Das Säuseln verwandelte sich rasch in ein wütendes Gezischel. Zum Schluß sagte sie *gavno* und legte zornig auf. Ich kannte dieses Wort, es war Russisch.

Ich hatte nun keinen Grund mehr, einfach nur herumzutrödeln. Ich hüstelte vorsichtig.

»Schuldigen.«

»Ja, bitte«, sprudelte es aus ihr heraus. Ich sah sie mit hochgezogenen Augenbrauen an. Das kann ich besonders gut.

»Sagen Sie ruhig, was Sie wünschen«, ermutigte sie mich mit einer wundervoll warmen Stimme.

»Gott sei Dank, Sie sprechen Italienisch. Schuldigen ist nämlich das einzige, was ich auf deutsch weiß.«

Sie warf den Kopf nach hinten und brach in ein etwas gekünsteltes Lachen aus:

»Und wenn ich Ihnen auf deutsch geantwortet hätte«

»Dann hätte ich etwas von wegen Telefunken genuschelt und wäre wieder gegangen.«

Natürlich war ich baff. Nicht wegen ihres Lachens, sondern weil sie mich in Verlegenheit gebracht hatte. Aber ich hätte mich nicht zu wundern brauchen. Im Ausland passiert mir das regelmäßig. Und nicht immer ist es mein Akzent, durch den ich mich verrate. Manchmal genügt dem andern ein einziger Blick, um mich einzuordnen. Es heißt, das typisch italienische Aussehen verdanke ich meiner Kleidung, die mich so distinguiert wirken läßt, den Accessoires und sonstigem Schwachsinn. Ich bete dann die übliche Litanei herunter, daß ich Sizilianer bin, nur um zu sehen, wie die anderen das aufnehmen. Und elf von zehn Malen kommen sie mir mit der Geschichte von der Krake mit dem obligatorisch lächerlichen Beiwerk hochtechnologischer Feuerwaffen. An dieser Stelle lege ich dann mit immer größerem Humbug los, nur um zu sehen, wer von beiden Seiten es zuerst leid ist.

Der knappe Wortwechsel mit der Frau und ihr Anblick aus nächster Nähe genügten, um zu erkennen, daß sie ganz und gar nicht das fade Wesen war, als das sie mir aus der Entfernung vorgekommen war. Ich schätzte sie zwischen dreißig und vierzig. Sie hatte pechschwarzes Haar mit einem Vergottini-Schnitt und tiefliegende Augen. Von Kopf bis Fuß attraktiv. Sie trug eine grüne, in der Taille enggeschnittene Samtjacke und einen langen Flanellrock mit einem komplizierten abstrakten Muster in Grün- und Brauntönen. Sie erschien größer, als sie in Wirklichkeit war, vielleicht wegen der Stiefel. Ein energischer Typ, könnte man sagen. Möglicherweise war sie sogar gefährlich. Ich konnte sie mir ohne weiteres an der Seite eines Scott Fitzgerald vorstellen.

»Woher sind Sie?« fragte sie, als sie zu Ende gelacht hatte.

»Ich komme aus Palermo.«

»Ach!« und dabei biß sie sich mit den Schneidezähnen auf die Unterlippe. Es dauerte nur eine Sekunde, aber ich hatte den Eindruck, daß sie überrascht und einigermaßen alarmiert war. Verzweifelt suchte ich nach Worten.

»Wissen Sie, daß sich hier die Dalmatika König Rogers II. befindet, die er bei der Krönung in der Kathedrale von Palermo trug?« sagte ich schließlich in einem Atemzug meinen Spruch auf.

Der paßte wie die Faust aufs Auge, aber ich hatte erst vor kurzem davon gehört und mir fiel nichts Besseres ein.

»Wo hier?« fragte sie angestrengt.

»Hier in Wien, in der Weltlichen Schatzkammer der Hofburg.«

»Nein, das habe ich nicht gewußt. Ist das schlimm?«

»Wissen Sie wenigstens, was die Dalmatika ist?«

»Ich? Nein, und Sie?«

»Ja was glauben Sie denn? Natürlich weiß ich das.«

Das war der Oberbluff. Wenn ich wieder zu Hause war, mußte ich mich unbedingt auf die Suche machen und ein für allemal herauskriegen, was diese verflixte Dalmatika war.

»Sie machen Urlaub hier?«

»Nein, ich bin wegen eines Kongresses in Wien.«

»Des Wiener Kongresses.«

»Sehe ich denn so alt aus?«

»Aber nein, ich meinte doch wegen Studien zum Wiener Kongreß.«

»Das ist ja noch schlimmer. Halten Sie mich etwa für so einen?«

»Aber ich bitte Sie! Ich wollte Sie nicht beleidigen. Darf ich Sie zu etwas typisch Wienerischem einladen: Was hielten Sie von einem Einspänner?«

»Schwarz wie die Sünde?«

»Und heiß wie das Fegefeuer. Aber woher wissen Sie das bloß?«

»Das habe ich im Fremdenführer gelesen. So Zeugs kann man nur dort nachlesen. Von allem Schwachsinn …«

»Einverstanden, einverstanden, aber wollen Sie nun einen oder nicht?«

»Ja, aber die Einladung übernehme ich.«

»Ihr Italiener seid doch alle gleich, ihr glaubt immer, daß …«

»Ich sage es Ihnen noch einmal, ich bin Sizilianer. Nordafrikaner sind wir.«

34

»Die übliche Leier. Die kenne ich in- und auswendig. Dreitausend Jahre Geschichte und Zivilisation, die Phönizier, die Griechen, die Römer ...«

»... und die Araber, die Normannen, die Anjous und die Aragonier ...«

»... und Garibaldi!«

»Touché! Aber woher wissen Sie denn diese Sachen?«

»Ich habe ein katholisches Internat besucht.«

»Kommt es nicht daher, daß Sie die Frau Ghini's sind?«

»Wenn schon: Ghini ...«

Bei diesen Worten blitzte es in ihren Augen von der Farbe eines Einspänners kurz auf, und sie preßte die Lippen zusammen, bis sie nur noch ein schmaler, zuckender Schlitz waren. Ein paar Sekunden lang zeigte sie ihr wahres Alter, oder das, was es vermutlich war: zwei- oder dreiundvierzig Jahre. Doch sie erholte sich sofort:

»Wie auch immer, ich bin nicht die Frau Ghini. Ich bin nur die Geschäftsführerin des Ghini's. Ich heiße Zebensky, Elena Zebensky. Ich stamme aus Ungarn.«

»Fabelhaft. Ich habe immer davon geträumt, eine Ungarin kennenzulernen.«

»Hier bin ich.«

Sie griff nach einem Cape, das sie sich um die Schultern drapierte, und wir gingen Richtung Ladentür. Bevor sie zuschloß, kehrte sie das Schild »Geschlossen« nach außen. Sie ging die Mariahilfer hinunter, ignorierte die Konditorei und führte mich zu einem Café ganz in der Nähe, das in einer der Seitenstraßen versteckt war.

»Hier ist es ruhiger.«

Wir ließen uns an einem Ecktisch nieder, und sofort kam eine ältere Bedienung mit weißer Schürze und Haube, um unsere Bestellung aufzunehmen.

»Zu Mittag esse ich immer nur einen Salat. Ich muß auf die Linie achten.«

»Das können Sie mir nicht weismachen. Sagen Sie mir

35

eher, wie viele Sprachen Sie beherrschen. Es scheint, daß ihr Slawen ...«

»Wir sind Ugro-Finnen«, verbesserte sie mich triumphierend ob dieser Retourkutsche. »Ich spreche aber nur fünf Sprachen: Ungarisch, Italienisch, Deutsch, Französisch und Englisch. Und ein bißchen Russisch. Wissen Sie, mit den Touristen ...«

»Auf russisch weiß ich: Bitte die Sicherheitsgurte anlegen.«

»Interessant. Und wer hat Ihnen das beigebracht?«

»Eine Hosteß der Aeroflot an Bord einer Tupolev im freien Fall über dem Balkan. Ich wäre auch in der Lage, eine Abteilung der Roten Armee in der Schlacht zu befehligen, vorausgesetzt, der Feind wäre deutsch. Ich kann nämlich sagen: Feuer befiehlt der Oberst.«

»Sehr nützlich. Von grundlegender Wichtigkeit.«

»Nina Potapova, *Russische Grammatik,* Lektion sechs. Die habe ich mit meiner Schwester zusammen durchgeackert. In Wirklichkeit weiß ich nur zehn russische Vokabeln. Oder sagen wir zwölf, rechnet man *Glasnost* und *Perestroika* noch dazu. Haben Sie Ihr Italienisch auch durch die Touristen gelernt?«

»Nein, das habe ich in Italien gelernt, ein bißchen in Mailand, ein bißchen in Palermo.«

»Da sieh einer an! Deshalb sind Sie so auf dem laufenden. Darf ich Sie fragen, was Sie nach Sizilien verschlagen hat?«

»Der Ghini's natürlich. Es gibt noch zwei andere Geschäfte außer dem in Wien, eins in Mailand und das andere in Palermo.«

»Davon habe ich noch nie etwas gehört.«

»Das ist nichts Außergewöhnliches. Der Laden in Palermo ist unter dem Namen *Kamulùt* bekannt. Sicher sind Sie unzählige Male dort vorbeigegangen; er liegt in einer der Seitenstraßen unterhalb der Via Libertà, zwischen Piazza Croci und dem Politeama. Der Besitzer aller drei ist Herr Ghini, der in Palermo lebt.«

Die Sache verwunderte mich nicht. Der Lokalteil unserer Zeitungen ist eine wahre Fundgrube für seltsame Schwindeleien, bizarre Kunstgriffe, sich überkreuzende Geschichten, sich schneidende und scheinbar harmlose Verbindungen. Was mich bei ihr verblüffte, war der ungezwungene Gebrauch des Namens Ghini, den sie ohne mit der Wimper zu zucken aussprach. Als wäre die Nachricht von der netten, kleinen Abschlachterei noch nicht bis zu den Donauufern vorgedrungen. Was nach so langer Zeit und angesichts der engen Beziehungen, die notwendigerweise zwischen der Ugro-Finnin und dem mehrfachen Ghini herrschten, nicht sehr wahrscheinlich war.

»Aber haben Sie den Laden nur betreten, um einen Abschleppversuch zu starten?«

Tatsächlich hatte mich die wundersame Situation derart in ihren Bann geschlagen, daß mir der Edelstein völlig aus dem Sinn gekommen war. Ich nannte ihr den eigentlichen Grund. Da war sie mit einem Mal wieder ganz Geschäftsfrau und setzte dabei die gekünstelte Miene der harten Frontarbeiter hinter der Ladentheke auf.

Als unsere Einspänner, ihr Salat und meine Apfeltorte zu Ende waren, machten wir uns auf den Weg Richtung Laden. Dort ging sie schnurstracks zum Schaufenster, nahm den Stein, verpackte ihn sachgerecht und zog mir einen Riesenbatzen Schillinge aus der Tasche. Ich zuckte nicht mit der Wimper, weil ich zur Verschwendungssucht neige, und reichte ihr die American-Express-Card, mein einziges Zugeständnis an die Ära des Postfetischismus.

Mir gefällt es eben, jemandem, der mir gefällt, Geschenke zu machen. Mir fiel ein, daß mein Neffe Angelo bald Geburtstag hatte. Ich fragte die Ugro-Finnin, ob Sie etwas Geeignetes hätte. Sie überlegte einen Augenblick, öffnete die Schublade und zog eine Holzschachtel hervor.

»Es ist eine Spieldose, die einzige, die ich noch habe. Wenn wir Glück haben, spielt sie ein Schlaflied von Mozart.«

Wir hatten kein Glück. Als sie den Deckel anhob, setzte sich der Mechanismus in Gang und hämmerte die ersten Takte der SS-Hymne. Auf dem Innern des Deckels war ein kleines Hakenkreuz eingebrannt.

»Das scheint mir nicht besonders geeignet.«

»Schade ...«

Sie überlegte noch einmal. Da erinnerte ich mich mit einem Schlag an einen sehnlichen Wunsch, den ich hatte, als ich so alt wurde wie Angelo. Das sind Dinge, die mein ganz spezielles Unterbewußtsein auch nach Jahrzehnten aus der Vergessenheit hervorzuholen imstande ist.

»Haben Sie Bleisoldaten?« fragte ich sie und hatte schon Angst, daß sie mir vielleicht solche anbieten könnte, die Ceccopeppe, Radetzky oder dem alten Adolf H. gehört haben könnten.

Sie nickte, verschwand im Hinterzimmer und tauchte nach ein paar Minuten mit einer großen Schachtel wieder auf. Dann begann sie die Soldaten auf der Theke aufzustellen.

Während ich mir jeden einzelnen gründlich ansah, ging die Tür auf, und ein Schönling um die Fünfundzwanzig kam mit großen Schritten näher. Er hatte Ähnlichkeit mit Donald Sutherland im Film *1900* und obendrein das Flair eines Rekruten voller Begierde, grausamen Befehlen gehorchen zu müssen. Er hatte ein kleines, flaches Paket unterm Arm, das in Zeitungspapier eingewickelt und doppelt so groß wie ein Telefonverzeichnis war. Die Ugro-Finnin warf ihm einen messerscharfen Blick zu. Sie tat das, weil sie glaubte, ich sei ganz in der Betrachtung der Soldaten versunken. Aber ich sah es trotzdem. Der junge Sutherland drehte eine Pirouette und begann, den alten Kram zu mustern. Auch von weiter weg war zu erkennen, daß ihn das nicht die Bohne interessierte.

Ich erkundigte mich nach dem Preis zweier Soldaten in Napoleonuniform.

»Ein Geschenk der Firma Ghini's.«

Ich wollte schon protestieren, aber sie kam mir zuvor:

»Das heißt, wenn ich das nächste Mal nach Palermo komme, laden Sie mich zum Essen ein. Und dann werden wir noch einen nächtlichen Streifzug durch die Stadt machen. Wissen Sie, daß ich Sie um die Stadt und das Klima beneide? Sie leben ja das ganze Jahr über dort.«

»Warum ziehen Sie nicht um? Die einzig dezente Art, in Palermo zu überleben, ist die als Zugereiste. Auf diese Weise bleiben sämtliche Alibis erhalten.«

Sie reichte mir ihre Visitenkarte mit der Telefonnummer des Ghini's in Wien in der üblichen englischen Kursive. Ich, der ich noch nie in meinem Leben Visitenkarten besessen hatte, diktierte ihr meine private Telefonnummer und die vom Fachbereich. Sie hatte einen warmen, einnehmenden Händedruck.

»Was hielten Sie von einem gemeinsamen Essen heute abend?« warf ich so dahin. Die klassische Anmache eines catanesischen Intellektuellen beim Auswärtsspiel.

»Hier nicht, in Palermo.«

Ein Schimmer von Mißtrauen legte sich über ihr Gesicht. Vielleicht hatten ihre weiblichen Antennen das ungewollt Gezwungene in meiner Einladung empfangen. Die Sache ist, daß ich für einen Sizilianer schändlich monogame Tendenzen habe, bei denen alle Don-Giovanni-in-Sizilien sich im Grab umdrehen und alle Brancati in meinem Bücherregal zu beben beginnen.

Wieder auf der Straße setzte ich gemächlich einen Fuß vor den anderen und warf beiläufig einen Blick in die Schaufensterauslagen. Es waren noch keine zehn Minuten vergangen, als der junge Sutherland herauskam. Das Päckchen unter seinem Arm war verschwunden. Jetzt aber klopfte er sich leicht auf den Brustkorb, und zwar an der Stelle, wo man vermutet, daß bei den Leuten der Geldbeutel sitzt. Man mußte weder Wiener Luft schnuppern noch ein Kenner des alten Sigmund sein, um zu begreifen, daß hier gerade ein Geschäft abgeschlossen worden war. Und wahrscheinlich ein nicht ganz lupenreines.

Am nächsten Morgen dachte ich nicht mehr daran. Die Episode hatte bei mir eine schwache Spur von Neugier, wie ein leises Geräusch zwischen den Zeilen, hinterlassen. Die Dinge gingen mich ja nichts an, und es gab keinen Grund für mich, mehr wissen zu wollen. Eigentlich hatte ich mich nur in jene Boutique gewagt, um die Zeit totzuschlagen und mich vor der Verrohung zu retten, in die der Kongreß mich zu stürzen drohte.

Samstag nachmittag regnete es, der Himmel war finster, Wien düster und ich verzweifelt mediterran. Ich hatte keine Lust, allein in der Stadt herumzulaufen. Statt mich auf die Jagd nach dem Zubringerbus zum Flughafen zu machen, beschloß ich, mir ein Taxi zu leisten. Vielleicht kann der Einfall, den ich auf der Fahrt hatte, eine genauere Vorstellung von meinem Humor vermitteln:

»Entschuldigen Sie«, fragte ich den Taxifahrer knallhart auf italienisch, »können Sie mir vielleicht sagen, was mit den Enten geschieht, wenn der Teich des Burggartens zufriert?«

»Was?« erwiderte der brave Mann.

»Lassen Sie's gut sein, mein Freund.«

Ich traf sehr früh am Flughafen ein. In der Ferne erklangen die Töne einer Musikkapelle, die ein wenig an den Radetzky-Marsch erinnerten. Kapellen mag ich nicht besonders. Vor allem nicht auf dem europäischen Festland. Wenn sie zu den Blechblasinstrumenten greifen, läuft es mir eiskalt den Rücken hinunter; bei solchen Klängen assoziiere ich dann Namen wie Bruno und Nachnamen wie Krupp und den Film *Cabaret*. Das Maximum an Vordergründigkeit, wer wollte das leugnen?

Ich passierte den Check-in, brachte die Kontrollen hinter mich und machte einen Abstecher zum Duty-free-Shop. Die ehemaligen Paradiese der Neu-Epikuräer. Ich erstand eine Riesenflasche Amazone für Michelle.

Ich bewegte mich in Richtung Zeitungsstand, um einen Blick auf die Titelseiten der italienischen Zeitungen zu werfen. Während der ganzen Kongreßtage war ich glücklicherweise vor Nachrichten von den vaterländischen Gestaden verschont geblieben. Ich hatte nichts verpaßt, konnte ich feststellen. Soweit mein Gedächtnis reichte, hätten es auch die Zeitungen von der Vorwoche sein können. Ein Tiroler Blättchen brachte die Beschreibung eines Massenmörders, der vier Menschen kaltgemacht hatte. Die Spaltenüberschrift unterstellte, daß es sich auch um einen Nichteuropäer handeln könnte: groß, blond, mit blauen Augen und heller Hautfarbe. Das Phantombild eines typischen Kongolesen, Sohn von Senegalesen und Enkel von Nigerianern.

Ich war unentschieden, ob ich die Versorgung mit Papiernachschub an Bord abwarten oder gleich zugreifen sollte. Schließlich hatte ich ja nichts mehr zu lesen, da ich meinen ganzen Reiseproviant schon viel zu früh aufgebraucht hatte. Ich suchte nach Büchern auf italienisch, aber da gab es nur ein Sachbuch über den Realsozialismus, dessen epigraphische Formulierung zu behaupten schien, daß das wahrhaft Tragische am realen Sozialismus eben das sei, daß er real gewesen war, und eine Monographie über fiduziarische Bürgschaften. Es war eine einzigartige Gelegenheit, endlich herauszufinden, was zum Teufel eine fiduziarische Bürgschaft ist. Ich erstand jedoch ein paar Tageszeitungen, die ich an einem kleinen Tisch, etwas kühles Blondes vom Faß vor mir, durchblätterte.

Endlich wurde mein Flug ausgerufen. Obwohl ich ein Economy Ticket hatte, wurde ich in der Business Class untergebracht, weil sonst kein Platz mehr frei war. Der einzige Unterschied zwischen den Reihen vor und hinter dem Vorhang waren die Gesichter der Passagiere: Die in der Business Class sahen viel verruchter aus, darunter richtige Verbrecherfratzen, die nach Medellin-Kartell aussahen.

Ich landete neben einem fetten Typ, der gleich seine Nase

41

in meine Zeitung steckte. Er tat das mit Diskretion, aber seine Nase war lang, und sein Gesicht war vom Typ »Blasenstimulierung«.

Wenn etwas mein Nervenkostüm zerzaust, dann jemand, der in meine Zeitung glotzt. Ich muß noch hinzufügen, daß ich eine druckfrische Ausgabe des *Tessiner Kuriers* in der Hand hielt. Ich drehte meinen Kopf ein Stück zu ihm hin und starrte ihm direkt ins Gesicht. Er war schwer von Begriff und lächelte, als sei nichts. Schon wieder so einer, dachte ich. Überall stößt man mittlerweile auf solche Kerle. Doch ich war im Irrtum. In Wirklichkeit war er einfach nur ein jovialer Typ. Das sind die Schlimmsten. Vor den anderen kann man sich wenigstens in acht nehmen.

Auf der aufgeschlagenen Seite stand ein Artikel über die Mafia. Den versuchte er zu lesen: der übliche sozial-politisch-folkloristisch angemachte Brei, auf den die Berichterstatter zurückgreifen, um die schwarzen Löcher im Lokalteil zu füllen, wenn sie knapp an exzellenten Mordfällen sind. Bestimmte Sonderreporter kommen mit Pickelhauben auf dem Kopf in den Süden, den gleichen, die der preußische Generalstab dabeihatte, als er Einsicht in die Studien Benjamin Franklins über Blitzableiter nahm (von daher der Ausdruck: Blitzkrieg).

»Sind Sie Sizilianer?« schoß er heraus.

Teufel noch eins. Die werden ja scharf wie Heckenschützen. Vielleicht war das mein Verdienst.

»Ja, und Sie?«

»Ich bin aus Lugano.«

Ich hätte mich auf ein Nicken beschränken und keine weiteren Fragen stellen sollen. Aber der Kerl hatte etwas an sich, das mir irgendwie vertraut war und mich an jemanden erinnerte. Er drehte sich eine Sekunde zum Fenster mit dem Nacken zu mir: die gleiche halb kahle Rübe wie bei Michelles ehemaligem Angetrauten, dem Herrscher der goldenen Ausschabelöffel. Mir zugewandt, fragte er:

»Waren Sie als Tourist in Wien?«

Ich machte eine knappe Andeutung über den Kongreß.

»Aha, da sind wir ja beinahe Kollegen.«

Er offenbarte mir, daß auch er bei einem Kongreß in Wien gewesen war und jetzt auf dem Weg nach Rom sei zu einer Diskussionsrunde über das Thema: Der Anstieg der Libido im Westen nach dem Mauerfall. Oder etwas in der Richtung.

»Ich bin Psychoanalytiker.«

»Selbstverständlich Jungianer ...«

»Selbstverständlich.«

Wie ein Blitz durchzuckte mich die Erkenntnis, daß Psychoanalytiker und Gynäkologen schlußendlich die gleichen Dinge untersuchen, wenn auch aus unterschiedlichen Blickwinkeln. Damit erklärte sich auch die Ähnlichkeit zwischen dem gestandenen Schweizer und dem Oberprotz aus Palermo.

»Was halten Sie von Bossi und der Sezession Padaniens?«

»In Sizilien haben wir dasselbe Problem mit den Catanesern.«

»Wollen die auch die Sezession?«

»Im Gegenteil. Die wollen nicht weg. Der Herr Bossi hat meine ganze Solidarität. Früher oder später werden wir herkunftskontrollierten Palermer gezwungen sein, unsere Vesper jenseits des Oreto-Ostufers zu uns zu nehmen.«

»Was ist das?«

»Das ist unser heiliger Fluß.«

»Oho. Und abgesehen davon, wie geht's bei euch da unten in Sizilien?«

Wenn es etwas gibt, das bei mir sämtliche psychischen Barthaare zum Erzittern bringt, dann die Wendung »da-unten-bei-euch«, das heißt, auf unserem verhaßten und verhätschelten vaterländischen Boden.

»In welcher Hinsicht?«

»In dieser Hinsicht«, und er deutete mit dem Kinn auf den Artikel über die Mafia.

43

»Sehen Sie, wir Sizilianer sind *extremophiles* – so haben die Angelsachsen die Organismen benannt, die in der Lage sind, unter extremsten Umweltbedingungen zu überleben. Manchmal schaffen wir uns diese extremen Konditionen auch selbst. Seinerzeit haben wir die Mafia erfunden, nur um dann sagen zu können, die Mafia gibt es nicht.«

»Aber ist Palermo Ihrer Meinung nach noch immer die Hauptstadt des Verbrechens?«

»Das entscheidet sich alle vier Jahre neu: Es hängt davon ab, wer Bürgermeister ist.«

»Das begreife ich nicht.«

»In den sizilianischen Städten erbt der neu gewählte Bürgermeister gewöhnlich die Mafia der vorhergehenden Stadtverwaltung und erklärt sie am Ende seines eigenen Mandats für ausgerottet. Und so fort. Das ist der typische Verlauf, den die Wissenschaftler als Sinuskurve bezeichnen. Diesen Mechanismus studieren wir derzeit aufs gründlichste, weil wir ihn erst einmal begreifen wollen, bevor wir das Knowhow in die Länder mit entsprechender Nachfrage exportieren.«

»Verzeihen Sie die Frage, aber wohin tendieren Sie politisch?«

»Ich bin überzeugter Meteropath.«

»O je! Sie werden doch nicht zur Weiße-Kragen-Kriminalität gehören ...«

»Und ob! Von der schlimmsten Sorte sogar. Seit Generationen geben wir die Mafia vom Vater auf den Sohn weiter.«

Eine ganze Weile war er unentschieden, ob er den Platz wechseln oder in Lachen ausbrechen sollte. Zum Schluß entschied er sich für die zweite Lösung.

»Beinahe hätte ich das geschluckt.«

In der Zwischenzeit hatte die österreichische Hosteß das Tablett mit dem Abendessen vor uns hingestellt. Das Plastilin war so lange modelliert worden, bis es die Form einer Scheibe Pökelzunge angenommen hatte, die dann in Ducotone-Wandfarbe eingelegt worden war. Und wenn man uns

44

Idioten in der Business Class schon so etwas vorsetzte, wer
weiß, was den armen Dummen in der Tourismusklasse aufgetischt wurde. Ich verzehrte lediglich die Silberzwiebeln
und die sauren Gurken, die zur Dekoration gedacht waren,
und bat das Mädchen um einen Whisky. Der Urschweizer
hatte alles ratzekahl niedergemacht. Seinen hungrigen Blick
richtig deutend reichte ich ihm ohne große Umschweife mein
fast unberührtes Tablett. Er bedankte sich mit knapper Geste. Als Tessiner war der Gute ziemlich atypisch. Dann bestellte er einen Cognac. Auch ich bat um einen.

»Scherz beiseite, aber Ihre Meinung zum Phänomen Mafia
interessiert mich wirklich. Sie sind ein Intellektueller. Sie wissen ja, ein Ding ist es, davon in der Zeitung zu lesen … Was
mich beruflich, aber auch als einfacher Weltbürger besonders
neugierig macht, ist diese Geschichte mit den Reumütigen.«

»Das ist eine sichere Ressource für die Zukunft. Wird die
Mafia einmal vollständig ausgerottet sein, muß man eine
künstliche schaffen. Für die Touristen. Sie wissen ja, wie die
nachgebauten Wildwestsiedlungen mit allem Drum und
Dran, einschließlich des O. K.-Corral. Ohne die Reumütigen
wäre das unmöglich. Es bedarf der Leute vom Fach. Sie werden massenweise als Berater oder im Höchstfall als Ausbilder
eingesetzt. Die richtige Atmosphäre wird durch schwarze
coppole, Nadelstreifenanzüge und *lupare* aus Plastik made in
Korea entstehen. Schon jetzt organisieren skrupellose Tour
Operator und Freunde der Lega Nord Busfahrten für Japaner,
die nonstop quer durch Corleone gekarrt werden und dabei
mit dem Finger auf die Rentner in der Piazza deuten, während die Stimme des Speakers mit einer Mischung aus Stolz
und Bangen flüstert: *On your right you can see the mafiosi.*
Und alle schießen Fotos mit heruntergelassenem Visier und
in geduckter Haltung. Mittlerweile entwickelt sich auch die
Mafia weiter, sie legt sich wegen des Images eine ökologische
Mentalität zu: Heute benutzt das Racket für seine Brandan-
schläge ausschließlich bleifreies Benzin der besten Marken.

Und den Bossen ist es mehr als recht, endlich den Kreis schließen und auch noch mit der Antimafia Geld scheffeln zu können.«

»Von Ihnen kriege ich keine einzige seriöse Antwort. Haben Sie Freuds Essay über den Witz gelesen?«

»Ich, ja. Und haben Sie den von Pirandello gelesen?«

»Touché.«

»Und im übrigen, Sie sind doch Jungianer, oder nicht?«

»Was soll das heißen?«

»Wenn Sie das nicht wissen ...«

»Mit Ihrer Phantasie und einem solchen Gesicht sollten Sie versuchen, Detektivromane zu schreiben. Sie haben ganz die Fazies eines Krimiserienautors.«

»Das fehlte gerade noch. Wer Bücher schreibt, flößt mir von Natur aus schon ein unbezwingbares Mißtrauen ein. Und der Serienautor von Krimis erst recht: Er ist die Mr.-Hyde-Seite einer schizoiden Dissoziation, deren gute Persönlichkeit, die Dr.-Jekyll-Seite, sich mit dem Serienmörder – Sie verzeihen die Alliteration – in Serienanfertigung identifiziert. Und oft kommt ein potentieller Massenmörder derart auf den Hund, daß er sich in einen Serienschriftsteller von Kriminalgeschichten verwandelt. Haben Sie sich schon einmal eine Porträtaufnahme von Vázquez Montalbán genau angesehen? Um die Leute auf Abwege zu führen, hat er sogar eine fiktive Geschichte des Würgers aus Boston geschrieben, die er mit viel Geschick versucht, als seine Autobiographie zu verkaufen.«

»Wissen Sie, was ein Beinahe-Landsmann von mir gesagt hat? Der Kriminalroman sei das einzige Instrument, mit dem sich vernünftige Ideen verbreiten lassen.«

»Schwachsinn! Solange der nicht-euklidische Krimi noch nicht erfunden ist, besteht die einzige Art, vernünftige Ideen unter die Leute zu bringen, darin, sie zu verfälschen. Ich habe jedenfalls nicht viel zu verbreiten. Zum Glück sind alle meine Ideen unvernünftig, und erschwerend kommt hinzu, daß sie zahlreich sind. Und wenn wir schon einen Ihrer Landsleute zitieren wollen, wie wäre es mit Herrn Dürrenmatt? War nicht er es, der geschrieben hat, daß in einem geordneten Land wie der Schweiz jedermann verpflichtet ist, kleine Oasen privater Unordnung zu schaffen? Wollten wir diesen Gedankengang bis zum Exzeß treiben, so ließe sich daraus ableiten, daß in ungeordneten Ländern wie dem meinigen die einzige Hoffnung das Chaos ist, die oberste Ordnung, die den Kreis schließt.«

»Nicht einmal auf dem Totenlager würden Sie auf Ihre geistreichen Bemerkungen verzichten.«

»Das hoffe ich schwer. Vor allem nicht, wenn es nicht das meinige ist.«

Ich komme einfach nicht dagegen an. Die Selbstsicheren, die wissen, wohin sie gehören, die stets und zu allem eine klare Vorstellung haben, reizen meinen Widerspruchsgeist. So kann es mir passieren, daß ich den Philo-Palästinenser bei den Philo-Israelis, den Pfaffenhasser bei der Christlichen Arbeitervereinigung spielen muß. Für mich ist das ein Mordsvergnügen.

Der Schweizer Herr schien nach außen hin keiner der genannten Kategorien anzugehören, die mein Impulsrelais anwerfen können. Dennoch gewahrte ich eine Spur von unterschwelliger Überheblichkeit, die ihm vielleicht nicht einmal selbst bewußt war, sowie das Gemüt eines Insektenforschers, das im Grund dem meinigen zu ähnlich war, als daß ich es hätte ertragen können. Aber eigentlich war der Typ nicht schlimmer als viele andere.

»Auch Sie werden Ihre Probleme haben«, unterstellte er mir.

Er sah mich mit halb geschlossenen Lidern an. Dann brachte er schwer atmend heraus:

»Sind Sie verheiratet?«

»Nein, ich bin transzendentaler Single.«

»Sie Glücklicher.«

»Wollen Sie mir Ihr Herz ausschütten? Manchmal hilft das. Und außerdem wäre es gratis.«

»Auch das ist ein Problem, das liebe Geld.«

Noch einmal atmete er tief durch. Steckte die Hand in sein Jackett, zog ein Foto hervor und reichte es mir. Eine Blondine um die zwanzig, die dem Januarblatt des Pirelli-Kalenders oder einer Doppelseite des *Playboy* hätte entstiegen sein können. Nur war sie etwas bedeckter als jene Damen.

»Beachtlich. Ist das Ihre Tochter?«

»Das ist meine Mitarbeiterin.«

»Ich werde zu Ihnen kommen, wenn ich einen Psychoanalytiker brauchen sollte. Aber ich verstehe nicht ...«

»Wissen Sie, was es mich an Schmuck, Pelzen und Ferien an der Côte d'Azur kostet, um die Parfumwolke, die Ihnen gewiß auch aus diesem Foto entgegenschlägt und die ich obendrein noch bezahle, von der Nase meiner derzeitigen Gemahlin fernzuhalten? Und der Unterhalt für meine Exgattin?«

»Auch das aufgrund dieses Fräuleins?«

»Nein, das war wegen meiner alten Mitarbeiterin.«

»Wie alt?«

»Lassen wir das Thema.«

»Ich hätte nichts dagegen, Ihre Probleme zu haben. Warum versuchen Sie es nicht mit der Psychoanalyse? Ach genau, da kenne ich doch einen in Rom, der ...«

»Ist schon in Ordnung. Meinen Sie, ich könnte nach dreißig Jahren ehrenwerter Berufsausübung noch glauben, daß die Psychoanalytiker oder die Finanzberater irgendeine Daseinsberechtigung hätten?«

Wir setzten unser heiteres Geplauder bis Fiumicino fort. Er erzählte mir eine Menge Witze über die Belgier; ich kannte sie alle schon, aber in der Version zu Lasten der Schweizer. Vor der Landung überreichte er mir feierlich seine Visitenkarte. Er hieß Gaspare Badalamenti. Ein typisch Schweizer Name.

Ich schrieb in Schönschrift einen falschen Namen und eine falsche Telefonnummer auf ein Stück Papier, das ich in der Jackentasche gefunden hatte, und überreichte es ihm feierlich. Seine Karte war in gotischer Schrift gedruckt, massiv wie abgelagertes Holz. Gerne hätte ich sie in einem Nachttresor der Vereinigung der Schweizer Banken bestattet, hätte ich nur einen in Reichweite gehabt. Statt dessen nahm ich mir vor, sie im Stil Carvalhos in der Sylvesternacht zu verbrennen, wo auch immer ich mich befinden würde. Doch dann war er es, der mich verheizte: Kaum war er mit der Geschwindigkeit eines Managers durch die Paßkontrolle geschlüpft, knüllte er meine falschen Personalien zusammen und warf sie in einen Aschenbecher.

Auf dem Flughafen Punta Raisi stieß ich voller Überraschung auf eine schmachtende, Herzenswärme verströmende Michelle. Sie war mit dem Bus gekommen und trug als wahre Tierfreundin einen neuen Kunstpelz, den der nachtkühle Nordwindhauch gerade rechtfertigte.

»Weißt du, wie viele Plastiktüten sie massakrieren mußten, um dir diesen Pelz zu fabrizieren?«

»Nein. Hast du dich amüsiert?«

»Wie ein Verrückter. Und du?«

»Ich war nur zu Hause und habe Fernsehen geschaut, abgesehen von dem Abend mit meinem Vater und der Arbeit natürlich.«

»Du brave *femmina*.«

»Was hast du Schönes gesehen in Wien?«

»Ich habe dort Dinge gesehen, die ihr Menschenwesen euch nicht einmal vorstellen könnt. Kampfschiffe in Flammen rings um die Schutzwälle des Orion. Ich habe bei den Toren des Tannhäusers die Betastrahlen im Dunkeln aufblitzen sehen. Und all diese Sternmomente werden sich im Strom der Zeit verlieren wie Tränen im Regen.«

»Hast du *Blade Runner* gesehen?«

»In Originalfassung mit Tiroler Untertiteln.«

Als wir ins Auto stiegen, war es schon nach zehn und ich kam bald um vor Hunger. Abgesehen von den Zwiebeln an Bord war mein letztes Mahl eine Bratwurst mit Senf im Stehen gewesen, bevor ich ins Taxi zum Flughafen gestiegen war. Ich schlug vor, essen zu gehen. Sie parierte mit einer Einladung zu sich nach Hause. Ohne Widerrede nahm ich an, doch gewiß nicht wegen Michelles kulinarischer Künste. Theoretisch kocht sie wirklich göttlich. Das Problem ist, daß ihr die Kocherei total stinkt, und das häufigste Gericht bei ihr heißt »Käseplatte«. Bei ihren Essenseinladungen ist es Usus, daß ich mich in der Küche zu schaffen mache, denn auch da bin ich nicht schlecht. An diesem Abend kochte ich meine berühmten *rigatoni al cantalupo,* dessen Zutaten ich wie zufällig auf dem Küchenbrett vorfand.

Nach dem Essen überreichte ich ihr die große Flasche Eau de Cologne und die kleine Packung mit dem Edelstein. Sie war ein bißchen angesäuselt, da sie schon ihren Teil des roten Don Pietro intus hatte, den sie vor dem Essen entkorkt hatte. Sie öffnete den Flakon und bestäubte mein Haar mit Amazone. Dann strich sie sich etwas davon auf die Innenseite des Handgelenks und machte das Päckchen auf.

»Oh! Wunderschön, danke.«

»Ist dir nichts aufgefallen?« und dabei deutete ich auf das Papier, in das der Stein eingewickelt war.

»Aha, dann bist du also doch bei Ghini's gewesen ...«

»Wie du siehst.«

»Und ...«

»Ihr Frauen seid immer viel zu neugierig.«

»Ach, du etwa nicht? Du bist ja sogar hingegangen ...«

»Was hat das damit zu tun? Ich habe nach einem Geschenk für dich gesucht. Und da ich schon mal in der Nähe war ...«

»Heuchler.«

»Aber du hast mir doch gesagt ...«

»*La donna è mobile,* mein Herzchen.«

»Hat es in diesem Mordfall weitere Entwicklungen gegeben?«

»Nichts von Bedeutung. Die Autopsie und alles Weitere wurde anderen anvertraut. Ich bin eh viel zu sehr im Rückstand mit der Arbeit.«

Stück für Stück quetschte sie mich über meinen Besuch in der Boutique aus, und ich paßte höllisch auf, bei der Beschreibung der Ugro-Finnin so vage, neutral und umschreibend wie möglich zu sein. Sie steckte dennoch ihre geistigen Scheinfüßchen zwischen meine Gehirnwindungen. Ich spürte, wie sie alles gründlich abtasteten und sondierten. Aber sie konnten nichts Verdächtiges finden. Es gab auch wenig zu finden. Nur geistige Sünden. Verzeihliche winzige Verfehlungen.

Wir verbrachten das ganze Wochenende zusammen. Sonntag abend rafften wir uns zu einem Blitzbesuch im arabischen Café auf, das an die Moschee in der Via Celso angebaut ist, wo es Bauchtanz zu sehen gab. Wir kriegten bald eine Tabakvergiftung, da wir uns von einem Paar Narghile hatten in Versuchung führen lassen und einfach nicht mehr ans Rauchen gewöhnt waren. Ich hatte den Ort während eines Streiks der Tabakhändler entdeckt, als ganz Palermo nach alternativen Giftquellen suchte.

Die Tänzerin kam aus Algerien, eine Schehrezàd um die Dreißig, mit dunkelbraunem Haar, geschmeidigen Bewegungen und Augen wie die letzte Versuchung Christi. Ich hätte mir nichts Besseres vorstellen können als sie und eine solche Musik, um das letzte mitteleuropäische Frösteln aus meinen Knochen zu vertreiben.

Es heißt, die Ägypterinnen seien die besten Bauchtänzerinnen. Wenn die Dinge so stehen ...

Die 21/31 fuhr die Strecke von Torrelunga bis Acquasanta

Am Montag früh saß ich allein in Michelles Wohnung und trank meinen Kaffee. Ihre Arbeitszeiten sind weniger gleitend als meine, und mit wehenden Fahnen war sie davongeeilt. Was meinen Wochenanfang nicht gerade erträglicher machte. Auch die Heimniederlage der Palermer brachte das nicht fertig. Zum Glück war auch der Catanesische Fußballverein kräftig zum Duschen geschickt worden. *Mal de muchos, consuelo de tontos.* Seit geraumer Zeit kann ich verdächtige Auswüchse eines scheelen Lokalpatriotismus in meinem Herzen entdecken. Armando, der Angetraute meiner Schwester, würde sagen, daß von einem Ex-68er nichts anderes zu erwarten sei. Aber er hat entfernte catanesische Wurzeln.

Auch ich ging früh weg und machte einen Abstecher in mein trautes Heim. Es existierte noch. Alles schien in Ordnung zu sein, bis auf die Küchenuhr, die offenbar der Schlag getroffen hatte. Und abgesehen vom Briefkasten, der überquoll von Rechnungen wie selten: Strom, Telefon, Gas und Wasser, alles auf einen Schlag. Die vier Reiter der Apokalypse nennt sie mein früherer Friseur, ein Keynesianer. Ein Rekord. Sowohl was die Rechnungen anging als auch den Friseur.

Ich wohne im vierten und obersten Stock eines schmalen und hohen Palazzos, inmitten des historischen Stadtkerns: Freud

52

und Leid seiner Bewohner. Vor allem Leid, denn das Mehrfamilienhaus gehört mir allein. Die anderen drei Wohnungen habe ich als Büroräume vermietet. Das alte, aber nicht antike Haus erstrahlt bislang in seinem eigenen Licht, da ich es auf Hochglanz habe bringen lassen, und auch aufgrund der Versäumnisse ringsum: Ruinen und antike Pracht in unterschiedlichen Verfallsstadien breiten sich hier aus. Bei Tag sieht der Platz wie eine Mischung aus Indianapolis und der Kasbah von Tunis aus. Und so habe ich meinen Wagen einem neuen Parkwächter anvertrauen müssen, der aus dem Nichts aufgetaucht ist. Zu dieser Uhrzeit einen Parkplatz in weniger als zwei Kilometer Entfernung von der eigenen Behausung zu finden, war unvorstellbar. Doch langsam scheint sich etwas zu verändern. Jetzt kann es vorkommen, daß der in der dritten Reihe Parkende, der euren Wagen in der zweiten blockiert, einen Zettel mit seiner Handynummer auf dem Armaturenbrett hinterläßt. Ein Zeichen von Zivilisation.

Nachts hingegen war die Gegend bis vor kurzem völlig verlassen. Jetzt herrscht hier Leben: Vereine, alternative Restaurants und vor allem Pubs, die schwer in Mode sind. Sie schießen über Nacht wie Pilze aus dem Boden und sind immer brechend voll. Stimmt es wirklich, daß in der ehemaligen Hauptstadt des Verbrechens kein Geld mehr im Umlauf ist?

Meine Terrasse auf der Rückseite geht auf die Valvidrera-Gasse. Auch dort schien alles in Ordnung zu sein. An der Nordwand rankte flammendrot die Amerikanerrebe. In spätestens zwei Wochen würde ich die Laubhaufen einsammeln müssen. Der Jasmin blühte noch immer und auch der Zitronenbaum.

Zu Hause sah ich mich rasch in allen Ecken um, und eilte dann zum Fachbereich. Ich parkte unter dem Straßenschild Via Charlie Marx, das einstmals scharlachrot, mittlerweile aber aufgrund von Unbilden des Wetters und anderem verblaßt ist. Es war eine historische Schrift, die von bekannter 68er Hand aufgesprüht worden war, um den ursprünglichen

und offiziellen Straßennamen Via Medina-Sidonia zu überdecken, der von unbekannter Hand eingemeißelt worden
war. Es ist nur eine Frage der Zeit, bis der Herzog von Medina-Sidonia wieder vollständig zum Vorschein kommen und
sich revanchieren wird. Und da hätten wir wieder ein Zusam-
menspiel zwischen einem Herzog und den Kommunisten,
was dem guten Longanesi ein Hohnlächeln entlockt hätte.

Zwanzig Schritt weiter stand ich vor einem anderen
Schild, diesmal aus Messing, auf dem eine ganz andere
Schrift prangt: Fachbereich für Angewandte Biochemie. Hier
arbeite ich – zumindest sollte ich das. Feinsinnigeren Witz-
bolden zufolge sollte es besser heißen: Hier schlafe ich. Andere bedienen sich des Verbs »sich austoben« auf wenig subtile Weise. Das sind die Neider. Die Wahrheit liegt, was selten der Fall ist, in der Mitte.

Ich beschloß, solange mein Hirn noch frisch war, den Be-
richt über den Kongreß zu schreiben, der dem Fachbereichs-
rat vorgelegt werden mußte. Ich nahm mir ein Stündchen
Zeit und klimperte auf dem Keyboard des Computers herum.
Dann brachte ich das Ergebnis ins Sekretariat im siebten
Stock.

Während ich so tat, als machte ich der Sekretärin Santuzza den Hof, tauchte Peruzzi, der Leiter des Fachbereichs auf.
Alle nennen ihn nach Brauch des Nordens »den Peruzzi«,
weil er sich am Telefon immer mit »Ich bin der Peruzzi« meldet. Er ist ein zerknitterter, farbloser Typ aus dem Brembana-
na-Tal; beim Sprechen quält er die einzelnen Silben derart
langsam heraus, daß man automatisch Angst hat, die nach-
folgenden Wörter könnten sich in seiner Gurgel zusammen-
klumpen und ihn wie eine Kaugummiblase platzen lassen,
sollte er einmal unterbrochen werden. Ich hege den Verdacht,
daß seine langsame Sprechweise Schritt hält mit der Geschwindigkeit seiner Gedankenbildung. Keiner hat ihm das
je gestanden, aber gerade deshalb war seine graue Eminenz
auserkoren worden, das höchste Amt zu bekleiden. Nicht daß

er dumm wäre. Nein, im Gegenteil, er hat eine langsam funktionierende, aber zähe Intelligenz. Hin und wieder aber umgibt ihn eine Aura von verdrängter Idiotie, von der sich viele täuschen lassen.

»Ciao, La Marca.«

Noch immer habe ich mich nicht daran gewöhnt, von jemandem, mit dem ich nicht auf vertrautem Fuß stehe, mit Nachnamen gerufen zu werden. Bei Freunden ist es etwas anderes. Das rührt wohl daher, daß ich keinen Militärdienst gemacht habe. Ich fragte ihn nicht nach den letzten Neuigkeiten im Fachbereich, weil er sicherlich die noch bis zu seiner Pensionierung fehlenden Jahre gebraucht hätte, um mir zu erklären, warum er seine koffeinfreie Kaffeemarke gewechselt hatte. Ich schob ihm einen Kurzbericht über den Kongreß unter, den er mit kühlem Enthusiasmus aufnahm (hin und wieder verfalle ich der Sucht nach Oxymora, bemühe mich aber redlich, clean zu werden).

Ich verweilte noch etwas, Belanglosigkeiten mit dem Peruzzi austauschend; er hatte mit einer Predigt gegen Bossi losgelegt und wollte sich damit bei unserer Sekretärin, Sympathisantin der Befreiungsfront für ein unabhängiges Sizilien und der neubourbonischen Bewegung, beliebt machen. Aber sie fiel nicht darauf herein. Santuzza riecht beim ersten Sniff, wen sie vor sich hat; sie hat keine Ähnlichkeit mit gewissen Speichelleckern, deren Bart aufgrund der vielen Bücklinge schon nach anderer Leute Schuhcreme stinkt.

Ich überließ die beiden ihrem Schicksal und verzog mich wieder in mein Zimmer im dritten Stock. Dort stieß ich auf Francesca und Alessandra, meine zwei »schwer erziehbaren« Doktorkinder:

»Wie viele Wienerinnen hast du in die Koje gekriegt, Chef?«

»Es war der Herbst unserer Unzufriedenheit, aus dem dank des brutalen Wiener Frosts ein sibirischer Winter wurde.«

»Willst du damit sagen, daß du wie üblich im Trockenen gefischt hast?«

»Wie raffiniert ihr euch ausdrücken könnt!«

»Wir haben das technische Gymnasium besucht, Chef!«

»Bei uns zieht dieser intellektuelle Schwachsinn nicht.«

»Warum versucht ihr, anstatt mich immer Chef zu nennen, es nicht mit: O Kapitän, mein Kapitän? Zumindest manchmal, in der Öffentlichkeit ...«

»Und was hätten wir davon?«

»Was hast du uns aus Wien mitgebracht?«

»Ist das für uns, was du da in der Hose hast, oder bist du nur glücklich, uns wiederzusehen?«

»Ein alter Spruch von Mae West, *congratulations*.«

Ich zog ein Päckchen mit zwei Flaschen Kölnisch Wasser aus der Tasche, die ich für sie im Duty-free gekauft hatte, und schob sie ihnen mit einem Anflug von Grinsen hin:

»Das hat Monsieur Giovanni Maria Farina um die Mitte des achtzehnten Jahrhunderts in der Nummer 4711 einer langen Straße in Köln, der Glockengasse, kreiert. Deshalb heißt es 4711. So steht es auf der Flasche. Ich kann mir vorstellen, daß eure Generation noch nie etwas davon gehört hat.«

»Du bist genial, Chef. Willst du vielleicht sagen, daß wir stinken? Sei's drum, danke.«

»Nicht immer ist die Genialität ein Fall von Idiotie. Wie auch immer, bitte. Was gibt's Neues hier? Ist in meiner Abwesenheit etwas passiert?«

»Wir haben ein Buch gelesen.« »Ach, das gibt's ja nicht!«

»Ja, wirklich. Ein Krimi aus der Feder eines extravaganten Typs, der Hämmer bringt wie: Die Wahl einer Schallplatte ist wie ein Striptease der Seele.«

»Das wird er aus der Spruchsammlung der Baci-Perugina-Pralinen haben. Und was war sonst los?«

»Du hast nichts verpaßt, Chef.«

»Abgesehen von der Dekanin, die sich eine beinahe fatale Form von Nesselsucht zugelegt hat.«

»Es fehlte nicht viel, und sie hätte den Löffel abgegeben.«

»Auch diesmal wegen der Erdbeeren?«

Vor Jahren wäre sie beinahe wegen unverdauter Erdbeeren geplatzt, so lautet zumindest die offizielle Version. In Wirklichkeit hatte sie einen anaphylaktischen Schock, nachdem sie den Vortrag eines ehemaligen, reumütigen CIA-Agenten über die sexuelle Revolution der jungen Amerikaner gehört hatte. In der Folgezeit hatte ich in ihrem Beisein zu experimentellen Zwecken Wilhelm Reich angeführt, worauf sie einen Hustenkrampf gekriegt hat. Ganz zu schweigen von der Episode, als den Vestalinnen der *starvation army*, unseren magersüchtigen Jungfrauen, die jedesmal, wenn sie die Sensoren eines Gas-Chromatografen berühren, einen erogenen Transfer haben, die glorreiche Idee gekommen war, einen Jahrestag der achtundsechziger Revolution mit Verbrennung ihrer Büstenhalter vor den Toren der Fakultät zu begehen. Nur hatten sie sich mittlerweile zu schicken Spitzendessous im Stil Claudia Schiffers bekehrt, für die sich ihr lieber Vater zu Tode schuften mußte. Deshalb hatten sie schleunigst zu billigen BHs von den Marktständen des Ballarò gegriffen. Die Dekanin hatte lange Bittgebete für sie gen Himmel gesandt.

Dieses Mal waren keine Erdbeeren im Spiel. Und auch keine Büstenhalter:

»Sie sagt, Padre Pio sei ihr erschienen.«

»Sie hat ihn zwischen den Wipfeln der zwei Washingtonien dort erblickt.«

»Und hat von einem Wunder gesprochen.«

»Es hätte nicht viel gefehlt, und sie hätte das Zeitliche gesegnet.«

»Der Peruzzi sagt, sie habe wirres Zeugs geschrien. Es klang, als wolle man ihr die Haut bei lebendigem Leib abziehen.«

»Chef, die Wahrheit ist, wenn es die Seelenwanderung gibt, dann wird die Dekanin früher oder später als eine äußerst haarige tote Sprache aus präkolumbianischer Zeit wiedergeboren werden.«

»Und ihr zwei als ein Paar Ermittlungsbescheide.«

Um mich vor dem Hochwasser führenden Redefluß der beiden Giftzungen in Sicherheit zu bringen, stand ich auf, ging zum Fenster mit Blick auf die Gärten und sah in Richtung der zwei Washingtonien:

»Ich glaube, ihr habt ausnahmsweise recht. Es muß ein Rückfall von Arterienverkalkung sein. Padre Pio hat nichts damit zu tun: Es war nur das Profil Henry Kissingers. Von hier aus ist es deutlich zu erkennen.«

»Die Reise hat dir nicht gutgetan, Chef. Was hast du bloß in Wien zu essen gekriegt?«

»Und wer ist Henry Kissinger?«

»Vielleicht sollten wir mal ein Wörtchen mit deiner geheimgehaltenen Frau, dieser Gerichtsärztin, reden.«

»Wollt ihr euch zu einer Autopsie anmelden? Das wäre keine schlechte Idee.«

Ein Fünkchen Wahrheit mußte dennoch in diesen Aufschneidereien stecken. Die beiden Hexen besitzen nämlich die sensibelsten Antennen im ganzen Institut.

»Ist die Dekanin im Haus?«

»Nein, Chef, sie ist noch im Krankenstand.«

Waren die Affinitäten auch schwach und der Generationskonflikt unüberwindbar groß, gehörte die Dekanin dennoch irgendwie zu meinem Leben.

»Was hieltet ihr davon, wenn wir ihr einen Besuch abstatteten?«

»Verflixt noch eins, Chef, das ist mal eine Idee!«

»Warst du gerade dabei, deine Gehirnwindungen zu putzen, und aus Versehen ist ein Schuß losgegangen?«

Wir kamen überein, sie am späten Nachmittag aufzusuchen, wenn wir die Arbeitssituation unter Kontrolle hatten. Francesca rief die Dekanin an, die uns mit Vergnügen empfangen wollte. Das behauptete jedenfalls die holde Jungfer.

Ich ließ das Mittagessen ausfallen. Das war das mindeste, was ich tun konnte, nach einer Woche Kartoffelsalat, Sachertorte, Bratwurst, Apfelstrudel mit Schlagobers und ähnlichem.

Auch die Dekanin lebt in der Altstadt und zwar im zweiten Stock eines alten, heruntergekommenen Palazzos, an dem bei bloßem Auge einige Spuren blauen Bluts erkennbar sind. Er ist offenbar die Heimstätte alleinstehender oder alleingelassener Frauen: alte Jungfern, die sich nach dem Erreichen der Dienstjahre aus der Lehrtätigkeit zurückgezogen hatten, Witwen von Berufsoffizieren, Schwestern alter Monsignori (oder Schwestern von Offizieren und Witwen von Monsignori?). Das Gebäude steht verdeckt zwischen niederen, halb zerfallenen Häusern in einem der Sträßchen zwischen Piazza Rivoluzione und der Kirche San Francesco d'Assisi.

Es war schon dunkel, als wir eintrafen, aber die Gegend war von den Straßenlaternen beleuchtet, die überall im Bezirk Tribunali aufgestellt sind und einen grüngelben Schleier über die ursprüngliche Farbe des Gesteins legen. Eines der Mädchen hatte Blumen dabei, die ich bezahlt hatte. Wir hätten uns beinahe ernsthaft in die Haare gekriegt, denn sie wollten partout einen prächtigen Strauß Chrysanthemen für sie kaufen, was aber meiner Ansicht nach zu schwerwiegenden Mißverständnissen geführt hätte.

»Chrysanthemen sind doch schön, Chef. Und wenn wir sie ihr jetzt nicht bringen, da es ihre Zeit ist, wann dann?«

»Damit werden wir sie tatsächlich ins Jenseits befördern. Wir sind einfach zu nah am Totensonntag und …«

»Eben, Chef.«

»Schlagt euch das aus dem Kopf. Das wäre viel zu doppeldeutig.«

Ich wählte einen Strauß weißer Gerbera, aufgelockert von den letzten Stengeln violetter, gefüllter Astern, nach den Worten des Blumenhändlers die letzten des Jahres in ganz Palermo. Das Violett war die einzige, schwache Konzession an die todbringenden Forderungen der Mägdelein.

Ich war schon einmal bei der Dekanin zu Hause gewesen, als ihre ältere Schwester gestorben war, eine Schulrektorin im Ruhestand, mit der sie die Wohnung geteilt hatte. Hinter dem mächtigen Portal tat sich ein riesiger, dunkler Innenhof auf, von dem lange Treppenrampen im alten Stil aus längst verwittertem rosa Marmor mit tiefen Stufen abgingen. Die Wände waren mit Salpeter-Verkrustungen bedeckt, die elektrische Anlage war uralt, die verstaubten Birnen erglühten beim Druck auf veraltete Knopfschalter; während laut der Timer tickte, der einen auf halber Höhe des Treppenhauses im Dunkeln stehen ließ.

Die Wohnung sah entsprechend aus: hohe Decken, antiquierte Tapeten, trübes Licht, das die Wandlampen in Form von Blütenzweigen nur widerwillig verließ, und mehrarmige Deckenleuchter, Abkömmlinge eines zweitklassigen Jugendstils, mit teils durchgebrannten Birnen. Einen richtigen Schlag versetzte einem aber die Einrichtung: schwere Möbel aus dunklem Nußbaum, die eher als Grabmonumente denn als Gebrauchsgegenstände gedacht waren; es konnte der Verdacht aufkommen, daß in einer der Truhen die Mumie des Pudels von Tutenchamun mit dem papierenen Vorläufer des Codex Hammurabi oder einem Manuskript von Frau Tamaro in der Schnauze (Pardon, Madame, das ist reiner Neid!) ruhte.

Sofort entdeckte ich jetzt die allerneueste Errungenschaft: eine moderne Gegensprechanlage mit Videokamera; nachdem ich auf den Knopf mit dem Markenzeichen der Dekanin gedrückt hatte, schlug mir ein grelles Lichtbündel in die Augen, an dem ich beinahe erblindet wäre. Unmittelbar darauf war ein Klick zu hören, und die Haustür tat sich ohne das übliche Quietschen nicht geölter Türangeln vor uns auf. Das Atrium war genau so, wie ich es in Erinnerung hatte; die elektrische Anlage hatte den Einbruch der nervigen EU-Vorschriften, die längst in alle Bereiche vorgedrungen waren, unbeschadet überstanden.

Die zweite Überraschung war die Dekanin. Ich hatte erwartet, sie in einem cremefarbenen Atlasmorgenrock vermummt im Bett und ihr zur Seite eine ihrer Handlangerinnen der San Vincenzo vorzufinden, die uns zuvor durch den Spion einer gründlichen Musterung unterzogen hätte. Statt dessen erwartete uns eine picobello gekleidete Person auf dem Treppenabsatz, die bereit schien, sich in eine ihrer virtuosen theologischen Spritztouren zu stürzen. In der Nähe des Instituts gibt es ein Sammellager für einsame Seelen, wo auch einige Damen aus der ehemaligen High-Society als exklusive Beraterinnen ihre Dienste anbieten. Francesca und Alessandra hatten sich vor ein paar Monaten entschließen können, ihren *hard-look* etwas aufzubessern, aus Angst, die Dekanin könnte Zweifel an ihrem wahren, gesellschaftlichen Status haben und ihrer Bande anordnen, die sündigen Mädchen einem Zyklus von Zwangsernährung zu unterziehen, nachdem ihnen sterilisierte, zur Idee von Tugend passendere Kleidung angelegt worden war.

Kaum hatte sie uns erblickt, öffnete sie ihr blitzendes Gebiß, dem ein »Wie schön!« entwich, das in meinen Ohren zweifelsohne echt klang. Sie mußte sich in den vergangenen Tagen ziemlich gelangweilt haben. Ihre Haare waren jetzt weiß mit einem fast natürlichen, fliederfarbenen Hauch und waren im Stil Rita Levi Montalcinis gekämmt, die sich ihrerseits bei ihrem Haarschnitt am Gespenst der Marie Curie orientiert hatte. Sogar den großen, behaarten, echt neuimperialistischen Leberfleck am Kinn hatte sie sich wegmachen lassen; offensichtlich kreisten frische Hormone in ihren Venen, und ihr Organismus war gestärkt durch den ersten saisonbedingten Temperaturrückgang. Im Wohnungsinnern die dritte Überraschung. Die totale. Eine Endlösung. Die Revolution schlechthin.

Die Fotos von Padre Pio mit den davorgehängten winzigen Glühbirnen in Plastikkerzen waren verschwunden. Verschwunden waren die alten Möbel, die abgetretenen Kacheln, die staubigen Tapeten, die altmodischen Lampen. Von der Einrichtung aus vorrevolutionärer Epoche war nur noch ein riesiges Radiomöbel mit eingebauter Bar, Marke *Die Stimme des Herrn,* übrig mit den vier Drehschaltern aus Elfenbein, dem grünen magischen Auge und seitlich den kleinen Klappen, hinter denen sich Flaschen mit Rosolio und Hunderte von kleinen Spiegeln verbargen, die bei automatisch angehender Beleuchtung gleißendes Licht zurückwarfen; und beim Anheben des Deckels kamen der Plattenspieler und die zwei Fächer für die antiquierten 78er Platten zum Vorschein. All das wußte ich, weil Tante Carolina auch so ein Teil gehabt hatte. Ein weiteres Überbleibsel aus der Vergangenheit waren einige schwere Bilderrahmen an den Wänden, die aber nur Mauerstücke einfaßten. Die leeren Rahmen schienen auf Fotos zukünftiger Verstorbener zu warten. Ich muß bei ihnen immer an leere Särge denken, die ihrer Ladung harren. Sie beunruhigen mich. Die Dekanin ahnte wohl, was mir durch den Kopf ging.

»Keine Sorge, die sind nicht für dich bestimmt.«

Gewisse Frauen, egal welchen Alters, sind unglaublich. Ihre Fähigkeit, einem bis auf den Grund der Seele blicken zu können, finde ich einfach umwerfend. Vielleicht sehen sie allerdings auch nur mir auf den Grund der Seele.

»Was ist passiert, Frau Professor?« fragte ich mit weit ausgebreiteten Armen.

»Das, was du siehst, Lorenzo. Neues Heim, neues Leben.«

Auch sie machte eine weit ausholende Bewegung mit dem Arm, die gesamte Revolution einschließend: moderne Couchs, geschmackvoll lebhaft gemusterte Stoffe, funktionelles Mobiliar, niedere Tische und Stehlampen, ein Parkett aus hellem Holz, Persianerteppiche, oder was auch immer sie waren, auf alle Fälle neueren Herstellungsdatums. Schließlich die Tapeten in zartem, warmem Elfenbeinton mit einem fein vernetzten Baummuster Ton in Ton.

»Die sind sogar abwaschbar – Schluß mit Staub und Muff.«

»Und Padre Pio?« wagte Francesca zu fragen.

Statt ihr zu antworten, drehte sich die Dekanin zu mir hin: »Glaubst du diesen zwei Lästermäulern und Giftschlangen eigentlich alles?«

»Aus Prinzip nie.«

»Dieses Mal ist jedoch etwas Wahres dran. Aber steht doch bitte nicht herum, macht es euch gemütlich.«

Sie schob uns zu den Sofas im großen Wohnzimmer. Sie waren hart, aber bequem, eigens geschaffen für Hinterteile, die einer Stütze bedurften. Daneben ein neuer TV-Blaupunkt mit Videorecorder und einer gewissen Anzahl von Videokassetten des katholischen Verlags Paoline, die in Reih und Glied im unteren Fach des Regals standen. Die Dekanin ließ sich behutsam und nicht ohne Knarrgeräusche auf einem kleinen Sessel vor uns nieder:

»Was hältst du davon, Lorenzo, sollte die Regierung nicht auch uns Universitätsdozenten einen Zuschuß zur Verschrottung gewähren, wie sie es für die alten Autos macht? Ein Fixum für die seit über zwanzig Jahre immatrikulierten Doktoranden, eine Summe für die außerordentlichen Professoren und eine weitere für die Ordinarien mit über zehn Dienstjahren. Platz gemacht für die Jungen, die kosten auch weniger!«

Bei dieser Beleuchtung sah ihr Gesicht wie ein Schlachtfeld aus, auf dem Heerscharen eiligst gedungener Kosmetikerinnen nichts als Niederlagen eingesteckt hatten. Zweifelsohne hatte der Übergang zur derzeitigen Einrichtung auch ihren persönlichen Status geändert: von betagt zu antik.

»Was kann ich euch anbieten?« drängte sie uns, als sie eine Position gefunden hatte, die mit dem Zustand ihres Skeletts übereinstimmte.

»Machen Sie sich keine Umstände. Wir bleiben nicht lange.«

»Das kommt überhaupt nicht in Frage. Ihr müßt unbedingt meinen Limoncello probieren, den ich eigenhändig aus den Zitronen vom Garten der Kirchgemeinde gemacht habe.

63

Aber laßt mich deswegen nicht aufstehen: Mädchen, bedient euch selbst am Barschrank, der dort mit dem Radio; rechts stehen die Flaschen, links die Gläser. Aber ja, ich nehme auch einen Schluck. Auch wenn... bäh, zum Teufel mit den Ärzten! Wie war's in Wien, Lorenzo?«

Ich berichtete ihr kurz davon. In der Zwischenzeit hatten die Mädchen die Rosolio-Gläser in Tulpenform bis zum Rand mit einer gelblichen und wenig Gutes verheißenden Flüssigkeit vollgemacht, die in einer Kristallflasche mit geschliffenem Stöpsel schwabberte. Sie schmeckte nach Hustensaft und Schoumm-Lösung zugleich und hatte einen sumpfigen Nachgeschmack. Mühelos leerte die Dekanin ihr Glas. Die Mädchen schenkten ihr heimlich wieder nach und hielten sich selbst dran. Ich nippte nur an meinem Getränk.

»Warum erzählen Sie uns nicht ein bißchen von Padre Pio?« bohrte Alessandra.

»Ja, ja: Sie haben gesagt, daß...« Francesca versuchte es auf dem rutschigen Weg der Schmeicheleien. Die Dekanin setzte das zweite Glas an die Lippen.

»Basta! Die Wahrheit ist die, ich habe einen Traum gehabt. Einen schönen Traum in Technicolor, der mir nachgeht. Und Padre Pio ist mir tatsächlich erschienen. Er stand am Fußende meines Bettes und ich träumte, daß ich schlief, und in Wirklichkeit schlief ich tatsächlich. Um es kurz zu machen, ich sah Padre Pio, der mir schön groß, viel größer als auf den Fotografien vorkam mitsamt seinem weißen Bart; und er war von hellem Licht umflossen, besser gesagt, er war von innen erleuchtet wie gewisse Wunderstatuen der Madonna von Fatima, die im Dunkeln phosphoreszieren, und wenn du zu lange in ihrer Nähe bist, kriegst du Krebs. Da sagte er zu mir: Virginia, in der Via Medina-Sidonia sind einfach zu viele düstere Geschichten passiert, zuviel Mord und Totschlag; hier muß reiner Tisch gemacht werden. Alles muß sich ändern. Klatschnaß geschwitzt erwachte ich, dachte lange darüber nach und versuchte, den Traum zu deuten. Und während ich noch überlegte, kam mein Neffe vorbei, ein Milchbart, der Architektur studiert und für einen Antiquitätenhändler arbeitet; Peppuccio heißt er ... bäh, wenn man es genau nimmt, ist er eigentlich nicht mein Neffe, sondern Sohn eines Neffen meiner verstorbenen Mama, aber er nennt mich schon immer Tante; er kam also taufrisch wie eine Rose zu mir und sagte: Tante Virginia, diese Wohnung – verzeiht den Ausdruck, er stammt von Peppuccio – ist der reinste Schrotthaufen. Du müßtest alles ändern, wirklich rundherum alles. In welchem Sinn, Peppuccio, fragte ich ihn und begann erneut zu schwitzen; dieses Mal war es eiskalter Schweiß, der mir das Brustbein bis zum Herzen durchbohrte wie eine Rippenfellentzündung. Ich meine, daß du dich von all diesem alten Krempel befreien und zu moderneren, funktionaleren Sachen übergehen solltest, erwiderte er. Und du solltest auch öfter lüften, wir sind doch nicht am Nordpol hier!«

»Und Sie haben ihm eine mit dem Handrücken übergezogen, ihn vor die Tür gesetzt und das Testament geändert.«

»Im Gegenteil. Er war ein Zeichen des Himmels. Virginia, habe ich mir gesagt, die haben recht: Was hast du denn bisher vom Leben gehabt?«

Sie trank noch einen Schluck. Die Mädchen sahen sie mit weit aufgerissenen Augen an. Auch ich kippte wegen des Schocks den Rest meines Glases hinunter. Noch eine Runde Schoumm-Lösung mit Sumpfsaft für alle.

»Nun, du hast Gutes getan, das stimmt, habe ich mir gesagt. Sehr viel Wohltätiges! Aber es steht ja nicht geschrieben: Liebe deinen Nächsten *mehr* als dich selbst. Es heißt, *wie* dich selbst. Und du, liebe Virginia, hast einiges nachzuholen! Sieh dich nur mal um: Du lebst in einer Art Kriegsfriedhof, eine Gedenkstätte ist das hier und keine menschliche Behausung. Schon seit Ewigkeiten gönnst du dir keine Vergnügungsreise mehr. Von der Universität ganz zu schweigen: Lassen wir die Toten ruhen, wie man sie gebettet hat, auch die, die eines gewaltsamen Todes gestorben sind, wie wir wissen, wie vor allem du weißt, Lorenzo. Aber was ist mit den Lebenden? fragte ich mich. Bei der Arbeit hast du dir immer die langweiligsten Personen ausgesucht, und hast all diese Jahre ausgeharrt, bevor du dir das Recht genommen hast zu sagen: Jetzt reicht es. Jetzt, wo du vom Stellenplan gestrichen wirst.«

Schoumm-Pause. Die Flüssigkeit in der Flasche neigte sich gnadenlos dem Ende zu. Ich sah der Dekanin in die Augen und erwartete, jeden Moment im Innern der Pupille, die sich nach und nach mit Limoncello füllte, die horizontale Wasserlinie zu sehen.

»Keine Sorge, ich habe noch mehr davon. Vielmehr, ich gebe jedem von euch eine Flasche für zu Hause mit.«

»Machen Sie ruhig weiter, Frau Professor.«

»Das meiste habe ich schon erzählt. Ich habe ein Leben gebraucht, um das einzusehen, aber nur zehn Sekunden, und der Entschluß stand fest. Seht euch ruhig um. Ich habe nur einige wenige Erinnerungsstücke meiner armen Schwester behalten: den Barschrank mit dem Radio, der ihr so am Herzen lag; in ihren letzten Jahren saß sie Nachmittage lang da, um auf Kurzwelle den Schiffsfunk zu hören. Ihr Zimmer habe ich nicht angerührt. Da ist noch alles so, wie sie es hinterlassen hat. Auch in meinem Schlafzimmer habe ich einige Sachen behalten: den Toilettenschrank mit dem drehbaren Spiegel von der Urgroßmutter und das schmiedeeiserne Kopfteil meines Betts. Alles andere – weg damit!«

»Und was haben Sie mit den alten Möbeln gemacht?«

»Anfangs wollte ich sie zu Wohltätigkeitszwecken stiften: für die Eingewanderten aus der Dritten Welt, für die Armen unserer Kirchengemeinde. Dann habe ich begriffen, daß ich ihnen damit keinen Gefallen getan hätte, es waren klobige, unbequeme Möbel, die nur für Parvenus gut waren. Und Peppuccio, der Architekt, der auch der Sekte Opus Dei nahesteht, hat mir eine Art Kostenvoranschlag für die Verwandlung gemacht. Das waren Zahlen, die hätten dir die Haare zu

Berge stehen lassen, Lorenzo. Er war es, der mir vorschlug, alles en bloc zu verkaufen, um so einen Teil der Ausgaben zu decken. Ich hatte keine Ahnung, daß dieser alte Plunder soviel wert sei. Peppuccio hat sich um alles gekümmert, um die Verhandlungen mit dem Käufer und den Transport und den ganzen Rest. Ich habe euch ja gesagt, daß er Berater in einer Antiquitätenboutique ist, oder? Es ist ein hübscher, bequemer Posten, in der Nähe dieser Art Universitätssitz des Opus Dei in der Via Daita. Auch für ihn war es ein guter Deal, denn er bekommt eine Vermittlungsprovision, und das war der erste Auftrag von Bedeutung, der ihm nach dem Staatsexamen untergekommen war. Ich war zufrieden, obwohl ein Teil des Gelds an die vom Opus Dei gegangen ist, für die ich keine großen Sympathien hege.«

Noch eine Schoumm-Pause. Sie schluckte das Zeugs, als wäre es Wasser. Die zwei Mädels drehten immer mehr auf. Ich war total nüchtern, da ich mich vernünftigerweise zurückgehalten hatte.

».. . wißt ihr, Peppuccio hat mir einmal einen Witz erzählt, der im Opus Dei umgeht: *Opus Dei qui tollis pecuniam mundi, dona nobis partem.* Nett, nicht wahr? – die erfinden sie selbst, genau wie die Carabinieri die Witze über Carabinieri erfinden und die Jesuiten die über Jesuiten. Kennt ihr den vom Dominikanerpater, der vor der Krippe in Anbetung versunken ist? Er steht vor der Grotte mit dem Jesuskind und ruft verzückt: der Ochse und der Esel – da haben wir sie ja, die Gesellschaft Jesu. Gut, nicht wahr? Den habe ich vor kurzem von einem Jesuiten gehört.«

»Kennen Sie den von der Torroneverkäuferin und der Alten, die bei der Razzia der Sittenpolizei aufgegriffen wurde?« sprang Alessandra in die Höhe, die das lateinische Wortspiel der Dekanin mit einer Zote verwechselt hatte. Ich trat ihr verstohlen ans Bein und warf ihr einen Laser-Blick zu. Zum Glück hatte die Dekanin, die zudem etwas taub ist, nichts begriffen:

»Und damit nicht genug! Ich will die letzten Jahre, die mir noch bleiben, genießen. Ich will reisen. Ich will alle Wallfahrtsstätten der Welt aufsuchen, nach Lourdes, Fatima, Medjugorie will ich fahren. Ich will Santiago de Compostela aufsuchen, ins Heilige Land zurückkehren, Jerusalem vom Ölberg aus wiedersehen, das bei Sonnenuntergang wie aus Gold ist. Auch wenn ... Wißt ihr, was ein Klosterbruder sagte, den ich als Kind kannte und der sich lange im Heiligen Land aufgehalten hat? Er sagte: Hätte Gott Sizilien noch vor Palästina gesehen, wären wir Sizilianer das Erwählte Volk geworden.«

»Das ist uns glücklicherweise erspart geblieben!«

»Laß doch bitte deine gotteslästerlichen Kommentare, Lorenzo. Und das ist noch nicht alles! Ich werde mir einen Computer kaufen. Ich will mir dieses neue Wahnsinnsspiel mal aus der Nähe anschauen, wie heißt es nochmals? Ach ja, Internet.«

»...«

»... und bei den nächsten Wahlen werde ich der Rifondazione Comunista meine Stimme geben. Wißt ihr, die Allianz zwischen dem Papst und Fidel Castro ist die einzige Hoffnung, die uns in dieser schlechten Welt bleibt.«

»Sehr gut, Frau Professorin!«

Und um zu beweisen, daß die Revolution nicht auf Treibsand aufsaß, lancierte sie eine handfeste Einladung:

»Gehen wir gleich in medias res, heute abend seid ihr meine Gäste, und ich will nichts hören von wegen anderweitiger Verpflichtungen.«

Wo würde diese Eskalation nur enden? Die Mädchen klatschten unschuldig in die Hände.

»Los, Chef, ist das nicht total nett von der Frau Professorin?! Wir übernehmen das Kochen.«

Das waren Sätze, die schon seit einer Weile auf einer alkoholischen Oberfläche schwammen.

»Wir brauchen nicht zu kochen. Heute abend schlagen wir richtig auf die Pauke, schon lange will ich mir einmal wieder etwas gönnen. Was haltet ihr von Fladen mit *mèusa?* Seit Jahren verzehre ich mich vor Sehnsucht nach ihnen. Wenn mein Herzspezialist davon Wind bekäme! Ihr müßt wissen, ich habe einen hohen Cholesterinspiegel. Aber ein ungestilltes Verlangen ist schlimmer, als einmal kräftig zugelangt: Da kriegt man Gerstenkörner davon! So ersäufen wir auch den ganzen Limoncello, mit dem ihr mich abgefüllt habt. Glaubt ihr vielleicht, ich hätte es nicht gemerkt? Wir machen es so, ich rufe jetzt Peppuccio, nein, nicht meinen Neffen, einen anderen Burschen, der hier in der Nähe wohnt und für mich ab und zu etwas erledigt. Ich schicke ihn nach San Francesco, das sind nur zwei Schritte, um Brot mit *mèusa* zu kaufen. Euch schmeckt doch das aus San Francesco, oder? Es ist ein bißchen fettiger als das von Basile, dem am Bahnhof, aber ich finde es besser. Meiner Meinung nach ist da Kokain drinnen. Ich hab's probiert, das Kokain. Aber unter ärztlicher Aufsicht und zu Forschungszwecken. Das war vor vielen Jahren in Amerika.«

»Man möchte nicht meinen, daß so viel Zeit seit Ihrem letzten Brötchen mit *mèusa* vergangen ist«, sagte ich. Und auch nicht seit Ihrer letzten Dosis Kokain, das sagte ich nicht.

Sie verstand die Anspielung nicht, aber ihre Augen funkelten: Sie wurden immer flüssiger, der Limoncello mußte den Höchststand überschritten haben:

»Auch das von Giannettino ist nicht schlecht, der *cascio,* den er verwendet, ist etwas ganz Besonderes, und auch das von Basile in der Via Bara ist gut. Das beste Brot mit *mèusa* gibt es jedoch an der Riesenkurve der Hafenpromenade in der Nähe des Clubs Nautico, da ist frischer Zitronensaft drauf.«

Sie sagte das, als wäre es die Inschrift auf dem Grabstein der Nicht-mèusa-Esser.

Darauf erhob sie sich und verschwand leicht schwankend

Richtung Küche. Ich hörte, wie sie auf einem antiquierten Telefon mit Ziffernscheibe eine Nummer wählte – die Revolution hatte offensichtlich ihre Grenzen. Sie sprach mit jemandem, legte auf und kam wieder zurück:

»Gesagt, getan. Er wird gleich hier sein. Zu trinken ist auch da. Don Bracito schickt mir nämlich Wein und Öl vom Landgut beim Parco: Olivenöl extravergine und kräftigen Landwein, so wie man ihn früher trank. Der von der letzten Weinlese ist wohl noch nicht fertig, aber ich trinke ja wenig – sic! –, ich habe noch vom letzten Jahrgang.«

Der Name Parco war mir schon seit Ewigkeiten nicht mehr zu Ohren gekommen. Ob die Mädchen wußten, daß das der alte Name des Orts Altofonte auf den Bergen südlich von Palermo war?

Keine zwanzig Minuten waren vergangen, und schon stand Peppuccio Nummer zwei mit einem Papptablett voller Kalbsmilz-Brote, die in rosa Ölpapier gewickelt waren, vor uns. Die Dekanin hatte zwei pro Person bestellt, in den Varianten »jungfräulich« und »verheiratet«. Das Brot war ofenfrisch. Und das war ein Glück, denn so riskierte die Dekanin nicht, daß ihr Gebiß beim ersten Zubeißen im Brötchen steckenblieb. Ganz abgesehen davon, daß die Kalbsmilz auf altem Brot ungenießbar wird. Genauso wie auf zu weichem Brot mit wenig Kruste. Bei den *panelle* dagegen gilt eine andere Philosophie. Aber das steht in einem anderen Buch.

Die sündigen Happen wurden auf den Sofas im Wohnzimmer konsumiert, da sie keine Speise für einen gedeckten Tisch waren. Gleichwohl zog die Dekanin große bestickte Servietten aus schneeweißem Linnen hervor, die wir uns auf die Knie legten. Das war höchst schick: derbe Arbeiterkost und edles Leinen.

»Die hat meine gute Mama bestickt; sie gehörten zu meiner Aussteuer.«

Noch eine Kristallflasche, dieses Mal aber mit dem Wein des Hauses gefüllt: fünfzehn gnadenlose Grad Alkohol aus

70

echten, gepreßten Trauben, die in den Kelchen des Tafelservices kredenzt wurden. Alles noch aus vorrevolutionärer Zeit.

Innerhalb von zehn Minuten war alles, ob von fester oder flüssiger Konsistenz, verputzt. Die Dekanin und die Mädchen lehnten sich zufrieden aufatmend zurück. Ich nicht, weil ich zurückhaltend bin und ein extrem zerbrechliches Ehrgefühl habe.

»Jetzt geht's mir besser«, sagte die Dekanin. Dem Ton des Abends nach hätte es mich nicht verwundert, wenn sie sich eine Zigarre angezündet hätte. Statt dessen formte sie einen leichten Rülpser und schoß mit der Frage heraus:

»Und was machen wir jetzt?«

Die Mädchen und ich sahen uns an. Aber die einzigen, sorgenerfüllten Pupillen mußten wohl meine gewesen sein. Ich wußte, wie gefährlich sie sein konnten, die beiden da: Man stelle sie sich in Symbiose mit der neuen Ausgabe der wundervollen Alten vor. Die gleich noch eins zulegte:

»Heute abend will ich mal richtig einen drauf machen.«

Mehrere Schauder durchfuhren mich, während die zwei schlimmen Jungfern in die Hände klatschten:

»Wir gehen mit der Frau Professorin ins Robinson, Chef.«

»Ich bin zu alt fürs Robinson.«

»Was ist das Robinson?« forschte die Dekanin nach.

»Das ist ein Lokal, wo man trinkt und wo Draufgänger und flotte Bräute nach der letzten Mode gestylt verkehren.«

»Schön! Da will ich hin.«

Wann würde dieser Abend wohl ein Ende haben? Und schlimmer noch – wie würde er enden? Ich erinnerte mich plötzlich an gewisse Gerüchte, die vor ein paar Jahren im Umlauf waren, von wegen angeblicher Sympathien der Dekanin für die reinen und unschuldigen Mägdelein (wo sind die nur abgeblieben?), die im Institut ihr Praktikum absolvierten. Die Schauder wurden nachhaltiger. Was wußte ich eigentlich über Alterserotik? Die beiden Unglückseligen waren gewiß nicht rein und unschuldig, und bestimmt verstanden sie es, sich zu verteidigen. Und vor allem verstanden sie sich aufs Angreifen. Doch das vereinfachte die Dinge auch nicht. Die Dekanin gehörte für mich stets zu den Personen, die immerdar den Anspruch haben, auf der richtigen Seite des Lebens zu stehen. Aber mir war noch nie der Verdacht gekommen, daß sie sich mit Klauen und Gebiß ans Leben klammerte und das mit dem gleichen nüchternen Wahnsinn wie manche Selbstmörder.

Wir verließen die Wohnung. Auf der Mauer gegenüber dem Haustor hatte eine anonyme Hand SUCA hingekritzelt, den geläufigen, parnormitischen Vulgärausdruck im Imperativ, und eine zweite, erbarmungsvolle, aber nichtsdestotrotz anonyme Hand hatte aus der Aufforderung ein unschuldiges Kennzeichen 800A gemacht. Wahrscheinlich war das eine Hand des Opus Dei, die vor der vermeintlichen Empfindlichkeit der Dekanin Ehrfurcht zeigte. Das ist ein Klassiker der einheimischen Mauerliteratur. Es würde mich nicht wundern, wenn Peppuccio Nummer zwei der Autor der Schrift, und Peppuccio Nummer eins deren Korrektor gewesen waren. Oder umgekehrt. Ringsum war nichts weiter als finstere Nacht, und nicht einmal die neuen Straßenlaternen schafften es, sie weniger nächtlich zu machen.

Wir waren mit meinem Golf zur Dekanin gefahren. Die *bad girls* nahmen auf dem Rücksitz Platz, Miss Virginia setzte sich neben mich. Sie hatte so lange mit dem Sicherheitsgurt herumhantiert, daß ich dachte, sie wollte sich auch meinen umschnallen. Da schau einer her, wie groß ihr Vertrauen zu mir war!

Ich bog in der Via Alloro ab und fuhr Richtung Piazza Croce dei Vespri, bis ich in der Via Cantavespri vor dem Theater Santa Cecilia herauskam, das seit Jahrzehnten wegen bevorstehender Restaurierung geschlossen ist. Mit dem Kopf wer weiß wo, war ich einen Circulus vitiosus gefahren. Mir blieb nichts anderes übrig, als wieder von der Fieravecchia aus in die Via Aragona einzubiegen und dann in die Via Paternostro. Es war nicht etwa so, daß ich nicht aufgepaßt hätte, aber der Circulus war tatsächlich lasterhaft, denn des Nachts auf diesem alten Pflaster herumzufahren, ist ein echtes Vergnügen.

Ich fuhr zum Cassaro hinauf und bog gleich in die Via Pannieri ab. Tagsüber wäre das unmöglich gewesen. Der Bäckerladen Fraterrigo, dessen Brioches mit Schlagsahne von der *New York Times* getestet worden waren, hatte noch offen. Schlagsahne auf Kalbsmilz? Ohne die Damen im Schlepptau, hätte ich bedenkenlos zugegriffen. Aber die bloße Vorstellung, die Dekanin als Notfall für eine Magenspülung ins Krankenhaus begleiten zu müssen, ließ mich aufs Gas treten. Ich fuhr weiter Richtung Piazza Caracciolo und dann durch die Gasse der Maccheronai bis nach San Domenico. Trotz der Jahreszeit waren die Pflastersteine des Marktes der Vucciria trocken wie noch nie. Den einheimischen Sängern nach soll das Wasser, das von den Fischständen rinnt, sie stets naß halten. Wegen der neuen Hypermärkte ist es schon ein Wunder, wenn sie bis zwölf Uhr mittags naß bleiben. Das gleiche gilt für die Märkte des Capo, Ballarò, Borgo und Latterini. Die alten Märkte sterben jeden Tag ein Stück mehr ab. Und auch *panelle, cazzil li, cicirello, mèusa, frittola, u mussu, stigliole, a quarumi* und der ganze Rest werden demnächst nur noch auf den Speisekarten der Spitzenklassen Restaurants oder in den Tiefkühltruhen direkt aus Korea importiert zu finden sein. Aber *rascatura* wird es nicht einmal dort geben: Selbst die Erinnerung an sie wird aussterben.

Ich kam an der Säule der Immacolata heraus und bog in die Via Roma ein. Die Dekanin fand die Sprache wieder:

»Hast du gehört, Lorenzo, daß sie die Straßenbahnen wieder fahren lassen wollen? Zuerst haben sie alles abmontiert – erinnerst du dich noch an die Schienen hinterm Politeama und in der Via Cavour? Die müssen noch dort sein, unterm Asphalt. Die Straßenbahnen hast du sicher nicht mehr gekannt, aber die Schienen waren bis in die sechziger Jahre gut sichtbar. An die Obusse erinnerst du dich aber noch. Denen war ein längeres Leben vergönnt. Im Sommer fuhr ich mit meiner seligen Schwester und den Freundinnen zur *tonnara* Vergine Maria, um im Meer zu baden. Wir nahmen immer den Obus hier in der Via Roma. Der 21/31 ging von Torrelunga bis Acquasanta, fuhr um den kleinen Platz mit den Palmen zum Fischerhafen und machte dann kehrt. Dort stiegen wir aus und legten noch ein ganzes Stück zu Fuß zurück, und die Sonne knallte uns auf den Kopf. Wir waren ja noch jung.«

Es war ein Selbstgespräch und bedurfte keinerlei Einmischung. Die alte Virginia reihte die Erinnerungen aneinander wie einen Rosenkranz aus Schrotkugeln. Als sie mit dem Sermon über die Straßenbahnen losgelegt hatte, fuhr mein Hi-Fi im Oberstübchen sein Pick-up auf *Take the A train,* und zwar in der klassischen Version von Ellington. Die Mädchen blieben weiterhin bei guter Laune. Ich hoffte, daß sich dahinter keine Strategie versteckte und sie nur ihre Akkus aufluden.

Wenn Woody Allen meint, daß es unmöglich sei, Samstag nachmittag in Manhattan einen Klempner zu finden, versuche er ruhig mal einen Parkplatz in der Nähe des Robinson zu finden, selbst Montag abend. Es ist schon viel, wenn man in weniger als zehn Minuten die fünfzig Meter der Via Petrarca zwischen Via Ariosto und Via Rapisardi schafft, vier gestopfte Reihen Autos und fünfzig Reihen Trinker. Bei der zweiten Runde über die Piste freundete ich mich mit dem Gedanken an, meinen Wagen den unsicheren Händen eines illegalen Parkwächters zu überlassen, der ihn in die Mitte der Kreuzung auf der Piazzetta Boccaccio hinstellte. Entweder lernst du in der Metropole mit so etwas zu leben, oder du hast eben Pech.

Die zwei Unglückseligen fungierten als Eisbrecher und bahnten der Dekanin einen Weg durch die Menge; ich bildete die Nachhut. Es war ein langer Marsch der Annäherung

74

Richtung Lokaleingang. Die wenigen, an die Hauswand ge-
lehnten Tische im Freien waren hoffnungslos besetzt. Ebenso verhielt es sich bei denen im Inneren des Pubs. Ich spürte
viel zu viele Augenpaare auf mich gerichtet. Besonders die eines Quintetts, das an der Theke lehnte; sie hatten Gesichter
wie die Steineschleuderer auf den Autobahnüberführungen.
Auch unser Quartett machte sicher keinen schlechten Eindruck: ein distinguierter Typ in leicht existentialistischem
Look, ein wenig außer Mode, in Cordjeans und schwarzem
Pullover, zwei junge Straßenräuberinnen in trendy schwarzen Nietenjacken und eine würdige Greisin in malvenfarbe-
nem Kostüm aus der Boutique Saint Vincent (der San Vincenzo also) und einer Bluse mit Schleife. Ein Quartett, das einen starken Geruch nach Limoncello, Schoumm-Lösung und
Sumpfsaft verströmte.

Die Augen der Dekanin schleuderten Blitze.

Gern hätte ich auch metaphysisch Abstand von diesem
zeitlich-räumlichen Kontext genommen. Der lange Marsch
der Annäherung ging in Richtung Schanktheke weiter. Francesca stieß mich mit dem Ellenbogen ins Zwerchfell.

»Guck mal, Chef«, flüsterte sie mir ins Ohr. Ich folgte
ihrem Blick. An einem Tisch ziemlich weit hinten vermeinte
ich, inmitten der Rauchschwaden das Gesicht des Peruzzi zu
erkennen. Das übliche, mausgraue Jackett und die Krawatte
hatte er zu Hause gelassen und trug ein kariertes Flanellhemd
unter einer roten, ärmellosen Weste: Im Lokal war es warm.
Ihm gegenüber hockte eine junge Nymphe auf ihrem Sitz fest-
genagelt, die aus dieser Entfernung nicht mehr als zwölf Jahre sowie ein Paar selbsthaftende Strümpfe vorzuweisen hatte, auf die zehn Zentimeter nacktes Fleisch und fünf Zentimeter Minirock folgten (oder war das ein Gürtel?).

»Sollen wir die Sittenpolizei oder die Notrufnummer für
Kinder in Gefahr anrufen?« säuselte Alessandra.

»Leben und leben lassen, Mädchen«, raunte ich.

Wir sprachen ganz leise, damit die Dekanin nichts mitbekam. In der Zwischenzeit hatte Peruzzi auch uns entdeckt. Er sah erst meine Wenigkeit, dann die Mädchen und seine Augen leuchteten. Dann fiel sein Blick auf die Greisin und erlosch mit einem Schlag. Mit rotierenden Augäpfeln und unterstrichen von einer viel zu meridionalen Geste für einen Typ aus dem Brembate-Tal bedeutete er uns, daß er uns das Feld überlassen wolle. Francesca und Alessandra scherten aus unserem Grüppchen aus und stapften Richtung Tisch im hinteren Teil des Lokals los. Ich hatte die Aufgabe, die Dekanin abzulenken. Als die beiden Mädels in Wurfweite waren, lichteten Peruzzi und seine Holde die Anker. Kaum waren sie verschwunden, geleitete ich die Dekanin in die entseuchte Zone.

»Aber war das nicht der Peruzzi, der gerade mit dem nackten jungen Mädchen da hinausgegangen ist?« fragte die alte Virginia seelenruhig.

»Der Schein trügt, Frau Professorin«, tat Francesca die Frage ab.

»Der Hintern hatte schon Sitzfleisch angesetzt«, lästerte Alessandra.

»Und der Look ist schon seit mindestens drei Jahren passe.«

»Vielleicht war es seine Tochter«, warf ich forsch ein.

»Chef, du weißt genau, daß der Peruzzi nur Söhne hat, und die leben außerdem in Mailand.«

Wir ließen uns auf die Stühle fallen.

»Was bestellen wir?«

»In Amerika, erinnere ich mich, habe ich immer Gin Tonic getrunken«, sagte die Dekanin. Zur Zeit der Prohibition? wollte ich schon fragen. Ausnahmsweise funktionierte mein Hirn schneller als meine Zunge. Die zwei jungen Damen ließen sich ein paar Corona mit Salz und einer kunstgerecht in den Flaschenhals eingebauten Zitronenscheibe bringen. Richtig *dernier cri*. Bei mir dauerte es lange. Ich brauchte etwas, womit ich dieses letzte, leidvolle Stück Jahrtausend wie-

der ins Gleichgewicht bringen konnte. Ich bestellte einen Laphroaig pur.

Während wir auf unsere Trinkkelche warteten, warf die
Dekanin funkelnde Blicke um sich:

»Welch schöne Jugend! Ah, wenn ich nur zwanzig Jahre
jünger wäre ...«

»Wäre ich zwanzig Jahre jünger, Frau Professorin ...« vielleicht würde ich mir dann eine Kugel durch den Kopf schießen, schloß ich den Satz in Gedanken ab.

»Aber warum nennst du mich immer Frau Professorin?
Wißt ihr, Mädchen, vor Jahren, nach der Prüfung, habe ich
ihm angeboten, mich zu duzen. Ich meine die seines Rigoro-
sums natürlich. Als er dann sein Forschungsstipendium gekriegt hat, habe ich es ihm nochmals angetragen, aber da war
nichts zu machen. Er ist einfach zu altmodisch. Auch jetzt,
seht ihn euch an, wie er dasitzt, als hätte er einen Besenstiel
verschluckt. Laß dich doch etwas gehen, Lorenzo, genieß das
Leben.«

»Wenn ich relaxe, wer soll dann auf die zwei hier aufpas-
sen?«

In Wahrheit erwartete ich mir von der alten Virginia mit
ihrem lockeren Ton den subversivsten Teil des Abends, der
schon unwiderruflich Nacht geworden war.

Die Getränke kamen. Sie testete ihren Gin Tonic, verzog
das Gesicht und stürzte mit einem Zug gut die Hälfte des Glases hinunter.

»Ah, das habe ich gebraucht, ich hatte einen solchen
Durst«, sagte sie aufatmend, schob die Zitronenscheibe zwischen die Zähne und spuckte dann die fein säuberlich abge-
nagte Schale in den Aschenbecher. Ihr Gebiß mußte eine gute
Marke sein.

Dieses Mal wollte ich unter keinen Umständen im Hinter-
treffen bleiben. Leere Gläser, leere Flaschen, zweite Runde.
Langsam verspürte ich ein behagliches Wohlgefühl und ein
schwaches Sehnen. Ich zündete mir eine Camel an. Es war

die erste des Tages, denn es war mir in der Zwischenzeit gelungen, mich ganz zu entgiften, und ich war sicher, daß ich sie (die Zigaretten, noch nicht die Oxymora, die sind ein älteres, eigenständiges und wesentlich hartnäckigeres Laster) auf unbestimmte Zeit unter Kontrolle halten könnte.

»Der Peruzzi ist aber nicht schlecht«, ergriff die alte Virginia das Wort – der erste Schluck Gin Tonic hatte ihr die Zunge wieder gelöst.

»Leider hat er die Manie des Alles-ist-falsch-alles-muß-neu-gemacht-werden, was typisch ist für einen, der zum ersten Mal ein neues Amt bekleidet. Er würde am liebsten alles auf den Nullstand bringen und mit dem didaktischen Ansatz von vorne anfangen. Er behauptet, wir hätten eine allzu meristische Einstellung und die Zukunft gehöre den Holisten. Wie erklärt es sich, habe ich ihn auf der letzten Sitzung des Fachbereichsrats gefragt, daß alle großen meristischen Wissenschaftler am Tag nach der Nobelpreisverleihung zu ganz durchschnittlichen holistischen Wissenschaftlern werden? Soll das nur ein Symptom von Senilität sein? Nein, es rührte daher, daß sie keine Lust mehr haben, sich für die wahre Wissenschaft, die den Dingen auf den Grund geht, ins Zeug zu legen. Und mit einem Mal brachen sämtliche Himmelsgewalten über mir zusammen! Sofort hatte ich die Umweltschützer am Hals, die sich benahmen, als wollten sie mir das Fell über die Ohren ziehen. Wißt ihr, was euer Chef dann gemacht hat? Er hob die Hand, bat ums Wort und schlug mit todernster Miene vor, daß sich drei Holisten mit drei Meristen bei Morgengrauen auf der Piazza Scaffa bei der Admirals-Brücke schlagen sollten, um die Angelegenheit aus der Welt zu schaffen.«

»Stark, Chefin. Und was ist dann passiert?«

»Der Peruzzi hat den Vorschlag ernsthaft in Erwägung gezogen; wie üblich hat er zweitausend Jahre darüber nachgedacht, ohne auch nur eine Sekunde mit dem langsamen Auf und Ab seines Kopfs auszusetzen. Schließlich hat er gesagt, das sei nicht legitim. Entweder hat er einen ausgeprägten

Sinn für Humor oder er weiß nicht, wer Lorenzo ist. Stellt euch vor, sogar mein Neffe Peppuccio, der Architekt, als ich es ihm erzählte ...«

Ich ließ diesen langen, alkoholisierten Monolog auf der Oberfläche meines Bewußtseins dahingleiten, ohne ihm meine Aufmerksamkeit zu gönnen. Die alkoholische Ölung hatte den Punkt des *no return* überschritten, und die Worte purzelten aus dem Mund der Dekanin, als wären sie infolge übermäßigen Gebrauchs schon ausrangiert worden. Vor allem die Konjunktionen. Wenn man es recht bedachte, hatte das seinen allegorischen Reiz, weil die beiden Vokabeln – Dekanin und Konjunktion – in ein und demselben Satz das leibhaftig gewordene Oxymoron, den Archetyp des Oxymorons, das Oxymoron schlechthin darstellen.

Andächtig tat ich einen langen Zug Laphroaig und behielt ihn auf der Zunge, bevor ich ihn hinunterschluckte. Erneut den Namen des Architekten und Nicht-Neffen Peppuccio zu hören, hatte bei mir ein Flämmchen in den Gehirnwindungen aufflackern lassen. Gab es nicht eine Verbindung zwischen dem, was die Dekanin vor ein paar Stunden gesagt hatte, und dem, was ich von der Ugro-Finnin letzte Woche in Wien gehört hatte? Lustlos schweifte ich in Gedanken ab und hoffte, daß sich die Verbindung, wenn es sie gab, von alleine herauskristallisierte.

Ah, jetzt hatte ich es! Die Ugro-Finnin hatte von Ghinis Palermer Boutique gesprochen und sie irgendwo zwischen Politeama, Piazza Croci und dem Borgo angesiedelt. Wie hieß die noch mal? Ein merkwürdiger Name, an den ich mich einfach nicht mehr erinnern konnte. Auch die Dekanin hatte eine Andeutung von einer Antiquitätenhandlung gemacht, wo der Nicht-Neffe Peppuccio als Berater tätig war. Sie hatte weder Genaueres über die Adresse noch den Namen verlauten lassen, aber sie hatte vom Sitz des Opus Dei in der Via Daita gesprochen. Die Gegend war richtig, aber dort gab es eine Menge solcher Geschäfte.

Die Dekanin trank noch einen Schluck, und ich nutzte die Unterbrechung:

»Wie hieß nochmals der Laden, wo Ihr Neffe arbeitet?«

»Kamulùt. Er heißt Kamulùt.«

Tatatatàn! (Siehe der gute, alte Ludwig van!)

»Wißt ihr, was das bedeutet?« fuhr die Dekanin zu den Damen gewandt fort.

»Das kommt von *càmula,* was auf sizilianisch *Holzwurm* heißt. *Camulutu* ist also soviel wie *wurmstichig.* Und von daher kommt der Name ›Kamulùt‹, ist das nicht witzig für einen Antiquitätenladen? Gegenüber gibt es ein kleines Restaurant mit einem noch seltsameren Namen wie ›Der eingewachsene Nagel der Ophelia‹ oder ›Das Nasenbluten der Messalina‹; irgend so etwas auf alle Fälle.«

»Meinen Sie vielleicht ›Alice im Wunderland‹?«

»Klasse! Du kennst es also auch?«

»Ja, aber ich würde mir nicht im Traum einfallen lassen, meinen Fuß an einen Ort zu setzen, der so heißt. Aber ist der Besitzer des Kamulùt nicht gestorben?« fragte ich forsch.

»Ja, Ghini; kanntest du ihn? Er wurde gegen Ende Oktober ermordet. Ich weiß jetzt nicht, wie es für meinen Neffen Peppuccio mit seinem Job aussieht.«

Ich erwiderte nichts und ließ die Notiz eine Weile kreisen, bis sie sich da niederließ, wo es ihr paßte, auf einer Parkfläche in Erwartung weiterer Daten. Ich war zu demotiviert, um ihr eine passende Unterbringung zu besorgen.

Doch wegen des Zusammentreffens hätte ich beinahe Lust verspürt, an Padre Pio zu glauben.

Die Dekanin sprach weiter von ihrem Neffen, der kurz vor der offiziellen Verlobung mit einem russischen Mädchen stand, die in Palermo in einer Reiseagentur arbeitete, die auf die Kanalisierung der neuen Touristenflüsse zwischen der großen Mutter Rußland und Sizilien spezialisiert und stark in Expansion begriffen war.

»Ein nettes Mädchen ist das, blond und schön, mit blauen Augen. Nur ist sie russisch-orthodox, das ist das einzige, was an ihr nicht in Ordnung ist. Ich war einmal zusammen mit Peppuccio bei ihr zu Hause; auch die Eltern des Mädchens, die noch in Rußland leben, waren da. Anständige Leute, nur trinken sie zuviel! Sie hatten von zu Hause Zweieinhalbliter-buddeln Wodka mitgebracht; anstelle des Korkens ist ein kompliziertes Ding aufmontiert, eine Art Kolben: Drückt man den nach unten, kommt aus dem Schnabel der Likör; mit einem einzigen Druck auf das Ding war ein so hohes Glas voll. Gegen Ende des Abends, nachdem wer weiß wie viele Flaschen geleert worden waren – und wir waren nicht mehr als zwanzig Personen –, haben sie eine Riesenshow veranstaltet! Sie haben die Gläser genommen und auf den Fußboden geschmissen, damit sie in tausend Scherben gingen. Sie behaupten, das sei russisches Brauchtum. Ich habe zu Peppuccio gesagt, wenn er eine Verlobungsfeier haben will, dann werde ich ihm die bei mir zu Hause ausrichten. Und wenn ihr wollt, könnt ihr auch kommen.«

»O wie schön, Professorin«, kreischte Francesca.

»Aber schade für das Parkett«, meinte Alessandra, »bei all den Scherben.«

»Was für Scherben?« fragte die Dekanin nach.

»Die Ihres Eßgeschirrs«, erwiderte Alessandra. »Sie müssen wissen, die Gläser werfen sie auch in den Häusern der anderen kaputt: Das ist nun einmal Tradition.«

»Nun, dann sehen wir mal«, ließ sich die gute Virginia mit blassem Gesicht vernehmen. Ihre Frisur begann sich langsam über den schlaff herunterhängenden Ohren aufzulösen. Die Augendeckel klappten ihr immer öfter zu und blieben immer länger geschlossen. Es würde keine leichte Aktion werden, sollte sie auf ihrem Platz einnicken. Ich machte den Vorschlag zu gehen. Da kam wieder etwas Leben in sie, und sie bestand darauf, unsere Runden zu bezahlen. Ich versuchte, einzugreifen, aber ohne Erfolg.

81

»Das ist mir eine Ehre! Ihr seid bitte schön meine Gäste. Und außerdem bin ich hier die Älteste.«

Seit Eintritt in das Erwachsenenalter hatte ich es zum ersten Mal zugelassen, daß ein weibliches Wesen in meinem Beisein die Zeche bezahlte.

Die Verzollung meines Wagens war eine langwierige Angelegenheit. Auf dem Rückweg brachte keiner einen Pieps heraus. Die Dekanin war längst zu einem Stilleben geworden. Beim Abschied hörte sie gar nicht mehr auf, sich bei uns für den so reizenden Abend zu bedanken und daß wir so witzig und zuvorkommend und wer weiß was noch gewesen seien. Die Mädchen begleiteten sie bis zur Wohnungstür und waren auf der Stelle wieder zurück.

»Bitte sagt kein einziges Wort«, knurrte ich, ohne sie dabei anzusehen. Sie taten so, als hätten sie nicht verstanden:

»Die Dekanin ist stark, nicht wahr, Chef?«

»Ganz anders, als wir dachten.«

Und nicht einmal so, wie ich dachte. Was für eine Widerwärtigkeit: Keiner ist mehr das, was er sein sollte. Die Hartnäckigkeit, mit der sich die Leute weigern, ihre Rolle einzunehmen, die wir ihnen maßgerecht auf den Leib geschneidert haben, kann einen ganz schön sauer machen. Einer verbringt sein Leben damit, zu entscheiden, wie seine Bekannten zu sein haben, oder macht sich zumindest eine ganz genaue Idee davon, wie sie sind. Am Ende stellt sich dann heraus, daß nichts davon wahr ist. Alles ist ein reines Phantasiegebilde, und die Dinge verhalten sich ganz anders. So bricht eine ganze Welt zusammen. Als würde man seine Großmutter dabei überraschen, wie sie einem Arsen in die Lieblingsmarmelade mischt. Oder als würde man einen Plastikwurm in einem echt biologisch angebauten Apfel entdecken.

Ich war natürlich nicht der einzige, der so dachte:

»Es war schön, Chef, damals, als noch alles klar war. Die Bösen standen auf der einen Seite und wir, die Guten, auf der anderen.«

»Chef, du hast uns schwer enttäuscht. Ohne mit der Wimper zu zucken, hast du zugelassen, daß sie uns Lästermäuler und Giftschlangen genannt hat.«

»Zu anderen Zeiten hättest du sie mit ein paar von deinen knallharten Bemerkungen mit Spätzündung zurechtgestutzt.«

»Ja, du hast einfach kein Rückgrat mehr, Chef, du hast deine liebe, gute Aggressivität verloren.«

»Das wird die Schuld des zurückgehenden Testosteronspiegels sein, der euch männlichen Geschöpfen ab dem achtzehnten Lebensjahr zu schaffen macht.«

»Weswegen ihr Haare und Libido verliert.«

»Wir Männer gleichen eben Quantität mit Qualität aus.«

»Du sprichst natürlich von den Haaren ...«

»Hütet euch ja, mich zu provozieren, ihr zwei bösen Mädchen, wenn ihr nicht wie die Jungfern in *Clockwork Orange* enden wollt ...«

»Ist das ein Versprechen oder eine Drohung?«

»Paß auf, wohin sich deine Zunge verirrt, Chef! Was stellen wir jetzt an? Die Nacht ist noch jung.«

»Ihr seid sturzbesoffen. Jetzt geht's in die Heia.«

Der richtige Ausklang eines Tages ist die Wahl des Buchs, das einem hilft, die Nacht zu durchqueren. Das sollte man nicht unterschätzen. Dazu braucht es Besinnlichkeit.

Wenn ich niedergeschlagen bin und mich wieder aufrappeln will, lese ich normalerweise Dinge wie Zazie, der es nie gelungen ist, in die Metro einzusteigen, oder Tristram Shandy oder Huck Finn. Oder eine Unmenge anderer Dinge. Wenn ich mich jedoch deprimieren lassen will, lese ich Bukowski oder Woolrich; oder Celine, der bei mir eine Dauerdepression ohne Aussicht auf Genesung hervorruft. Ich lese auch Soriano, der einem schlimmer als ein Tango Melancholie einflößt, auch weil man weiß, daß er schon lange gestorben ist, noch bevor man ihm begegnen konnte; er beschert einem eine schöne, intelligente und meditative Depression, die obendrein noch romantisch und positiv, anheimelnd und konstruktiv ist und zu einem ganz und gar nicht zynischen Schlaf führt.

Ab und zu hat man einfach das Bedürfnis, sich deprimiert zu fühlen. Es ist einer der Ausgänge aus dem Entwicklungslabyrinth des Ichs. Die Depression ist die Vorkammer der Wahrheit.

Soriano hielt mich knapp eine halbe Stunde lang wach.

That's all, folk.

Und das ist nicht wenig.

Die lustige Witwe

Wenige Sekunden nur waren vergangen, und ich mußte feststellen, daß schon wieder Freitag war. Ein herbstlicher Freitag ist ein Tag wie jeder andere, um die regelmäßige existentialistische Wartung vorzunehmen. Aber bitte in entsprechender Begleitung.

Die ganze Woche über hatte ich mit Michelle ausschließlich telefonischen Kontakt gehabt. Sie steckte bis über den Kopf in Arbeit, war todmüde und hatte sich obendrein auch noch eine Erkältung eingefangen. Als sie ein kleines Mädchen war, hatte ihr Vater ihr beigebracht, daß nach den Geboten der französischen Medizin eine Erkältung eine Woche dauert, wenn sie nicht behandelt wird; bei guter Behandlung dauert sie jedoch sieben Tage. Und daran hält sie sich, weil ihr Vater, wenn auch kein Arzt, so doch immerhin ein ehemaliger Franzose ist.

Ich rief sie am frühen Nachmittag in ihrer Abteilung an und machte ihr einen riskanten Vorschlag:

»Was hältst du davon, zu Maruzza aufs Land zu fahren?«

Schweigen. Ein Schweigen mit ein paar Linien Fieber.

»Bist du dir sicher, was du da machst?«

»Willst du heute abend oder lieber morgen früh losfahren?«

»Wenn es so steht, besser heute abend. Auch wenn ich dann gezwungen bin, mir einen auszurenken, um die Arbeit aufzuholen.«

»Unterdessen könntest du etwas gegen deine Erkältung tun. Du solltest Vitamin-C-reiches Obst zu dir nehmen, wie zum Beispiel einen Daiquiri.«

Damit war unser Gespräch zu Ende. Ich rief meine Schwester im Corral an. Das ist ein alter Gutshof, den Maruzza und Armando vor einigen Jahren erworben und so weit renoviert haben, daß er selbst im schlammigsten Winter bewohnbar ist. Ich nenne ihn Corral im Angedenken an Maruzzas Vergangenheit als Cineastin, als sie sich im Filmclub des Gemeindezentrums einschrieb, um endlich auf Breitleinwand *Faustrecht der Prärie* sehen zu können. Tagelang noch klebte die Ballade *My darling Clementine* an ihren Stimmbändern, mit der sie, untermalt von der Schilderung der Szene, wo Henry Fonda stocksteif mit der Volksschullehrerin von Tombstone tanzt, ihren Mitmenschen auf die Nerven ging. Seinerzeit frequentierte Maruzza L'Antorcha und La Base und ließ sich nicht ein Fotogramm aus der Filmretrospektive über Dreyer oder Lang oder die Festivals des neuen brasilianischen Films – Pereira dos Santos und Glauber Rocha – entgehen: improvisierte Untertitel in nordostitalienischem Dialekt und eine ziemlich magere Ästhetik.

Palermo ist noch heute für uns Filmliebhaber (jedoch auch für uns Hundeliebhaber) der Inbegriff von Freud und Leid. Vor allem Leid. Es ist eine verrückte Stadt. Nehmt zum Beispiel einen Film wie *Ein Herz im Winter,* der nicht einmal in den Filmklub paßt, und setzt ihn auf den Spielplan irgendeines der kommerziellen Kinos, er wird sich kaum ein Wochenende halten. Verlegt denselben Film aber ins Aurora im Stadtviertel Tommaso Natale, das fast schon in der Pampa, aber jedenfalls alternativ ist, und der Saal wird zwei Monate lang jeden Abend brechend voll sein. Viele Gesichter werden die gleichen sein wie zu Zeiten des Antorcha und des La Base: alte, vor allem trotzkistische oder ex-trotzkistische Gesichter, die sämtliche Gedenkfeiern überlebt, ein paar gezähmte Falten mehr und ein paar speckige Parkas weniger haben. Oft ist auch mein Gesicht dort zu sehen, auch wenn ich weder einen Parka noch eine trotzkistische Phase gehabt habe. Solch eine Vielfalt snobistischer Filmliebhaber gibt es wahrscheinlich nirgendwo sonst.

Aufs Land braucht man bei schwachem Verkehr eine Stunde mit dem Wagen. Der Hof liegt in den Hügeln des Madoniengebirges ungefähr fünf bis sechs Kilometer Luftlinie vom Meer.

Bevor mein Schwager sich der Landwirtschaft verschrieben hat, bekleidete er einen Posten in der mittleren Beamtenlaufbahn bei der Regionalverwaltung. Eines Tages hatte er eine geniale Eingebung: Wenn es auch falsch ist, daß sich das Organ bei reger Tätigkeit vergrößert, wie mein Quasi-Namensvetter Lamarck behauptet, steht andererseits unanzweifelbar fest, daß sich die Organe der Regionalverwaltung gerade durch Untätigkeit vermehren. Angesichts dieses Sachverhalts bestand auf längere Sicht das Risiko, daß sich Armando mit seinem Charakter ein Dutzend unheilbarer Allergien zuziehen würde. So profitierte er von einer der in regelmäßigen Abständen auftretenden »Rutschbahnen«, dank derer man in den fetten Zeiten mit nur zwölf Dienstjahren bei Fortzahlung des Höchstgehalts und mit einer übertrieben hohen Abfindung in Pension gehen durfte, und beschloß, den großen Schritt zu wagen – meine Schwester war eindeutig mit schuld daran.

Maruzza antwortete gleich nach dem ersten Läuten. Wahrscheinlich hatte ich sie in einer ihrer seltenen Ruhepausen erwischt, wenn sie auf dem Sofa liegt, das Telefon in Reichweite, und eines ihrer schrecklichen Bücher von postfeministischen Autorinnen liest.

»Ist alles in Ordnung auf dem Corral?«

»Bis jetzt ja. Armando ist bei der Aussaat, und die Kinder sind im Hausaufgabenzirkel. Ich bin gerade am Lesen.«

»Was?«

»Die Briefe der Heiligen Teresa von Avila.«

Eben. Pause. Ich versuchte, meine Stimme aufs beste zu modellieren, als wollte ich Maruzza nur das Rezept für *Pasta con le sarde* diktieren:

»Ich wollte vielleicht heute abend mit Michelle vorbeikommen ...«

»Gut. Wir erwarten euch zum Abendessen.«

Mit wenigen Worten verabschiedeten wir uns. Maruzza hatte nicht mit der Wimper gezuckt. Das war ziemlich merkwürdig.

Das Licht flimmerte golden. Die Tage wurden immer kürzer, und die Sonne stand schon tief hinter dem Laubwerk der Washingtonie und schuf verwaschene, beinahe phosphoreszierende Konturen, die einmal die Figur Padre Pios, dann wieder das Profil von Henry Kissinger simulierten.

Ich blieb noch einige Stunden im Fachbereich. Die zwei Mädchen hatten sich zu mysteriösen Verabredungen auf den Weg gemacht, und ich hatte mich geweigert, neugierig meine Nase hineinzustecken. Sie waren heftig empört deswegen. Dann machte ich noch einen Abstecher nach Hause, um das Notwendigste fürs Land einzupacken, und holte Michelle ab.

Sie kam in weißen Jeans aus dickem Stoff, blauem Marinepullover, gelber Windjacke und einem Sportsack in der Hand herunter. Sie legte den Beutel auf den Rücksitz, zog die Jacke aus und warf sie darauf. Sie trug eine Kette aus Edelsteinen, die mir sehr vertraut war. Dieses Schmuckstück hatte einmal im Teatro Biondo bei dem alten, blinden Cembalisten Kirkpatrick fast einen Herzstillstand verursacht. Es war eine Kette aus dicken Quarzperlen, deren Faden genau in dem Augenblick gerissen war, als der alte Kirkpatrick nach einem Pianissimo einer Sonate von Scarlatti die Finger auf die Tasten legen wollte. Und da wir auf Logenplätzen saßen, hatten die Steine beim Aufschlagen auf den Holzboden einen Heidenlärm gemacht. Es klang wie Kalaschnikowfeuer, und allen fuhr ein gehöriger Schreck durch die Glieder, besonders dem guten Kirkpatrick, der ja nicht sehen konnte, und allen voran Michelle, die am liebsten im Erdboden verschwunden wäre.

»Ich habe den Faden verstärken lassen«, sagte sie, kaum daß sie meinen erinnerungsschwangeren Blick bemerkte. Trotz ihrer Schlagfertigkeit war sie nervös. Ich konnte das an der Art erkennen, wie sie hinaussah und ihr Blick nach rechts und links schweifte, als suche sie nach etwas. Sollte sie es gar bereuen, meine Einladung angenommen zu haben? Es war ja nicht ihr erster Besuch im Corral. Während unseres Rounds Nummer eins war sie mehr oder weniger ebenso oft dort gewesen wie ich. Oder besser gesagt, sie war immer mit mir dort gewesen. Ich wußte, daß sich Maruzza und sie auch danach noch, aber immer in Palermo, gesehen hatten. Es waren Jahre vergangen, seitdem sie das letzte Mal ihren Fuß auf den Hof gesetzt hatte.

»Was ist mit dir?« setzte ich vorsichtig an. Sie antwortete nicht gleich, als müsse sie sich erst besinnen.

»Nichts. Ich mache mir etwas Sorgen wegen meines Vaters.«

»Probleme mit der Gesundheit?«

»Vielleicht. Aber nein, ich glaube nicht.«

Schweigeminute. Ich wartete ab.

»Seit ein paar Tagen ist er viel zu aufmerksam, viel zu brav und auch viel zu besorgt. Doch wenn ich das Wort an ihn richte, reagiert er vielfach gar nicht ... als ginge ihm wer weiß was durch den Kopf.«

»Er wird mit einem Schlag in die Wechseljahre gekommen sein.«

Meine Worte enthielten nicht die geringste Bösartigkeit. Sie verstummte. Ihre Nervosität legte sich Stück für Stück, je näher wir dem Hof kamen. Das ist normal. Es geht allen so, die schon einmal dort waren. Das ist die Anziehungskraft des Corral, der selbst ich ausgewachsenes Stadttier hilflos ausgeliefert bin. Es ist, wie in die Wüste Tara zurückzukehren.

89

Bei unserer Ankunft gab es eine Szene vom Typ »Und das Schiff kehrte allein zurück«. Als meine Schwester uns Seite an Seite auftauchen sah, legte sich ein Schleier über ihre Augen und beinahe wären ihr die Tränen gekommen. Mein Schwager ist eher von der Sorte »Was nicht umbringt, macht hart«. Er kann auch wie der Typ auftreten, dem man seine Vesper mit *panelle* in die Hand drückt und ihn ruhig hält, bis er alles bis auf den letzten Krümel geschluckt hat und auf das nächste wartet. Aber der Schein trügt. Auf alle Fälle ist er als Schwager besser als ein zweisprachiger Rechtsanwalt für Zivilrecht, den ich kenne. *Les enfants* sahen uns mit einem Ausdruck à la Gavroche auf den Barrikaden an. Ich habe sie zu Ehren meiner Schwester so getauft, die früher Französischlehrerin war. Auch sie hatte sich kurz nach ihrem Angetrauten frühzeitig pensionieren lassen. Seit jener Zeit hat sie immer versucht, die Kontakte mit der Zivilisation nicht ganz zu verlieren; ständig besorgt sie sich französische Bücher und muß wohl zu irgendeinem Verlagsmenschen bei Fleuve Noir oder bei Gallimard oder Hachette in Paris einen heißen Draht haben. Tatsache ist, daß Monsieur Pennac schon seit geraumer Zeit, noch bevor er ins Italienische übersetzt wurde, auf dem Hof zirkulierte. Von daher stammt auch der Name Maulaussène für den Sündenbockhund des Hauses, der mit stoischer Gelassenheit die Launen der Kinder über sich ergehen läßt. Mein Schwager hatte an einen romantischeren Namen für ihn gedacht wie zum Beispiel »Skatbruder«, aber meine Schwester hatte sich quer gestellt.

Und genau von Maulaussène kam der Überraschungsschlag. Kaum erblickte er Michelle, begann er einen wilden Tanz und jaulte wie ein Rudel Schlittenhunde. Dann näherte er sich ihr und ließ sich rücklings auf die Erde fallen, die Beine in die Höhe gestreckt, das weitere Geschehen abwartend. Eine Sache wie bei Argo und Odysseus, wobei jedoch die Würde zum Teufel gegangen war. Eigentlich müßte Frau Doktor Laurent für den guten Malaussène, den treuen

Freund des Mannes, aber nicht der Frau, ein völlig fremdes Wesen sein. Der Hund war erst nach Michelles letztem Besuch auf dem Anwesen geboren worden. Nach ihrem letzten Besuch mit mir jedenfalls ... langsam drehte ich mich um und sah erst Maruzza, dann Michelle an. Ich versuchte, Tadel und Mißtrauen in meinen Blick zu legen. Aber beide sahen gen Himmel, als hätten sie gerade einen neuen Doppelstern knapp hinter dem Andromedanebel entdeckt. Sich an Armando zu wenden, wäre sinnlos gewesen, wollte man keine Familienfehde heraufbeschwören. Und die Knaben durchlebten gerade die Phase einer unverbesserlichen Omertà, was die Ambivalenzen des männlichen Elternteils verstärkte, das zwischen uraltem, sikulischem Stolz und einem jüngeren Sinn für ethische Frustration schwankte.

Die zwei Frauen eroberten schließlich wieder festen Boden unter den Füßen, baten mich um eine Camel pro Kopf. Rauchend blieben sie draußen in der Eiseskälte stehen und plauderten. Seltsamerweise hatten beide die gleiche Haltung eingenommen: Marlene Dietrich, die in *Shanghai Express* im Dunkeln raucht, den Blick irgendwo in der Höhe verloren. Dieses Fotogramm ist wie eine Tätowierung im Gedächtnis.

Unterdes hatte ich zusammen mit Armando und den Kindern das Haus betreten. Im Bücherregal im Wohnzimmer waren in Blickhöhe gut sichtbar sämtliche Werke der Cornwell neben Michelles Romanen für das Frühklimakterium aufgereiht. Das letzte Mal waren sie noch nicht da. War das eine Hommage an Michelle oder eine Provokation meiner Wenigkeit gegenüber?

Es gab auch zwei neue Katzen auf dem Hof, wie mir Angelo, der mittlere des Dreiergespanns, sofort verkündete:

»Sie heißen Kay und Scarpetta wie die Frau Doktor, die die Toten in den Büchern dort studiert; das hat uns die Mama gesagt.«

Kay Scarpetta, so heißt die leichenaufschlitzende Ärztin in den Romanen der Cornwell. *Les enfants* hatten sich also von ihrer braven Mutti anstiften lassen, die Miezen so zu taufen. Im großen und ganzen hatte man den Eindruck, als hätten sie nicht nur mit Michelles Besuch gerechnet, sondern ihn geradezu einstudiert.

»Wir haben auch einen neuen Esel, Pignatavecchia heißt er. Bilàsi war schon völlig verblödet. Wie ein Besessener schlug er nach allen Seiten aus. Papa hat ihn weggegeben. Er behauptet, auch die Esel kämen in die Midlife-crisis. Aber auch Pignatavecchia scheint mir nicht besonders hell im Kopf.«

Bilàsi war der Esel, den sich mein Schwager vor zwei Jahren für die Kinder seiner Ferien-auf-dem-Bauernhof-Touristen besorgt hatte. Er hat auch Pferde. Auf manche Leute jedoch wirkt ein Esel einfach beruhigender. Die Feriengäste sind ein willkommener Zuschuß zum häuslichen Budget.

Der älteste Neffe Peppino saß neben dem Tisch und las ein Jugendbuch, das, wie der Titel verriet, von einer Katze handelte, die eine kleine Möwe verschlungen hatte. Oder etwas in der Richtung.

Nun kamen auch Maruzza und Michelle herein. Angelo hatte sich auf dem Sofa zusammengerollt, die Augen geschlossen und die Arme um die Knie geschlungen, als würde er vor Kälte bald sterben.

»Was machst du da?« fragte Maruzza ihn.

»*Je m'économise*«, erwiderte er, klappte ein Auge auf und gleich wieder zu. Meine Schwester erkühnt sich, den Kindern Französisch beizubringen, und um eines besseren Lernerfolgs willen versucht sie vergeblich, Armando mit einzubeziehen, der jedoch auf seinem gebrochenen Sizilianisch besteht. Das hat seine Auswirkungen auf den Jargon der zwei Jüngsten, und es ergibt sich ein Familienlexikon voller Vermischungen und Beeinflussungen. Das ist aber nicht nur Armandos Verdienst. Viel Zeugs haben sie auch aus der Schule. Pietro, der Jüngste, beglückte uns mit der ersten Perle des Abends:

»Angelo will Französisch sprechen, aber er verschlingert sich!«

»Mach du nur dein Maul zu! Wenn du zuviel sprichst, springt dir der Adidas-Virus in den Mund«, erwiderte schlagfertig der andere.

»In der Schule haben sie uns gesagt, daß in Afrika wegen dem Adidas die Kinder die höchste Sterblichkeitsanzahl auf der ganzen Welt haben.«

Ist das wohl die sogenannte Metasprache? Peppino mit seiner unverwüstlichen *coolness* ignorierte sie. Schamlos schnurrten sie jetzt zu dritt um Michelle herum.

Dann war Zeit zum Abendessen. Armando hatte an der Grillstelle auf dem Hof Feuer gemacht und röstete über der Glut ein Rad Bratwürste, größer als das eines sizilianischen Karrens; unter der Aschenglut brutzelten schon Zwiebeln und Kartoffeln. Außer den Kindern, die am nächsten Tag in die Schule mußten, ging keiner vor zwei ins Bett. Mein Schwager wetterte gegen die Saatmänner, die mit – seiner Ansicht nach – unhaltbaren Ausreden gleich Samstag und Sonntag blau machten. Das waren uralte, wiedergekäute Reden, Überbleibsel der antiken, nicht totzukriegenden Dialektik der berühmten Accademia georgofila, der Akademie für landwirtschaftliche Studien in Florenz.

Als es Zeit war, standen Michelle und ich auf, um zu Bett zu gehen. Auch meine Schwester erhob sich und hatte wieder einen feuchten Glanz in den Augen; sie umarmte und küßte Michelle rechts und links auf die Wangen. Sie wollte auch mich umarmen, aber ich machte mich elegant aus dem Staub.

Nach der Renovierung des Hauptgebäudes des Bauernhofs hatte sich mein Schwager an die Nebengebäude gemacht, darunter war auch der Schafstall. Er hat ihn zu einer Art Dépendance umgestaltet, die äußerst komfortabel ist: Es gibt drei Schlafzimmer, und das größte davon wurde mir auf Dauer zuerteilt. Das ist mein Plätzchen, wenn ich auf den Bauernhof komme.

»Peppino ist groß geworden«, meinte Michelle, die Außentür öffnend. »Er hat mir immer wieder auf die Brust gestarrt und glaubte, ich merke das nicht.«

»Er hat einen guten Geschmack, der Junge. Ich werd ihn mir mal vorknöpfen müssen. Und wie hat dich der Hund angesehen?«

Von dieser Antwort hing ab, ob ich mich mit ihr und eventuell auch mit meiner Schwester in die Haare kriegen würde oder nicht. Sie brach einfach in Lachen aus, das war alles. Es war ein herzliches Lachen ohne doppelten Boden. Das genügte mir. Auch mir gelingt es gelegentlich, in die Menschen hineinzuschauen. Es hatten also keine hinterlistigen Manöver von seiten meiner Schwester stattgefunden. Und auch nicht von Michelles Seite. Es war eine Sache nur zwischen den beiden.

Einer jener zauberhaften Tage sagte sich an, die glauben machen, daß eine unsichtbare Hand mit farblosem Lack über sie gegangen sei, mit demselben Firnis, den die Maler über die Leinwand pinseln, um den Farben auch ihre Seele abzuverlangen.

Vor dem Anwesen gibt es eine Art Felsrain mit Blick aufs Meer, inmitten einer Gruppe hundertjähriger Ölbäume mit so gewaltigen Stämmen, daß sich ohne weiteres Penelopes Schlafgemach samt Spinnweben daraus zimmern ließe. Meine Schwester nutzt den lauschigen Ort zum Nachdenken, besonders in den Sommermonaten. Aber der Winter ist seine beste Jahreszeit. Von hier aus öffnet sich das Panorama auf das ganze, in Expansion begriffene Universum. Und wäre die Erde nicht rund, könnte man mit einem einzigen Blick ganz Sardinien erfassen; und dahinter noch Korsika und die ganze Alpenkette. Alles mit einem einzigen Blick. Der immer weiter schweift, bis man die Löcher der Holzwürmer im Geweih der Rentiere am Nordpol zählen kann. Es ist, wie die Ersatzlungen anwerfen und die Weite von Marlboro Country einatmen.

94

Und heute war eben ein solcher Tag.

Wir hatten spät gefrühstückt. Sogar meine Schwester war länger in den Federn geblieben, da heute Armando ausnahmsweise die Kinder in die Schule gebracht hatte; vom Hof aus bedeuteten das zehn Kilometer über einen holprigen Feldweg bis zum Dorf. Michelle war entspannt. Wir streiften umher und hielten nach Pilzen Ausschau. Aber die einzigen, die sie brechen wollte, waren *Amanita phalloides.* Nicht übel für eine Amtsärztin. Als wir nach Hause kamen, waren die Kinder schon von der Schule zurück.

»Wir hatten heute eine Vertretung«, sagte Angelo. »Die war so kurz, daß ihre Schuhe nach Haarpomade riechen müßten.«

»Schwachkopf, die Weiber benutzen doch Haarspray«, sagte Peppino. Auch Pietro hatte etwas zu berichten:

»Bei uns haben sie einen Süchopaten geschnappt, der sich öffentlich gezeigt hat, und dem die Augen aus dem Kopf traten.«

Maruzza hörte gar nicht hin und versuchte es mit ihren besten Erziehungsstrategien:

»Wir essen jetzt, und dann macht ihr schnurstracks eure Hausaufgaben, sonst gibt es kein Fernsehen.«

»Eins-neun-sechs-neun-sechs«, zählte Pietro mit starrem Blick auf meine Schwester.

»Halt den Mund, sonst nähe ich ihn dir mit Smokstich zu!« fuhr Maruzza ihn an.

»Was ist das für eine Neuigkeit?« fragte ich.

»Das ist die Nummer der Kind-in-Not-Hilfe. Das haben die Lehrerinnen ihnen beigebracht. Wenn Armando das mitkriegt, wird er ihnen was husten. Und anschließend wird er die Schule in Brand stecken.«

Michelle verbiß sich krampfhaft das Lachen.

Meine Schwester und ihr Angetrauter huldigen unterschiedlichen Kulten der Pädagogik. Wenn die Kinder freche

Reden schwingen, schleudert Maruzza ihnen wirkungslose Drohungen entgegen von der Art wie zuvor. Armando versucht es auf dem handfesten Weg, bleibt aber genauso erfolglos, denn seine drei Kinder sind alle recht helle und haben schnellere Reflexe als er; kriegt er sie versehentlich mal zu fassen, ist sein Zorn meistens schon verraucht.

Es wurde ein gemütliches Wochenende. Am Sonntag morgen hatte ich Angelo die Zinnsoldaten gegeben. Ich war mir sicher, daß sie ihm gefallen würden, was auch zutraf. Die Neffen vertreiben sich außer mit den üblichen Computergames auch mit solchen Spielen die Zeit, die in unseren Weltstädten beinahe in Vergessenheit geraten sind. Das ist vor allem Armandos Verdienst, der ganz entgegen dem ersten Eindruck mit Hilfe der Kinder seine wehmütigen Erinnerungen an die eigene Kindheit hegt und pflegt. So kann man hin und wieder auf dem Hof, vor allem wenn die lieben Kleinen aus der Nachbarschaft zugegen sind, heftigen Sessions von *buèla, uno monta-la-luna, acchian'o-patri-cuttut-t'i-sofigghi* oder *apparecchio* beiwohnen. Sie üben sich auch im Steinschleuder-Spiel, *la pietruliata,* was sie sich allein und fernab vom väterlichen Auge beigebracht haben. Meinen Schwager würde der Schlag treffen, wenn er das wüßte. Auch die Nemesis hat schließlich ihre Grenzen.

An jenem Morgen brachen sie mir wirklich das Herz. Sie hatten wunderbare, handgemachte Steinschleudern aus Eisendraht und zerschnittenen Fahrradschläuchen in der Hand, die denen aus meiner Zeit zum Verwechseln ähnlich waren. Frech zielten sie auf Spatzen, ohne welche zu treffen. Vielleicht machten sie das mit Absicht, denn als sie auf die Glühbirnen zielten, gingen die meisten beim ersten Schuß schon in die Brüche. Das nährt Armandos machohafte Projektionen und Maruzzas Besorgnis, daß sie beim Nachwuchs ständig irgendwelche Gliedmaßen zusammenflicken muß.

Sonntag nacht waren wir wieder in Palermo. Ich begleitete Michelle nach Hause und verdrückte mich dann in meine vier Wände. Am nächsten Abend rief sie mich an:

»Hast du zu tun?« Ihre heisere Stimme verriet eine ungewöhnliche Spannung. Es klang nach Notruf.

»Für Sie, Madame, bin ich immer frei. Was ist passiert?«

»Nichts Schlimmes, hoffe ich. Kannst du herkommen? Ich will am Telefon nicht darüber reden.«

In weniger als zwanzig Minuten war ich bei ihr. Aufgeregt wartete sie auf dem Treppenabsatz. Wir gingen hinein, sie schloß die Wohnungstür und lehnte sich mit dem Rücken dagegen. Diese Geste kannte ich bei ihr. Schon bei anderen Gelegenheiten habe ich sie in dieser Stellung gesehen. Es war ein Alarmzeichen.

»Mein Vater hat einen Ermittlungsbescheid erhalten. Der Richter hat ihn zum Verhör geladen.«

»Aber warum?«

»Erinnerst du dich an den Typen, der ermordet wurde?«

»Wen, Ghini? Aber was hat er damit zu tun?«

»Ich habe keine Ahnung. Ich weiß nur, daß mein Vater ihn kannte.«

»Und was sagt der?«

»Zu mir nichts. Ich habe über einen Kollegen davon erfahren. Du weißt ja, wie solche Nachrichten bei uns die Runde machen. Es sieht jetzt ganz so aus, als hätten sie mir den Fall weggenommen, eben weil mein Vater darin verwickelt ist. Sie haben sogar Leute von auswärts eingesetzt, aus Catania, glaube ich.«

»Was weißt du sonst noch?«

»So gut wie nichts. Wie ich dir schon gesagt habe, mein Vater kannte den Toten. Mehr weiß ich nicht.«

»Hast du mit ihm darüber gesprochen?«

»Ja, am Telefon. Er wich aus und bagatellisierte das Ganze. Und verlegen war er auch, ich weiß nicht, warum.«

»Ich könnte mal versuchen, mit Spotorno zu reden.«

»Das wäre eine Idee.«

Umgehend griff ich zum Hörer und rief Vittorio zu Hause an.

»Spotorno.« Wenn er sich eines Tages einfach mit einem Hallo bei sich zu Hause meldet, kriege ich einen Schlag.

»Ich bin's, Vittò. Störe ich dich?«

»Seit wann kümmert dich so etwas?« Er war auf der Hut, seine Stimme klang ernster als sonst, trotz der Bemerkung. Scheinbar hatte er neben dem Telefon auf der Lauer gelegen.

»Vielleicht kannst du dir vorstellen, weshalb ich dich angerufen habe ...«

»Ja.« Pause. Zwei Arten von Schweigen standen sich da gegenüber – das eine war ausweichend, das andere weitsichtig. Auch wer in dieser Stadt nichts zu verbergen hat, spricht mittlerweile im Slang der Lauschabwehr.

»Was hast du mir dazu zu sagen?«

»Am Telefon? Warum kommst du nicht vorbei? Auf alle Fälle gibt es nicht viel zu sagen.« Vittorio wollte sich absichern.

»Du hast es ja gehört«, sagte ich zu Michelle, »ich werde auf einen Sprung bei Vittorio vorbeigehen, dann bin ich wieder hier. Es ist besser, wenn du nicht mitkommst.«

»Klar. Das wäre nicht besonders diplomatisch.«

Michelle hatte mich mit ihrer Nervosität angesteckt. Der Verkehr in der Viale Strasburgo ging mir mehr denn je auf den Geist. Ich brauchte eine geschlagene halbe Stunde. Amalia begrüßte mich an der Tür.

»Hast du schon gegessen?«

»Nein, aber ich werde zum Abendessen erwartet. Was verpasse ich?«

»Nudeln mit Broccoli à la Palina, gefüllte und gebackene Sardinen, Salat aus Blutorangen, Schalotten und Fenchel.«

Trotz der angespannten Nerven rumorte mein Magen.

»Ich begnüge mich mit einem Aperitif. Weißt du, wie man einen Daiquiri mixt?

»Was braucht man dazu?«

»Bacardi, Zitrone, Zuckerrohrsirup.«

»Ich habe nur Zucker.«

»Dann gib mir was anderes. Wo ist der Herr Kommissar?«

»In seinem Arbeitszimmer. Er telefoniert gerade mit Montalbano, einem Kollegen, der Kommissar in einem Vorposten an der Südküste ist. Ein fähiger Kerl, aber er hat eine Geschichte mit einer, die nicht für ihn taugt. Vielleicht hält er sich die nur deshalb, weil sie im Norden lebt. Er tut so, als hätte er mit Vittorio Berufliches zu besprechen. Meiner Meinung nach verrät Montalbano ihm nur Kochrezepte. Oder besser gesagt, er nennt ihm nur den Namen der Gerichte, und Vittorio versucht sich manchmal in der Umsetzung, was mit einer Lebensmittelvergiftung endet. Das letzte Mal war er drei Tage lang krank: Es waren Sardellen mit Zwiebel und Essig.«

Ich betrat das Arbeitszimmer. Vittorio machte mir ein Zeichen und beendete eilig das Telefonat; er murmelte gerade noch in den Hörer: Ist gut Salvuccio, wir hören uns, wenn ich zurück bin. Auf dem Tisch vor ihm lag ein dicker Rapport, der nach Kommissar roch, aber wie ein Kriegsschauplatz aussah, auf dem jemand mit rotem Kuli gewütet hatte.

»Lorè, was erzählt man sich so?«

»Das Übliche. Also ...«

Vittorio sah mich lange an. Dann legte er die Fingerspitzen zusammen, und mit fließender Lippenbewegung ließ er die Bombe platzen:

»Jener Herr da, der dich interessiert, war der Liebhaber der Ehefrau des Ghini Umberto, des Toten, du weißt wer.«

Das saß! Da führte kein Weg daran vorbei, genau wie der Spruch »Wer das liest, ist blöd!« auf der Wand gegenüber eures Hauses. Die Peristaltik verlor schlagartig ihre Skrupellosigkeit, die Speicheldrüsen traten in wilden Streik und der alte Muskel im Brustkorb setzte für ein paar Takte aus. In der Zwischenzeit war Amalia mit zwei Gläsern Cinzano white und Salzgebäck hereingekommen. Sie stellte das Tablett auf dem Tisch ab, reichte mir ein Glas, kippte gut die Hälfte von dem anderen hinunter und stellte den Rest vor ihren rechtmäßig Angetrauten.

Das ist ja ein tolles Ding, Monsieur Laurent! Klar doch war er vor Michelle ausweichend und verlegen! Wie sollte ein Erziehungsberechtigter solche Dinge auch seiner jungen, unschuldigen Tochter gestehen?

Vittorio beobachtete mich. Ich nippte an meinem Drink. Recht schnell fing ich mich wieder, damit mein Gegenschlag nicht zu lange auf sich warten ließe.

»Ja und? Was soll das heißen? Seit wann ist es verboten, eine Geliebte zu haben? Seid ihr jetzt alle zu Moralpredigern geworden, ihr hier im Polizeipräsidium und die dort im Justizpalast?«

»Eine Geliebte zu haben, ist nicht verboten ...«

»Willst du vielleicht unterstellen, daß Michelles Vater in der Morgendämmerung des dritten Jahrtausends, wie die Schwachköpfe im Fernsehen es so schön nennen, zum Mörder geworden ist, um ... Aber wer glaubt denn noch an solche ...«

»Ruhe, keiner unterstellt hier etwas.«

»Von wegen Ruhe! Ihr habt ihm eine Vorladung zugestellt.«

»Jetzt mal nicht übertreiben. Der Staatsanwalt Dr. De Vecchi will ihn nur anhören; alle, die aus irgendeinem Grund mit dem Opfer zu tun hatten, wird er anhören. Das ist die normale Praxis bei kriminellen Vorkommnissen.«

»Wenn du mir im Bürokratenslang kommst, bist du gar nicht überzeugend.«

»Du läßt mir kaum eine andere Möglichkeit.«

»Und wenn du dich so cool gibst, überzeugst du mich noch weniger, das ist ein Zeichen, daß du etwas im Schilde führst ... Und im übrigen, wer hat euch denn diese Geschichte mit dem Verhältnis erzählt?«

100

»Wir haben unsere Quellen.«

»Mögt ihr doch ersaufen in euren Quellen!«

»Was regst du dich eigentlich so auf? Wir tun schließlich nur unsere Pflicht und ermitteln in allen Richtungen.«

»Ich komme in Rage, weil ich genau weiß, wie ihr Henkersknechte denkt. Euch reicht es, daß eine Geschichte annähernd wahr klingt, um euch den erstbesten armen Teufel zu schnappen, der euch über den Weg läuft ...«

»Der Vater der Frau Doktor Laurent scheint mir nicht gerade ein armer Teufel zu sein.«

»Das will nichts heißen. Du weißt doch wohl, daß ...«

»Ich weiß nichts, Lorè. Unter uns gesagt, haben wir ihm nicht einmal die Fingerabdrücke abgenommen. Glaubst du vielleicht, wir hätten nicht daran gedacht, wenn ...«

»Warum dann die Vorladung?«

»Das habe ich dir doch schon gesagt! Es ist eine Routineangelegenheit. Und im übrigen verfügt der Staatsanwalt das. Wir haben nichts damit zu tun.«

»Bist du sicher, daß da nicht noch etwas anderes ist?«

Vittorio schwieg und begann mit dem Finger auf den Schreibtisch zu trommeln. Mit einem Seufzer sagte er dann:

»Bring mich nicht in Verlegenheit, Lorè. Du weißt, daß ich dir nichts hätte sagen dürfen. Wir leben in einer schlimmen Zeit. Von Rechts wegen dürftest du nicht einmal hier sein. Trotzdem kannst du der Frau Doktor Laurent ausrichten, daß sie sich keine Sorgen zu machen braucht.«

Um die Wahrheit zu sagen, war selbst ich trotz des rauflustigen Tons nicht sehr besorgt. Die Diskussion mit Vittorio war nach den üblichen Ritualen abgelaufen. Nichts Besonderes, wir streiten öfters. Das sind die Überreste vergangener Konflikte, Nebenprodukte antiker Polemiken, in erster Linie ideologischer Natur.

»Warum erzählst du mir nicht noch mehr über diese Geschichte?« fragte ich ihn nach einer Weile in gedämpftem Ton.

»Welcher Art?«

»Nun, beispielsweise wer der Tote war, wann auf ihn geschossen wurde, wer euch benachrichtigt hat ...«

»Wer der Tote war, weißt du selbst. Was die Tatzeit angeht, sind die Dinge etwas komplizierter. Die Leiche wurde von einer Polizeistreife ungefähr zehn Minuten, bevor ich verständigt wurde, aufgefunden. Du weißt, wann das war, du warst dabei. Ich würde sagen, es war ungefähr zwanzig Minuten vor Mitternacht. Ghinis Ableben lag aber ein bis zwei Stunden zurück. Das hat die Autopsie ergeben, und wurde auch von einem Umstand bestätigt, der erst einige Tage später ans Tageslicht kam.«

»Nämlich?«

»Ein Idiot von Carabiniere, der vor einer Kaserne dort in der Gegend Wache stand, hat den Schuß gehört, es war nur einer, aber er hat sich nicht weiter darum geschert. Die Kaserne liegt ganz in der Nähe des Tatorts. Für ihn war es das Geräusch eines Auspuffrohrs. Dann hat er sich aber wieder erinnert, ein Auto gehört zu haben, das unmittelbar nach dem Schuß mit quietschenden Reifen davongebraust war. Aber er hatte diese Fakten erst, nachdem er von dem Mordfall in der Zeitung gelesen hatte, miteinander in Verbindung gebracht.«

»Und hat er euch Meldung gemacht?«

»Einen Dreck hat er getan! Seinem Vorgesetzten hat er es gesagt.«

»Und wie habt ihr davon erfahren?«

»Wir haben unsere Informanten ...«

»... und die Carabinieri haben die ihren bei euch im Polizeipräsidium.«

»Wahrscheinlich. Was zählt, ist, daß laut des Carabiniere der Schuß gegen zehn, halb elf gefallen ist. Eine halbe Stunde mehr oder weniger, was mit dem Befund des Gerichtsarztes übereinstimmt.«

»Dann hat der Tote also zwei Stunden dort gelegen, und

außer dem Carabiniere hat niemand etwas gesehen oder gehört.«

»Genau. Du mußt bedenken, daß sich nach sechs Uhr abends keine Menschenseele mehr in dieser Straße blicken läßt. Es gibt dort eigentlich nur halb zerfallene, leerstehende Häuser. Tagsüber sind einige Reparaturwerkstätten offen, ein Reifendienst, ein Kfz-Elektrodienst, ein Blechschmied. Gewöhnlich schließen sie um sechs. Und abgesehen mal von dem pseudosoziologischen Gerede, erinnere dich bitte, daß es an dem Tag ein Mordsgewitter gab und die Leute in der warmen Stube hockten. Außerdem ist dort die Straßenbeleuchtung ständig kaputt. Und an dem Tag fiel der Strom alle Nase lang aus.«

»Stimmt. Aber wenn die Situation so ist, was hatte Ghini denn an einem solchen Ort und zu der Stunde zu tun?«

»Das wissen wir nicht. Vielleicht werden wir das nie erfahren. Wir können nur Vermutungen anstellen. Meiner Meinung nach ist es am wahrscheinlichsten, daß Ghini mit einem Bekannten im Auto dorthin gefahren ist, um etwas zu besprechen. Dann ist die Diskussion ausgeufert, und der Schuß ging los. Es kann auch sein, daß das Verbrechen nicht eingeplant war.«

»Wenn dem so ist, warum trägt einer dann eine Pistole bei sich?«

»Leute, die bewaffnet herumlaufen, gibt es mehr, als du glaubst. Soweit wir wissen, könnte es sich auch um Ghinis Pistole handeln. Und der Mörder hat sie in einem Anfall von Panik mitgenommen, um die Spuren zu verwischen oder weil er sie brauchte. Ghini besaß tatsächlich eine Kaliber zweiundzwanzig mit regulärem Waffenschein. Das Kaliber stimmt grob mit dem aus der Tatwaffe überein. Wir können es nicht mit hundertprozentiger Sicherheit sagen, weil das Geschoß seinen ganzen Körper durchquert hat und wir es nicht gefunden haben. Die Witwe behauptet, daß ihr Mann manchmal samstags oder sonntags auf den Landsitz der Fa-

103

milie am Rand des Walds von Ficuzza fuhr, um Schießübungen zu machen. Und das habe er auch am fraglichen Tag in der Mittagspause getan, was durch die Paraffinprobe bestätigt wird.«

»Und die Patronenhülse, habt ihr die gefunden?«

»Nein. Das bestätigt wiederum die Hypothese, daß er im Auto getötet wurde.«

»Und Ghinis Pistole?«

»Nicht einmal die haben wir gefunden. Die Witwe sagt, für gewöhnlich habe er sie im Laden verwahrt. Wir haben auch dort nach ihr gesucht, aber vergeblich.«

»Wen habt ihr außer Michelles Vater noch in Verdacht?«

»Der wird doch nicht der Tat verdächtigt . . .«

»Vittò, das ändert auch nichts an der Sache. Unter den gegebenen Umständen darf ich annehmen, daß ihr die Gattin des Toten mit Röntgenaugen durchleuchtet habt?«

»Du weißt, daß ich das vor dir weder bestätigen noch dementieren darf.«

»Das ist nicht nötig. Wer sind die anderen?«

»Wie ich dir gesagt habe, stellen wir Ermittlungen in sämtliche Richtungen an. Vor allem im früheren Arbeitsbereich des Ermordeten. Mehr kann ich dir nicht sagen. Ich habe eh schon zuviel geplaudert.«

Ich weiß nicht, warum, aber ich sagte Vittorio nichts von meinem Besuch in der Boutique Ghini's in Wien noch von meiner Begegnung mit der Ugro-Finnin. Aus Diskretion und Schamgefühl bat ich ihn auch nicht um Einzelheiten über die Geschichte zwischen Michelles Vater und der Ehefrau von Ghini. In gewisser Hinsicht bin ich ein bißchen altmodisch.

Mir fielen keine weiteren Fragen mehr ein. Vittorio erhob sich, um mich hinauszubegleiten. Amalia saß im Wohnzimmer und las *Lulu*.

»Kontrollierst du nicht, was deine Gemahlin so liest?« sagte ich zu Vittorio.

Amalia lächelte süßsauer.

104

Auf dem Rückweg zu Michelles Haus fuhr ich einen gemächlichen, fast meditativen Stil. Der Verkehr kam mir dabei zu Hilfe: Die Viale Strasburgo war noch verstopfter als zuvor, und ich suchte nicht einmal nach Fluchtwegen über die Seitenstraßen, wie ich es für gewöhnlich getan hätte. Ich brauchte Zeit, um zu entscheiden, auf welche Weise ich Michelle die Neuigkeiten hinterbringen sollte.

Sie öffnete mir mit einer Ausgabe von *Moby Dick* in der Hand. Hatte sie vielleicht einen Anfall von Nostalgie nach ihrem verlassenen Gatten, dem aufgeblasenen Fettsack? Als Hintergrundmusik hörte sie *Leonora Nr. 3* aus dem *Fidelio*. Trieb sie damit einen Schuldkomplex aus oder lancierte sie mir eine subtile Botschaft? In der Zwischenzeit hatte sie sich nicht einmal bemüht, eine Dose Sardinen aufzumachen. Und wieder verspürte ich ein schmachtendes Gefühl im Mageninnern, das ich nicht länger ignorieren konnte.

»Gehen wir aus?« schlug ich vor, ihren stummen, gleichwohl eindeutigen Fragen ausweichend. Abgesehen vom Hunger, brauchte ich noch eine Weile, um die Informationen von Vittorio zu verdauen und sie Michelle so einfühlsam wie möglich nahezubringen. Sie nickte, ging sich zurechtmachen und war im Handumdrehen fertig.

»Also?« fragte sie, kaum daß ich den Motor angelassen hatte.

»Dein Vater hatte ein Techtelmechtel mit der Ehefrau des Erschossenen.«

Man kann sagen, was man will, ich bin nun mal ein diplomatischer Mensch. Auch Michelle war nicht übel. Mit einem trockenen Lachen aus voller Kehle brachte sie mich völlig aus der Fassung. Wegen des Schocks wäre ich um ein Haar auf einen einsamen Abfallcontainer der AMIA gefahren.

»Das muß die Blondine sein«, brachte sie heraus, als sie mit dem Glucksen fertig war.

»Was für eine Blondine? Was ist mit der, wußtest du es?«

»Stell dir vor! Bei all den Tanten, die nach dem Tod meiner Mutter bei uns zu Hause herumschwirrten, glaubte der werte Erzeuger, daß ich ...«

»Seinerzeit. Was ist das für eine Geschichte mit der Blondine?«

»Ein falsche Blondine, aber reizvoll. Ganz nach dem Geschmack der *maschi*.«

»Abgesehen davon, daß ich auf Brünette stehe, laß uns doch bitte von dieser Blondine sprechen.«

»Ich weiß nicht viel über sie.«

»In dieser Geschichte weiß keiner viel von irgendwas. Oder will es nicht sagen.«

»Was giftest du mich denn an? Diese Tante, vorausgesetzt es handelt sich um sie, habe ich nur zwei Mal zu Gesicht bekommen.«

»Was ist sie für ein Typ?«

»Wie ich dir schon gesagt habe, das Blond ist nicht echt, sie ist um die vierzig und trägt nur Markenklamotten. Eine scharfe Alte, soweit ein oberflächlicher Eindruck und obendrein von einer Frau etwas zu sagen hat.«

»Hat er sie dir nicht vorgestellt?«

»Nein. Ich glaube, er wollte vor der Dame nicht zugeben, daß ich seine Tochter bin, aber sie hat es trotzdem kapiert.«

»Weißt du, wie sie heißt?«

»Nein. Vor mir hat mein Vater sie immer mit Madame angesprochen.«

»Und warum bringst du sie in Verbindung mit der Ehefrau des Toten?«

»Ich würde sagen, weil sich die Zeiträume decken, auch wenn ich mir nicht hundertprozentig sicher bin. Jedenfalls habe ich gehört, als ich sie zum ersten Mal zusammen erlebte, wie sie meinen Vater César nannte und ihn duzte. Und ich habe mich diskret verzogen.«

»Was für eine verständnisvolle Tochter ...«

»Da gibt es nichts zu spotten. Was hast du sonst noch von deinem Freund Vittorio erfahren?«

106

»So gut wie nichts. Aber er hat mich gebeten, dir zu sagen, es gebe für deinen Vater keinen Grund zur Beunruhigung. Sie stellen Ermittlungen nach allen Seiten an ...«

»Dann ist die Sache ja geritzt!«

In der Zwischenzeit waren wir beim Acanto blu angelangt. Wir setzten unser Gespräch erst bei zwei Gläsern Cerasuolo di Vittorio fort und warteten auf unsere in Kichererbsenteig gebackenen Gemüsehappen.

»Was weißt du über den gerichtsärztlichen Befund? Hast du ihn gelesen?«

»Etwas weiß ich, aber ich habe ihn nicht in die Finger gekriegt.

Wie ich dir schon gesagt habe, wurde ich des Falls enthoben. Der Schuß wurde aus nächster Nähe, und zwar von rechts nach links in einem Winkel von fünfundvierzig Grad, möglicherweise aus einer Pistole Kaliber zweiundzwanzig abgegeben. Das Geschoß hat das Herz und die Lunge durchbohrt und ist auf Höhe des linken Schulterblatts ausgetreten. Es ist purer Zufall, daß es beim Durchqueren des Brustkorbs nicht die Rippen und das Brustbein gestreift hat. Ghini war auf der Stelle tot.«

»Und es ist beinahe sicher, daß Ghini und der Schütze sich kannten.«

»Ja. Woher weißt du das? Hat Spotorno dir das gesagt?«

»Nein, es ist meine Schlußfolgerung. In jener berühmten Nacht bin ich einen Moment, bevor du mit der Identifizierung der Leiche begonnen hast, am Unglücksort eingetroffen; als du die Krawatte des Toten hochgehoben hast, konnte man sofort die Schußstelle mit den angesengten Rändern sehen. Wer ihn erschossen hat, hat im Eifer des Gefechts mit dem Lauf der Pistole die Krawatte beiseite geschoben, die nach dem Schuß wieder an ihrem Platz war, da sie mit einer Krawattennadel befestigt war. Die Kleidung des Toten war in fast einwandfreiem Zustand. Das bedeutet, es hatte kein Handgemenge vorher stattgefunden. Wahrscheinlich aber war die Pistole ganz plötzlich aufgetaucht. Ghini rechnete nicht damit, daß auf ihn geschossen würde. Wenn die Pistole wirklich seine war, was laut Spotorno am wahrscheinlichsten ist, mußten er und sein Mörder sich zwangsläufig gekannt haben. Vielleicht hat er sich von Ghini mit einem Trick die Pistole aushändigen lassen und dann auf ihn geschossen. Ich weiß nicht, ob es genau so verlaufen ist, aber meine Darstellung des Tathergangs war doch klasse.«

»Meinen Glückwunsch.«

»Und das ist alles?«

»Du hast eh schon genug Oberwasser, ich glaube nicht, daß ich dich noch anfeuern muß.«

»Welche Beziehungen pflegte dein Vater zu Herrn Ghini, abgesehen von der uralten Bekanntschaft mit der Dame?«

»Ich habe keine Ahnung. Vor deiner Reise nach Wien sagte er mir nur, daß er ihn kenne, weiter nichts. Ich kann mir vorstellen, daß es sich um ganz normale Geschäftsbeziehungen handelte, wie sie unter Antiquitätenhändlern üblich sind.«

»Besitzt dein Vater eine Pistole?«

»Aber nein doch!«

»Wieso bist du dir so sicher?«

»Weil ich ihn kenne. Mein Vater ist er nun mal ...«

Michelle rutscht leichter in die sizilianische Syntax ab, als ins Französische. Wir schwiegen eine Weile. Ich dachte an Vittorios Verstocktheit und versuchte zu erraten, womit er hinterm Berg hielt.

»Dann bleibt uns nichts weiter übrig, als den Lauf der Dinge abzuwarten«, sagte Michelle.

»Und zu hoffen, daß dein Vater für jenen Abend ein Alibi hat. Man kann ja nie wissen.«

Ihre Pupillen verengten sich.

Es war ein Uhr nachts, als ich sie zu Hause absetzte. Ich ließ den Motor wieder an und fuhr Richtung Heimat. Mein Auto-

pilot schlug jedoch seine eigene Route ein, und auf einmal
fand ich mich am Papireto wieder. Ich beschloß, bei dem
Spiel mitzumachen, und kurvte durch mehrere enge Gassen,
bis ich schließlich am Ort des Verbrechens war.

Die Straße hieß Via Riccardo il Nero, war ungefähr fünfzig Meter lang und eine Sackgasse. Natürlich gab es weiterhin keine Straßenbeleuchtung. Dafür aber war Vollmond am
wolkenlosen Himmel. Im Mondschein wirken die Reste der
anglo-amerikanischen Bombardierungen aus dem Zweiten
Weltkrieg beinahe wie etwas, das sich als das poetisch Abso-
lute schlechthin definieren ließe. Die verschiedenen Wieder-
aufbauprojekte des historischen Stadtzentrums aus den letzten fünfzig Jahren erheben den Anspruch, jedes Ding wieder
herzurichten. Einer der letzten Pläne sah sogar vor, eine schöne, freie Fläche zu schaffen, wofür die Palmen und hundert-
jährigen Platanen auf der Piazza della Vittoria, der schönsten
in ganz Palermo, abzuholzen wären. Um im Falle eines
Staatsstreichs den Palazzo dei Normanni schneller einneh-
men zu können, vermutete ich. Oder um den Sbirren das
Spionieren leichter zu machen, da der Palazzo Sclafani, Sitz
des Polizeipräsidiums, dem Palazzo del Parlamento genau
gegenüber steht.

Das Volk begehrte auf und die Palmen waren gerettet; danach kamen die Planer auf die Idee, den Papireto zu verbrei-
tern, um das alte Sumpfgebiet wiederherzustellen. Wir wissen alle, daß dies nie geschehen wird, weil sie nämlich nicht
wüßten, woher sie das Wasser nehmen sollten.

Ich für meinen Teil würde den historischen Stadtkern so
belassen, wie er ist: eine naturgegebene Mischung aus Schönheit und Traurigkeit. Man braucht nur noch ein paar Jahre zu
warten, und die alten Trümmer der verlassenen Häuser werden in den Rang edler Ruinen aufgestiegen sein, an die zu
kosmetischen Zwecken Hand angelegt werden kann: Die
Formbarkeit unserer Ruinen ist eine echte Ressource für die
Zukunft der Stadt. Ja, man sollte sie noch ausweiten. Mir

läuft es kalt den Rücken herunter, wenn ich bedenke, was für wundervolle Dinge aus dem Viale Strasburgo herauskämen, wenn ein paar B-52 darüber hinweg donnern würden – ich meine die echten Bombenflieger, nicht die Vitaminbomben.

Was in der Via Riccardo il Nero zum Vorschein kam, war nicht nur Verdienst des Mondes, sondern auch der Scheinwerfer meines Golfs. Beim Wendemanöver beleuchtete ich die Stelle kurz hinter der Abzweigung, wo Ghinis Leiche entdeckt worden war. Dort waren noch die stark verblaßten Kreidespuren zu sehen, die die Beamten der technischen Abteilung auf dem Pflaster gezogen hatten. Und dort war noch etwas anderes. Kalt kroch es mir die Wirbelsäule entlang.

Im Licht der Scheinwerfer war da eine Pfütze von Blut, genau wie am Abend des Verbrechens. Meine erste Regung war zu kneifen. Statt dessen ließ ich die Scheinwerfer an, zog den Zündschlüssel ab und stieg aus. Ich ging zur Pfütze und betrachtete das Blut aus nächster Nähe. Es schien frisch zu sein und verströmte einen scharfen Geruch, der mir recht bekannt war. Die Pfütze wurde von einem ganz schwachen Rinnsal gespeist, das aus einem mit Brennessel gesäumten Erdwall seitlich der Straße kam. Ich ging zum Wagen zurück und wühlte im Handschuhfach herum, bis ich die Taschenlampe fand. Dann kletterte ich behende auf die Erdaufschüttung. Die Flüssigkeit trat aus einer alten Blechtonne ohne Deckel aus, die früher Dieselkraftstoff enthielt und unten einen lecken Verschluß hatte. Ich näherte mich dem Behälter und schnupperte: es war der gleiche Geruch nach Blut wie bei der Pfütze. Und dieselbe Farbe. Zumindest bei der künstlichen Beleuchtung. Vom kleinen Balkon des Hauses am Ende der Straße beherrschte die weiße Pelargonie auftrumpfender denn je die Szene, auch wenn ihre Blätter jetzt schlaffer als beim ersten Mal waren.

Ich setzte mich ins Auto, ließ den Motor an und raste davon. Zu Hause griff ich zum Telefon und wählte Michelles Nummer.

»Erinnerst du dich an das viele Blut am Abend des Mord-falls?«

»Nein, was für Blut?«

»Das in der Pfütze neben der Leiche.«

»Aber was für Blut denn? Das war Rostschutzmittel.«

»Ach, du wußtest das also?«

»Aber natürlich. Ich bin doch Gerichtsärztin, *do you re-member?*«

»Willst du dich über mich lustig machen? Ich habe es jetzt erst entdeckt.«

»Und wie?«

Ich erzählte ihr von meinem Blitzbesuch, der sozusagen von meinem Unterbewußtsein gesteuert war. Sie kicherte lan-ge und sehr anmutig. Sagt mir nicht, daß so etwas unmöglich ist.

»Jetzt wird mir klar, warum du an jenem Abend so aus dem Häuschen warst. Der Kfz-Mechaniker in der Via Riccardo il Nero benutzt das Faß, um seine leeren Farbtöpfe zu entsor-gen. Und wenn es regnet, geschieht genau das, was du gese-hen hast. Die Beamten hatten es sofort gecheckt. Wenn du bei Tag dort vorbeigehst, riechst du es schon von weitem.«

Ich war leicht angesäuert.

»Das läßt die Dinge in einem anderem Licht erscheinen«, erklärte ich meinerseits.

»In welchem Sinn?«

»Wenn das kein Blut war, wer sagt uns dann, daß der Kerl tatsächlich an dieser Stelle umgebracht worden ist?«

»Keiner, in der Tat. Aber dein Freund Spotorno hat dir et-was von einem Schuß erzählt, der mehr oder weniger zum Zeitpunkt des Todes zu hören war.«

»Einverstanden. Wenn die Geschichte mit dem Pistolen-schuß stimmt, schränkt sie die Ermittlungen auf den Ort des Leichenfundes ein, der aber nicht zwangsläufig mit jener Straße identisch sein muß. Es genügen hundert Meter, und schon ist man in einem Wohnviertel …«

111

»Wie siehst du die Sache?«

»In Anbetracht des Regens, der Dunkelheit, des Windes und des Gewitters bezweifle ich, daß der Schuß im Freien abgegeben wurde. Meiner Ansicht nach wurde Ghini im Wagen erschossen, vielleicht in einer ganz anderen Gegend. Und dann haben sie ihn in dieser dunklen Straße abgeladen. Es kann auch sein, daß der erste Eindruck des Carabiniere richtig war und es sich tatsächlich um ein knallendes Auspuffrohr handelte.«

»Wäre diese zeitliche Koinzidenz nicht etwas zu übertrieben?«

»Wer weiß ... Vittorio sagt, daß keine Patronenhülse im Umfeld der Leiche entdeckt werden konnte.«

»Das paßt zu deinen Vermutungen, vorausgesetzt, der Revolverheld hat die Hülse nicht aufgehoben und mitgenommen, um uns das Leben schwer zu machen.«

»Dann ist da noch etwas: Du sagst, der Schuß sei von rechts abgegeben worden. Falls das Verbrechen tatsächlich im Auto begangen wurde, heißt das, daß Ghini am Steuer war und sein Mörder auf dem Beifahrersitz saß. Somit ist wiederum die Wahrscheinlichkeit groß, daß es sich um Ghinis Wagen handelte ...«

»... oder jemand hat ihn gebeten, an seiner Statt sein Auto zu fahren.«

»Du denkst natürlich an eine Frau ...«

»Natürlich. Spotorno wird die Wagen des Hauses Ghini bestimmt scharf unter die Lupe genommen haben. Wenn der Schuß in einem ihrer Autos abgegeben wurde, muß auch ein Loch in der Sitzlehne oder irgendwo auf der linken Seite im Innern des Fahrzeugs vorhanden sein. Und obendrein Blutspuren und Reste von Schießpulver.«

»Vielleicht ist es besser, wir überschlafen die Sache. Wenn auch die Sbirren und der Staatsanwalt rasch zu der Überzeugung kommen, daß dein Vater nichts mit dem Fall zu tun hat, denken wir nicht mehr daran und basta.«

112

Auch nach der Unterredung mit Michelle blieben meine Nerven angespannt wie Drahtseile. Ich ging zum Bücherregal und ließ meinen Blick über die Titel wandern. Dieses Mal war *Unser Mann in Havanna* an der Reihe. Ich lese das Buch mehrmals pro Jahr und kenne mittlerweile jedes Wort auswendig. Das Vorhersehbare der Ereignisse hilft, Spannung abzubauen. Hin und wieder ist der Mechanismus blockiert. Und meistens weiß ich auch, warum. Dieses Mal hatte ich jedoch den Eindruck, als verfolgte mich eine flüchtige Überlegung, ein nicht zu Ende geführter Gedankengang. Schritt für Schritt ging ich im Geist alles durch, was ich zwischen den zwei Telefonaten mit Michelle gemacht, gedacht, gesagt und gehört hatte. Doch das brachte nicht viel. Ich las eine halbe Stunde und knipste dann das Licht aus.

Ich träumte von endlosen Feldern mit blutroten Pelargonien.

Ein paar Tage später rief ich vom Fachbereich aus Vittorio an.

»Professore, was verschafft mir diese Ehre?«

»Gibt es Neuigkeiten in Sachen Ghini?«

Langes Schweigen. Dann sagte mein Freund Sbirre höchst vorsichtig:

»Nein.«

»Was kannst du mir über Michelles Vater sagen, habt ihr ihn aus der Sache herausgezogen?«

Wieder Schweigen. Ein zögerndes Schweigen.

»Heißt das, daß nicht?«

»Weißt du, daß er für jenen Abend kein Alibi besitzt?«

»Was soll das heißen? Nicht einmal ich habe eins für jenen Abend. Als ich bei dir zu Hause eintraf, war der Typ vielleicht schon seit einer Weile tot.«

»Was für ein Schwachsinn! Du hattest doch mit dem Toten keine verwickelten Geschichten und auch mit der Witwe nicht. Du kanntest sie nicht einmal. Zumindest soweit ich weiß.«

»Hat die Witwe ein Alibi?«

»Ja. Aber das muß nicht heißen, daß sie nicht doch mit drin steckt. Es könnte sich um eine jener Dreiecksbeziehungen handeln ...«

»Von was für Dreiecksgeschichten sprichst du eigentlich, Vittò. Und seit wann hast du überhaupt eine Ahnung von Geometrie?«

»Frotzeleien sind hier fehl am Platz.«

»Was gibt es sonst noch?«

»Ich sage es dir nur, weil du sowieso Wind davon bekämest. Laurent hatte am Tag des Verbrechens mit dem Opfer eine Auseinandersetzung gehabt.«

»Hat er dir das erzählt?«

»Nein, das haben die Verkäufer behauptet. Es geschah im Laden des Toten.«

»Im Kamulùt?«

»Kennst du das?«

»Nur vom Namen.«

Jetzt war eigentlich der Moment gekommen, um meine Wiener Begegnung mit der Ugro-Finnin einfließen zu lassen. Doch ich ließ nichts fließen.

»Was war der Anlaß für den Streit?«

»Dazu haben die Mitarbeiter nicht viel sagen können. Sie waren unten geblieben, und die beiden hatten sich in Ghinis Privatbüro im oberen Stock eingeschlossen. Es ist auch wegen des Verkehrslärms schwierig, jedes einzelne Wort zu verstehen.«

»Und was sagt Michelles Vater?«

»Zu uns nichts. Ich würde seine Haltung uns gegenüber als abweisend bezeichnen. Warum versuchst du nicht unter diesen Umständen mit ihm von Mann zu Mann zu sprechen?«

»Was für Umstände?«

»Nun, deine ... du hast ja verstanden ... mit der Laurent.«

»Und hinterher werde ich euch Sbirrenvolk auch noch Bericht erstatten ...«

114

»Wenn du wirklich davon überzeugt bist, daß er nichts mit dem Fall zu tun hat ...«

»Da du vom Gegenteil überzeugt bist ...«

»Das behaupte ich nicht. Doch es gibt objektive Elemente, die einen gewissen ...«

»Verdacht zulassen?«

»Hm.«

»Das könnt ihr euch aus dem Kopf schlagen.«

»Deine Zusammenarbeit oder unseren Verdacht?«

»Beides.«

»Warum steht das für dich außer Frage, daß er nicht der Täter ist?«

»Weil er der Vater von Michelle ist.«

Er verzog keine Miene. Vittorio wird gewiß seine berufsbedingten Schrullen haben, aber gewisse Dinge begreift er auf Anhieb.

Wenn ihr mir sagt, ein gewisser Herr hat die frevelhaftesten Schandtaten begangen, und ich entgegne euch, das ist unmöglich, und ihr fragt: Warum?, dann kann es vorkommen, daß ich euch entgegne: Weil er mein Freund ist. Ich bin nicht der einzige, der so denkt. Das hängt von den Patterns ab, die wir uns im Laufe der Wachstumsphase angeeignet haben. Und das war die ideologische Grundlage, auf der meine Gewißheit von der Unschuld des Elternteils der verehrten Frau Doktor Laurent basiert: Das ist die Basis vieler Mafiagruppen, wer wollte das leugnen? Aber es sind auch Voraussetzungen, die bei den richtigen Personen wunderbare, sonnige Gemüter hervorbringen, was bei meiner Wenigkeit und der Verehrten der Fall ist.

»Und wenn er ihn tatsächlich hätte kaltstellen wollen, hätte er das nie mit der Pistole getan. Im Höchstfall hätte er ihn gezwungen, eine dieser stinkenden Zigarren zu paffen, oder er hätte ihn in einen seiner vergifteten Würmer beißen lassen ...«

»Du gibst nie auf, nicht wahr? Sogar auf dem Totenlager

würdest du nicht auf eine deiner blödsinnigen Bemerkungen verzichten.«

»Du bist schon der zweite innerhalb weniger Tage, der mir das sagt. Was beweist, daß die Annahme falsch ist. Der andere war ein Psychoanalytiker, Jungianer und Tessiner, mit einem derben, abartigen Humor und sizilianischem Nachnamen. Ihr könntet einen Club bilden. Auf alle Fälle, Vittò, hab Dank für deine Informationen. Mach's gut.«

Ich legte auf, ohne ihm Zeit zur Widerrede zu lassen. Hart und unerbittlich wie der Gewissensbiß eines Lutheranerbischofs in einem Film von Bergman.

Ich rief Michelle im Büro an. Wir verabredeten uns bei ihr zu Hause vor dem Abendessen.

Die Unterredung mit Vittorio hatte bei mir erneut die Neugier auf das Universum Ghini geschürt. Es ist der Maigretsche Zug, den ich mit meinem Polizistenfreund teile. Nur daß er bei ihm zum Beruf gehört. Bei mir zeigt er sich darin, daß ich in einer fremden Wohnung den gebieterischen Ruf vernehme, der von den Regalen mit den Büchern, Schallplatten und Videos ausgeht. Und neun- von zehnmal genügt mir ein einziger Blick, um mir eine Idee von deren Besitzer zu machen. Aber die trifft fast nie zu. Etwas anderes wäre es, wenn ich die Kühlschränke und Vorratskammern in Augenschein nehmen könnte. Die lügen nie.

Ich warf einen Blick auf meine Uhr, es war knapp fünf und somit noch Zeit. Ich sammelte die notwendigen Energien und verabschiedete mich von den Mädchen. Ich war mir nicht sicher, ob ich den Golf nehmen sollte. Den Verkehr in der Stadt habe ich allemal satt. Und außerdem – an einem Nachmittag unter der Woche einen Parkplatz im unteren Teil der Via Libertà zu finden, ist unwahrscheinlicher als der erfolgreiche Abschluß eines Projekts für die regionale Wirtschaftsplanung. Ich entschied mich für einen Spaziergang.

Ich durchquerte die Via Medina-Sidonia und dann die Via

degli Orefici. Es war ein wenig kühl, und mich fröstelte, da ich nur ein Jackett und einen Baumwollpulli anhatte. Es war Zeit, den leichten Regenmantel hervorzuziehen, der seit dem vergangenen Frühjahr zwischen Kampferkugeln einbalsamiert war. Als ich an der Fladenbäckerei San Francesco vorbeikam, kam mir der Abend mit der Dekanin ins Gedächtnis und zugleich verspürte ich ein heftiges Verlangen nach *mèusa*. Ich ging stur geradeaus weiter: Ich war ja keine schwangere Frau mit Gelüsten. Ich setzte meinen Weg über den Corso Vittorio und dann über die Via Maqueda fort. Ich hielt vor dem Schaufenster von Pustorino an, um mir die Krawatten anzusehen, und ruinierte mich dann beinahe beim Erwerb von einer dieser schmalen. Ich habe noch nie begriffen, wie das verdammte Geld so schnell verpufft, vorausgesetzt, es stimmt, daß es geruchlos ist.

In der Via Ruggiero Settimo betrat ich die Buchhandlung Flaccovio und zwang mich mit einem heldenhaften Kraftakt, nur drei Bücher zu kaufen, darunter für Michelle *Schönheit und Trauer* von Kawabata. Sie hat so ein gewisses Feeling für die Japaner ... ex und hopp und der nächste bitte. In der Via Libertà machte ich halt bei Ellepi, wo ich mir *Big Time* von Tom Waits zulegte. Für ihn habe wiederum ich ein ausgeprägtes Feeling, besser gesagt, einen Hamstertrieb.

Ich war tausendfach schon am Kamulùt vorbeigekommen, ohne je auf den Namen der Boutique noch auf das Warenangebot geachtet zu haben. Der Antiquitätenhandel läßt mich ziemlich kalt. Der Laden nahm einen Teil des Erdgeschosses und des Hochparterres eines schlichten, würdevollen und frisch renovierten Herrenhauses aus den zwanziger Jahren in der Via del Droghiere auf der Höhe zwischen Borgo Vecchio und dem Politeama ein. Das Schaufenster war nicht besonders groß, doch um so überladener mit kleinen Objekten, die wohl leichter zu verkaufen sind. Da waren alte Kerzenleuchter aus golden lackiertem Holz, Lampenschirme in nachempfundenem Jugendstil, Tee- oder Kaffeeservice aus verbliche-

nem Silber, Spiegel mit goldbeschichteten Rahmen aus dem
Spätbarock, die alle von einem herkunftskontrollierten Holzwurm angenagt waren, vielleicht um den Namen der Boutique zu rechtfertigen.

Ich sah mir das Ganze geschlagene fünf Minuten an. Anschließend hätte ich mit geschlossenen Augen aufzählen können, was alles im Schaufenster stand. Wie Kim in der Probe
mit dem Tablett. Mir blieb nichts weiter übrig, als einzutreten. Im Innern standen zwei Verkäufer um die Fünfunddrei-
ßig, die eifrig Däumchen drehten. Außer den beiden war keine Menschenseele zu sehen. Harte Zeiten für die Antiquitätenhändler. Vielleicht holten sie samstags den ausgebliebenen
Umsatz auf. Einer der beiden legte seine gelangweilte Miene
ab und machte drei Schritte auf mich zu. Er verströmte eine
Eleganz, die ich persönlich übertrieben fand: blauer Blazer,
dunkelgraue Hose, ein weißes Hemd mit zarten, hellblauen
Streifen und eine schlichte Krawatte mit einem Muster von
winzigen, goldenen Wappen, gegen die ich nichts einzuwen-
den hatte. So gestriegelt und geschleckt hätten sie gut für Prä-
servative mit Ejakulationsverzögerungseffekt werben können.

»Bitte schön?« flötete mir der Laffe Nummer eins entgegen.

»Ich suche ein Geschenk und würde mich gerne etwas um-
sehen«, ließ ich mir einfallen.

»Aber gerne. Haben Sie schon irgendeine Vorstellung?«

Im Kaufmannsjargon bedeutet das: Wieviel wollen sie aus-
geben? Ich stellte mich ahnungslos.

»Nein, ich habe noch keine Idee. Es ist ein Geburtstagsge-
schenk für eine ältere Tante.«

»Eine Kristallflasche in Jugendstil, wie wäre es damit?«

»Vielleicht. Aber ich möchte zuerst einen Blick auf alles
werfen«, erwiderte ich knapp und hoffte, er würde mich in
Ruhe lassen. Ich wollte schnuppern, woher der Wind vor Ort
wehte, ohne große Einmischungen. Die Verkaufsräume gin-

118

gen in die Tiefe, und der Laden war viel geräumiger, als er von außen wirkte. In der Mitte ging eine Holztreppe zum ersten Stock ab. Die Möbel waren nicht wild zusammengewürfelt wie die Stücke in der Auslage: Die Einrichtung vermittelte eher den Eindruck, als befände man sich in einem geräumigen Haus des Großbürgertums der Jahrhundertwende – der vergangenen, *of course*. Meiner geringen Kenntnis nach handelte es sich um lauter Stücke von Klasse. Der elegante Typ funkte nur einmal dazwischen und flüsterte gemessen, daß ein gewisser Stuhl, auf dem ich etwas zu lange meinen Blick hatte ruhen lassen, ein Ducrot sei. Am Ende meines Rundgangs wagte ich mich allein die Treppe hinauf.

Wenn das Erdgeschoß vor allem dem Mobiliar vorbehalten war, enthielt das Obergeschoß nur Dekorationsstücke: Lampen, Nippsachen, Vasen und sonstigen Krimskrams. Nur zwei Objekte gefielen mir tatsächlich. Das eine war ein Spazierstock mit einem Drachenkopf aus Elfenbein als Knauf, der dem sechsfüßigen Agip-Monster ähnelte. Das andere war ein langes Mundstück aus Elfenbein, in das über die gesamte Länge Szenen aus dem Kamasutra eingraviert waren. Made in Taiwan vermutlich.

»Das ist ein Stück von Anfang des Jahrhunderts. Es kommt aus Nordchina.«

Wie die Liebhaber der Duras, dachte ich, und zuckte zusammen, denn ich hatte nicht gemerkt, wie der schnieke Typ Nummer eins still und leise hinaufgekommen war. Vielleicht hielt er mich für einen, den man nicht aus den Augen verlieren durfte.

»Was ist dort?« fragte ich auf eine geschlossene Tür deutend.

»Nichts. Da ist nur das Büro des Inhabers.«

»Und er ist nicht da?«

»Nein.«

Ich fragte nach dem Preis des Mundstücks, und er nannte eine schwindelerregende Zahl. Sie ließ mich völlig kalt, da ich keinerlei Kaufabsichten hatte. Ansonsten hätte es mich auf der Stelle umgehauen. Ich verzog mein Gesicht zu einem Ausdruck des Bedauerns.

»Schade für die Tante.«

In jenem Augenblick hörte man, wie die Ladentür aufging, und eine Männerstimme verkündete ein »Guten Abend«, dessen leicht schleifender Tonfall auf Vertraulichkeit schließen ließ.

Eine Frauenstimme antwortete knapp. Die erste Stimme war ganz offenkundig die des Gecken Nummer zwei. Da geriet Nummer eins in Aufruhr, murmelte ein »Entschuldigen Sie mich« und verschwand Richtung Erdgeschoß.

Ich schaute hinunter, konnte aber nichts erkennen. Ein undeutliches Gemurmel war zu hören. Jetzt oder nie. Ich näherte mich der Bürotür und drückte die Klinke hinunter. Die Tür war nicht verschlossen und ließ sich geräuschlos öffnen. Im Lichtschein, der durch die Türöffnung fiel, war ein mittelgroßer, spartanisch eingerichteter Raum zu erkennen: Da standen ein langgestreckter Tisch, eine Truhe aus Nußbaum und ein paar Stühle mit Strohsitz aus Wien. An den Wänden hingen einige Drucke mit den üblichen, englischen Segelschiffen unter Glas. Papierkram war nicht zu sehen.

Auf dem Schreibtisch lag eine jener großen Herrenledertaschen, wie sie vor ein paar Jahren Mode waren. Ich blickte über die Schulter, keine Gefahr im Anzug. Von unsichtbarer Hand gelenkt, machte ich ein paar Schritte auf den Tisch zu, streckte die Hand nach der Tasche aus und öffnete sie. Eine Schachtel Marlboro, ein Schlüsselbund, ein Autoschlüssel, ein Reisepaß. Und das volle Magazin einer Pistole.

Im ersten Augenblick war ich wie gelähmt, doch das verging schnell wieder. Sachte zog ich die Schreibtischschublade auf. Eine Pistole.

Ich berührte weder die Pistole noch das Magazin, schloß die Schublade und näherte mich der Tür. Immer noch war keiner zu sehen. Wieder ging ich an den Tisch und nahm mir

120

jetzt den Ausweis vor. Die Fotografie auf der zweiten Seite –
keine aus dem Fotoautomaten, sondern aus einem richtigen
Fotostudio – war die des Gecken Nummer eins. Er hieß Ro-
sario Milazzo, war vierunddreißig Jahre alt, hatte grüne Augen und war eins Komma vierundachtzig Meter groß. Rasch
blätterte ich die anderen Seiten des Passes durch. Da waren
vier Visa von vor einigen Monaten. Russische Visa mit dem
Stempel des Flughafens Sheremetievo in Moskau. Zwischen
dem Datum des Einreisevisums und dem für die Ausreise lag
eine Woche. Und drei Monate später war das zweite Einrei-
sevisum beantragt worden.

Ich steckte den Paß dahin, wo er gewesen war, zog leise die
Türe hinter mir zu und ging die Treppe nach unten, um das
Schicksal nicht allzusehr herauszufordern.

Die Spionageoperation hatte nicht länger als zwanzig Sekunden gedauert: blitzschnell, geräuschlos und wirkungsvoll
wie der Biß einer Königskobra.

Die weibliche Stimme, die ich zum erstenmal gehört hatte,
kam aus dem Mund einer falschen Blondine in pseudo Casu-
al-Look. Sie bedachte mich mit einem gekünstelten Lächeln.
Wer weiß, ob wenigstens die Zähne echt waren. Ich versuchte, mir mit einem Blick einen groben Eindruck zu verschaffen: Die Absätze nicht mitgerechnet, hatte ich mindestens ein
Meter fünfundsiebzig an lustiger Witwe vor mir. Und Michelle hatte richtig gesehen: Madame Ghini hatte die Ausstrahlung eines Raubvogels. Und keineswegs die einer Witwe, abgesehen von der dunklen Sonnenbrille. Wer weiß, was
Michelles Vater an ihr reizte.

»Wer kümmert sich um den Herrn?« fragte die lustige Witwe in gebieterischem Ton. Der Herr war ich.

Der Typ Nummer eins stotterte einige Worte. Der andere
setzte ein unsympathisches Lächeln auf, das seinem Kollegen
galt. Die beiden waren sich offensichtlich nicht besonders
grün. Sollte die Dame etwa Objekt nicht gerade geheimer Be-
gierden sein?

Beim nochmaligen Hinsehen mußte ich mein Urteil revidieren. Die lustige Witwe war gar nicht so übel. Sie hatte die Brille abgenommen, und die perlgrauen Augen waren Ton in Ton mit ihren Wildledersteifeln. Sie war um die Vierzig, aber ich könnte nicht genau sagen, ob darüber oder darunter. Sie nahm gebührend Kenntnis von meiner Untersuchung und stellte fest, es handelte sich um Wertschätzung. Das Perlgrau versandte ein paar Extrastrahler.

»Konnten Sie etwas finden, was Ihrer Vorstellung entspricht?« fragte sie mit der samtigen Stimme eines Radio-Nachtprogramms, die ganz anders klang als zuvor.

»Ich habe sehr viele schöne Dinge gesehen«, log ich, »aber leider nichts für meinen Geldbeutel.«

»Der Herr interessiert sich für ein Mundstück aus Elfenbein«, mischte sich der geschniegelte Typ Nummer eins ein, »er sucht ein Geschenk ...«

»... für eine betagte Tante«, beendete ich den Satz.

»Ah, das chinesische. Ich gratuliere zu Ihrem guten Geschmack.«

Die Ugro-Finnin hatte beinahe die gleichen Worte benutzt, als sie mich für meine Wahl des Jadesteins lobte. War das ein Initiationsritus aller Antiquitätenhändler oder handelte es sich um einen spezifischen Ghini-Jargon?

Als Vergeltungsmaßnahme erwiderte ich knallhart:

»Danke. Hier habe ich nur Stücke gesehen, die von ausgezeichnetem Geschmack zeugen«, und meine Worte kosteten mich einige Überwindung, ja sie bereiteten mir beinahe Ekel, »aus diesem Grund bin ich ja auch hier, auf Empfehlung von Herrn César Laurent.«

Der letzte Satz war mir einfach so herausgerutscht. Die falsche Blondine zuckte nicht mit der Wimper. Nur das Glitzern des Perlgraus war stärker geworden. Nummer eins verzog sein Gesicht zu einer leichten Grimasse, die für Nummer zwei bestimmt war. Der biß grimmig die Zähne aufeinander.

»Sie kennen also Herrn Laurent?« fragte die lustige Witwe nach einigen Sekunden.

»Wir haben eine Tochter zusammen«, erklärte ich, bevor ich mir bewußt wurde, was ich da sagte. Die drei sahen mich nur perplex an.

»Ich möchte damit nur sagen, er ist der Vater einer Freundin von mir«, verbesserte ich mich.

»Aha. Dann werden wir Sie ganz besonders zuvorkommend behandeln. Milazzo, wie teuer käme das Mundstück?«

Milazzo nannte ihr den Preis.

»Dem Herrn Doktor können wir fünfzehn Prozent geben«, sagte die Dame. Das war beachtlich. Wer weiß, aufgrund welcher Kriterien sie mich von einem einfachen Signore zu einem Herrn Doktor befördert hatte. Vielleicht hatte sie in ihrer Jugend Parkwächterin gelernt. Dem Akzent nach möglicherweise vor dem Mädchengymnasium Le Ancelle in der Via Marchese Ugo.

»Nein, das ist nicht das Passende. Ich suchte in Wirklichkeit etwas, das eher einen symbolischen Wert hat.«

»Nun, da haben wir wunderschöne, alte Anstecknadeln zu sehr günstigen Preisen.«

Sie öffnete eine Schublade und zog ein hölzernes Tablett mit Kinkerlitzchen heraus und hielt es mir unter die Nase. Es ließ sich nicht leugnen, sie war eine begnadete Geschäftsfrau.

Am Ende war ich gezwungen, eine von diesen schrecklichen Anstecknadeln zu kaufen. Zum Glück hatte meine Schwester bald Geburtstag. Ich suchte ein silbernes Modell in Richtung Jugendstil aus. Die Dame packte es mir persönlich ein, während ich versuchte herauszufinden, ob ich einem echten oder falschen Déjà-vu zum Opfer gefallen war.

»Bestellen Sie Herrn César meine besten Grüße«, und reichte mir das Päckchen. Ihre Aussprache seines Namens war einwandfrei. Wahrscheinlich das Resultat der Privatstunden bei Herrn César. Die zwei aufgepeppten Wesen verdrehten die Augen – Nummer eins zur Decke, Nummer zwei zum Boden.

Beim Verlassen des Geschäfts fühlte ich mich wie ein gerupfter Kampfhahn.

Auf der Straße sah ich mich nach einem öffentlichen Telefon um. Ich wählte Vittorios Privatnummer, aber der Herr Kommissar war noch im Büro.

»Was für ein Spielchen spielt ihr Schergen eigentlich?« attackierte ich ihn sofort. Es ist peinlich, wie mir die Phrasen herausrutschen, wenn ich aggressiv werde. Vittorio setzte meinem Angriff ein abwartendes Schweigen entgegen.

»Warum hast du mir nichts von der Pistole des Kamulùt gesagt?«

»Was weißt denn du von der Pistole des Kamulùt?«

»Ganz Palermo weiß davon«, bluffte ich. Es funktionierte. Oder Vittorio wollte nur nicht grausam mit mir sein.

»Halten wir einmal fest, daß ich dir überhaupt nichts zu sagen brauche ... die Pistole hat überhaupt nichts mit dem Fall zu tun. Hältst du uns gar für Dilettanten? Wir haben brav unsere Kontrollen durchgeführt: Mit der Pistole ist noch nie geschossen worden, sie ist regulär gemeldet und es gibt einen Waffenschein dafür. Abgesehen davon ist es ein Modell siebenhundertfünfundsechzig, ein Kaliber also, das nicht zur Schußwunde Ghinis paßt. Was soll schon Seltsames daran sein, wenn sie im Kamulùt, nach allem, was passiert ist, aus Sicherheitsgründen eine Pistole haben? Dort gibt es jede Menge Wertgegenstände, alten Schmuck und so etwas, und an manchen Abenden ist ein Haufen Bargeld in der Kasse. Auch Ghini hatte eine Pistole im Laden: Das ist die, die verschwunden ist. Und das ist ein weiterer Grund zur Besorgnis sowohl für die Witwe als auch für die Angestellten. Wenn du es genau wissen willst, die Pistole gehört einem von ihnen.«

Jetzt hatte er es mir aber gegeben. Ich schnauzte etwas in den Hörer und legte auf. Ich habe noch nie etwas von Pistolen oder anderen Waffen verstanden. Ich sah auf die Uhr. Es war tatsächlich schon Zeit, zu Michelle nach Hause zu gehen.

Zuvor injizierte ich mir noch eine Dosis Koffein in der Extra-bar.

Flugs sprang ich auf einen Autobus. Zum Glück habe ich die Angewohnheit, mit einem ganzen Block Fahrausweisen herumzulaufen. Das verdanke ich meiner Schwester. Vor einiger Zeit hatte sie versucht, bei einem Bullen in Zivil, der in einem Panzerglaskasten im Erdgeschoß des Hauses eines VIP Wache hielt, ein Busticket zu erwerben; sie hatte den Kasten mit einem Kiosk der Stadtbusse verwechselt, die sich wirklich sehr ähneln. Das Ergebnis war, daß die gesamte Antiterrorismusbekämpfung, die Antimafia, das Korps der Stadtpolizisten, der vereidigten Nachtwächter, der Forstpolizei und wer weiß was sonst noch die Maschinengewehre auf sie richteten und sie um ein Haar füsiliert hätten. Nachdem der erste Schock vorüber war, machte Maruzza ein Riesentheater und bekam am Ende einen halben Nervenzusammenbruch. Hätte Armando das spitz gekriegt, hätte er ein Blutbad angerichtet.

Der Autobus war halb leer. Auf den Entwerter (die Ticketstempelmaschine eben!) hatte jemand in Schönschrift mit Filzstift geschrieben: »Gott sei Dank haben sie den Fahrpreis erhöht, denn vorher sparten wir nur eintausendzweihundert Lire pro Fahrschein, jetzt sind es eintausendfünfhundert.« Und dann heißt es, wir Sizilianer hätten keinen Humor. Eine kleine Frau um die Sechzig mit Einkaufstüten prall voll mit Lebensmitteln und Gemüse stand in der Nähe des Fahrersitzes und hielt eine Rede vor ein paar jungen Familienmüttern.

»... die Leute schmeißen viel zu viel gute Sachen auf den Abfall, die Regierung kriegt das mit, weil sie ihre Spione in der städtischen Müllabfuhr hat, und dann erhöht sie die Steuern, weil es so aussieht, als wären wir steinreich. Ich werfe nie etwas weg. Bei mir zu Hause gibt es trocken Brot, wenn sie wollen ... meine Söhne ... mein Mann ...«

Sie hätte einen Lehrstuhl verdient.

Die Haltestelle war rund hundert Meter von Michelles

Wohnung entfernt. Ich war zu früh dran, aber ich klingelte trotzdem. Sie war schon zu Hause und ließ mich heraufkommen. Sie sprach gerade am Telefon mit ihrem Vater. Zu mir gewandt, sagte sie:

»Mein Vater lädt uns zum Abendessen zu sich ein.«

Die Idee, den Tag im Hause von Michelles Vater auslaufen zu lassen, war mir nicht unangenehm. Er ist ein alter Witzbold und bringt es immer fertig, mich bei guter Laune zu halten, auch wenn ich es nicht gebrauchen kann. Während die Holde sich zurecht machte, schob ich eine Kassette mit einer Selektion von Tom Waits in ihren Hi-Fi, die ich persönlich aufgenommen und dem Hause vermacht hatte. Sie besitzt nicht viele Platten. Zumindest nicht verglichen mit meiner Sammlung, die mehrere Tausend umfaßt. Das erste Stück war *Blind Love:* Die herzergreifende, düstere Stimme von Tom Waits drang wie kleine, am Leben erhaltende Transfusionen in die Venen und die zuckende Bluesgitarre von Keith Richards blitzte hell dazwischen – was will man mehr von einem Liedchen? Michelle zieht Bruce Springsteen vor. Sie behauptet, er sei auf dem Gebiet der Musik das Äquivalent zu De Niro und beide würden mit dem Alter immer besser werden.

Ich durchstöberte das Getränkefach. Es gab die notwendigen Zutaten für ein paar Negroni. Einen brachte ich der Wertesten und spazierte dann durch die Wohnung. Die Einrichtung ist nicht aus dem Baukasten, Michelle besitzt alte und solide Stücke ebenso wie modernes, funktionales Design. Einige Sachen stammen mit Sicherheit von ihrem Vater. Das Ganze vermittelt einen gewissen Eindruck von Improvisation, da Michelle nur das Notwendigste zusammengestellt hat, als sie beschloß, die Anker zu lichten und dem Wüstling von Ehemann Lebewohl zu sagen. Die Bücher standen ohne ersichtliches Kriterium im Regal aneinandergereiht. Nach dem Umzug hatte sie sie aus den Kisten gezogen und so, wie sie kamen, auf die Bretter gestellt, auf bessere Zeiten hoffend.

126

Es stimmt, es gibt nichts Endgültigeres als das Provisorium. Damit ist nicht gesagt, daß das etwas Schlimmes sein muß.

Sie hatte einige Sachbücher auf englisch über die Techniken des Ausnehmens von Mordopfern mit allem drum und dran und einige Aufsätze über den Beruf des Arztes. Bioethisches Zeugs, Abtreibung, Euthanasie – ja oder nein, und weitere Perversionen. Zeugs, mit dem sich jemand während der Fastenzeit zur Meditation zurückzieht. Alles Bände, die gewiß nicht Gefahr liefen, im Kamin von Pepe Carvalho in Flammen aufzugehen, was heute die höchste Aspiration für jedes anständige Buch ist. Dann gab es noch richtige Bücher, normale Bücher: sehr viel Mishima und Tanizaki, sämtliche Romane aller Roths, alle Kunderas, wenige Italiener, eine Ausgabe des *Ching Peng Mei.*

»Du hast einen Haufen Bücher doppelt«, rutschte mir heraus. Wieder einmal waren die Worte schneller gewesen als die Vernunft.

»Was für Doppelausgaben denn?«

»Ich meinte bloß, du hast viele Bücher, die ich auch habe.«

Sie sagte nichts. Aber die Anspielung in meinen Worten war ihr gewiß nicht entgangen. Auch sie hatte seinerzeit nicht wenig mit dem alten Sigmund herumexperimentiert.

»Den aber hast du nicht«, und damit reichte ich ihr den Kawabata, den ich für sie gekauft und noch vorübergehend auf der Konsole am Eingang abgelegt hatte.

»*Molto verinais,* danke.«

»Es ist mir stets ein Vergnügen, Madame. Ich bin zu Fuß, wir müssen deinen Wagen nehmen.«

»Soll ich die Zahnbürste mitnehmen?«

Das sollte heißen, daß ich sie auf dem Rückweg angesichts der späten Stunde bestimmt überreden würde, bei mir zu übernachten. Aber sie hatte es nur scherzhaft gemeint, denn ihre Zahnbürste war längst bei mir zu Haus. Und nicht nur im übertragenen Sinn. Sie wollte mich einfach ein bißchen reizen, was ihr auch gelang. Vielleicht bin ich die Person der

Quattro Mandamenti, die am leichtesten einzuschätzen ist. Zumindest für sie. Auf alle Fälle ließ ich mir nichts anmerken.

Der Y10 war mit den Rädern auf dem Gehweg gleich um die Ecke vor dem Haus geparkt. Michelle setzte sich ans Steuer und schoß von dannen wie eine Rakete. An der Ampel zwischen der Via Cavour und der Via Roma erwischte sie das Ende einer Schlange, die sich noch bei Gelb über die Kreuzung wagte. Ein scharfer Pfiff ließ sie auf die Bremse treten, und wie aus dem Nichts tauchte gleichzeitig eine Verkehrspolizistin auf. Es war beinahe surreal: Sie mußte die einzige Beamtin aus den Garden der städtischen Polizei sein, die zu dieser Stunde in Palermo im Dienst war; ja, sie mußte überhaupt der einzige diensttuende Verkehrspolizist in der dreitausendjährigen Geschichte der Metropole sein. Eisig wie eine Messerschneide im Schneesturm kam sie näher.

»Excusemoa, ich bin Franschäse, wissen Sie, ich nicht ...« versuchte es Michelle recht überzeugend. Dieser Trick war ihr in der Vergangenheit in ähnlichen Situationen schon einige Male, jedoch immer vor männlichen Beamten gelungen.

»Wieso, fahrt ihr in Frankreich bei Rot über die Kreuzung?« knallte ihr die andere erbarmungslos an den Kopf.

»Auf alle Fälle hatte es erst kurz zuvor auf Rot geschaltet«, erklärte Michelle mit Nachdruck und verfiel wieder in den lokalen Tonfall.

»Führerschein und Fahrzeugpapiere«, herrschte die Polizeibeamtin sie mit einem derart strengen Gesicht an, als habe sie widerwillig begonnen, eine besonders saure Zitrone zu kauen.

Es waren fünfzigtausend Lire ohne den geringsten Nachlaß. Michelle bezahlte cash. Dann fluchte sie lange.

Die Nacht,
in der Chet Baker im Brass spielte

Monsieur Laurent wohnt in Mondello in einer kleinen Villa aus den dreißiger Jahren, fernab von der VIP-Zone der Waldenser; sie steht versteckt in einer abgelegenen, Linden gesäumten Straße auf halber Strecke Richtung Partanna – unser süditalienisches und peripheres *Unter den Linden,* das im Juni Duftwolken in Massenanfertigung in den Himmel über Palermo entläßt. Fährt man mit dem Wagen dort entlang, hat man das Gefühl, in eine Windgalerie, in einen Wirbel von Lindenessenz geraten zu sein, die einem in sämtliche Poren dringt, und man glaubt, selbst die Haare saugten die Köstlichkeit auf. Der einzige Duft, der sich damit messen kann, entsteht, wenn die Orangenbäume der Washington Navel in Ribera längs der Schnellstraße Sciacca-Agrigent in Blüte stehen. Ihr Duft überfällt dich wie eine chemische Keule, gegen die du zur Gasmaske greifst. Oder er läßt schmerzhaft die Erinnerung an die mittlerweile geschlossenen Freudenhäuser wiederaufleben.

Das kleine Haus und die Gartenmauer sind aus Sandstein, der längst seinen ursprünglichen Goldton verloren hat, was Monsieur Laurent nicht mißfällt, da er mit wechselndem Erfolg seine Anonymität pflegt. Von März bis Dezember ist die Vorderfront fast vollständig von einer Glyzinie bedeckt, die früher oder später alles unter sich begraben wird. Ich habe es ihm schon öfters gesagt, und die Antwort ist jedesmal dieselbe:

»Bis das geschieht, werde ich längst unter der Erde sein.«
»Und an die Erben denken Sie nicht?« lautet dann unverändert meine Gegenrede. Darauf bricht er in Lachen aus, und
es ist klar, woher das sagenhafte Lachen von Frau Doktor
Laurent kommt; wenn sie sich im Kino eine Komödie ansieht,
weiß jeder, der sie kennt, sofort, daß sie da ist.

Kaum hatte Michelle den Motor abgestellt, war ein Klicken
im Schloß des Einfahrttors zu vernehmen – ihr Vater hatte
uns also schon gesichtet. Er empfing uns auf der Türschwelle. Vater und Tochter begrüßten sich mit Wangenkuß, und
ich wurde einmal auf die Schulter geklopft.

»Buonasera, M'sjö.«

Obwohl er mich schon mehrfach aufgefordert hat, es mit
den Formalitäten gut sein zu lassen, habe ich es noch nie geschafft, ihn zu duzen. Der nächstliegende Kompromiß ist dieses M'sjö, das ich ihm mit einem leisen Unterton von Spott
widme. M'sjö und sonst nichts. Nicht Monsieur Laurent und
auch nicht Monsieur César, was nach einem Nou-
velle-vague-Film klänge. Und mit seinem Bauchansatz, der
etwas über den Gürtel tritt, hat er genau den richtigen Look
für einen M'sjö und sonst nichts: Mein Doppelleben nennt er
das, und behauptet, ein bißchen Doppeltaille sei romanti-
scher als ein Doppelkinn; er pflegt seinen Bauchspeck liebevoll, um bei den schönen, jungen Frauen, die auf der Suche
nach einer Vaterfigur sind, Erfolg zu haben. Es bedarf nur eines Blicks, um zu sehen, daß die zahlreichen und geschätzten
ästhetischen Merkmale seiner Tochter von mütterlicher Seite
stammen müssen. Doch braucht man ihm nur zuzuhören, um
zu begreifen, von wem Michelle ihren temperamentvollen, si-
kulisch-marseiller Charme geerbt hat. Und da Michelle eine
schwache Ähnlichkeit mit Fanny Ardant besitzt, wie sollte
Monsieur Laurent nicht vage an Philippe Noiret erinnern,
auch wenn er viel lieber Jean Gabin in *Grisbi* ähneln würde.

Von außen wirkt das Haus Laurent wie das eines Antiqui-
tätenhändlers. Im Innern ist das überhaupt nicht so. Die Ein-

130

richtung ist vorwiegend modern, nur hie und da stehen einige alte Stücke; es ist ein gemütliches, bequemes Ambiente ohne Kinkerlitzchen, das den Eindruck von viel Platz vermittelt. Man ahnt, daß kein Modearchitekt seine Finger im Spiel gehabt hat.

Im großen Wohnzimmer brannte eine Stehlampe, die durch einen Dimmer auf halbe Stärke eingestellt war und Licht und vor allem Schatten verbreitete; die Atmosphäre war sanft und softig: beinahe ein Nutella-Effekt. Aus den verkratzten Rillen einer alten Vinylplatte versprach Brel seiner Geliebten Regenperlen aus einem Land, in dem es nie regnet. Monsieur Laurent hat die ganze Sammlung frankophoner Langspielplatten. Er bat uns hinein, und wir folgten ihm in sein Arbeitszimmer.

»Verzeiht, aber ich muß einen Suchvorgang beenden. Es ist eine Sache von zehn Minuten.«

Ich wußte schon, was uns in seinem Zimmer erwartete. Er hatte sich eine potente Computeranlage mit allem Schnickschnack zugelegt. Bei unserem Eintreffen war er gezwungen, aus seinen Höhlengängen im Internet aufzutauchen.

»Sie surften gerade in Datennetzen, M'sjö? Wenn selbst Sie dem zum Opfer gefallen sind, werde ich bei mir wohl alles verriegeln und verrammeln müssen. Mit Sandsäcken werde ich meine Fenster sichern. Wenn Sie wollen, kann ich Sie mit unserer Dekanin im Fachbereich bekannt machen. Denken Sie nur, welch ein Lustgewinn, sich via Internet zum Ortstarif giftige Sprüche von Haus zu Haus zuzusenden! Trotzdem kann das Ganze nicht lange mit den puren Informatikern Schritt halten: Die haben nämlich knallharte Hard Disks. Und heute herrschen harte Zeiten.«

»Meine Zeiten, die Roaring Twenties, da hörte man wirklich die Wölfe heulen. Heute ist eher die Zeit der Schafe, der Hyänen, der Aasgeier. Kein Brüllen, sondern ein Blöken, allenfalls ein Miauen wird heute laut. Auch deine Universitätsbarone sind längst Barone am regionalen Verwaltungsgericht

131

geworden. Du mußt dir eine andere Mentalität zulegen und deinen Fin-de-siècle-Snobismus ins Klo werfen. Lerne, das Neue zu akzeptieren. Ein Typ, dessen Name ich jetzt nicht mehr erinnere, einer aus dem Lager der Ungläubigen, wenn ich mich nicht täusche, sagte, man müsse das Leben stets so anpacken, als könne man morgen schon tot sein, und die Zukunft so planen, als würde man ewig leben.«

»Ein Leben, das nur aus letzten Tagen besteht ...Viel zu anstrengend, M'sjö.«

»Deine geliebten Araber dachten nicht so wie du. Ansonsten hätten sie keine Johannisbrotbäume gepflanzt.«

»Das Johannisbrot schmeckt mir nicht. Ich bin ja kein Ackergaul. Und die Bonbons mit Johannisbrotgeschmack taugen allenfalls als Munition für Granatwerfer. Oder für die Bösewichter, die damit von den Autobahnüberführungen aus vorbeifahrende Wagen bombardieren. Aber was hat Internet mit Johannisbrotbäumen eigentlich zu tun?«

»Mit Johannisbrotbäumen vielleicht nichts, mit anderen edlen Holzessenzen ja.«

Ich wußte, was er meinte. Das Internet war die logische Ausdehnung seiner Aktivität als Holzwurm-Einbalsamierer. Seine Holzwürmer sind älter als der Homo erectus: Es sind Exemplare, die von den hohlsten gekrönten Häuptern Europas liebevoll gezüchtet wurden und an ein Luxusleben in den edelsten und abgelagerten Hölzern gewohnt sind. Adlige Holzwürmer also, solche von Ludwig XIII., XIV., XV. bis maximal XVIII., denn die Sorte Leute konnte nicht einmal bis zwanzig zählen, wie der alte Prévert sagt.

Monsieur Laurent ist kein typischer Antiquitätenhändler. Zumindest für unsere Breitengrade nicht. Er besitzt keinen richtigen Antiquitätenladen, da er nur selten Einzelhandelsgeschäfte tätigt. Seine Arbeit besteht darin, im Auftrag seiner Kunden, meist auch wieder Antiquitätenfritzen, seltene Stücke aufzustöbern. Kreuz und quer grast er ganz Europa ab, und früher oder später findet er das Gesuchte. Seinen

132

Kundenkreis hat er nicht nur vor Ort, sondern über den ganzen Stiefel verteilt, und ist auch bei namhaften Antiquitätenfachleuten im europäischen Ausland kein Unbekannter. In seinem Haus in Mondello dient das obere Stockwerk als Lager für die Stücke auf der Warteliste, die er gelegentlich auf eigene Rechnung erwirbt und dann eigenhändig restauriert, um sie weiterzuverkaufen. Er ist stets bemüht, diesen Saal wie einen eleganten Ausstellungsraum wirken zu lassen. Es ist der einzige »antiquierte« Raum im Haus. Jetzt hat er beschlossen, ins Informatiklager überzuwechseln und das Internet als Quelle oder Vehikel für seine Arbeit zu nutzen.

Kaum zu glauben, daß ein Busineß dieser Art in Palermo, im tiefsten Süden Europas stattfindet, nicht wahr? Tja, hin und wieder hält die ehemalige Hauptstadt des Verbrechens selbst für zynische und nüchterne Eingeborene wie mich noch Überraschungen bereit. Wie damals, als ich von der Existenz eines extravaganten Typs erfuhr, der statt Kalaschnikows Cembalos fabriziert. Er baut zwei Instrumente pro Jahr; jedes Einzelteil ist von Hand gefertigt, sogar das Schneiden der Gänsefedern, die über die Saiten streifen, übernimmt er höchst persönlich. Und die Instrumente verkauft er nicht nur an ein paar Parvenus, die ihre Geranientöpfe darauf abstellen, sondern an richtige Musiker. Wer hätte das in einer Stadt wie der unseren erwartet?

Monsieur Laurent hackte unermüdlich zwischen Maus und Keyboard weiter und versuchte das Höchstmaß aus dieser telematischen Glasnost herauszukriegen, der ich weiterhin hartnäckig mißtraue.

»Ihr habt ja keine Ahnung von den Unmengen Verrückter, die sich im Internet herumtreiben. Das werden die Auswirkungen von Paragraph 180 sein. Ich habe noch nie verstanden, ob die da oben durch die Schließung der Irrenanstalten das kollektive Unterbewußtsein abgeschafft oder ob sie es nur der Öffentlichkeit zugänglich gemacht haben.«

Nach dem Willen von Vater Zeus hatte die gelobte Suche

im Netzsystem ein Ende. Monsieur Laurent schloß alle virtuellen Fenster, wartete, bis der Computer ihn schriftlich zum vorübergehenden Ausschalten ermächtigte, und als er die Genehmigung hatte, stellte er alles ab. Die Tatsache, daß es diese verdammten Maschinen selbst sind, die dir erlauben, ihnen den Stecker herauszuziehen, hat etwas Symbolträchtiges und Endgültiges an sich. Als wüßten sie über die Asimovschen Gesetze des Roboters Bescheid. Und ich bin mir nicht sicher, ob ich die Sache als beunruhigend oder beängstigend ansehen soll. Gewiß flößt sie mir Mißtrauen der Zukunft gegenüber ein.

Die Tafel für das Abendessen war schon gedeckt. Michelles Vater hat eine gute Seele im Haushalt, die an alles denkt und im richtigen Augenblick das Feld räumt und sich erst am nächsten Tag wieder blicken läßt. An diesem Abend gab es Kalbsbraten mit Kartoffeln und Löwenzahnsalat, der früher nur Arme-Leute-Kost, inzwischen aber eine echte und rare Delikatesse wie die Slow-food-Gerichte geworden ist, vor allem, wenn er zusammen mit Granny-Smith-Scheiben serviert wird, wie an diesem Abend.

Der Hausherr sorgte den ganzen Abend für Konversation bei Tisch. Mich befremdet es jedes Mal, daß Vater und Tochter trotz ihrer vorbelastenden französischen Vor- und Nachnamen auf italienisch, ja sogar auf sizilianisch miteinander plaudern. Nach dem Essen ist das Ritual der Zigarre an der Reihe. Vor Jahren mußte Michelles Vater auf Anordnung eines Herzspezialisten mit den drei Schachteln Gitanes pro Tag Schluß machen. Es war ihm jedoch gelungen, dem Arzt die Genehmigung für wenigstens eine Zigarre pro Tag abzuzwingen, da er ansonsten zur Konkurrenz übergelaufen wäre. Zur Zeit pafft er Montecristo, Riesendinger, die bestimmt so lang wie die stinkigen Baguettes sind, die unter den Achselhöhlen der Pariser leben. Eine davon hält bei ihm drei Stunden vor. Das Abendessen ist für ihn nur ein Vorwand, eine Ausrede, ein Vorspiel auf die Montecristo. Meiner Meinung nach wäre es weniger schädlich, zu den Gitanes zurückzukehren. Aber jeder muß selbst wissen, mit was er sich vergiftet.

Auch an jenem Abend erhoben wir uns alle drei nach dem Obstnachtisch und gingen ins große Wohnzimmer mit Glastür zum Garten. Auf dem Weg dahin machte Michelles Vater halt in der Abteilung »Sprit und Tabak« und tauchte mit einer Montecristo in der einen und einer Flasche Armagnac in der anderen Hand wieder auf. Er schenkte uns allen ein Gläschen ein und brauchte Ewigkeiten, um die Zigarrenspitze in Brand zu setzen. Das übliche Theater. Nicht mal um jene Tante von Orleans anzustecken, hat es eines solchen Aufwands bedurft. In der Zwischenzeit hatte ich mir eine Camel angezündet und beinahe schon zu Ende geraucht. Michelle zog eine Zigarette aus meinem Päckchen, hielt still, damit ich ihr Feuer gab und nippte an ihrem Glas. Dann nahm sie es in die Hand und trat wie Lauren Bacall von der Szene ab. Die Camel im Mundwinkel erklärte sie:

»Ich gehe, das Geschirr in die Spülmaschine stellen.«

Wortwörtlich sagte sie das! Herzergreifend. Es war das erste Mal, daß ich sie bei einer solchen Tätigkeit sehen sollte. Michelle ist nicht gerade die Verkörperung häuslicher Tugenden. Ihr Vater warf ihr einen giftigen Blick zu und drehte sich kopfschüttelnd zu mir:

»Meinst du, daß meine Tochter uns beide hat alleine lassen wollen?« fragte er, als das Mädchen aus dem Schußfeld war.

»Ich denke, ja, M'sjö!«

»Und warum das?« tat er scheinheilig.

»Wenn Sie das nicht wissen, M'sjö ...« erwiderte ich noch scheinheiliger.

»Vielleicht will sie, daß du mich über jene Geschichte ausquetschst ...«

»Was für eine Geschichte, M'sjö?«

»Sei doch nicht so verbohrt wie ein Stockfisch, nicht vor mir«, bellte er mich an.

Ich brach in Lachen aus:

135

»Gibt es bei Ihnen überhaupt etwas über jene Geschichte auszuquetschen? Haben Sie dem Grünschnabel von Richter etwa seine Gutsel geklaut?«

»Erst sagst du mir, was du darüber weißt. Was hat Michelle dir gesagt?«

»Daß ihr alle beide besorgt seid, jeder auf seine Weise. Und daß es ein Fall des Typs ›cherchez la femme‹ ist. Diese Information habe ich ehrlich gesagt von meinem Freund Vittorio Spotorno, den Sie ja kennengelernt haben.«

»Und was weiß meine Tochter davon?«

»Alles. Übrigens habe ich mich Ihres Namens heute nachmittag im Kamulùt bedient.«

»Warum das?«

»Um von Frau Ghini einen Preisnachlaß zu bekommen.«

»Willst du mir einen Bären aufbinden?«

Ich erzählte ihm alles der Reihe nach. Von meinem Besuch am Nachmittag, meinen Unterredungen mit Spotorno, meinen Nachforschungen am Tatort.

»Damit übertrifft ein in Sizilien ansässiger Marseiller einen reinblütigen Sizilianer in Sachen Omertà ...« lautete am Ende mein Kommentar.

»Was hat Eleonora dir gesagt?« fragte er mich auf den Kopf zu und ignorierte den Seitenhieb.

»Wer ist Eleonora?«

»Frau Eleonora Ghini Cottone.«

»Aha. Dann ist es also wahr?«

»Was?«

»Was Herr Doktor Spotorno über die Liaison zwischen Ihnen und der Dame weiß. Haben Sie Herrn Umberto Ghini um die Ecke gebracht, M'sjö? Oder hat Frau Ghini Cottone ihn ermordet? Oder vielleicht haben Sie es zusammen getan? Vielleicht war es eine Aktion vom Typ ›Wenn der Postmann zweimal klingelt‹ ...«

»Reiß keine Witze, Lorenzo.«

»Wieso sind Sie den Bullen gegenüber nur so zugeknöpft?«

»Eleonora hat sich ein Alibi verschaffen können; ich weiß weder wie noch durch wen. Zur Tatzeit aber waren wir zusammen, hier im Haus. Außer ihr und mir bist du jetzt der einzige, der das weiß.«

»Aha. Und was gibt es daran geheimzuhalten? Ist das etwas Skandalöses? Abgesehen davon, daß es den armen Kerl unter der Erde auch nicht mehr jucken kann. Und die Schergen wissen längst, daß zwischen euch beiden...«

»Bravo! Und wer erklärt dann deinen Bullenfreunden, daß nicht wir beide Umberto erschossen haben? Überlege doch mal: Eleonora und ich kämen in Teufels Küche, wenn wir uns gegenseitig ein Alibi stellten, das niemand sonst bestätigen kann.«

»Erinnern Sie sich an den Fall Bebawi? Wenn schon eine Falschaussage, wäre es nicht besser gewesen, etwas dieser Art einzufädeln? So wie die Dinge stehen, gehören Sie und die Dame ja sowieso zum Kreis der Verdächtigen.«

»Aber ohne die pikanten Details. Natürlich wollte auch Eleonora vermeiden, daß... Sie ist ja außerdem Familienmutter. Solange sie mich nicht ausdrücklich darum bittet und die Verdächtigungen auf sich warten lassen... Heutzutage ist ein Ermittlungsbescheid zu einem echten Statussymbol geworden.«

So ist es. Ich hätte wetten können, daß er am Ende den Gentleman vergangener Zeit herauskehren würde. Ich mußte zugeben, daß dennoch eine gehörige Portion Vernunft hinter seiner Überlegung steckte. Aber jedesmal, wenn er den Namen Eleonora aussprach, blitzte ein eisiger Strahl in seinen Augen auf. Ich hatte nicht die geringste Absicht, ihn nach dem Grund zu fragen. Ich bin nun mal ein diskreter Typ. Wenn er Lust hatte, sollte er es mir doch erzählen. Doch allem Anschein nach hatte er keine. Vielleicht hatte er nur Schlechtes über sie zu erzählen, was wiederum nicht mit seinem Verhaltenskodex vereinbar war. Das konnte ich verstehen. Ich stellte ihm eine unverfänglichere Frage.

»Wie beurteilen Sie die Geschichte?«

»Meiner Ansicht nach sollte in Ghinis Berufsleben nachgeforscht werden.«

»Was war er für ein Charakter?«

»Er hatte hochgesteckte Ziele. Und die Tendenz, sich dabei zu übernehmen.«

»War er verschuldet?«

»Vielleicht.«

»Bei den Banken?«

»Nicht nur.«

»Ich habe verstanden. Vielleicht hat er sich auch an Sie gewandt ...«

»In gewisser Hinsicht ja.«

»Was heißt das?«

»Er wollte, daß ich sein Sozius werde.«

»Und was haben Sie ihm erwidert?«

»Ihm nichts. Er persönlich hat mich um nichts gebeten.«

»Aha«, schwante es mir, »die Signora ...«

Er schnitt nur eine Grimasse.

»Herr und Frau Ghini haben also versucht, Sie wie ein Salatblatt im Sandwich zwischen sich zu quetschen.«

Das Bild war eindeutig. Auch der Hieb gegen seine männliche Eitelkeit war es. Ein tolles Paar, diese Herrschaften Ghini.

»Du mußt nicht unbedingt Schlechtes denken.«

»Ist es schlecht gedacht, wenn ich annehme, daß der Verstorbene die Gemahlin als Vorhut ausgeschickt hat? Ich sage ja nicht, daß er alles im voraus geplant hatte; vielleicht lauteten die Anweisungen ursprünglich nur, daß sie nett zu Ihnen sein sollte. Dann aber ist ihm die Sache aus der Hand geglitten, und die Dame hat das Spiel auf eigene Faust geführt. Vielleicht war sie nur auf der Suche nach der berühmten Vaterfigur. Sie wissen ja besser als ich, wie die Sache wirklich gelaufen ist.«

»Auf alle Fälle waren Ghini und ich nicht eigentliche Freunde.«

138

In seinem Moralsystem bedeutete das, daß die Ehefrauen der Nicht-Freunde für ihn nicht gleichermaßen unantastbar sind wie die der Freunde. Michelles Vater war nicht abgeneigt, die Rüstung des Ritters ohne Furcht und Tadel anzulegen. Das war immer noch besser, als den Lancelot zu spielen, der ein echter Ritter ohne Furcht und Tadel war, was ihn aber nicht daran gehindert hatte, heimlich ein Techtelmechtel mit der Angetrauten seines Königs anzufangen, an den ihn sehr viel schwerwiegendere Pflichten banden, als eine einfache Freundschaft.

In diesem Augenblick kam Michelle herein:

»Wessen Freund warst du nicht?«

»Ghinis.«

»Und aus dem Grund hast du mit ihm gestritten – am selben Tag, als er erschossen wurde?«

Als Tochter mußte sie ihn ja nicht immer mit Samthandschuhen anfassen, bravo!

»Woher weißt du das?« bohrte der Vater.

»Das habe ich von ihm«, plauderte Michelle auf mich deutend aus.

»Und ich habe es von Spotorno erfahren«, ergänzte ich. Dann schwieg ich und wartete auf seinen Kommentar. Der blieb aus.

»Er hat dich bezichtigt, ihm Hörner aufgesetzt zu haben«, machte Michelle erbarmungslos weiter. Der Vater fügte sich. Ich würde behaupten, er zeigte leise Genugtuung mit einer unvermeidlichen Spur von Verlegenheit.

»Du hast ja eine Ewigkeit gebraucht, um die Teller in die Spülmaschine zu stellen...« versuchte er das Thema zu wechseln. Und Michelle biß an.

»Natürlich! Es sah ja auch aus wie Kraut und Rüben. Ich habe ein bißchen Ordnung gemacht.«

Das hätte man auf Band aufnehmen und ihr zweimal am Tag vorspielen sollen. Schweigepause. Schließlich fragte Michelles Vater:

139

»Wie war's in Wien?«

Ich verriet ihm nicht, welch nervige Angelegenheit der Kongreß gewesen war. Damit hätte ich ihn nur in seinen Vorurteilen bestärkt. In seinen Augen ist meine Arbeit im Institut eine bizarre Laune, und er tut alles, um mich zu überzeugen, etwas Nützlicheres anzufangen. Für die Tätigkeit seiner Tochter hat er noch schlimmere Worte auf Lager. Ganz zu schweigen von ihrem verflossenen Ehemann. Ihr müßtet ihn sehen, wenn er von seinem »Ex-Schwiegersohn« spricht und dabei genüßlich das »Ex« betont. Was nichts ist im Vergleich zu dem Ausdruck, der sich dabei auf meinem Gesicht breit macht.

Statt dessen erzählte ich ihm von meinem Ausflug bei Ghini's.

»Ich wußte, daß du hingehen würdest«, behauptete er voller Überzeugung.

Als ich auf den seltsamen Besuch des jungen Galans zu sprechen kam, verengten sich seine Pupillen wie bei Michelle, eine Sekunde bevor sie mit vier Assen rauskommt. Er nickte unmerklich. Als hätte ich ihm etwas bestätigt, was er schon längst geahnt hatte:

»Willst du wissen, was in jenem kleinen Paket war? Eine echte antike Ikone. Sie kommen von Rußland nach Bratislava, werden dann nach Wien geschmuggelt und von dort aus an ihre Bestimmungsorte in ganz Europa verschickt. Es ist ein Mords-Busineß.«

Er schlug mit der Hand auf die Sessellehne, spuckte ein paar Kubikhektar Rauch aus und schwieg. Mir kam das Telefonat auf Russisch zwischen der Ugro-Finnin und dem unbekannten Gesprächspartner in den Sinn, das ich bei Ghini's belauscht hatte, ohne etwas zu verstehen. Und der Paß von Milazzo mit den russischen Visa.

»War Ghini mit von der Partie.«

»Garantiert.«

»Und die Frau?«

»Die Ungarin? Auch sie, hundertprozentig.«

»Wissen Spotorno und der Richter das?«

»Ich glaube nicht. Zumindest nicht von mir. Und ich würde auch dich bitten, den Mund geschlossen zu halten.«

»Warum erzählen Sie nicht alles unseren Ordnungshütern?«

»Wo lebst du denn? Hat man je einen Sizilianer so reden hören? Außerdem müßte ich deinen Bullenfreunden auch erklären, von wem ich das weiß.«

»Und von wem wissen Sie es?«

»Von Eleonora. Doch diese Geschichte hat nichts mit dem Mord zu tun.«

»Woraus schließen Sie das?«

»Das sagen mir mein Instinkt und meine Kenntnisse auf diesem Gebiet. Meinst du vielleicht, daß einer ungestört von Österreich oder Rußland aus hier in Palermo hereinplatzt, um einen Typen mit einer Pistole Kaliber zweiundzwanzig umzubringen? Nein, glaub mir, das Verbrechen an Ghini wurde in der lokalen Unterwelt geplant, die ...«

»Was ist dann mit der Ungarin?« unterbrach ich ihn.

»Die Ungarin, lieber Lorenzo, ist die letzte Person, die Umberto Ghinis Tod gewollt hätte. Sie hat ihn ohne Absicherung oder entsprechende Papiere finanziert. Alles, was du im Ghini's in Wien gesehen hast, gehört praktisch ihr. In gewissem Sinne war sie der stille Teilhaber von Umberto. Nach seinem Tod kann sie keine Rechte geltend machen, da die Familie Ghini, das heißt Eleonora und die zwei Kinder, die offiziellen Erben des ganzen Vermögens sind.«

»Wie ist denn möglich, daß ...«

Statt einer Antwort setzte er einen jener vielsagenden Blicke auf und machte eine Geste mit der Handfläche nach unten, mit der alles gesagt war.

»Sie wollen mir doch nicht sagen, daß ...«

»Sieh nur, Lorenzo, im Leben eines jeden, auch des genialsten Menschen gibt es Phänomene von Idiotie wie die schwarzen Löcher, die sich unserer Kontrolle entziehen und uns unfähig machen, vernünftig über gewisse dunkle Stellen unserer Existenz nachzudenken. Für Ghini, der nie ein Genie war, waren die Frauen seine ganz private Form von Geistesschwäche. Entgegen des äußeren Eindrucks hatte Umberto seine anziehenden Seiten. Für einen gewissen Typ von Frau zumindest, weißt du, die mit dem Mutterinstinkt. Du weißt ja, er war manisch-depressiv und litt unter starken Stimmungsschwankungen. Und in der letzten Zeit war er noch bedrückter als sonst, ja er war am Rande der Verzweiflung. Es schien, als hätten sich mit einem Schlag sämtliche Desaster, nicht nur die seines Liebeslebens, in seinem Gesicht niedergeschlagen.«

»Wie tiefschürfend sind wir doch, M'sjö!«

»Trotz seiner nordischen Wurzeln ähnelte Umberto gewissen südländischen Intellektuellen, die sehr oft von der Einsamkeit heimgesucht werden und freiwillige Verbannte in den vornehmen Häusern des Padaner Lands sind, wo sie ihren Schmerz mit demselben Eifer züchten, mit dem alte, englische Jungfern die Schädlinge in ihren Rosengärten bekämpfen. Sie sind unumstrittene Meister in der Pflege des Seelenleids, und am Ende schaffen sie es, dem Schmerz die Beschaffenheit einer schönen, schweren Kokosnuß zu verleihen, mit der sie auf den Nacken von uns Seßhaften zielen.«

»Ghini mag zwar kein Freund von Ihnen gewesen sein, doch man muß sagen, Sie kannten ihn sehr gut...«

»Die Geschichte mit der Ungarin dauerte schon Jahre, genaugenommen seitdem er sie als Geschäftsführerin des Ghini's in Mailand eingestellt hatte. Als die Geschäfte gut liefen, entschloß er sich zu einem großen Schritt und machte vor drei Jahren auch in Wien eine Filiale auf. Ein ziemlicher Reinfall. Auch für die Frau, die alles in diesen Laden gesteckt hatte, was sie besaß.«

»Waren sie schon damals im Ikonenschmuggel tätig?«

»Das weiß ich nicht. Vielleicht haben sie erst in der letzten

Zeit damit begonnen, um wieder etwas Boden unter die Füße zu bekommen.«

»Ging es bei der Auseinandersetzung zwischen Ihnen und Ghini am Tag, als er ermordet wurde, um die Ikonen?«

»Auch.«

»Wollte er Sie mit hineinziehen?«

Er nickte, aber nur einmal.

»Umberto war nicht mehr klar im Kopf. Außer den finanziellen Schwierigkeiten waren da auch die mit seiner Frau, die nicht in die Scheidung einwilligte.«

»Dann war es ihm ernst mit der Ungarin ...?«

»Ja, das würde ich schon behaupten. Eleonora wußte seit Jahren Bescheid. Du weißt ja, wie gewisse Frauen sind ... so lange es darum geht, ein oder gar beide Augen wegen der Seitensprünge des Ehemanns zuzudrücken ... abgesehen von den eigenen netten Affären ...«

»... und die kennen Sie ja sehr gut, M'sjö.«

»Wie du sagst. Eine Sache aber ist, über etwas im Bilde zu sein und es zu tolerieren; eine andere, abzudanken und den Weg zu räumen, wenn man Kinder im Gymnasialalter hat und die Wechseljahre vor der Tür stehen.«

»Doch sagen Sie mir bitte, woher hatte die Ungarin das ganze Geld, das sie Ghini gegeben hatte? Ich kann mir vorstellen, daß sie seinerzeit ein Flüchtlingskind war ...«

»Das ist eine längere Geschichte. Ihre Familie ist 1956 nach Wien geflohen. Elena war noch ganz klein, hatte gerade erst laufen gelernt. Sie besuchte in Wien das Gymnasium und nach dem Abitur hat sie gleich als Dolmetscherin gearbeitet. Das war ungefähr zu der Zeit, als ihr begonnen habt, eure Slogans gegen die städtische Bourgeoisie zu krakeelen.«

»Ich persönlich habe noch nie etwas gegen die städtische Bourgeoisie gehabt. Das einzige, was sich ihr konkret ankreiden läßt, ist, daß es sie gar nicht gibt. Doch sprechen wir wieder von Ihrer Ungarin. Sie war also als Dolmetscherin tätig und ...«

143

»Ja. Vielleicht war sie eine von jenen Dolmetscherinnen, die von den Agenturen als Hostessen zu Zusammenkünften internationaler Geschäftsleute geschickt werden. Bei einer dieser Gelegenheiten lernte sie einen bescheidenen Unternehmer mit leicht angegrauten Schläfen aus der Gegend von Varese kennen. Er besaß eine kleine Fabrik, in der Stilmöbel nachgebaut wurden. Ein braver Typ, wirklich. Um es kurz zu machen, sie bestellten das Aufgebot.«

»Ist die Geschichte wahr oder hast du sie in ›Novella 2000‹ gelesen?« fragte Michelle.

»Und ob die wahr ist. Der Kerl erlitt zwei Jahre später einen Herzinfarkt, und das Mädchen saß in Mailand mit der Hinterlassenschaft allein da. Dann lief ihr Umberto Ghini über den Weg. Den Rest der Geschichte kennt ihr ja.«

»Und wie hast du all das in Erfahrung gebracht?«

»Ich habe hie und da etwas aufgeschnappt. Ich gehe oft auf Reisen, meine gute Tochter. Die Arbeit …«

Stimmt ja, er reist. Ich hatte einen Gedankenblitz:

»Auch Sie kennen die Ungarin, nicht wahr?«

Er zuckte bedächtig mit den Schultern, ohne zu antworten.

»Könnte es nicht so sein, daß auf einer jener berühmten Zusammenkünfte internationaler Geschäftsleute in Gesellschaft freizügiger Dolmetscherinnen auf der Jagd nach der Vaterfigur …« hakte Michelle nach.

»Du fragst zuviel, meine Tochter. Aber wenn du es genau wissen willst, war ich derjenige, der Umberto Ghini mit Frau Elena Zebensky verwitwete Pedretti bekannt gemacht hat. Er suchte eine polyglotte Geschäftsführerin für seinen Laden in Mailand. Ich empfahl ihm die Zebensky …«

»… und er spannte dir die Frau aus. Oder du wolltest sie abservieren, wie es unter euch Mannsbildern so üblich ist«, unterbrach Michelle ihn vorlaut.

»So war das nicht, aber das ist irrelevant.«

»Wieso war die Gute auf Arbeitssuche? Du sagtest doch, sie hatte geerbt …«

»Die Zinsen sind ja nicht hoch. Außerdem ist Elena nicht der Typ, der sich dem Müßiggang hingibt. Frag doch Lorenzo, der hat sie zweimal gesehen, ob sie auf ihn den Eindruck einer . . .«

»Ja, stimmt, sie ist hart im Nehmen«, bestätigte ich knapp und schüttelte den Kopf.

»Insofern sich das nach einer so kurzen Begegnung überhaupt sagen läßt . . .« fügte ich hinzu, da mir plötzlich das fragende Aufflackern in Michelles Augen bewußt wurde.

»Wieso hast du gesagt, Lorenzo habe sie zweimal gesehen? Meines Wissens nach war es nur einmal . . .«

Auch meines Wissens nach war es nur einmal. Sollte der alte Gauner gar versuchen, mich als Blitzableiter des Abends zu mißbrauchen?

»Ja, wieso zweimal?« forschte auch ich nach.

»Erinnerst du dich nicht? Die Nacht, als Chet Baker im Brass spielte . . .«

Und ob ich mich erinnerte! Chet hatte die Nacht aus seinem Innern hervorgeholt, als wäre es die Verlängerung seiner Trompete. Beinahe widerwillig hatte er versucht, es wegzublasen; sein Atem ging sanft, und die raffinierten Töne schwebten über eine Schneelandschaft hinweg.

Habt ihr je den Klang einer Trompete inmitten einer nächtlichen Schneelandschaft gehört? Ich schon, und zwar in einer eisigen, winterlichen Stadt mit einem Meter Schnee an den Straßenrändern, an die ich mich nur vage erinnere. Die Töne drangen aus dem Fenster einer Kaserne, an der ich zufällig vorbeikam. Es war ein ganz besonderer Klang, der nicht Richtung Erdboden zu gehen schien, sondern sich auf immer über euren Köpfen drehend und kreisend in den Lüften verlieren sollte. So hatte Chet gespielt. Es war ein wattierter Klang, wie unter einer Schneedecke. Doch da es an jenem Abend in dem Musikkeller in der Via Duca della Verdura heiß war, klangen sein Trompetenspiel und seine Stimme so, als würden sie die Dünen in einer Wüste aus Bimssteinpulver erforschen: ein unterirdischer Zabriskie Point in einer nächtlichen Metropole.

»Ach, das war die Ugro-Finnin!«

»Ja, und du hast so getan, als hättest du mich nicht erkannt.«

»Das war reine Diskretion, M'sjö.«

»Wovon sprecht ihr beiden eigentlich?« fragte Michelle dazwischen.

Es war in der Pause gewesen. Ich war zur Theke gegangen, die provisorisch in einer Ecke des Lokals aufgebaut war, und hatte einen Gin Tonic bestellt, obwohl es – im Jazzjargon gesprochen – Whisky Time war. Erst nach einer Weile hatte ich bemerkt, daß Chet am anderen Ende des Tresens im Halbdunkel lehnte, und einen Plastikbecher mit einer durchsichtigen Flüssigkeit, vielleicht Mineralwasser, in der Hand hielt; gerne hätte ich ihn auf einen Drink eingeladen und mit ihm geplaudert und ihn gebeten, ein bestimmtes Stück zu spielen. Doch nichts davon tat ich, weil ich nicht wußte, was ich ihm sagen sollte, und weil er, dort in der Ecke ganz in sich versunken, den Eindruck machte, als würde er in tausend Stücke zerspringen, wenn jemand das Wort an ihn richtete. Es schien, als hätte er keinerlei *mood* in sich und zählte nur die Sekunden auf dem Zifferblatt der großen, endgültigen Uhr in seinem Innern, nicht auf der am Handgelenk. Tatsächlich ist er nicht lange darauf gestorben. Es bedarf breiter Schultern, um das Gewicht nie ausgesprochener Worte zu ertragen. Vor allem, wenn einem der Drogenteufel im Nacken sitzt.

So hatte ich mir einen zweiten Gin Tonic gegönnt und den Rückzug an meinen Platz angetreten. Dabei hatte ich hinten im Saal, halb hinter einer Säule versteckt, Michelles Vater entdeckt, der zu mir hersah. An seiner Seite war eine Frau, die etwas Blondes auf dem Kopf hatte, was auch eine Perücke hätte sein können. Und es stimmt, daß ich ihn nicht sehen wollte.

Gleich war das Licht wieder gedämpft, und Chet hatte zu *Sad walk* angesetzt, was genau das Stück war, um das ich ihn eigentlich hatte bitten wollen. Die sanft getönten Strahler ließen die Canyons, die das Heroin auf seinen Wangen hinterlassen hatte, noch stärker hervortreten: Erosionen einer ruhelosen Wüste, die den Gegensatz zwischen seinem Gesicht und den beiden Stimmen, der seinen und der der Trompete, bis zum Äußersten trieb.

Eine Stunde später hatte ich auf der Treppe, die auf den Gehsteig ins Freie führte, unverhofft wieder Monsieur Laurent und die Frau vor mir, der er den rechten Arm reichte. Als fühlte sie sich beobachtet, hatte sie sich ruckartig umgedreht und zwei einspännerfarbene Augen starrten mich an; die Augenfarbe hatte ich später in Wien nicht wiedererkannt, da ich noch nie ein gutes Personengedächtnis gehabt habe, und weil viel Zeit vergangen war. Dieser Zwischenfall durfte Michelles Vater nicht entgangen sein, der sich mit der gleichen Diskretion ebensowenig umgedreht hatte wie ich.

Ich grub die Episode wieder aus und erzählte sie in knappen Worten, was Musik für Michelles Ohren war.

»Dann war auch deine Ungarin in Palermo zu Hause«, bemerkte sie nachdenklich. »Ach nein, so viele Zufälle!«

»Du brauchst dich nicht zu wundern, meine Tochter. Unsere Angelegenheiten, ich meine die sizilianischen – wenn ihr gestattet, nenne ich sie auch die meinigen – sind verwickelt wie ein Knäuel Spaghetti: Da glaubt man, einem bestimmten Faden zu folgen, und ehe man es sich versieht, hat man sich in einem Labyrinth verirrt. Denk nur an den Sohn Albions, Nachfahre jener Wilden, die sich sogar uns Franzosen überlegen fühlten, jener Horace Nelson, der es schaffte, Herzog von Bronte zu werden. Was hatte einer wie der mit einem Ort an den Hängen des Ätna dreitausend Kilometer von den Kreidefelsen von Dover entfernt zu schaffen? Denk nur an diesen Prundty, der zu Ehren von Nelson seinen Nachnamen in Brontë änderte und so der Vater des berühmten Schwesternpaars wurde. Wer würde gern eine Wette über eine Beziehung zwischen Ätna und Weathering highs abschließen? Vielleicht nur die Schafhirten des ehemaligen Herzogtums, das jetzt hauptsächlich wegen seiner Pistazienproduktion bekannt ist. Will man um jeden Preis mehr allegorisch denn materialistisch sein – gibt es gar stürmischere Höhen als die eines Vulkans, der dreihundertundfünfundsechzig Tage im Jahr aktiv ist?«

Das wäre too much für Michelle und mich gewesen, hätten wir nicht schon in der Vergangenheit Spinnereien dieser Art über uns ergehen lassen. Die Montecristo war schon ein Symptom der revanchistischen Phase in der Verhaltenskurve Herrn Laurents – beinahe immer S-förmig. Hätte er eine Romeo y Julieta gewählt, hätten wir augenblicklich auf eine anglophile Phase bei ihm getippt. Denn die Montecristo steht zu Alexandre Dumas wie die Romeo y Julieta zum alten Shakespeare. Das sind keine senilen Ticks, denn sie sind älter als die Menschheit. Außerdem hat Michelles Vaters nichts Seniles an sich.

Wieder Schweigen. Ich schenkte mir noch ein wenig Armagnac nach und zündete die nächste Camel an. Der Himmel draußen hatte sich verfinstert, große, schwarze Wolken verdeckten zeitweise einen spät aufgehenden Mond; es hatte zu blitzen begonnen. Es waren kurze, ganz nahe Blitze, wie die Blitzlichter der Fotografen in der Nacht der Oscars.

Es wunderte mich nicht, daß Michelles Vater so gut unterrichtet war. Er hat jede Menge Beziehungen und reist tatsächlich viel – nicht nur virtuell.

»Haben Sie schon mit Spotorno gesprochen?« fragte ich ihn schließlich.

»Ja. Ein sympathischer Mensch.«

»Machen Sie sich nichts vor, er ist ein bärbeißiger Typ.«

»Das tue ich auch nicht, ich habe ja nichts zu verbergen.«

»Um so besser. Wie lief es mit ihm?«

Er brauchte eine Weile, um die oft widersprüchlichen Eindrücke, die Vittorio einem aufmerksamen Beobachter bei der ersten Begegnung vermittelt, zu einem Ganzen zusammenzufügen. Der Herr Kommissar besitzt eine stärkere Persönlichkeit, als seine Fingerabdrücke verraten. Er ist fast wie der Eisberg-Effekt – nur ein Zehntel dessen, was sich unter der Oberfläche verbirgt, zeigt sich an der Oberfläche. Doch vielleicht gilt das für jeden. Es bedarf weit mehr als eines zweiten Blicks – und keines gewöhnlichen –, um das Universum zu entschlüsseln, das sich hinter der Maske des Standardbullen versteckt, beinahe wie in einem Film von Petri. Wären wir denn sonst Freunde? Und da Monsieur Laurent auch nicht ohne ist, war ich neugierig, ob es sich um eine Begegnung oder einen Zusammenstoß gehandelt hatte.

Er überlegte nicht lange:

»Wenn ich die Tat gestanden hätte, hätte er mich umarmt – genau diesen Eindruck machte er auf mich. Und möglicherweise hätte er hinterher die Karten gezinkt, um alles zu vertuschen.«

Ich hätte wetten können, daß es so kommen mußte. Das war typisch für Spotorno. Er ist immer in Hochform, wenn er die Gewißheit hat, ein neues Publikum vor sich zu haben, das ihm gewachsen ist. Die Szene hätte ich nachspielen können, als hätte ich sie mit eigenen Augen gesehen.

»Als Spotorno Sie empfing, gab er sich würdevoll und reserviert, nicht wahr?«

»Ja, anfangs war er eher schroff und verbarrikadierte sich hinter seinem Schreibtisch. Dann wurde er ein wenig zugänglicher und beim Abschied war er richtig locker. Er hat mich sogar hinunter begleitet und darauf bestanden, mich zum Aperitif einzuladen. Aber nicht an der Bar des Polizeipräsidiums, stell dir vor, er hat mich bis zu diesem Café geschleift, das neben der Kathedrale im Haus des Vittorio Emanuele renoviert worden ist. Dort hat er dann seinem Unmut freien Lauf gelassen.«

»Er wird schlecht über die Ermittlungskommandos gesprochen haben, und Sie sind psychoanalytisch auf ihn eingegangen und haben ihm geschmeichelt ...«

»Ja genau. Woher weißt du das? Ach ja, stimmt, du bist ja sein Helfershelfer ... Ich habe ihm unfreiwillig ein paar Worte in den Mund gelegt, und er hat gleich auf die faulen Säcke geschimpft, die unnütz – das sind seine Worte – die Zeit vorm Computer totschlagen, anstatt auf Verbrecherjagd zu gehen. So habe ich ihm ein paar Fragen zu diesem Staatsanwalt gestellt, du weißt wen, den mit dem schrägen Blick, De Vecchi heißt er, der mir den Ermittlungsbescheid geschickt hat. Ich habe ein bißchen gebohrt, da ich mitgekriegt hatte, daß der ihm nicht besonders sympathisch ist; und weißt du, was er mir gesagt hat? Das sei einer, der auch bei geschlossenem Mund nur Schwachsinn erzählt! Wortwörtlich.«

»Hm, Spotorno ist nun mal so. Man sieht, daß Sie Eindruck auf ihn gemacht haben.«

»Dann hat er das Gespräch auf andere Bahnen gebracht und über die Reumütigen gesprochen. Seiner Meinung nach bringen sie die Ermittlungskapazitäten der Polizei, der Carabinieri und der jeweiligen Staatsanwaltschaft in ernste Gefahr, denn alle haben sich mittlerweile daran gewöhnt, sich das, was ihnen gefällt, auf dem Silbertablett vorsetzen zu lassen, und sich kein Bein mehr auszureißen wie früher. Er behauptet, daß nur Mörder mit mindestens zwanzig Menschenleben auf dem Gewissen überhaupt erst als *pentiti* in Betracht gezogen werden. Irgendwann hat er seinem Zorn freien Lauf gelassen. Wollen Sie sich Ihrer Feinde entledigen? hat er mich gefragt. Bringen Sie sie ruhig um, haben Sie keine Bedenken, einen nach dem anderen, auf grausame Weise: Sie überfahren sie mit dem Wagen, Sie fesseln sie, so daß sie sich selbst erdrosseln, Sie vierteilen sie, Sie verbrennen sie bei lebendigem Leib, Sie erwürgen sie eigenhändig und lösen ihre

150

Leichen in Salzsäure auf. Je mehr, desto besser. Dem letzten aber, Ihrem ärgsten Feind, den Sie am meisten hassen, krümmen Sie kein Haar. Ihn lassen Sie am Leben. Statt dessen erklären Sie sich bereit, mit der Justiz zusammenzuarbeiten, und denunzieren ihn als Ihren Komplizen. Gnadenlos müssen Sie gegen ihn vorgehen. Sie werden ihn hundertprozentig in der Hand haben, und das wird sein Ende sein. Sie aber werden ein Gehalt bekommen, unter Polizeischutz gestellt und ein neues Leben anfangen können. Bemißt sich die Bestrafung nach der Schwere des Vergehens, dann muß es im Fall der Reumütigkeit auch die Vergütung sein. Denken Sie nur, wenn Beccaria zu unserer Zeit lebte, wäre er ein negativ gepolter Modesoziologe und ständiger Gast in der Talk-Show von Maurizio Costanzo und würde *Von den Verbrechen und der Belohnung* schreiben. Ganz zu schweigen von Dostojewskij, können Sie sich etwa sein *Schuld und Belohnung* vorstellen? Glauben Sie mir, das Verbrechen macht sich bezahlt. Es ist sogar sehr lukrativ.«

»So weit ist Spotorno noch nicht einmal in meiner Gegenwart gegangen. Was hatte er intus?«

»Nicht der Rede wert, irgendeinen Cinzano oder Campari, aber wirklich nur einen.«

»Vittorio verträgt keinen Alkohol.«

»Aber das ist noch nichts. Das Beste kommt erst noch. Bei der Verabschiedung flüsterte er mir zu: Unter uns gesagt, wird die Mafia nie abgeschafft. Und wissen Sie, warum? Weil das Ende der Mafia auch das Ende der Antimafia bedeuten würde. Denken Sie mal nach: Meinen Sie etwa, daß sich alle so etwas leisten könnten? So lange es aber Verbrechenstaten im Affekt, pure Delikte ohne Mafia gibt, wird unser Land auf Erlösung hoffen können. Das reine Verbrechen ist ein Merkmal sozialer Normalität.«

»Und Sie?«

»Ich würde die Bilanz der städtischen Verkehrsbetriebe im Auge behalten, habe ich ihm geantwortet. Wenn alle die, die an Antimafia-Fackelzügen teilnehmen, einen Fahrausweis hätten, wäre die Amat nicht mit siebzig Milliarden Lire im Defizit. Genau an dem Punkt beginnt die Antimafia, das ist das wahre Merkmal sozialer Normalität.«

»Aber lassen Sie es doch gut sein, M'sjö, spielen nicht auch Sie den angelsächsischen Moralprediger ...«

»Das ist der Punkt, Lorenzo. Wir werden zu einer Gesellschaft von Moralpredigern, die uns beibringen will, wie man unverdient den Sieg davon trägt. Besonders in meiner französischen Heimat. Wo sind die Kretins von einst? Ich meine die richtigen Kretins, die bei der Hand wären, dich umzubringen, nur um dir den Selbstmord zu ersparen; diejenigen, die du nur kurz mal anzusehen brauchst, um ausrufen zu können: Hier haben wir einen echten Kretin mit Talent! Jener Landsmann von mir hatte das schon vor fünfzig Jahren begriffen. Weißt du von wem ich spreche, jener Franzose da, der meiner Tochter am Herzen liegt, der auf knapp vierzig Seiten dargelegt hat, wieso aus dem großen Bauch ein und desselben Volks Mozart und der Arzt Mengele, Visconti und die Gebrüder Vanzina, die Piaf und ein bestimmter Restaurantbesitzer in der Rue Bonaparte hervorgehen können: Das ist möglich, weil es ein und dieselbe Person ist. Und machen wir uns nichts vor, das trifft für sämtliche Breitengrade zu. Wie hieß er noch mal? Ach ja, Vercors!«

Auch Monsieurs Rede war nicht neu. Ich sah auf die Uhr. Mitternacht vorbei und die halbe Montecristo war noch da. Michelle gähnte und wagte einen sexy Rülpser. Wir beschlossen, das Feld zu räumen. Der Elternteil schien erleichtert und auch vergnügt von der lässigen Art, mit der die Tochter das heikle Thema der vermeintlichen väterlichen Liebesabenteuer behandelte. Er legte uns nahe, uns öfter sehen zu lassen.

Der Himmel versprach Unheil. Wir schafften es gerade noch zu mir nach Hause, und dann brach das Unwetter los. Im Aufzug stammelte ich im Geiste einige lateinische Verse, von denen ich nie geglaubt hatte, sie noch zu erinnern.

152

Suave, mari magno turbantibus aequora ventis,
e terra magnum alterius spectare laborem.

Wer zum Teufel hatte das bloß gesagt, geschrieben oder ge-
mailt?

Die weiße Pelargonie

Vor Morgengrauen träumte ich, wieder auf dem Gymnasium zu sein. Schuld war dieses nächtliche Wiederauftauchen lateinischer Vergangenheit. Im Traum war ich so alt wie heute und wurde von meinem Italienischlehrer abgehört. Besser gesagt, ich mußte ein Verhör über mich ergehen lassen. Denn der Lehrer hatte nicht die friedfertigen Züge des guten *Professore* Cuzzupè, sondern das äußerst widerwärtige Antlitz des Herrn Doktor Loris De Vecchi, seines Zeichens zweiter Staatsanwalt. Vor sich auf dem Pult hatte er ein kleines Modell des Gerichtsgebäudes aus Muschelschalen; über die gesamte Vorderfront stand der aus kleinen Austernstücken zusammengesetzte Spruch: *Error communis facit jus.* Als wollte man sagen, daß es der Fehler von vielen sei, Gesetz zu werden. Sehr bequem, ein lehrreiches Unterbewußtsein zu besitzen, wenn man nur vorm Einschlafen das Thema auswählen könnte.

Der Staatsanwalt zog eine Computermaus auf die Inschrift und verlangte von mir, daß ich sie ihm in der richtigen Metrik wiederhole, als wäre es eine Strophe aus den verderbten Liedern der schönen alten Zeit. Ansonsten würde er mir einen Ermittlungsbescheid schicken, drohte er. Und da ich und die lateinische Metrik schon zu den guten, alten Zeiten des Cannizzaro-Gymnasiums keine größere Zuneigung füreinander hatten, war ich schließlich gezwungen zu erwachen, um mich von ihr zu befreien. Das Gute an den schönen und vergangenen Zeiten ist, daß sie vorbei sind. Auch wenn sie einen manchmal heimsuchen.

Draußen tobten Regen- und Hagelstürme, die der Nordwind in wütenden und heftigen Böen abschoß. Nicht nur im Sommer übertreibt die Natur hier bei uns. In ein weißes Flanellnachthemd gehüllt schlief Michelle zusammengerollt wie eine Katze. Ich stand auf, machte die Fensterläden auf und knipste die Terrassenlichter an. Der Anblick war verheerend: kaputte Blumentöpfe und ausgerissene Pflanzen überall. Ich konnte nichts ausrichten. Das geschieht ein paarmal pro Jahr. Und dann muß man gerade wieder von vorne anfangen. Es ist eine Art Freischein für eine vorübergehende Unsterblichkeit.

Ich blieb eine Weile auf und sah hinaus. Ein eisiges, weißliches Strahlen kam hinter den Kuppeln und Dächern hervor und überdeckte unvermeidlich das zimtfarbene Licht der Wandlampen auf der Terrasse.

Ich sah hinaus, bis ich die weißen Schaumkämme auf den Wellen des Golfs unterscheiden konnte, die sich gegen das Schiefergrau des südlichen Tyrrhenischen Meers abhoben. Bei jeder Welle, die gegen die Mole Sant'Erasmo klatschte, stiegen in schöner Regelmäßigkeit dichte Schaumsäulen bis hoch über das Dach des Instituts von Padre Messina. Selbst aus dieser Entfernung waren sie erkennbar und schienen aus dem Spritzloch eines riesigen, an der Küste gestrandeten Pottwals zu kommen. Die Spritzer des Nordwinds sind das einzige des geheimen Meers von Palermo, das von sämtlichen oberen Stockwerken der vier Altstadtbezirke aus sichtbar ist – eine illusorische Präsenz.

Ich schlüpfte wieder ins Bett. Michelle streckte und reckte sich wie eine Blindschleiche an der Sonne. Nicht einmal die Donnerschläge konnten sie wecken. Erst das Bla-bla des Radioweckers holte sie zum richtigen Zeitpunkt aus dem Schlaf. Geschwind machte sie Toilette und stürzte davon. Ich machte mir eine Unterbrechung der Gewitterschauer zunutze und versuchte, die Terrasse aufzuräumen. Sollte das etwa Eheleben sein?

Michelle blieb die ganze Woche über bei mir. Samstag früh teilte sie mir mit, daß sie aus bestimmten, undurchschaubaren Gründen, die zu durchschauen ich mich weigerte, nicht zur Arbeit gehen würde. Auch ich beschloß, dem Institut fernzubleiben.

Nach dem Sturm mitten in der Woche, der sogar die Bergspitzen rings um die ehemalige Goldene Muschel mit kurzlebigem Schnee bestäubt hatte, hatten wir anhaltend schönes Wetter. Eine einzige weiße und dichte Wolke beunruhigte den Krater des Monte Cuccio, der von meiner Wohnung aus wie der Berg der Paramount aussieht, dem jemand die Spitze abgebissen hat. Es war das ideale Wetter für einen Rundgang und eine Dosis Nachbräunung.

Nach dem Kaffee schlug Michelle eine Stippvisite auf dem Flohmarkt vor. Selten nur gelingt es jemandem, mich dorthin zu zerren; ich habe einfach nicht den richtigen Kopf für einen Flohmarkt, er läßt mich ziemlich kalt: ist das nun die Folge oder der Auslöser meines Niesimpulses, sobald ich auch nur meinen Fuß dorthin setze. Manchmal stößt man auf die paranoiden Gesichter der Stammkunden, die mich, wie die Gesichter aller manischen Sammler, nachdenklich stimmen. Dieses Mal nahm ich ohne Murren Michelles Vorschlag an. Noch ein Handstreich meines Unterbewußtseins. Hm, ein halber Streich, da die andere Hälfte angesichts des Nachspiels eine freie Wahl war. Wir nahmen den Wagen und machten uns auf den Weg.

Gegen Mittag hatten wir noch immer keinen authentischen Van Gogh unter den verschiedenen, mit Vincent signierten Schinken entdeckt. Enttäuscht traten wir den Rückweg an. Wir schlugen die Via Matteo Bonello ein und statt geradeaus weiter durch die Via del Noviziato Richtung Porta Guccia zu gehen, wo ich geparkt hatte, bog ich rechts in die Gassen ab. Michelle sprach keine Silbe.

Ich war noch nie bei Tag in der Via Riccardo il Nero gewesen. Im Sonnenlicht verlor die Gegend etwas von ihrer nächtlichen Trostlosigkeit. Es schien einer jener Orte, wo nie etwas geschieht, da die Dinge, die dort geschehen könnten, zu unwahrscheinlich sind, um Wirklichkeit zu werden. Letztendlich ist das Reale nichts weiter als ein Sonderfall. Das behauptete jedenfalls nach Aussagen meiner Schwester Monsieur Valéry. Und tatsächlich – je mehr ich an das Verbrechen dachte, desto unwahrscheinlicher erschien mir, daß es sich in dieser Straße zugetragen haben sollte.

Das Haus auf der anderen Seite, an dem die Straße endete, war nicht übel. Ein kleines Zweifamilienhaus aus der Zeit vor dem Faschismus mit einem eintürigen Hauseingang, der auf einen kleinen Treppenabsatz führen mußte, von wo die Treppen in die oberen Stockwerke abgingen. Den halb verrosteten Gittern vor den Fenstern nach zu schließen, war das Erdgeschoß unbewohnt. Die Pelargonie auf dem Balkon war beinahe am Verdursten. Das grüne, gewellte Vordach hatte den Regen ferngehalten. Und der Wind hatte ihr den Rest gegeben.

Die niederen Häuser mit den Werkstätten links und rechts der Straße hatten alle bis auf einen Elektrodienst die Rollgitter heruntergelassen; sein Name war mit bordeauxfarbenem Lack auf den Verputz gepinselt. Der übergewichtige Padrone flezte halb in der Sonne und überwachte den jungen Werkstattgehilfen, der gerade die Zündkerzen eines roten Fiat 127 mit aufgeschlitztem Bauch und kreuz und quer in der Gegend verstreuten Innereien mit Schmiergelpapier bearbeitete. Der Boß sah nur kurz auf, um sich Michelles Anblick nicht entgehen zu lassen. Das hätte ich an seiner Stelle nicht anders gemacht. Die Ruchlose, als wir an der Pfütze mit dem unechten Blut vorbeikamen, stieß sie einen Aufschrei aus, als würde sie gleich ohnmächtig werden, und bedeckte sich den Mund mit der Hand. Bei den Augen konnte sie das nicht machen. Michelle hat Chador-Augen.

»Hast du einen Schluckauf? Wenn du willst, helfe ich dir, daß er aufhört.«

»Meinst du nicht, daß du nervst?«

»Ich bin nun mal so, wie ich bin, Baby. Zugreifen oder die Finger davon lassen.«

Wir vollbrachten eine perfekte Umsegelung der Straße. Bei der zweiten Durchquerung musterte der Elektrodienstchef Michelle erneut von Kopf bis Fuß. Obwohl es nicht heiß war, trug er kurze, ölige Hosen und einen eingegangenen Baumwollpulli, der über seinen Bierbauch hochrutschte und den postmodernen Bauchnabel entblößte, der vom Gummi seiner Boxershorts gerahmt war.

Prüfend hakte er seinen trägen, schamlosen Blick bei Michelle fest. Liebend gerne hätte ich ihm ein Messer in die Fettwülste gerammt, die sich hinter der frechen Bauchnabelarchitektur auftürmten. Zwischen den Zähnen kläffte er etwas zum Lehrjungen hin, als wolle er den Worten die Haut abziehen; der harte Kern einer Sprache, die erstaunlicherweise überlebt hatte, wurde freigelegt, mit einem Fallout rauher Vokale und bis zur Schmerzgrenze gedehnter Diphtonge.

Die Ortsbesichtigung hatte uns nichts Neues gebracht. So schien es zumindest. Statt dessen hatte eine hinterlistige Peristaltik mir auf verräterische Weise einen ersten und mächtigen Schlag erteilt. Ich kannte diese Symptome. In der nächsten Viertelstunde riskierte ich, ohnmächtig umzukippen. Mein Metabolismus ist ohne Maß und Ziel; obwohl ich schon ein Leben lang mit ihm zu tun habe, konnte ich mich noch immer nicht an ihn gewöhnen. Michelle gestand, ebenfalls Hunger zu haben.

Wären wir in der Nähe der Vucciria gewesen, hätte ich nicht gezögert und einen Sprung zu einem der Oktopushändler in der Piazza Caracciolo gemacht; damit hätte ich leicht die Zeit bis zum Mittagessen überbrückt. Auch wenn ich zugeben muß, seitdem die Krake dank des Fernsehens Bestandteil der Ikonographie der Mafia ist und in die kollektive Vor-

158

stellungswelt gehört, kommt mir unweigerlich ein komischer Geschmack nach Zelluloid auf die Zunge, wenn ich in der Vucciria meine Portion Polpo aus dem Topf verzehre. Ich rechne jeden Moment damit, einen Mikrochip zwischen den Zähnen zu finden. Und ich glaube nicht an kollektive Einbildungskraft, das sollte gesagt sein. Es wird damit zusammenhängen, daß auch die Oktopusse nicht mehr das sind, was sie früher einmal waren. Möglicherweise werden sie schon synthetisch in Korea hergestellt.

Der Punkt aber war, daß wir uns nicht in der Nähe der Vucciria, sondern im Stadtteil Capo befanden, wo mir die Oktopushändler seit eh und je fremd sind. Die wenigen, nahe liegenden Alternativen ausgeschlossen, blieben nur noch *panelle* übrig. Wir durchquerten den Capo auf der Via Beati Paoli, wo lebhaftes Markttreiben herrschte, und hielten uns Richtung Porta Carini. Der *panelle*-Verkäufer in nächster Nähe gehörte der Schule an, die Fenchelsamen in den Teig tut. Michelle haßt Fenchelsamen. Aus Solidarität zu ihr schlug ich vor, früher zu Mittag zu essen, und begnügte mich in der Zwischenzeit nur mit einem halben Dutzend *panelle*. Zu Fuß ging es weiter Richtung Olivella bis zur La Traviata, was dem Namen zum Trotz ein arabisches Restaurant à la mode ist. Hier ißt man bis jetzt die besten *brick* in der ganzen Stadt. Zusammen mit dem Café Opera und dem Rigoletto ist es eines der drei Lokale, die in den letzten Jahren in der Nähe des Teatro Massimo aufgemacht haben und deren Namen rückblickend auf das traurige Schicksal des Theaters versöhnlich stimmen. Vielleicht sind sie als Beschwörung gemeint.

Für mich ist *La Traviata* beinahe ein Gemeinplatz in meinen Erinnerungen. Nicht nur, weil es die erste Oper war, die ich im Massimo gesehen habe.

»Habe ich dir jemals die Geschichte von der Traviata, der Vom-rechten-Weg-Abgekommenen, und Tante Carolina erzählt?« fragte ich Michelle, die die Speisekarte begutachtete.

»Nein, wie geht die?«

»Du kennst doch das Haus, das meine Tante Carolina im Sommer vermietete ...«

»... in der Gegend von Sperone, wo das Meer deiner Ansicht nach noch sauber war.«

»Genau. Und es war tatsächlich sauber.«

Ich war ein zehnjähriger Rotzbub mit besten Zukunftsaussichten und üblem Charakter, den meine Tante Carolina sich vorgenommen hatte zu läutern.

»Einmal hast du mir erzählt, daß auch deine Tante im Sommer in die Gegend zog.«

»Ja, aber sie wohnte im Haus nebenan, das schöner und geräumiger war. Dort habe ich wilde Sommermonate verbracht.«

»Und die Traviata?«

»Sie war eine von denen, die wirklich den Pfad der Tugend verlassen hatten. Meine Tante hat ihr schließlich diesen Namen verpaßt, die wenigen Male, die sie über die Episode reden wollte. Sie hatte ihr das Haus vermietet, ohne sich im klaren zu sein, daß es sich um eine vom horizontalen Gewerbe handelte. Es war eine nicht mehr ganz junge, elegante Dame und Mutter eines Jungen in meinem Alter. Pasquale hieß er. Maruzza und ich spielten mit ihm zusammen. Er war ein außerordentlich ausgeglichener, witziger Knabe mit Köpfchen.«

»Und wie ist deine Tante hinter die Geschichte gekommen?«

»Anfangs verhielt sich die Dame sehr diskret. Sie hatte sich als ›Witwe‹ in Begleitung eines ›Schwagers‹ mit der Visage eines Möchtegern-Loddels vorgestellt. Sie hatte die Absicht, das Haus fürs ganze Jahr zu mieten, und wollte sechs Monatsmieten im voraus löhnen. Nach einer gewissen Zeit setzte ein Kommen und Gehen in großem Stil ein. Die Dame schien eine besondere Vorliebe für die Beamten der Finanzpolizei aus der nahe gelegenen Kaserne zu haben. Vielleicht war sie weitblickend hinsichtlich ihres Berufs.«

»Und deine Tante?«

»Als klar war, was gespielt wurde, mußte meine Tante erst mal abwarten, bis ihr ein plausibler Grund einfiel, um den Mietvertrag zu kündigen. Ich glaube, sie hat sich ratsuchend an den Gemeindepfarrer gewandt. Der Clou kam am Abend, als im Fernsehen *La Traviata* gegeben wurde.«

Michelles Augen funkelten lebhaft. Sie nahm eine Gabel voll Couscous mit Fisch, das wir in der Zwischenzeit bestellt hatten, und spülte es mit einem Schluck weißem Regaleali hinunter.

»Die Traviata wollte gerne *La Traviata* sehen. Ich weiß nicht, ob aus Berufsstolz, aus einem Gefühl von Solidarität oder in einem Anfall von Selbstironie. Bedauerlicherweise besaß sie keinen Fernseher. Mit gebotenem Anstand und geübter Vorsicht wandte sie sich deshalb an Tante Caroline und brachte beiläufig das Gespräch darauf.«

»Die fiel in Ohnmacht.«

»Beinahe. Doch nach einer anfänglichen und allzu verständlichen Verwirrung parierte sie den Schlag und sagte ja. Es war sehr viel mehr als ein einfaches Ja, da sie ihre Gastfreundschaft so weit trieb, in den Pausen der Dame Rosolio und Gebäck anzubieten. Die Dame erschien absichtlich etwas früher und trug eine Robe, als ginge sie zu einer Matinee ins Massimo. Das machte gehörigen Eindruck auf Tante Caroline. Zu zweit beweinten sie Violettas Tod, während wir drei jugendlichen Räuber wie Hyänen lachten.«

»Wunderbar! Ich hätte zu gern deine Tante Carolina kennengelernt.«

»Die hätte versucht, aus dir eine Nonne zu machen. Und wäre es ihr gelungen, wäre die Aussicht, dein Priester zu werden, für mich der einzige Grund gewesen, die kirchliche Karriere in Betracht zu ziehen, zu der sie mich immer heftig drängte. Die Tante sagte immer, die Kirche bräuchte brillante und vorurteilsfreie Köpfe: mit einem Wort – mich.«

»Und vor allem bescheidene. Du hättest gut daran getan, ihrem Rat zu folgen.«

»So hättest du die Chance deines Lebens verpaßt.«

»Mein guter Freund, von uns beiden bist du derjenige, der einen Sechser im Lotto gemacht hat, als ich deine Bahn kreuzte.«

Um wieder zu Michelles Wagen zu gelangen, nahmen wir den Stadtbus. Zu Hause schenkte ich großzügig Laphroaig in zwei Gläser ein. Michelle legte *Stormy blues* von Billy Holiday auf. Dann wanderte sie die Bücherregale ab. Sie blieb stehen, um die Titel in den oberen Fächern zu entziffern, während Billy Holiday mit einem Blues einsetzte, der nach Louisiana, zweitklassigem Gin und Zigarettenrauch schmeckte.

»Warum hast du die Schriften von Lacan auf italienisch und auf französisch?«

»Die gehören meiner Schwester. Ich habe einmal versucht, einen Blick hineinzuwerfen. Da sieht es aus wie auf verstopften Straßen zur Rush-hour. Meiner Meinung nach wären sie ideal, um mit ihnen ein schönes Verbrechen im Affekt, ein kulturträchtiges Delikt zu begehen, auch wenn dafür sowohl der Einband der italienischen wie der französischen Ausgabe zu weich ist. Es bedürfte eines der antiken, schweren Hard cover mit metallverstärkten Ecken. Vielleicht wäre ihre tödliche Wirkung gesicherter, wenn man sie im Kamin verbrennen würde, dessen Abzug entsprechend verstopft wäre; doch eignet sich diese Technik wohl eher für einen Selbstmord, als für einen vorsätzlichen Mord. Du hast die Wahl zwischen drei Todesarten: Vergiftung durch einfache Lektüre, tödliche Krämpfe, hervorgerufen durch die flammenden Vokabeln, oder die berühmten Lacanschen Sätze werden zu würgenden Tentakeln in Form von Rauchspiralen um deinen Hals. Ist dir aufgefallen, daß Lacan zu den Autoren gehört, die nicht in Pepe Carvalhos Kamin verbrannt werden?«

»Und warum hast du die Bände?«

»Armando hat Maruzza ein Ultimatum gestellt: entweder Lacan oder er. Er weigert sich, mit ihm unter einem Dach zu schlafen.«

»Schwachsinn!«

»Das ist kein Witz. Sie trugen eines ihrer üblichen Schattenbox-Matches auf leicht existentialistischem Hintergrund aus. Meine Schwester mußte sich austoben, und Lacan war nur ein Vorwand. Du kennst ja Maruzza: Sie hegt immer noch die Illusion, daß Bücher den Lauf der Welt ändern können. Armando hatte ihr gesagt, daß die einzigen Bücher, die in das Rad des Lebens eingreifen könnten, die praktischen Handbücher seien. Und früher oder später würde jemand den endgültigen Ratgeber schreiben vom Typ: wie basteln wir in unserer Küche eine thermonukleare Bombe aus Kaffeesatz und einem Teelöffel Salz. Ein solches Buch würde dann wirklich die Geschicke des Universums umkehren. Abgesehen davon hat mein Schwager panische Angst, daß seine Söhne schwuchtelig werden könnten, wenn sie zu viele Bücher lesen. Du würdest sagen, zu biegsam. Das hat er einmal zu oft gesagt, und Maruzza hat ihm gehörig den Marsch geblasen. So hat die Eskalation begonnen. Und anstatt mich wie üblich diskret herauszuhalten, habe ich mir die Bücher gegriffen und mich Türe schlagend aus dem Staub gemacht. Und so sind sie hier gelandet.«

»Deine Schwester hat recht. Allein schon aus Gründen der Solidarität unter Frauen.«

Auf der Terrasse war urplötzlich eine Katze aufgetaucht. Sie kommen aus dem Südosten über die Nachbardächer. Sie ähnelte der Katze von Audrey Hepburn in *Frühstück bei Tiffany*. Michelle ging hinaus, um sie zu streicheln, und taufte sie umgehend Malacunnutta, wie eine Katze in ihrer französischen Kindheit im Stadtviertel Arenella.

Sie kam wieder herein, machte den Fernseher an und erwischte die letzten Minuten eines Films, den ich schon gesehen hatte: es war einer von Altman, der einen weiteren Holzpfahl in das eisige Herz des heutigen Nordamerikas rammte. Als der Film zu Ende war, ging sie meine Filmkassetten durch. Schließlich fischte sie *Der Sieger* heraus und wog die

Kassette in der Hand, bevor sie sie in den Videorecorder schob:

»John Ford hat alles getan, um den Amerikanern eine eigene Vergangenheit zu schaffen und Amerika großartiger erscheinen zu lassen, als es wirklich ist.«

»Ja, aber er neigt dazu, den Iren den Verdienst dafür zuzuschreiben. Er ja, er war ein Großer. Vor allem damals zu Zeiten von McCarthy, als De Mille Mankiewicz vor der Vereinigung der Regisseure anschwärzen wollte und ihn bezichtigte, ein Kommunist zu sein. Und was tat Ford? Er wartete ab, bis De Mille sein Gift abgelassen hat, erhob sich dann, sein verknautschtes Baseball-Käppi in die Stirn gezogen, und stellte sich vor: John Ford ist mein Name, ich mache Western. Als stünde der Papst vor der Bischofssynode auf und sagte: Ich heiße Karol Woytjla und bin von Beruf Papst. Er sagte nicht viel, aber es reichte, De Mille zur Strecke zu bringen, Mankiewicz vor dem Verlust der bürgerlichen Ehrenrechte zu bewahren und alle nach Hause zu schicken. Meiner Meinung nach hatte er Jahre später diese Episode im Kopf, als er in *Der Mann, der Liberty Valance erschoß* die Szene drehte, in der John Wayne Jimmy Stewart überzeugt, sich als Kandidat für einen Senatorenposten aufstellen zu lassen.«

Der Film war angelaufen, und wir zogen uns die Geschichte von John Wayne mit Maureen O'Hara-der-Roten im grünen Irland rein, der Michelle-die-hennafarbene-Brünette begeistert zunickte.

Sonntagvormittags ist Zeit für den Kult der Zeitungslektüre. An diesem Tag erscheinen mehr Zeitungen als unter der Woche, und ich kaufe mehrere, auch wenn ich sie zum Schluß gar nicht alle lese. Das Ritual sieht einen langsamen Anmarsch zum fliegenden Zeitschriftenhändler an den Quattro Canti vor. Der weitere Verlauf hängt von der Jahreszeit und den Wetterbedingungen ab. Wenn es nicht regnet und nicht zu kühl ist, suche ich einen Tisch im Freien in einer der Bars im Zentrum. Ein paar Espressi reichen gerade, um einmal die Titel zu überfliegen. Für eine gründlichere Lektüre und die Außenpolitik braucht es einen Aperitif. Die Innenpolitik überspringe ich und warte ab, daß die Seiten mit dem kulturellem Geschehen bei mir den Appetit wecken, auch weil mittlerweile Zeit fürs Mittagessen ist.

Die Alternative ist ein Blitzbesuch in Mondello. Am liebsten mag ich Mondello zwischen November und Frühjahr, weil die Strände dann nicht mehr mit Badehütten voll stehen, die kleinen Seitenstraßen still und leer sind und die Platanen, die bis Februar ihr Laub nicht verlieren, jene goldgelbe Tönung annehmen, die an das herbstliche Manhattan in den Filmen von Woody Allen erinnert.

Ich überließ Michelle die Entscheidung, und die fiel aufs Zentrum. Es war wunderbares Wetter, die Sonne wärmte kräftig, und in den Cafés in der Via Principe di Belmonte war nicht ein einziger Tisch zu ergattern. Wir setzten unsere Runde zu Fuß über die Via Libertà zur Fußgängerzone in der Via Mazzini fort; unser Gang war der des *paseo,* der von unserem sonntäglichen, mit dem Strom schwimmenden Stoffwechsel gesteuert war. Wir fanden unseren Platz an der Sonne und bestellten Kaffee. Als Michelle genug von ihrer Lektüre hatte, machte sie einen Streifzug zwischen den Bücherständen auf dem Gehweg in der Via Libertà. Ich las eifrig in meiner Zeitung weiter. Eine halbe Stunde später tauchte sie mit einer auf Ökopapier gedruckten Baudelaire- und einer Prévertausgabe auf.

»Hast du noch nicht genug von den Zeitungen?«

»Und ob. Das echte Drama der Zeitungen gegen Ende des Jahrtausends besteht darin, daß sie keine Argumente mehr liefern, die unsere Überzeugungen erschüttern könnten.«

»Du wirst doch nicht wieder mit Politik anfangen wollen?« stöhnte sie.

»Sich in der Früh aus den Federn schwingen, ist schon ein Politikum.«

165

»Am Morgen aufstehen ist revolutionär. Das sind die Worte von Mao. Und wenn er es nicht gesagt hat, hat er es gedacht.«

Damit versank sie in ihren Büchern. Ich zündete mir eine Camel an und nahm ein paar Züge, während ich eine Gruppe von Touristen ungewisser Nationalität beobachtete, die in typischer Deltaformation voranschritten: Der Anführer des Schwarms lag in Poleposition. Es waren hauptsächlich ältere Menschen mit Rentnergesichtern, die früher Pendler zwischen zwei tristen Städten waren; ihre Mienen verrieten, daß sie daran gewöhnt waren, ein Leben zu simulieren, in dem nie etwas los ist. Mehr oder weniger wie in unserem Leben.

Michelle sah von ihren Büchern auf, bemächtigte sich meiner Zigarette und zwei letzte Züge lang examinierte auch sie die Touristen, die sie einer gebührenden Gegenprüfung unterzogen. Die Prüfung fiel eindeutig zu Michelles Gunsten aus. Angesichts der Generationenkluft sah die Sache beinahe aus wie Eros & – sagt man das so? – Thanatos. Nur um dem Leser etwas Kulturträchtiges und vor allem Originelles unterzujubeln.

Wir beschlossen, uns zu verabschieden. Statt wieder in Richtung Via Libertà zu steuern, machte ich ein par Schritte über die Via Mazzini in Richtung Borgo Vecchio. Michelle schloß sich mir an, ohne Fragen zu stellen.

Ich könnte schwören, es handelte sich um eine Art Staatsstreich meiner nach Autonomie strebenden Beine, daß wir uns nach einigem vermeintlich ziellosem Abbiegen strategisch günstig vor den Schaufensterauslagen des Kamulùt wiederfanden. Wie heißt es doch so schön? Die Faszination des Grauens. Michelle betrachtete alles ausgiebig, ich beließ es bei einem oberflächlichen Blick, da ich noch vom ersten Mal genug hatte. Dann überquerte ich die Straße, denn die nicht erkennbaren Waren in den verdunkelten Schaufenstern des gegenüberliegenden Ladens hatten mich neugierig gemacht.

Die Via del Droghiere ist eine recht breite Straße, gesäumt von niederen Herrenhäusern aus den zwanziger, dreißiger Jahren, die nicht gerade abscheulich, aber auch nicht würdig zu nennen sind.

Aus der Nähe betrachtet, entpuppten sich die mysteriösen Auslagen als simple Einzelteile für Installationsbedarf, Schalttafeln und große Wechselschalter, die als Porträt gesehen an die Umrisse einiger toter Seelen des Fachbereichs erinnerten. Das Schaufenster nebenan gehörte zu Alices Wunderland, dem kleinen Restaurant, das sogar der Dekanin bekannt war. Ich überließ die Wechselschalter mit menschlichem Antlitz ihrem Schicksal, machte ein paar Schritte seitwärts und begann aus Langeweile die Speisekarte zu lesen. Über den Daumen gepeilt, war es die typische Speisefolge, die den Abend mit einer Magenspülung enden läßt; es war eine Auswahl französisch-biafranischer Gerichte, über deren Zusammensetzung wohl die Münzen entschieden hatten, die Chefkoch und Tellerwäscher in die Höhe geworfen hatten.

Gerade als ich mich müßig fragte, was wohl die »Köstlichkeiten von Armando« seien und ob sie etwas mit dem Angetrauten meiner Schwester zu tun hatten und was das Gegengift sein könnte, schleuderte der allmächtige Zeus seinen Blitz. Nun, es war nicht eigentlich ein Blitz, sondern ein plötzlich aufblitzender Sonnenstrahl, der anhielt und noch stärker wurde, weil der Himmelskörper hinter dem Dach des kleinen Herrenhauses aufgetaucht war und seinen täglichen Vormarsch Richtung Westen fortsetzte. Der erste Strahl hatte etwas Weißes im Schaufenster aufleuchten lassen: Die Sonne hatte einen kleinen Ausschnitt eines Dachgartens im obersten Stock des Kamulùt-Gebäudes erleuchtet und die Reflexe auf Alices Schaufenster projiziert.

Reglos starrte ich eine Weile das Spiegelbild an. Dann drehte ich mich langsam um und blickte mit ungläubig aufgesperrtem Mund nach oben, während das alte atrioventrikuläre System kräftig lospumpte.

Es war eine schöne, gepflegte Terrasse voll Grün, Tummel-
platz für Millionen botanischer Familien. Doch inmitten dieses grünen Universums gab es eine kleine, weiße Sternenkon-
stellation. Und mich soll der Teufel holen, wenn es sich hier-
bei nicht um einen *Pelargos scandens* handelte, offensichtlich
der Milchbruder der anderen Pelargonie in der Via Riccardo
il Nero. Mit dem Unterschied, daß dieses Exemplar in perfek-
tem Zustand war.

Michelle trat auf mich zu:

»Was ist mit dir los?«

»Bemerkst du nichts?«

»Wo?«

»Dort im obersten Stock auf der Terrasse.«

»Pflanzen. Na und?«

»Der große Topf mit den weißen Blüten.«

»Ich sehe ihn. Was ist mit ihm?«

»Es ist ein *Pelargos scandens*. Die weiße Varietät ist in Palermo nicht sehr verbreitet. Fällt dir da nichts ein?«

»Warum hörst du nicht mit dem Ratespiel auf und erzählst
mir brav alles, was du weißt?«

»Im ersten Stock des Hauses am Ende der Via Riccardo il
Nero stand genau das gleiche Exemplar. Ist dir das nicht aufgefallen?«

»Die sind nicht gleich. Die Pflanze dort war ganz vertrocknet.«

»Jetzt, ja. Aber am Tag, als Ghini ermordet wurde, stand
sie in voller Blüte und war vitamingestärkt wie die hier.«

»Reiner Zufall.«

»Meinst du? Wir werden sehen.«

Ich nahm sie beim Ellenbogen und geleitete sie auf den
gegenüberliegenden Bürgersteig zum Kamulùt. Das Fallgitter
hatte kleine Fensterausschnitte, damit das Volk von Panor-
mos auch nach Ladenschluß den alten Krempel bestaunen
konnte. Ich hätte auch damit leben können, wenn nichts zu
sehen gewesen wäre. Ich entdeckte die Klingeltafel mit der

Gegensprechanlage neben dem Schaufenster. Es gab nur einen einzigen Klingelknopf unter dem Schild mit der Aufschrift Kamulùt. Auf dieser Seite der Via del Droghiere war bis auf die Gitter einiger Läden weit und breit kein Hauseingang in Sicht. Der Zugang zu den Privatwohnungen in den oberen Stockwerken mußte sich auf einer der anderen Seiten des Hauses befinden.

Wir bogen um die Straßenecke und stießen zwanzig Meter weiter unten auf ein geschlossenes Eingangsportal mit zwei Türflügeln aus massivem Holz und dicken Messingknäufen. An der Seite war eine Gegensprechanlage mit einer Doppelreihe von Klingelknöpfen angebracht. Ich ging die Namen durch: Cinà, Zagra, Mezzasalma, Di Stefano, Russo, Cottone-Ghini ...

Ein ganz netter Erfolg! Michelle nickte anhaltend mit dem Kopf und ihre Pupillen verengten sich:

»Die Familie Ghini wohnt also hier über dem Geschäft.«

»Hast du immer noch Zweifel?«

»Das ändert alles.«

»Alles vielleicht nicht, aber wenn die zwei Pelargonien ein und derselben Herkunft sind, ändert sich sehr viel. Wieso begann deiner Meinung nach die Pflanze in der Via Riccardo il Nero wenige Tage nach dem Verbrechen zu vertrocknen und ist jetzt fast verkümmert, während die hier kerngesund zu sein scheint?«

»Du willst sagen, daß zuvor jemand da war, der sie pflegte und das jetzt nicht mehr tun kann. Ghini vielleicht?«

»Vielleicht. Aber nicht nur.«

»Seine Frau also.«

»Die auch. Aber zwischen den Ghinis und jener Wohnung könnte auch eine indirekte Verbindung bestehen.«

»Was willst du damit sagen?«

»Deinem Vater sind neulich abends die Worte entschlüpft, daß er nicht die einzige Freizeitbeschäftigung der Dame war ...«

»Ein anderer Mann also.«

»Oder eine andere Frau in Ghinis Leben.«

»Und nun?«

»Zweierlei schlage ich jetzt vor: Als erstes gehe ich morgen nochmals in die Via Riccardo il Nero, wenn die Werkstätten offen sind. Ich habe da so eine Idee. Zweitens fragst du deinen Vater, ob er uns morgen abend zum Essen bei sich zu Hause einladen kann ...«

»Warum?«

»... und du bittest ihn, auch die Ghini-Cottone einzuladen. Aber es ist unbedingt notwendig, daß wir nach Ladenschluß des Kamulùt bei ihr vorbeifahren und sie mitnehmen.«

»Richtig. Wenn wir sie über die Pelargonie ausquetschen wollen, dürfen wir ihr nicht zu verstehen geben, daß wir wissen, wo sie wohnt, nur weil wir an den Klingelknöpfen der Gegensprechanlage an ihrem Haus herumspioniert haben.«

»Genau. Offiziell werden wir ihre Adresse nur kennen, weil dein Vater sie uns genannt hat, als er uns bat, sie im Wagen mitzunehmen.«

»Meinst du nicht, daß sie das spitzkriegt?«

»Wenn dein Vater seine Rolle gut spielt, nicht. Hast du einen besseren Vorschlag?«

»Nein. Aber ich will nicht daran denken.«

Wieder zu Hause, rief Michelle umgehend ihren Vater an und nötigte ihm die Einladung für den nächsten Abend ab. Als sie ihn bat, auch die lustige Witwe dazu zu bitten, traf ihn bald der Schlag. Er weigerte sich. Michelle bestand darauf, und es kam fast zum Streit. Ein echtes Kräftemessen zwischen Vater und Tochter. Den Sieg trug die Tochter davon, was nie in Zweifel gestanden hatte. Michelle hatte ihm alles in groben Zügen erklärt. Er hatte keine Ahnung von der Sache mit den Pelargonien. Ebensowenig von dem Haus in der Via Riccardo il Nero. So drückte er sich zumindest der Tochter gegenüber aus.

170

Ich wollte zuerst nicht glauben, daß es Montag morgen war. Ich war schon vor dem Radiowecker wach und seltsamerweise in Form und bester Dinge. Wir verließen ganz früh nach der ersten Dosis Koffein das Haus. Michelle wollte noch vor der Arbeit bei sich zu Hause vorbei. Während ich den Kaffee zubereitete, hatte sie schon bei ihrem Vater angerufen. Monsieur Laurent hatte ihr gesagt, daß mit der lustigen Witwe alles glattgegangen sei: Sie hatte sowohl die Einladung zum Essen als auch die Mitfahrgelegenheit angenommen.

Ich traf so früh wie schon lange nicht mehr im Institut ein; einen Gutteil des Vormittags brachte ich damit zu, meine zwei schwer erziehbaren Doktorandinnen zu triezen, denen es ins Gesicht geschrieben stand, daß auf der faulen Haut liegen ihr einziges Tagesprogramm war.

Kurz vor eins ging ich hinunter und verkündete, daß ich bald wieder an Ort und Stelle sein würde, nur um sie in Habachtstellung zu halten. Dann machte ich mich mit dem Wagen auf den Weg in Richtung Via Riccardo il Nero. Der Verkehr war noch nicht auf seinem Höchststand, und ich erreichte früher als geplant mein Ziel. Ich stoppte den Golf am Anfang der Straße und spähte forschend in Richtung Kfz-Elektriker. Sogleich entdeckte ich die hügeligen Umrisse des Bosses auf der Türschwelle. Er sah ins Werkstattinnere, wahrscheinlich, um die Arbeit des Untergebenen zu kontrollieren.

Ich hatte den Motor ausgeschaltet und ließ reglos eine Viertelstunde verstreichen. Schlag halb zwei sah ich, wie er zu einem verbeulten Fiat Fiorino neben der Werkstatt stampfte. Erstieg ein, ließ den Motor an und fuhr zur Straßeneinmündung. Genau das hatte ich mir gedacht. Auch ich drehte den Zündschlüssel um und stieß im Rückwärtsgang zurück, um die Fahrbahn wieder frei zu machen. Als er auf meiner Höhe vorbeifuhr, beugte ich mich hinunter, als suchte ich etwas auf dem Boden des Wagens.

Das war nichts weiter als angewandte Psychologie. Als gründlicher Kenner der Privilegien, die von bestimmten

Machtverhältnissen in unserer Metropole herrührten, rechnete ich damit, daß der Meister sich zur Mittagszeit nach Hause verziehen würde, um in aller Ruhe seine überreichlichen Mengen an Kohlehydraten zu sich zu nehmen; die Festung würde er in der Zwischenzeit in den Händen des Zauberlehrlings lassen. Und ausnahmsweise hatte ich ins Schwarze getroffen. Ich dachte, der Junge wäre umgänglicher als sein Vorgesetzter, der mir als ein ziemlich harter Brocken vorkam.

Ich hätte mir auch irgendeine andere Werkstatt in der Via Riccardo il Nero aussuchen können, aber beim Kfz-Elektriker versprach ich mir am meisten: Er war der einzige, der am Samstag zuvor, als ich mit Michelle vorbeigekommen war, geöffnet hatte; und wenn er auch am Samstag des Mordes an Ghini offen gehabt hatte, war die Chance einfach größer, daß sie mehr als die anderen gesehen hatten. Abgesehen davon mußte ich wirklich die Zündkerzen überprüfen lassen.

Ich bog in die Via Riccardo il Nero ein und hielt mit der Schnauze des Golfs vor der Kfz-Werkstatt. Der Bursche hatte seine Arbeit unterbrochen und hockte auf dem Fahrersitz eines Fiat Panda, dessen Innereien nach außen gekehrt waren. Aus einem Plastikbehälter auf seinen Knien wollte er gerade die Maccheroni mit Sauce unter einer Schicht *polpette* herausfischen. Er war an die Siebzehn, und sein Gesichtsausdruck besagte, daß er sich in der Welt auskannte – zumindest in der vor Ort.

»Was wünschen Sie?« platzte er heraus, kaum daß er mich gesichtet hatte. Beim Sprechen schleifte er die Vokale bis an die Grenze der Lungenkapazität, ganz Palermer Idiom.

»Guten Appetit. Die Zündkerzen müßten überprüft werden. Laß dir Zeit, iß erst zu Ende.«

»Auf den Ihren.«

Er hieb jetzt schneller mit der Gabel in sein Essen. Ich warf einen Blick zum Haus hinauf. Die Pelargonie war endgültig vertrocknet. Die Arme auf dem Rücken verschränkt schlenderte ich zum Werkstattor, als wartete ich nur ab, bis er sein Mahl beendet hatte. Es gab keine Gegensprechanlage, nur eine Klingel mit einem Schild ohne Namen. Und einen alten, halb verrosteten Türklopfer in Form eines Pinienzapfens. Ich betrachtete die Hausfassade. Die Fenster und die Tür des Balkons waren von gewöhnlichen Holzläden bedeckt, die abgebeizt und dann in einer längst verblaßten Farbe, vermutlich Grün, gestrichen worden waren. Kein Lebenszeichen hinter den sorgfältig zugezogenen Fensterblenden.

Ich machte kehrt und ging wieder ins Innere der Werkstatt. Der Junge hatte inzwischen auch die Fleischklöpse verputzt und tunkte die restliche Sauce auf dem Grund mit einem Stück Brot auf, das er genüßlich verschlang. Der letzte Brothappen sah ganz aus wie der vorübergehend einzige Überlebende jener Artilleriestücke aus der Backstube, die wir Ortsansässigen Kolben nennen. Ein anspruchsloses Mahl. Er stieg aus dem Auto, leerte ein kleines, lauwarmes Flaschenbier, griff nach dem Kerzenschlüssel und drehte sich zu mir um:

»Wollen der Herr bitte die Kühlerhaube aufmachen.«

Gemächlich schraubte er die Kerzen ab, und ich sah ihn mir etwas genauer an. Er gehörte zum Schlag der zukünftigen starken und schweigsamen Männer. Er besah sich aufmerksam die Fundstücke:

»Wie viele Kilometer haben diese Kerzen hinter sich?«

»Alle. Ich habe sie noch nie ausgewechselt.«

»Ein Wunder, daß Sie es bis hierher geschafft haben. Da müssen neue rein.«

»Machen wir das doch.«

»Sie müssen auf den Besitzer warten. Ich kann keine Kerzen kaufen gehen, ich darf die Werkstatt nicht verlassen.«

»Und wann kommt der Besitzer zurück?«

»In einer halben Stunde.«

»Dann laß uns warten.«

Er war nicht nur ein Vorläufer des starken und schweigsa-

173

men Geschlechts, sondern auch ein regsamer Typ: Während ich ihn mir weiterhin ansah, kratzte er die oxydierte Schicht von der Verteilerkappe; dann schraubte er die Verschlüsse von der Batterie und wunderte sich nicht, daß die Elemente fast auf dem Trockenen waren; er kippte eine ganze Flasche destilliertes Wasser hinein. Der Kerl würde es zu etwas bringen.

»Hör zu«, sagte ich beiläufig, »das Haus dort am Ende der Straße, steht das leer?«

Er hob nicht gleich die Augen und hantierte weiter. Dann blickte er in Richtung Haus, ohne zu antworten.

»Ich suche Praxisräume in dieser Gegend zur Miete.«

»Sind Sie Doktor?«

»Ja, in gewissem Sinne.«

»Was sind Sie für ein Doktor?«

»Einer von der Sorte, bei denen es nicht weh tut.«

»Das kann nicht sein. Aber jetzt ist der Besitzer gekommen. Wollen Sie ihn doch fragen.«

Ein Blick auf den eintreffenden Chef genügte, um mir Gewißheit zu verschaffen, daß es zwecklos war, die Unterhaltung fortzusetzen. Er hatte den abweisenden Gesichtsausdruck dessen, der glaubt, der andere wolle ihm eine Lebensversicherung aufschwätzen. Und er mußte auch schlecht zu Mittag gegessen haben. *Bucatini alla carrettiera,* vermutlich, oder *babbalucci* in Sauce. Er stank wie ein Bock nach einer verlängerten Antivampir-Therapie. Und falls er sich je zu einem Lächeln herabgelassen hätte, wäre das eines nach Gemüsehändler-Art gewesen, denn zwischen seinen Schneidezähnen klemmte ein Blättchen Petersilie. Ich machte dennoch den Versuch:

»Ich fragte den Lehrling gerade, ob jenes Haus dort zufällig zu vermieten sei ...«

»Wieso, sehen Sie dort irgendwo das Schild ›Zu Vermieten‹ angebeppt?«

»Nein, aber oft ...«

»Wir wissen von nichts.«

»Aber ist es bewohnt?«

Er würdigte mich keiner Antwort. Statt dessen übernahm er das Kommando der Operation, schickte den Lehrbuben Ersatzteile kaufen und verschwand in der Werkstatt. Er tauchte erst wieder auf, als die neuen Kerzen eintrafen. Er schraubte sie eigenhändig an, brachte die Kappen in Ordnung und ließ den Motor an. Dann stieg er aus, schloß die Motorhaube und rechnete im Kopf die Unkosten zusammen. Die Summe war außergewöhnlich bescheiden. Er gab mir sogar unaufgefordert einen Kassenzettel. Ich hätte ihn zu meinem Stamm-Kfz-Elektriker machen können, würde ich Motoren im allgemeinen weniger die kalte Schulter zeigen.

Bevor ich in den Wagen stieg, drückte ich dem Jungen ein paar Tausendlirescheine in die Hand. Dann kurbelte ich das Fenster herunter und versuchte es noch ein letztes Mal:

»Wissen Sie zumindest, wem das Haus da gehört?«

Aber er hatte mir schon den Rücken zugekehrt und war auf dem Weg ins Werkstattinnere. Seufzend fügte ich mich dem Lauf der Dinge und fuhr davon.

Vor dem *panelle*-Stand schräg gegenüber der Kunstakademie in der Nähe einer großen Bar machte ich halt. Als ich bei der zweiten Hälfte meines Brötchens angelangt war, kam ein klappriges Mofa im Zickzack angefahren. Es war der Junge aus der Werkstatt. Rasch betrat ich noch vor ihm die Bar und bestellte einen Espresso. Wie ich es mir gedacht hatte, verlangte auch er einen zum Mitnehmen für seinen Chef.

»Willst du auch einen Kaffee?« fragte ich ihn. Er bewegte unschlüssig den Kopf, aber ich machte dem Barmann ein Zeichen, noch einen herauszulassen.

Zusammen verließen wir das Lokal. Er schwang sich auf sein Töfftöff, in der einen Hand hielt er den zugeschraubten Thermosbecher, mit der anderen ließ er den Motor an. Ich stand neben ihm.

»Das Haus dort«, flüsterte er plötzlich, »gehört einer Alten, die im Corso Tucher wohnt. Aber Sie wollen es bitte nicht dem Inhaber verraten, daß ich es Ihnen gesagt habe, ansonsten ...«

Er fügte nichts weiter hinzu und fuhr auf der verkehrten Straßenseite davon. Corso Tucher ist der volkstümliche Name für den Corso Tuköry; letztere ist die Version, die von den Distinguierteren meiner Mitbürger bevorzugt wird. Schade nur, daß die erste der richtigen Aussprache am nächsten kommt, denn Tuköry war Ungar. Und ich bin baff angesichts der Tatsache, daß sich die mündliche Überlieferung nach einem halben Jahrhundert noch immer durchsetzt. Der alte, damals noch junge Tuköry hatte hier in Palermo seine letzten Atemzüge getan, wo er mit dem Zug von Garibaldi gelandet war. Er wäre sicherlich zufrieden, wenn er von dieser Sache erführe.

Wie viele alte Frauen wohnten wohl im Corso Tucher?

Ich fuhr Richtung Piazza Politeama und bog in die Via Ruggiero Settimo ab. Es ist erstaunlich, mit welcher Geschwindigkeit die Zeit verfliegt, je mehr wir uns dem Jahresende nähern. Einstein hatte das begriffen. Ich nicht, mich überfällt das Ereignis immer unvorbereitet: Man hatte damit begonnen, den üblichen Lichterschmuck zu montieren und die roten Läufer auf den Gehwegen vor den Geschäften auszulegen. Das bedeutete, die Vorweihnachtszeit war angebrochen. Aus diesem Grund hatte auch der Pinguino geöffnet, obwohl Montag eigentlich Ruhetag war. Ich hatte Lust auf ein Glas frisch gepreßte Zitrusfrüchte.

In der Via Cerda fand ich einen Platz für den Wagen. Während ich die Via Ruggiero Settimo wieder zurückging, sann ich darüber nach, wie ich die Besitzerin des Hauses mit der weißen Pelargonie ausfindig machen könnte. Aber mir kam kein zündender Gedanke.

Im Pinguino war ein einziger Gast, der sich mit einem Ellenbogen auf die Theke stützte und vor sich ein halbvolles

Glas und eine halbleere Flasche Kronenbourg stehen hatte. Oder umgekehrt, je nachdem, ob einer Optimist oder Pessimist ist. Ich bestellte ein Glas gepreßten Orangen-, Zitronen- und Grapefruitsaft.

Im Land, wo die Zitronen blühen, ist das einer der raren Orte, wo man sich noch darauf versteht, die Zitrusfrüchte sachgemäß auszupressen, nämlich von Hand in metallenen Pressen; auf diese Weise kann der Druck reguliert werden, um zu vermeiden, daß sich Schaum bildet und die öligen Essenzen der Schale herauskommen. Was nicht unerheblich ist.

Während ich auf mein Getränk wartete, sah mich der Typ mit dem Kronenbourg von der Seite an. Plötzlich streckte er den Arm aus und griff sich eine der Orangen aus dem Korb auf dem Tresen:

»Das geht auf meine Rechnung, wenn Sie mir den Namen dieser Orange sagen können.«

»Washington Navel«, erwiderte ich prompt, da es genau eine solche war. Ihm blieb die Spucke weg. Dann streckte er mir die Rechte entgegen, und wortlos drückte er mir die Hand, die ich ihm automatisch entgegengestreckt hatte. Es war bestimmt nicht das erste Bier des Nachmittags, was er da vor sich hatte. Er war stockblau.

Betrunkene unterwegs in unseren Straßen zu sehen, kommt höchst selten vor. Die hiesigen Säufer bilden ein geheimes, meist häusliches Volk, das immer diskret, unverdächtig und harmlos ist; die Trinker aus den mittleren bis höheren Klassen halten sich meistens an den Aperitif. Die armen Schlucker hingegen machen sich mit Billigwein zu. Und die Hausfrauen süffeln süße Liköre. Wir sind keine trinkerfreundliche Stadt, es ist einfach zu heiß und das an zu vielen Tagen des Jahres. Vor allem aber haben wir als Volk nicht das richtige Auftreten.

Ich hatte also eine richtig schöne, durstige Seele um die Vierzig vor mir. Als er meine Hand halb zerquetscht hatte, ließ er endlich los, leerte das Glas und füllte sofort das rest-

177

liche Bier nach. Er war stark auf sein Image des gepflegten und elegant gekleideten Alkoholikers bedacht, der sich niemals eine Nachlässigkeit leistet und eine nur ganz leicht schleppende Aussprache hat:

»Washington Navel, bravo! Die Amerikaner können von solchen Orangen nur träumen. Ich kenne die gut, dort drüben. Wissen Sie, was der Höchstgenuß ist? Sie nehmen einen großen Kristallkelch, geben den frisch ausgepreßten Saft einer dieser Orangen hinein und gießen mit schönem, eisgekühltem Champagner auf. Dann schütteln Sie ein wenig und kippen die Mischung herunter. Wenn Sie das Ganze mit einem Dutzend ganz frischer Austern auf einem Tablett mit gestampftem Eis begleiten ...« und damit vollführte er mit beiden Armen eine Bewegung von oben nach unten, die ein geschwungenes, dreidimensionales Profil nachzeichnete – »... und mit einem zwei Meter langen Geschoß von Frau. Wissen Sie, sogar für einen Weinkenner ist die beste Paarung immer noch die zwischen Mann und Frau. Das stand in der Zeitschrift der italo-amerikanischen Handelskammer.«

Er trank weiter. Er war ein Schlucker mit Stil, er genoß es, sich ohne Eile, bewußt und mit Gefühl zu besaufen. Aus diesem Grund trank er auch Bier.

»Wissen Sie, ich bin vom Fach. Ich war Barkeeper in Amerika, ich habe in den besten Hotels in Kalifornien gearbeitet. Einmal habe ich für Dustin Hoffman einen Cocktail gemixt, den ich persönlich kreiert hatte. Ich hatte ihn Al Pacino genannt. Als ich Hoffman den Namen verriet, war er beleidigt. Live ist er noch kürzer. Er ist einen Meter und ein paar Zerquetschte groß.«

»Und jetzt?«

»Die Amerikaner sind echte Bastarde.«

»Warum?«

»Weil sie mich boykottiert haben. Sie haben mich vor die Tür gesetzt und dann die Trommel gerührt: Wehe dem, der mir eine Arbeit geben wollte.«

»Dustin Hoffman?«

»Ach was!« Unvermittelt sprach er leiser, bis es nur noch ein Flüstern war: »Es ist, weil ich Kommunist bin.« Wieder hob er die Stimme, und mit stolz erhobenem Kinn sagte er: »Soll ich dir etwas verraten? Ich bin der einzige Barmann, der begriffen hat, was der dialektische Materialismus ist. Und ich bin der einzige abgefuckte Kommunist, der zwischen der Piazza Indipendenza und Mezzomonreale überlebt hat!«

»Aber wenn doch im Corso Calatafimi der Regionalsitz des Partito Democratico di Sinistra ist!«

»Und die nennst du Kommunisten? Die haben sogar die Rechte verarscht. Weißt du, was das Drama der italienischen Rechten ist? Ihr ist nur die Ausschußware verblieben, weil die intelligentesten Faschisten alle in der Linken gelandet sind!«

Er hielt zu einer Reflexionspause inne. Ein Schweigen wie dialektischer Immaterialismus oder adialektischer Materialismus, aus dem er mit düsterer Miene wieder auftauchte:

»Du kannst Gift drauf nehmen, daß es die Schweinehunde von Corso Calatafimi waren, die mich bei den Amerikanern verpfiffen haben. Die haben mich noch nie riechen können. Aber sie täuschen sich gewaltig, wenn sie meinen, der Kommunismus sei ausgestorben.«

»Du hast recht. Der Kommunismus wird früher oder später wieder auferstehen, aber unter falschem Namen. So bist du wieder heimwärts gesegelt?«

»Nicht sofort. Ich habe es noch mit ein paar anderen Jobs versucht. Ich habe in einem kleinen, liberalen Verlag als Allroundkraft gearbeitet. Haben Sie jemals im Verlagswesen gearbeitet? Wenn Sie glauben, Jack the Ripper sei grausam, warum lesen Sie nicht mal Absatz neun eines Standard-Autorenvertrags, der vom Einstampfen spricht? Der zielt mitten ins Herz, Ramon! Das war nichts für mich, es gab zu viele betrübte Gesichter um mich herum. Ich bin von mir aus schon ein depressiver Maniker.«

179

»Sie meinen manisch-depressiv.«

»Ich meine, was ich gesagt habe. Ein Freund hat mir darauf eine kreativere Arbeit besorgt. Ich mußte für einen sikulo-amerikanischen Gewerkschaftler aus den Reihen der demokratischen Partei Reden schreiben; das war einer, der den großen Coup in der Politik landen wollte. Ghostwriter nennen sie in Amerika solche Leute. Es war ein bißchen, wie weiterhin als Barmixer arbeiten und einen Cocktail zubereiten: einen Spritzer von dem, ein wenig von jenem, einen Farbtupfer, ein Hauch Zucker und vor allem Eis, viel Eis. Wissen Sie, ich habe studiert. Bevor ich Barmann wurde, habe ich das Diplom als Geometer gemacht; zu jener Zeit habe ich nette Aufsätze geschrieben. Danach habe ich noch ein Jahr die Universität besucht – Philosophie oder Agrarwissenschaften, wer denkt da heute noch daran?«

»Wieso sind Sie nicht in Amerika geblieben?«

»Irgendwann habe ich einen Nervenzusammenbruch gehabt. Ich habe es nicht mehr auf die Reihe gekriegt, einem zur Hand zu sein, der die gleiche furchteinflößende Mittelmäßigkeit gewisser einheimischer Gewerkschaftler und Politiker auf sein Banner geschrieben hatte; und bei ihm kam noch erschwerend der sikulo-amerikanische Tonfall hinzu. Ich war fünf Jahre in Amerika, und wenn ich es dir nicht gesagt hätte, wärest du aufgrund meines Akzents nie dahinter gekommen.«

»Und jetzt?«

»Jetzt lebe ich vom Eingemachten. Den Beruf des Barkeepers habe ich an den Nagel gehängt.«

Er schwankte nur wenige Millimeter, als er dem Mann hinter der Theke zuwinkte, noch ein Kronenbourg aufzumachen. Er nahm einen Schluck:

»Vielleicht schreibe ich an jenen berühmten Professor, der Rektor in San Marino ist…«

»Eco.«

»Genau den. Ich habe gehört, er suche jemanden, der für

180

ihn Briefkuverts beschriftet. Ich kann auch ganz gut Amerikanisch ... Einstweilen habe ich mich arbeitslos gemeldet; vielleicht habe ich Chancen beim Kataster.«

Das war die Erleuchtung, beinahe ein zuckender Blitz!

»Haben Sie Kataster gesagt?«

»Ja, warum? Ich bin doch Geometer, glauben Sie mir nicht?«

Das Katasteramt! Warum bin ich nicht eher darauf gekommen?

Dort wissen Sie alles über Häuser und deren Besitzer. Selbst in Palermo mußte es eines geben:

»Wo ist das Katasteramt?«

»Was weiß denn ich!«

Mit erstaunlich ruhiger Hand schenkte er sich den Rest der Flasche ein. Ich machte mir die Gelegenheit zunutze und ging zur Kasse. Ich machte ein klares Zeichen mit dem Daumen, daß ich auch die Zeche des Herrn dort bezahlen wollte, und der Kassierer begann eine Reihe von Zahlen einzutippen. Der Typ hatte nichts mitgekriegt: Unsere Zeichensprache im Süden ist ein wahrer Segen im Existenzkampf.

In Wirklichkeit hatte er alles begriffen, denn als ich mich bei ihm verabschiedete, sagte er mit verhangenem Blick:

»Viel Glück, mein Freund.«

Wäre ich zwanzig Jahre jünger gewesen, hätte dies der Beginn einer wunderbaren Freundschaft sein können.

Ich steckte mir eine Camel an und ging mit einem bitteren Nachgeschmack und einem übertrieben hohen Vitamin-C-Gehalt im Blut hinaus. Das Wetter hatte umgeschlagen, und aus einem annehmbaren Vormittag war ein fahler Nachmittag von der Farbe eines schimmelnden Stracchino geworden.

Wo zum Teufel befand sich das Kataster, und wie war die amtliche Prozedur? Liebend gern würde ich alles an einem einzigen Tag hinter mich bringen, aber ich hätte schwören können, daß eine verdammt umständliche Operation auf

181

mich wartete. Ich bin absolut ungeeignet für solche Manöver. Abgesehen davon, daß um diese Uhrzeit die Ämter schon geschlossen sein mußten. Es bedurfte eines großartigen Einfalls. Ich meditierte weiter, bis ich auf der Höhe der Via Cerda war. All diese Vitamine und Mineralsalze, die ich gerade geschluckt hatte, vollbrachten wohl am Ende das Wunder, denn die logische, eindeutige, unmittelbare Lösung kam von selbst: Armando! Mein Schwager weiß alles in Sachen Bürokratie: wie die Steuern bezahlen, bei wem den Sarg vorbestellen, wo hingehen, um einen Strafzettel erlassen zu bekommen, wem um den Bart streichen, um etwas zu erreichen, und wen bedrohen, um von etwas verschont zu bleiben.

Statt in die Via Cerda einzubiegen und zum Wagen zurückzukehren, ging ich schnurstracks zur öffentlichen Telefonstelle auf dem Piazzale Ungheria. Ich hatte eine Magnetkarte mit ein paar telekomischen Einheiten drauf. Ich warf einen Blick auf die Uhr: Zu dieser Stunde mußte Armando bestimmt wieder zwischen seinen Erdschollen sein. Ich rief ihn auf dem Handy an:

»Kennst du jemanden beim Kataster?«

»Was brauchst du?«

Ich erklärte ihm in Kürze, was das Problem war, ohne mich über Einzelheiten auszulassen.

»Ruf mich in zehn Minuten zurück«, sagte Armando.

Ich verließ die Telekomhalle und ging auf einen Espresso mit ganz wenig Wasser zu Mazzara. Ich zündete die nächste Camel an, drückte sie halb aufgeraucht wieder aus und rief Armando zurück.

»Hast du was zu schreiben? Schreib dir diese Nummer auf«, und er diktierte mir eine Telefonnummer und den Namen eines Typs. »Er wartet auf deinen Anruf. Das Büro ist geschlossen, aber er ist noch eine halbe Stunde da.«

»Du bist Gold wert, Schwager. Wie läuft es bei euch auf dem Hof?«

»Deine Neffen haben versucht, das ganze Madoniengebir-

182

ge in Brand zu stecken. Sie haben Wachsstreichhölzer mit dem Zündkopf nach außen in die Mon Chérie gesteckt und sie in Brand gesetzt, um zu sehen, ob sie explodieren.«

»Großartig.«

»Genau. Sie haben gesagt, daß du Angelo das letzte Mal erklärt hättest, was Molotowcocktails sind und wie sie hergestellt werden. Und sie haben versucht, aus dem Material, was sie so hatten, eine ganze Menge davon zu basteln.«

»Und hat es funktioniert?«

»Zu deinem Glück nicht.«

Ich beendete das Telefonat mit Armando und rief den Katastermenschen an. Er hieß Romualdo Mangiaracina. Bis in die siebziger Jahre waren alle palermitanischen Romualdos Barkeeper von Beruf: ein Name, ein Schicksal. Wenn ich bedachte, auf welchen Umwegen ich auf ihn gestoßen war, schloß sich bei ihm offenbar der Kreis. Mein Anruf wurde sofort weitergeleitet. Ich stellte mich vor und fügte noch den Namen meines Schwagers hinzu. In solchen Fällen befürchte ich immer, daß der andere den Hörer aufknallt oder mich barsch mit »Und wen juckt das schon!« abtut oder sich als Walter-Veltroni-Softi unter großem Aufgebot an verletzter Tugendhaftigkeit offenbart. Zum Glück bediene ich mich nie so mieser Tricks aus der Ersten Republik.

Der Typ hatte eine langgezogene Sprechweise, eben wie ein Beamter des Katasters, was im Widerspruch zum Namen Romualdo stand. Nach einer knappen Einleitung fragte ich ihn, ob er die Daten des Besitzers eines bestimmten Hauses ausfindig machen könnte. Der atypische Romualdo konnte das, vorausgesetzt, die Immobilie war katastriert. Diese Vokabel klang bedrohlich, was auch immer ihre Bedeutung war. Ich diktierte ihm die Adresse des Hauses in der Via Riccardo il Nero. Ich rechnete damit, daß er mir sagte, in einer Woche zurückzurufen, damit er genügend Zeit hatte, die alten, verstaubten Pergamente aufzurollen. Statt dessen hörte ich das Klappern von Keyboardtasten. Als Katasteramt war es unglaublich modern. Die Antwort kam in Realzeit, wie sich die schwächsten Köpfe unter den Informatikern auszudrücken belieben:

»Der Eigentümer des Hauses ist Nunzia Cataldo, verheiratete Cannonito, wohnhaft in Corso Tuköry 141/b.«

»Beide Wohnungen? Es gibt eine im Erdgeschoß und eine im ersten Stock.«

»Hier in meinen Unterlagen ist nur eine Wohneinheit unter der Adresse auf den Namen eingetragen, den ich Ihnen genannt habe.«

Auch wenn Romualdos Taufname nicht zutraf, entsprach sein Jargon ganz der Vorstellung, die wir vom Katasterbürokratisch haben sollten. So wie er die Ziffer 141/b aussprach, klang sie eher wie ein Strafkodex. Ich bedankte mich bei ihm auch im Namen von Armando von ganzem Herzen.

In dem sinnvollerweise von der Telekom zur Verfügung gestellten Telefonverzeichnis suchte ich die Nummer der Signora Nunzia Cataldo. Unter den zahlreichen Cataldos der Hauptstadt war keine Nunzia. So suchte ich die Cannonitos ab und stieß tatsächlich auf einen Cannonito Cavaliere Giovanni, wohnhaft in 141/b des Corso Tukörys. Ich schrieb mir die Nummer auf einen abgefahrenen Fahrausweis auf; nachdem ich eine Weile die weiteren Schritte überdacht hatte, beschloß ich, es gleich zu versuchen.

Nach dem siebten Läuten schließlich nahm eine ältere Dame ab, deren Stimme eine Spur von Müdigkeit verriet, die vielleicht von mir auf sie abgefärbt hatte.

»Ist dort Frau Nunzia Cataldo? Mein Name ist La Marca, Lorenzo La Marca. Verzeihen Sie vielmals die Störung, aber ich habe erfahren, daß Sie eine Wohnung in der Via Riccardo il Nero haben, die Sie eventuell vermieten ...«

»Von wem haben Sie meine Nummer? Ich habe noch kein ›Zu-Vermieten‹-Schild anbringen lassen.«

»Die habe ich von einem Freund, der den letzten Mieter gut kannte.«

184

»Ich habe verstanden. Aber es ist besser, wir unterhalten uns unter vier Augen. Wann paßt Ihnen ein Besuch bei mir?«

»Auch gleich, wenn es Ihnen recht ist?«

»Dann erkläre ich Ihnen den Weg: Sie müssen in den Corso Tucher zur Nummer 141/b kommen. Ich wohne im zweiten Stock. Sie müssen bei Giovanni Cannonito klingeln. Ich mache Ihnen dann auf.«

Ich parkte in der Nähe von San Saverio hinter dem Institut für Humanphysiologie. Die Hausnummer 141/b war gleich hinter dem Stadttor Sant'Agata: Es war ein fünfstöckiges Herrschaftshaus mit einer Fassade aus Sandstein, dem Wind und Wetter deutlich zugesetzt hatten. Ich fand sofort das Namensschild Cav. Cannonito Giovanni in längst verblaßter, englischer Kursivschrift. Ich tippte leicht auf den Klingelknopf. Madame brauchte eine Ewigkeit, bis sie aufmachte, so daß ich schon glaubte, sie hätte das Klingeln nicht gehört. In Wirklichkeit hatte sie mich von oben hinter halb geschlossenen Fensterläden taxiert: Ich hörte das am Geräusch, als sich die Holzlamellen wieder schlossen.

Offenkundig mußte ich die Prüfung bestanden haben, denn sie drückte auf den Türöffner, ohne zuvor gefragt zu haben, wer ich bin. Es gab einen antiquierten Aufzug mit einem Fahrkäfig aus Eisengeflecht, der vor kurzem frisch lackiert worden war; doch die zwei Etagen stieg ich lieber zu Fuß hinauf. Ich klingelte auch an der Wohnungstür, und während ich wartete, spürte ich, wie mich das Auge des Türspions abtastete. Ich hörte, wie die Eisenverstrebungen beiseite geschoben wurden, und dann sah man die Umrisse einer Person, die ohne weiteres die von Rotkäppchens Großmutter hätten sein können und zwar in Originalausgabe, nicht die Pseudo-Omi des verkleideten bösen Wolfes.

»Sie sind Herr La Marca? Kommen Sie bitte herein.«

Ich war beeindruckt, daß sie meinen Namen noch wußte, obwohl sie ihn nur einmal am Telefon gehört hatte. Meine

Schwester behauptet, ich hätte auf ältere Damen eine besonders sexy Wirkung, aber das ist pure Boshaftigkeit. Auf alle Fälle kommt sie bei denen viel besser an als ich. Ich habe in Wirklichkeit einen Telefon-Appeal bei den älteren Semestern weiblichen Geschlechts, und das hier war die Bestätigung.

Ich trat in ein winziges Vorzimmer, mit einer Tür zum Korridor hin und einer anderen, die in ein kleines Wohnzimmer in dämmrigem Licht führte, in das mich die Alte rasch hinein schob. Eine alte Wohnzimmergarnitur, die wie aus einer Montageschachtel wirkte: ein Sofa, zwei große Sessel und zwei Schemel, alle mit schwerem dunkelbraunen, amarantrot gestreiftem Tuch bezogen, standen um einen kleinen Couchtisch mit einer Marmorplatte. Zwei niedere Schrankelemente aus dunklem Nußbaum mit Glasschiebetüren, hinter denen das gute Service und die Likörflaschen standen, vervollständigten die Einrichtung. Die Flaschen waren alle fest versiegelt und schienen aus der Zeit der Schlacht von Calatafimi zu stammen. Alles im lokalen Styling, einem christdemokratischen Stil aus den fünfziger Jahren, der von den verglasten Bildern mit klassischem Rahmen aus dunklem Nußbaumholz an den Wänden – auf denen Blumensträuße und exotische Vögel mit kleinen Stichen auf Stoff gestickt waren – sowie durch Heerscharen von Nippsachen abgerundet wurde. Ein Wohnzimmer, wie ich es schon tausendmal gesehen hatte.

Die alte Dame hieß mich auf einem Sofa Platz zu nehmen und öffnete die Läden des einzigen Fensters. Es wurde nicht viel heller, da das Licht durch viel zu dichte, vergilbte Vorhänge fiel. Ich beobachtete die Frau sehr diskret, wobei meine Sensoren auf Hochtouren liefen. Sie war in ein stoischgraues, wadenlanges Gewand von strengem Schnitt gehüllt; es war eine halb-witwenhafte Farbe, die unmittelbar die Zeit der Trauerkleidung abgelöst haben mußte, dachte ich. Sie setzte sich mir gegenüber auf einen der kleinen Hocker mit steifer Rückenlehne. Auch sie blickte mich forschend an. Der

186

Umstände halber wurde geschwiegen, was mir nicht mißfiel: Es war das Schweigen der Spione, wie es Le Carré definiert hätte.

»Wie haben Sie erfahren, daß die Wohnung frei ist?« schoß sie am Ende heraus, als hätte sie vergessen, mich das schon am Telefon gefragt zu haben.

»Das hat mir ein Freund gesagt, der den letzten Mieter gekannt hat.«

»Wie heißt dieser Freund von Ihnen?«

»Ghini Cottone«, antwortete ich beiläufig, aber entschlossen, drei Fliegen mit einer Klappe zu schlagen. Ich erwartete mir eine Reaktion von ihr, gleich, ob sie die Wohnung dem Verstorbenen oder der lustigen Witwe vermietet hatte. Wenn keiner der beiden etwas damit zu tun hatte, würde die Alte glauben, es handle sich um den Namen meines Freunds und Informanten.

»*Chini* Cottone«, wiederholte sie. »Den kenne ich nicht. Die Signora hat mir nie etwas von ihm gesagt.«

»Die Signora?«

»Ja, die Wohnungsmieterin, die Ausländerin.«

Ausland bedeutet im sizilianischen Idiom soviel wie aus dem Norden in weitläufigem Sinn, auch wenn das Ausland für einige meiner Mitbürger schon in Kalabrien anfängt. Die Dame taute langsam auf. (Ein bißchen stimmt es schon mit dem Old-Lady-Appeal bei mir.) Und weiter sagte sie:

»Ja, eine sehr anständige und elegante Dame, auch wenn sie sich manchmal beim Sprechen ein wenig verhedderte; kennen Sie sie?«

»Nein, mein Freund hat mir nie etwas von ihr angedeutet. Wie ist der Name?«

»Elena. Wer kann schon den Nachnamen behalten! Der ist zu schwierig, ein fremdländischer Name, er steht im Mietvertrag.«

Elena Zebensky. Alles lief wie am Schnürchen. Ich brauchte wirklich keinen Vertrag zu lesen, auch wenn die Dame noch nicht so weichgekocht war, daß sie mir angeboten hätte, ihn zu lesen.

»Und diese Dame ist jetzt in ihre Heimat zurückgekehrt?«

»Nein, sie wohnte nicht fest hier. Sie kam und ging. Sie brauchte die Wohnung, um die Hotelspesen zu sparen: Sie verbrachte zwei Wochen hier und einen Monat dort, in ihrem Land ... Sie hatte eine interessante Arbeit auf dem Gebiet alter Möbel und Gemälde. Sie war im Handel tätig. Fünf Jahre wohnte sie schon bei mir zur Miete, aber sie führte schon vorher ein solches Leben.«

»Wie kam es, daß sie auszog?«

»Die Geschäfte liefen nicht mehr gut. Sie hatte zu viele Ausgaben dadurch, daß sie dauernd unterwegs war.«

»Hat sie Ihnen das gesagt?«

»Sie hat mich vor zwei Wochen angerufen. Der Vertrag läuft in sechs Monaten aus, aber wenn ich eher einen Mieter finde, kann ich mich mit ihr einigen. Sie kommt nicht mehr zurück. Sie sagt, sobald ich die Wohnung vermieten will, soll ich es sie wissen lassen, sie schickt dann eine Vertrauensperson, die ihre Möbel und Sachen abholt, und dann überläßt sie mir die Schlüssel.«

»Die Wohnung ist also zu besichtigen ...«

»Soll sie für Sie sein? Ich will ja meine Nase nicht in Ihre Angelegenheiten stecken, aber brauchen wir die Wohnung, um ...? Wissen Sie, Sie dürfen nicht meinen, nur weil ich alt bin, würde ich mich nicht mehr auskennen. Sie leben wohl noch bei Ihren Eltern, man sieht, daß Sie nicht verheiratet sind ...«

Ihr könnt wetten, ich lief rot an. Der Alten entging das nicht, und ihre Augen begannen zu funkeln. Sie beschloß eine einseitige Gefechtspause.

»Was darf ich Ihnen anbieten, möchten Sie einen Kaffee?«

Ich machte ein Zeichen mit den Händen.

»Nein, nein, das bereitet mir keinerlei Umstände.«

»Dann gerne, danke.«

188

Sie verschwand im Halbschatten und tauchte nach zehn Minuten eingehüllt in eine Wolke Kaffeeduft wieder auf. Sie trug ein kleines Tablett mit einer einsamen Tasse, einem Zuckernapf aus Keramik, einer eisernen Kaffeekanne und einem hohen Glas mit kühlem Wasser und knapp einem Finger breit *zammù* auf der Oberfläche herein.

»Wasser mit Anisgeschmack paßt gut zum Kaffee. Mein verstorbener Mann, Gott hab ihn selig, wollte nach dem Mittagsschlaf nichts vom Kaffee wissen, wenn nicht das Glas *acqua con zammù* dabei war. Im Sommer wie im Winter.«

Sie reichte mir die Tasse:

»Sie müssen verzeihen, wenn ich kein Täßchen mit Ihnen trinke, aber ich kann schlecht einschlafen. Wissen Sie, im Alter ... Und erst recht seitdem ich Witwe bin.«

Sie drehte den Kopf leicht nach links zur Wand hin. Das gerahmte Foto eines Kolosses von Mann mit dem gutmütigen Gesicht einer gezähmten Bulldogge, feuchtem Blick und einer Spur hintergründiger Ironie hatte ich bislang übersehen. Es fehlte die übliche Leuchtbirne in Kerzenform, an deren Stelle ein paar frische Blumen steckten, doch bei dem trüben Licht war schwer zu erkennen, was für welche.

Eine Schweigeminute. Ich schlürfte erst meinen Kaffee und dann das Wasser.

»Was machen Sie beruflich?«

Um diese Frage kommt keiner herum, der eine Wohnung mieten will. Vorsichtig gestand ich ihr, welchen Beruf ich ausübte, und hielt die Finger über Kreuz.

»Ach! Auch meine Tochter unterrichtet, sie ist Mathematiklehrerin im Schuldienst. Sie wohnt hier im vierten Stock, ist verheiratet und hat zwei Kinder. Mein Schwiegersohn hingegen arbeitet, er ist Vertreter für Wasserhähne. Ich habe noch eine jüngere Tochter, sie hat eine Modeboutique. Sie verdienen alle gut. Heutzutage ist es nicht mehr wie bei uns früher ... ein Trauerspiel! Aber was wissen Sie denn schon ... Als ich geheiratet habe, arbeitete der gute Giannino für einen Hunger-

189

lohn in der Gerichtskanzlei. Da mußte ein Suppenknochen bis zum Monatsende reichen. Damals wohnten wir zwischen Kalsa und Magione, in der Nähe der Vetreria. Haben Sie die Gegend vor Augen? Aber nicht in dem heruntergekommenen Zustand wie heute, da erschrickt man sogar, wenn man im Auto durchfährt; ich meine vor dem Zweiten Weltkrieg, als dort noch anständige Familien und sogar Adlige wohnten.«

Selbstverständlich kannte ich die Gegend. Anfang der siebziger Jahre war es ein übles Pflaster, ein Inferno, wo Leben nur dank eines privaten, anonymen, halb geheimen und heldenhaften Interventionismus möglich war, der noch nicht auf den Namen Freiwillige Hilfsorganisation getauft worden war. Heute ist es ein Purgatorium, das mit mittelmäßigen Absichten gepflastert ist. Es ist einer der Orte, wo die Metropole antike und vielleicht zukünftige Sünden abzubüßen gedenkt. Aber anständige Familien leben dort immer noch zahlreich. Auch wenn sie offiziell nicht adlig sind.

»Aber ich rede ja viel zu viel ... was soll es, in meinem Alter kommt es nicht so oft vor, einem wohlerzogenen, jungen Herrn zu begegnen, mit dem man einen Plausch halten kann. Meine Töchter führen ihr eigenes Leben ... Ich kenne mittlerweile nur noch gebrechliche Alte. Auch Sie werden Ihr Päckchen zu tragen haben. Vielleicht wollen Sie Einzelheiten über die Wohnung wissen, wie sie aussieht, wie hoch die Miete ist ... Wissen Sie, es ist ein sehr schönes Appartement.«

»Wäre es nicht möglich, einen Blick hinein zu werfen? Ich würde mir gerne ein genaueres Bild machen. Von außen gesehen, läßt sich ...«

»Recht haben Sie. Eigentlich ist die Wohnung noch vermietet und die Sachen der Signora stehen noch drinnen. Aber man kann ja schlecht die Katze im Sack kaufen. Machen wir es so: Ich gebe Ihnen die Schlüssel, Sie gehen hin und schauen sich die Wohnung in Ruhe an, und dann bringen Sie ihn mir wieder zurück. Die Mieterin ist derzeit in ihrem eigenen Land. Möchten Sie sofort hingehen?«

Aber klar wollte ich sofort hin. Dem galt mein ganzes Sinnen und Trachten. Die Dame seufzte:

»Giannino, der Gute, hätte mir jetzt eine Standpauke gehalten. Er war ein ganz korrekter Mensch. Noch vor seiner Pensionierung hatte er es zum Kanzleivorsteher gebracht. Er konnte den Richtern und sogar den Rechtsanwälten noch etwas beibringen. Aber Sie sind eine anständige Person, das sieht man gleich. Die Schlüssel würde ich ja nicht jedermann geben. Ich würde die Leute von meinem Schwiegersohn begleiten lassen.«

Erneut verschwand sie in den Tiefen ihrer Behausung und tauchte mit einem Schlüssel vom Typ Yale an einem Ring und einem zweiten, schweren Schlüssel wie für eine Panzertür wieder auf.

»Hier, der kleine ist der Schlüssel für das Portal. Sie müssen in den ersten Stock hinauf. Im Erdgeschoß gibt es nur einen Abstellraum, den mein Schwiegersohn als Warenlager nutzt.«

Draußen breitete sich ein müdes Licht aus. Auf dem Weg zum Wagen trällerte ich im Geist die Filmmusik von *Easy Rider,* und zwar die Stelle: Es ist alles o. k., Mama, es ist nur Blut.

In der Zwischenzeit hatte der Verkehr stark zugenommen, und ich brauchte knapp eine halbe Stunde, um das Viertel Albergheria hinter mich zu bringen, um den Palazzo dei Normanni herum und durch die Porta Nuova zu fahren und das Heck in die Via Riccardo il Nero zu setzen. Die Entfernung zwischen den beiden Häusern betrug knapp einen Kilometer Luftlinie. Als ich dort ankam, war es stockfinster.

Die Werkstätten waren alle geschlossen, und das war gut so. Ich hätte mir auch mit den Scheinwerfern des Wagens Licht machen können, um das Schlüsselloch zu suchen, aber ich wollte lieber als Einbrecher gelten und nahm die Taschenlampe mit. Die Haustür sprang willig auf und schloß sich hinter mir mit Hydraulikantrieb. Im Strahl der Taschenlampe entdeckte ich sofort einen Schalter, klick, und schon waren zwei Treppenabsätze mit nicht besonders steilen Stufen in helles Licht getaucht. Im Innern roch es leicht muffig. Die Tür am Ende der Stufen war nicht übermäßig gepanzert, auch sie sprang mit großer Kooperationsbereitschaft auf. Ich trat in eine mittelgroße, leicht asymmetrische Diele mit einer Tür auf jeder Seite. Es herrschte eine Hitze wie im Treibhaus, aber weniger feucht als dort: Der Thermostat der Heizanlage war wer weiß seit wann bis zum Anschlag aufgedreht. Ich kam mir wie Marlowe (der aus Los Angeles, nicht der aus Canterbury) zu Besuch bei General Sternwood in *Tote schlafen fest* vor: die gleiche Hitze, nur ohne Lauren Bacall. Ich machte einen kleinen Streifzug durch alle Räume: Die Wohnung hatte vier recht geräumige Zimmer, drei gingen auf die Vorderseite, das letzte lag nach hinten ebenso wie Küche, Bad und großer Abstellraum, die durch einen Korridor miteinander verbunden waren. Nackter Fußboden in jedem Raum. Der feine Staubschleier auf den Möbeln und Einrichtungsgegenständen ließ auf den Mangel an Hauspersonal in Abwesenheit der Bewohner schließen. Das Zimmer auf der Rückseite war das größte: ein Arbeits- und Wohnzimmer mit Sofa, pseudoantikem Schreibtisch und Bücherregal. Es erschien mir gleich als das vielversprechendste Zimmer, und ich hob es mir für zuletzt auf.

Ich würde gerne behaupten, daß die Einrichtung eine weibliche Hand verriet, aber nichts dergleichen war zu erkennen, mit Ausnahme der graublauen Seidenkissen auf den vier Stühlen mit Rückenlehne aus dunklem Nußbaum. Es war eine eher spartanische Ausstattung, und die zwei Begriffe weiblich und spartanisch sind das Äquivalent eines Oxymorons. Es war nicht die leiseste Spur der typischen Unordnung zu sehen, die jede Frau, wenn auch nur auf Durchreise, wie einen Kondensstreifen in einem Appartement hinterläßt.

Das Schlafzimmer bot nichts Interessantes: ein Ehebett in

schlichtem Stil wie die übrigen Möbel, die offensichtlich nach
aufmerksamem Abwägen des Preis-Leistungs-Verhältnisses
ausgewählt worden waren, wie es die heiligen Hohlköpfe des
Fernsehens raten. Der dreitürige Schrank war leer, mit Ausnahme einiger Kissen ohne Bezug und einer nicht unbeträcht-
lichen Anzahl von Kleiderbügeln aus Holz. Der Spiegel auf
dem Toilettentisch reflektierte den bläulichen Marmor der
nackten und vereinsamten Platte. Auch in den Schubladen
war nichts zu finden.

Ich inspizierte auch die Küche: außer ein paar Kartons Ma-
germilch, ungezuckerten Zitrusfrüchtesäften und einer Flasche Martini dry sowie einer mit Gin und jeder Menge mit Mineralwasser waren da keine Vorräte. Auch im weiß gekachel-
ten Bad mit roter Äderung die gleiche Wüstenlandschaft. Das
einzige Anzeichen einer vormaligen menschlichen Präsenz
war eine fast leere Spraydose Rasierschaum mit Menthol und
ein Einmalrasierer im Abfallkorb. Was nicht unbedingt auf
die Anwesenheit eines Mannes hindeuten mußte, da viele
Frauen heutzutage auf diese Enthaarungsmethode zurückgreifen. Doch angesichts der Umstände bestand für mich
kein Zweifel, daß der Benutzer der zwei Utensilien der verstorbene Ghini gewesen war. Was ich bislang gesehen hatte,
war eine Wohnung, die eher als logistische Basis denn als Lie-
besnest für sündige oder auch nur außereheliche Stelldich-
eins genutzt wurde.

Ich ging wieder in das Wohn-Arbeitszimmer zurück. Die
Bücher in den Regalen weckten wie üblich meine Neugier. Es
gab jede Menge Buchclubausgaben, fast alles alte oder neue-
re, gut ausgewählte Bestseller: Judith Krantz, Wilbur Smith,
Morris West, Puzo, King, Grisham, Crichton und ähnliches;
dann einige, recht allgemein gehaltene Titel über das Anti-
quariat, ein paar Versteigerungskataloge, massenweise
Schundkrimis, wie sie an den Bücherständen am Flughafen
feilgeboten wurden; und natürlich zwei Ausgaben der berühmten Opera maxima der allseits bekannten Signora Ta-

maro, das Werk, das ihren Verlegern, deren Mamas und vor allem deren Steuerberatern am mittelalterlichen Herzen liegt. Ich zog beide Ausgaben aus dem Fach: Die eine sah etwas verlebter aus – ein deutliches Zeichen, daß sie gelesen worden war; die andere, beinahe druckfrische, trug das Datum von vor knapp einem Jahr: Palermo, den …und die Widmung: Für Elena von Umberto. Die Widmung war ganz und gar nichts Unerwartetes.

Um ein Haar wäre mir ein Detail entgangen. Eine Winzigkeit, die allein den ganzen Aufwand des Besuchs wert war. In der Sekunde, als ich mich umwandte, um den Schreibtisch zu untersuchen, gewahrte ich, daß etwas nicht stimmte. Wie ein Blitz zuckte die jadegrüne Dissonanz vor meinem Auge auf: Es war der Einband eines Buchs, der sich nicht mit den anderen im Regal vertrug. Es war, als entdecke man inmitten der geparkten Autos auf dem Piazzale Ungheria ein Ufo.

Ich kannte das Buch sehr gut, weil ich auch ein Exemplar hatte: *Der Fall Paradine,* in der Ausgabe eines elitären Verlags, der ausschließlich Werke narzißtischer Schriftsteller im Programm hat.

Ich griff danach, zog es heraus und blätterte es aufmerksam durch. Es enthielt keine Widmung, und die Lektüre mußte an der Stelle unterbrochen worden sein, wo der Rechtsanwalt Keane zum ersten Mal Frau Paradine begegnet, und zwar im Gefängnis. Dort stak jedenfalls das Buchzeichen.

Das Buchzeichen war eine Bordkarte, genauer gesagt, das Stück, das dem Passagier bleibt. Das Ticket war auf den Namen Pedretti E. ausgestellt. Der Passagier hatte am Flughafen Malpensa in Mailand die Maschine der Meridiana nach Palermo Punta Raisi bestiegen. Das vom Computer aufgedruckte Datum war das des Vortages vom Mord an Umberto Ghini. Ich blätterte weiter. Ungefähr in der Mitte des Buches steckte noch ein Stück Papier, das ich um ein Haar übersehen hätte, da es nur der Kassenzettel über zweiunddreißigtausend Lire für das Buch war, das am Zeitungsstand des Flughafens gekauft worden war (ich kontrollierte den Preis auf dem Umschlag, er stimmte).

Mr. oder Mrs. Pedretti E., der Zeitungen überdrüssig, hatte sich vor dem Abflug nach Palermo mit entsprechender Lektüre für die Zeit des Wartens und des Fluges versorgt. Es war mir nicht vergönnt, festzustellen, ob es sich um einen männlichen oder weiblichen Fluggast handelte, da die Meridiana das auf den Bordkarten nicht angibt. Der Name war mir nicht neu. Nein, ich hatte ihn schon mal gehört, und vergeblich versuchte ich, mich zu erinnern. So wollte ich eine Weile gar nicht mehr daran denken, wie es mir die gute Tante Carolina immer geraten hatte. Ich steckte die Zettel wieder dahin, wo ich sie gefunden hatte, und stellte das Buch an seinen Platz.

Auch der Schreibtisch schien aus der Entfernung verödet; bis auf die Schreibtischlampe mit verstellbarem Arm an der Seite war er wie leer gefegt. In den Schubladen fand sich ein halbes Ries DIN-A4-Papier, Kuverts in verschiedenen Größen, farbige Büroklammern und ein unangebrochenes Päckchen gelber Post-it.

Ich setzte meinen Erkundungsgang durchs Zimmer fort. Die Fensterläden waren wie im übrigen Teil der Wohnung fein säuberlich verschlossen. An den Fenstern hingen keine Vorhänge. Ich klappte einen Laden auf, um einen Blick auf den hinteren Teil des Hauses zu werfen. Ich sah eine plattgewalzte Fläche aus zerbröckeltem Sandstein mit tiefem Graben in der Mitte, die an eine halb zerfallene Mauer reichte, was das einzige Nachkriegs-Überbleibsel kleiner Herrschaftshäuser war, die möglicherweise zur gleichen Zeit entstanden waren wie das, in dem ich mich befand. An dem einen Ende der Fläche ragte eine magere, sehr elegante und einsame Washingtonia weit in den Himmel; trotz des Regens der vergangenen Tage war sie verstaubt, was selbst bei dem schwachen Licht zu erkennen war. In der Ferne sah man undeutlich ein

Stück der Moschee in der Via Celso, etwas Helles mit ocker-
farbenem Stuck. Rechterhand die Fialen der Kathedrale und
der Kuppel, früher oder später muß man sich dazu entschließen, sie auffliegen zu lassen, genauso wie die Spitzen gewisser Organisationen. Das Ganze erinnerte in Kleinformat an
den Beginn der Wüste von Judäa knapp unterhalb der Mauern Jerusalems, wie ich es auf einem alten Druck im Haus der
Tante Carolina gesehen hatte. Es wirkte zwar weniger sugge-
stiv, aber wesentlich zorniger.

Es war eine dunkle und verlassene Gegend, wo sich zu später Stunde kaum mehr jemand hin verirrte, und für eine Frau
nicht besonders geeignet. In Wirklichkeit sind solche Orte
wesentlich weniger gefährlich als die sogenannten vornehmen Viertel. Vor allem für eine Frau und obendrein noch eine
Fremde. Da werden durch simples Weitersagen Schutzme-
chanismen in Gang gesetzt, manchmal sogar von seiten der
gleichen Personen, die keinerlei Bedenken hätten, fünfzig
Kugeln vom Kaliber zwölf in die Eingeweide des Busenfreun-
des zu jagen. Ein Risikofaktor war, wenn überhaupt, nur Ghinis Präsenz: Die sündigen Beziehungen stellen alles wieder in
Frage, wenn sie nicht extrem diskret gehandhabt werden.
Unsere Hauptstadt ist ambig, oft schizophren und beinahe
immer paranoid. Wahrscheinlich hatte Ghini seinerzeit diese
Wohnung gefunden.

Die frische Luft sog die Treibhauswärme der Wohnung in
sich auf. Eine Wohltat für mich. Ich schloß die Läden wieder,
und beinahe wäre mir das zweite brisante Detail des Tages
entgangen. Jeder der zwei Fensterflügel hatte zwei gleich große Fenstervierecke. Das unterste Glas des linken Flügels war
anders als die anderen. Es wirkte sehr viel neuer. Als wäre es
erst vor kurzem ausgewechselt worden.

Ich hechtete hinaus, um die Taschenlampe zu holen, die ich
auf der Konsole in der Diele liegengelassen hatte; dann machte ich erneut die Läden auf und beleuchtete den Erdboden in
der Tiefe. Da lagen Glassplitter. Ein beachtliches Fenster-

stück war aufgrund von etwas, das sich im Innern des Zimmers ereignet hatte, in Scherben gegangen. Vielleicht durch ein Geschoß? Kaliber zweiundzwanzig? Es konnte ja auch möglich sein, daß Ghini tatsächlich da erschossen worden war, wo man die Leiche gefunden hatte; vielleicht war er Opfer eines Überfalls oder in einem Auto erschossen worden, wie Michelle und ich vermuteten. Je länger ich aber das Fensterglas betrachtete, um so überzeugter war ich, daß der Mord in diesem Zimmer stattgefunden hatte. Anschließend war die Leiche nach draußen geschafft worden, um von der Wohnung abzulenken und die Hypothese der Ermordung »im Freien« glaubhaft zu machen. Das Haus war im alten Stil gebaut und hatte dicke Mauern. Auch ohne das Dröhnen des Gewitters konnte niemand den Schuß gehört haben. Ich hätte mein letztes Hemd oder noch etwas Intimeres darauf gewettet, daß es so gelaufen war.

Mit einem Schlag fiel mir ein, wo ich den Namen auf der Bordkarte schon einmal gehört hatte: vor vier Tagen im Haus von Michelles Vater. Aus seinem Mund. Jetzt erinnerte ich sogar wortwörtlich, was er gesagt hatte: Ich war derjenige, der Umberto Ghini mit Frau Elena Zebensky verwitwete Pedretti bekannt gemacht hatte. Am Tag, als Ghini ermordet worden war, hielt sich die Dame also in Palermo auf. Ich war stolz wie Luzifer vor dem Sturz.

Eine letzte Sache blieb noch zu tun, bevor ich die Wohnung verließ. Es war so etwas wie ein moralisches Gebot. Ich ging ins Schlafzimmer zurück, machte die Fensterläden auf und trat auf den Balkon. Die Pelargonie war noch nicht vollständig vertrocknet, es waren noch ein paar grüne Adern im unteren Teil des Stocks: Sie war welk wie die alte Virginia, aber wie diese klammerte sie sich ans Leben. Und genau wie die Dekanin hatte sie eine zweite Chance verdient. Ich goß sie ausgiebig mit den zwei Flaschen Mineralwasser, die ich in der Küche gefunden hatte.

Kein schlechter Tag, das konnte man wirklich nicht behaupten. Aber das war noch nicht alles. Das Beste kam erst noch. Vielmehr das Schlechteste. Um ehrlich zu sein, war es schon geschehen. Nur daß ich es noch nicht wußte.

Ich fuhr zur Signora Nunzia Cataldo verwitwete Cannonito und gab ihr die Schlüssel zurück. Wir unterhielten uns kurz zwischen Tür und Angel. Ich sagte ihr, daß die Wohnung nicht schlecht sei, aber bevor ich eine Entscheidung träfe, wollte ich mir noch einige andere ansehen:

»Würde es Ihnen etwas ausmachen, wenn ich in drei Tagen zusammen mit meiner Verlobten wiederkäme, um auch ihr die Wohnung zu zeigen?«

»Überhaupt nicht, ganz im Gegenteil, ich freue mich, Ihre Verlobte kennenzulernen.«

Ich wollte mir die Möglichkeit offenhalten, falls notwendig, nochmals in die Wohnung zu gehen.

Nach einem solchen Tag war eine Zwischenlandung zu Hause zum Auftanken, aber auch um einen klaren Kopf zu kriegen und Michelle anzurufen, dringend notwendig. Das Treffen mit der lustigen Witwe war jetzt nicht mehr so wichtig, aber ich hatte eine gewisse Neugier oder den Wunsch, unter jedes einzelne Fundstück das passende Schildchen zu kleben.

Ich malte mir den Genuß einer langen Sitzung in der Badewanne aus: im Hintergrund die passende Musik, etwas Klassisches wie *The dark side of the moon* oder etwas Superklassisches wie *Abbey Road*. Doch daraus wurde nichts.

Kennt ihr den Zusatz zum Archimedischen Prinzip, nach dem jeder in einer Badewanne schwimmende Körper das unmittelbare Läuten des Telefons hervorruft? Ich wurde Opfer des Zusatzes zum Zusatz: Es genügte allein der Gedanke an die Badewanne. Kaum hatte sich die Aufzugtür geöffnet, vernahm ich das gedämpfte Summen des Telefons in meiner Wohnung, aber ich war nicht schnell genug. Es mußte Michelle gewesen sein. Ich hatte meine Sachen auf der Konsole im Eingang abgelegt und wollte sie sofort zurückrufen, aber das Gesumme setzte erneut ein, und sie war am anderen Ende der Leitung:

»Wo zum Teufel steckst du nur? Ich telefoniere dir schon den ganzen Nachmittag hinterher: bei dir daheim, im Fachbereich, sogar bei deiner Schwester und beim Friseur habe ich angerufen!«

Michelles Gereiztheit und Aufregung konnten nicht gänzlich ihren niedergeschlagenen Tonfall überspielen.

»Was ist los?«

»Mein Vater ist verhaftet worden.«

M. Laurent hinter Gittern

Meine Schulter ist das beste Stück an mir. Das wissen alle, Freunde wie Bekannte. Meine Schulter, ja die hat schon Tränen gesehen! Echte wie metaphorische. Ein richtiger Niagarafall, die Sintflut, ein Regenguß, der dem Wimbledon-Turnier würdig wäre, eine Wasserstraße auf dem Weg zu einer zukünftigen Rheuma-Sumpflandschaft.

Mein Vater ist verhaftet worden, hatte Michelle gesagt.

Ich komme sofort, hatte meine Schulter geantwortet. Sofort war relativ. Kaum hatte ich den Hörer aufgelegt, klingelte es erneut. Es war Maruzza mit einem Berg von Fragen. Nur mühsam konnte ich ihr klarmachen, daß sie besser als ich Bescheid wußte. Sie reichte mich Armando weiter, der mir eine Portion handfester, männlicher Solidarität zwischen Schwägern zuschob. Ich legte auf, aber das Telefon führte ein Eigenleben, und zwar ein hysterisches. Dieses Mal war es Francesca, die von Alessandras Wohnung aus telefonierte: eine Doppelsequenz aus ihrem frechen Vokabular zu Lasten von Bullen, Richtern und vor allem deren Gemahlinnen, Geliebten, Müttern, Töchtern, Hunden mit den jeweiligen Vorfahren und Nachfolgern ging auf mich nieder:

»Chef, wenn ich den mit den schiefen Augen zu fassen kriege, kann ihn keiner vor einem schönen Tritt in die Eier bewahren.«

Loris De Vecchi. Ich war offensichtlich derjenige, der am wenigsten wußte.

Beim nächsten Klingeln war Peruzzi dran. Noch mehr Solidarität, aber von verhaltener und gediegener Art.

Der letzte Anruf, bevor ich beschloß, nicht mehr zu antworten, war der der Dekanin. Ja richtig, die alte Virginia höchstpersönlich! Ein Event. Wenn mein Gedächtnis mich nicht täuschte, war es das erste Mal, daß sie mich zu Hause anrief. War das ein Verdienst der Revolution oder des Limoncello-Abends? Und woher kam dieser unerwartete Anfall von Mütterlichkeit, der mir guttat, das mußte ich eingestehen?

Als geheimes Verhältnis erwies sich Michelle als echter Reinfall, anders ließ sich das nicht sagen.

Bevor ich mich auf den Weg machte, hatte ich noch eine Sache zu erledigen. Ich griff nach dem Hörer, kam damit wer weiß wem zuvor und wählte Spotornos Privatnummer. Dem würde ich was husten, dem Bullenfreund. Das Trommelfell würde ich ihm sezieren. Das äußere, mittlere und innere Ohr würde ich ihm zu einem einzigen Klumpen verschmelzen. Er sollte sich die Fingerspitzen, mit denen er den Hörer hielt, verbrennen. Amalia war am Apparat:

»Ja wie, Lorenzo, weißt du nicht, daß Vittorio in New York ist?«

Natürlich wußte ich es. Das hatte er mir bei unserer letzten Begegnung gesagt. Aber wer dachte noch daran? Er war für einen längeren Weiterbildungsaufenthalt aufgebrochen. Lektionen von Teresina oder ähnliches.

»Vittorio hat mit dieser Sache nichts zu tun, Lorenzo. Wenn er hier gewesen wäre, hätte er die Unterlagen lieber gefälscht, als so etwas zuzulassen.«

Vielleicht. Nein, ganz sicher.

Ich setzte alle Widerwärtigkeiten, die mir gegen Spotorno auf der Zunge lagen, auf die Warteliste und hoffte auf eine passende Zielscheibe. Auch Amalia versuchte es auf die mütterliche Tour. Ich ließ sie gewähren. Mit der ihren hatte ich es in fünf Minuten auf drei Einladungen zum Abendessen für mich und Michelle gebracht. Ich nahm nicht eine davon an.

Draußen hatte sich nichts verändert. Das Wetter, der Verkehr, die Lichter, die Geräusche: alles, wie eine halbe Stunde zuvor, als ich nach Hause gekommen war. Auch ich schien mich nicht sehr verändert zu haben, nach außen hin. Ich hatte sämtliche Anrufe mit übertriebener Höflichkeit beantwortet. Wenn mich jemand auf der Straße angehalten und nach einer Auskunft gefragt hätte, wäre ich übertrieben hilfsbereit gewesen. Ich legte eine übertriebene Ruhe an den Tag. Meine Stimme klang übertrieben tief. Und ich war übertrieben sauer. Heftig sauer war ich. Stocksauer. Und ein Strom flüssiger Lava wälzte sich durch mein Mageninneres. Die Ungerechtigkeit hatte noch immer eine strahlende Zukunft vor sich: Wer zum Teufel hatte das bloß gesagt?

Michelle öffnete mir und tat ganz ruhig. Allzu ruhig, wenn man sie kennt. Meine Schulter blieb in einem Spannungszustand und war zu allem bereit.

»Haben sie ihn ins Ucciardone-Gefängnis gebracht?« fragte ich. Als ob dieser Umstand wer weiß welche Bedeutung hätte.

»Nein, in die neue Strafanstalt Pagliarelli.«

»Sind das die grauen Stahlbetonblöcke ohne Fenster auf der Via Ernesto Basile?«

»Nein, das sind die neuen Universitätsgebäude. Die Haftanstalt ist in den weißen Häusern im mediterranen Stil mit blauen Fenstern und gelber Umzäunung untergebracht.«

»Erzähl mir alles.«

Da gab es wenig zu erzählen. Ihr Vater hatte sie um die Mittagszeit von Mondello aus angerufen, während die Finanzpolizei sein Haus auf den Kopf stellte; sie hatten am frühen Morgen mit der Durchsuchung begonnen und ihm zwei Telefonate bewilligt, eins mit der Tochter und das andere mit seinem Anwalt. Als sie fertig waren, hatten sie ihn abgeführt.

»Wieso die Finanzpolizei? Es war doch die Staatspolizei, die mit dem Fall beauftragt war.«

Ja, die Staatspolizei hatte im Mordfall Ghini ermittelt. Und die Finanzpolizei hatte den Fall in einen größeren Kontext gestellt – Schmuggel von Kunstwerken, Steuerhinterziehung, Wucherei. Monsieur Laurent war nicht der einzige Verhaftete. Sie hatten eine Razzia gemacht, und fast alle Antiquitätenhändler oder Leute aus diesen Kreisen hatten dran glauben müssen. Rund ein Dutzend Personen saß in U-Haft. Es war die Hauptnotiz in den Lokalnachrichten im Fernsehen. Es wurde praktisch über nichts anderes mehr gesprochen. Und das seit Stunden.

»Aber was hat dein Vater damit zu tun?«

»Laut Finanzpolizei stehen hinter dem Verbrechen rund dreißig Millionen Lire, die mein Vater Ghini geliehen haben soll. Eine Leihsumme mit Wucherzins, behaupten sie.«

»Das muß sich einer vorstellen! Dein Vater würde anstelle Zinsen für Leihgelder zu verlangen, lieber die Scheine um eine seiner Zigarren wickeln und einen nach dem nächsten schmauchen. Und es hat nichts zu sagen, daß Ghini nicht sein Freund war: Wenn er so weit gegangen ist, ihm die dreißig Millionen zu leihen ...«

»Es sieht so aus, als hätte er sie ihm gegeben. Aber nicht ihm persönlich.«

»Nachtigall, ick hör dir trapsen. Er hat sie seiner Frau, der falschen Blondine gegeben. Eine ziemlich linke Sache!«

»Ja. Das hat mir der Rechtsanwalt in Rom am Handy gesagt. Als ich ihn an die Strippe bekam, stieg er gerade aus dem Zubringerbus auf der Landepiste in Fiumicino aus. Er war heute morgen abgereist, noch bevor mein Vater ihm erzählen konnte, was los ist. Auch er hat mit ihm über Handy gesprochen. In zwei Tagen wird er wieder hier sein. Er hat zwei Gerichtstermine und ein Treffen mit einem hohen Tier in irgendeinem Ministerium.«

»Das hat gerade noch gefehlt.«

»Eben. Aber der Haftbefehl besagt, daß mein Vater während der Untersuchungshaft in Isolation gehalten wird; vor dem Verhör durch den Untersuchungsrichter, das in den nächsten fünf Tagen stattfinden wird, darf er keinen sehen, nicht einmal seinen Verteidiger.«

Michelle gab das Ganze mit einer mechanischen, kalten Stimme von sich, als berichtete sie von den Justizproblemen eines unbekannten Lappländers am Nordpol. Aber das war alles nur gespielt. Innerlich kochte sie. Man brauchte nur einen Blick in ihre Pupillen zu werfen, die sogar die Eiskappen zum Schmelzen gebracht hätten. Dennoch schien sie nicht allzu besorgt darüber, daß ihr Vater hinter Gittern saß.

»Und was machen wir jetzt?«

Eben, was tun? Mit einem Anwalt in Rom und Spotorno in Amerika. Michelle fieberte der nächsten Nachrichtensendung entgegen und schaltete den Fernseher ein. Das war reiner Masochismus. Sie quälte die Fernsteuerung so lange, bis sie auf einem perfiden Lokalsender das Gesuchte fand.

Der Tonfall des Sprechers schwankte zwischen Schock und Genugtuung, als er die Missetaten der Weiße-Kragen-Täter verkündete und tarnte die sowieso inexistenten Zweifel der Nachrichtenredaktion mit dem nur spärlich und widerwillig eingeflochtenen Adverb »vermeintlich«, das die offizielle Heuchelei vorschreibt und das die rundherum ehrlichen und braven Bürger, die fest von der Schuldigkeit der Verhafteten überzeugt sind, mit unerschütterlicher Empörung auskotzen. Jetzt flirrten die Bilder der Pressekonferenz über den Schirm.

Eine Nahaufnahme des Gesichts von Doktor Loris De Vecchi mit seinem fanatischen Schielen. Er saß stocksteif in der Mitte des langen Tischs und seitlich von ihm die Vertreter der Polizei, der Finanz und andere, nicht zu identifizierende Personen in Zivil. Hinter ihnen das große Wandplakat mit der üblichen Rekonstruktion des Tathergangs in Form eines Stammbaums mit den Fotos der Verhafteten; darüber hatte man »Operation Brocante« geschrieben, um ja auch allen zu verstehen zu geben, daß der stellvertretende Herr Staatsanwalt schon Reisen ins Ausland unternommen hat und über eine emanzipierte, kosmopolitische und vielseitige Kultur verfügt. Es wurde auch das unausbleibliche Standardversprechen über die »Möglichkeit aufsehenerregender Entwicklungen« gegeben. Im stillen wünschte ich ihm, daß sich diese Entwicklungen in seinem Hirn abspielen mögen. In Form eines bösartigen Tumors mit schnellem und vor allem schmerzhaftem Verlauf.

Die Sendung fügte dem, was ich schon von Michelle wußte, nichts Neues hinzu; es war ein wirres und widersprüchliches Kuddelmuddel von Einflüsterungen aus dem Mund des stellvertretenden Staatsanwalts. Monsieur Laurents Foto fehlte auf dem Plakat, und sein Name wurde nie explizit erwähnt. Der Nachrichtensprecher hatte nur auf den mysteriösen Mord an einem Antiquitätenhändler und den schwerwiegenden Verdacht auf »einen anderen, stadtbekannten Antiquitätenhändler« verwiesen. Die Verdachtsmomente gründeten auf den Aussagen eines oder mehrerer Informanten, deren Identität »streng geheim ist«. Man verstand nicht, was für eine Beziehung zwischen Monsieur Laurent und den anderen Verhafteten bestand, abgesehen von einem schwachen Hinweis auf einen Ring von Wucherern, der den Kunstschmuggel aus den Ländern des ehemaligen Sowjetblocks finanzierte. Selbstverständlich vermutete man Verbindungen zur russischen Mafia.

Teufel noch eins, jetzt fehlte nur noch ein Reumütiger! Michelle schaltete aus und drehte sich unwirsch zu mir um:

»Bist du noch einmal in die Via Riccardo il Nero gegangen?«

Ich erzählte ihr alles, ohne die geringste Kleinigkeit auszulassen, auch nicht den Besuch bei der Witwe Cannonito. Bei der Sache mit der Bordkarte zwischen den Büchern spitzte sie die Ohren und verengte ihre Augen zu schmalen Schlitzen. Abschließend sagte ich:

205

»Die Verbindung zwischen der Pelargonie in der Via Riccardo il Nero und der des Kamulùt war also wirklich Ghini. Vielleicht hatte er zwei Exemplare für die beiden Häuser seines Lebens gekauft.«

Mir fiel die Sache mit der voll aufgedrehten Heizung ein. In den amerikanischen Gerichtsverfahren ist so etwas immer von grundlegender Bedeutung. Und das sagte ich Michelle.

»Kann das deiner Meinung nach den Obduktionsbefund beeinflußt haben?« fragte ich sie. »Immerhin hat an jenem Abend der Unterschied zwischen der Temperatur in der Wohnung und der im Freien mindestens zehn bis zwölf Grad betragen. Wenn Ghini tatsächlich in der Wohnung gestorben und die Leiche erst eine ganze Weile später nach draußen geschafft wurde, ist es möglich, daß die Temperatureinwirkung zu einem Irrtum bei der Berechnung der Todesstunde geführt hat?«

»Theoretisch ja. Aber wenn der Leichnam nicht lange in der Wohnung gelegen hat, nur geringfügig. Wir können sagen, daß dieser Umstand die geschätzte Zeitspanne, innerhalb derer der Tod eingetreten ist, um ein geringes vergrößert. Hätte er aber längere Zeit in der Wohnung gelegen, dann wäre es natürlich etwas anderes. Auch unter isothermischen Konditionen ist das Intervall und damit die Fehlergrenze um so breiter, je mehr Zeit zwischen dem Eintritt des Todes und dem der Untersuchung der Leiche vergangen ist. Im Fall Ghini liegt der Zeitpunkt, an dem der Carabiniere behauptet, den Schuß gehört zu haben, innerhalb des Bewertungsintervalls der angenommenen Todesstunde.«

»Es könnte sich um einen Zufall handeln. Es gibt einfach zu viele Variablen. Die erste: Nicht einmal der Carabiniere ist sich des genauen Zeitpunkts sicher, an dem er den Knall gehört hat – auch er könnte nur eine ungefähre Zeit genannt haben. Zum anderen besteht weiterhin die Möglichkeit, daß es kein Pistolenschuß war, sondern das Geräusch eines Auspuffs oder sogar eines Knallfroschs, den irgendein Bursche gezündet hatte, da ja die Festivitäten von Allerseelen vor der Tür standen. Und wenn es tatsächlich ein Pistolenschuß war, könnte der auch in die Luft gefeuert worden sein, als die Leiche auf die Straße geschafft wurde, um den Verdacht auf einen Überfall im Freien zu verstärken. In dem Fall hat keiner den ersten Schuß gehört, mit dem Ghini kaltgemacht wurde – erinnere dich, daß an jenem Abend ein schreckliches Gewitter niederging. Und selbst wenn jemand ihn gehört haben sollte, hat derjenige bislang noch nicht den Mund aufgemacht. Zumindest soweit wir wissen, nicht. Wenn wir beispielsweise den vermeintlichen Zeitpunkt des richtigen Schusses um eine halbe Stunde vorverlegen, könnte sogar die lustige Witwe auf den Plan kommen. Wir müssen herausfinden, um welche Uhrzeit sie an jenem Abend das Haus deines Vaters verlassen hat.«

Ich sah auf die Uhr:

»Apropos, wir haben vergessen, daß wir sie zu Hause für die Einladung bei deinem Vater abholen müssen.«

»Das ist sicher das letzte, was sie sich augenblicklich von uns erwartet.«

»Wir gehen trotzdem hin.«

»Ja. So werden wir sehen, was sie uns zu sagen hat und was für ein Gesicht sie macht. Unter den gegebenen Umständen dürften wir auch das Recht haben, ihr ein paar direktere Fragen zu stellen. So müssen wir nicht bis morgen Däumchen drehen – wer könnte heute nacht schon ein Auge schließen?«

Eine geschlagene halbe Stunde später, als mit Monsieur Laurent am Vorabend ausgemacht, trafen wir bei ihr ein. Wir stiegen aus dem Golf, und ich klingelte an der Gegensprechanlage. Die lustige Witwe meldete sich sofort. Wir hatten uns überlegt, daß Michelle mit ihr verhandeln sollte:

»Signora Ghini? Ich bin Michelle Laurent.«

Schweigen, ein weibliches Schweigen. Wären wir am Telefon gewesen, hätte ich angenommen, daß die Linie unterbro-

207

chen worden sei. Die Gegensprechanlage belebte sich erneut, ein entschlossen fragendes »Ja bitte?« ertönte, und kurz darauf die Frage: »Möchten Sie heraufkommen?«

»Ich bin nicht allein«, sagte Michelle.

»Kommt ruhig herauf«, entgegnete die Frau. »Es ist der oberste Stock.«

Ein Klicken im Schloß, und gemächlich ging die Haustür auf. Ein großes Atrium mit weißem Marmorboden, eine große Kugellampe aus Opalglas an der Decke, eine Wandlampe in derselben Machart, ein fast moderner Aufzug aus Holz deuteten auf ein nicht übertrieben vornehmes Herrschaftshaus hin, das von nicht übertrieben vornehmen Herrschaften bewohnt war. Dieser Eindruck wurde von dem nicht übertrieben eleganten Geräusch verstärkt, mit dem der Aufzug in der vierten Etage haltmachte.

Wir sahen uns zwei vornehm verschlossenen Wohnungstüren gegenüber, jede hatte ihr ordentliches Namensschild mit den Markenzeichen der Familie: Ghini rechter Hand, Cottone linker Hand. Wir zögerten eine Millisekunde, auf welchen Klingelknopf wir drücken sollten. Dann streckte Michelle den Finger zu dem Schild mit dem Namen des Verstorbenen aus. Das Läuten ertönte hinter beiden Türen, als wären die Wohnungen miteinander verbunden. Tatsächlich ging wenige Sekunden später die Tür mit dem Klingelschild »Cottone« auf.

Wahrscheinlich hatten wir die lustige Witwe bei ihrem häuslichen Relax gestört. Sie war nicht gerade nachlässig gekleidet, doch sie trug einen etwas unförmigen, perlgrauen Samtrock, der knapp das Knie freiließ, und darüber eine gehäkelte Wolljacke mit zwei Seitentaschen. Bequeme, viel getragene Hausklamotten also, doch in gut aufeinander abgestimmten Farbtönen, die einen Missoni-Effekt im Stil »heimischer Herd« kreierten. Sie mußte in der knappen Zeit, die wir ihr zwischen den zwei Klingelzeichen an der Haus- und an der Wohnungstür gelassen hatten, ihre Haare in eine dezente Fasson gebracht haben, sie sahen frisch gebürstet aus:

»Verzeiht, aber ich dachte nicht, daß ...«

»Verzeihen Sie vielmehr unser Eindringen.«

Darauf entstand ein leichtes Patt. Bei meinem Anblick war sie kurz zusammengezuckt, hatte sich aber gleich wieder gefangen. Sie war gut im Einstecken, vermutete ich. Blitzschnelle Gedankenprozesse und ein extremer Selbstschutz. Innerhalb von ein paar Sekunden legte sie ihre leicht mißtrauische Haltung zugunsten einer freundlichen Zuvorkommenheit ab.

»Haben Sie Neuigkeiten über Ihren Vater? Wie geht es ihm?«

Michelle zuckte mit den Achseln:

»Ich weiß nichts Neues. So, wie ich ihn kenne, wird er außer sich sein; ich hoffe, daß er es ist, das ist die einzige Art, wie er seine Moral hochhalten kann.«

Unterdes geleitete uns die Dame des Hauses in einen geräumigen Living-room mit Glastür zur Terrasse hin. Es war die typische Wohnung des mittleren Bürgertums, das seine Wechselfälle lebte: Die Einrichtung verriet keinen neurotischen Perfektionszwang, sie war aus verschiedenen Stücken zusammengestellt, wirkte gepflegt und bewohnt; es gab keine Stuckobjekte im Stilbereich zwischen Coccode und spätem Sozialismus, wie man sie in den Stadtwohnungen vieler Neureicher findet. Das Perlgrau dominierte stark, so daß ich mich fragen mußte, ob sie es nach der Farbe ihrer Augen gewählt hatte oder ob sie ihre Iris mit Kontaktlinsen dieser Farbe maskierte.

Ich sah hinaus auf den Balkon und beschloß, den Ahnungslosen zu spielen: »Oh, welch wunderschöne Terrasse! Sind Sie die Hobbygärtnerin? Die weiße Pelargonie fällt einem sogar von der Straße aus ins Auge ... in Palermo sind diese Pflanzen sehr selten.«

Sie taxierte mich perplex, als hätte ich der frischgebackenen Witwe auf der Beerdigung des armen Verstorbenen einen schmutzigen Witz erzählt.

»Nein. Das war Sache meines Manns. Diese Pelargonie war sein ein und alles. Jetzt kümmere ich mich sonntags um die Terrasse, aber ich weiß nicht, wie lange ich das noch durchhalte.«

Sie schwieg und wartete auf den nächsten Zug von Michelle. Die verlor keine Zeit:

»Sie werden es mir nicht übelnehmen, wenn ich Ihnen eine Frage stelle, die Ihnen ungelegen erscheinen mag. Aber Sie müssen mich verstehen: Dieses Unglück hat mich so unvorhergesehen getroffen, und obendrein ist der Anwalt meines Vaters nicht vor Ort . . . wenn wir uns unter Frauen nicht beistehen . . .«

Bei diesen Worten lächelte Michelle. Manches Lächeln von ihr scheint zu überleben, auch nachdem es ausgestorben ist. Ob dieses Lächeln jedoch auf Frauen die gleiche Wirkung hat, ist nicht vorhersehbar. Besonders nicht bei Frauen, die ihre lebenswichtigen Innereien stets mit einer kugelsicheren Weste schützen. Ich bezweifelte, daß Michelle im Ernst glaubte, daß die Berufung auf die weibliche Solidarität ihre Wirkung haben konnte. Sie erntete zumindest eine etwas steife und vorsichtige Geste der Aufmunterung von seiten der Madame. Wir bewegten uns im Niemandsland, in der Respektzone, wo noch unklar ist, ob die Förmlichkeiten in Wohlerzogenheit umschlagen oder umgekehrt.

»Sie werden sicher erfahren haben, was der Hauptanklagepunkt ist: Mein Vater steht unter Verdacht, beim Todesfall Ihres Mannes – verzeihen Sie, wenn ich Sie hiermit an etwas Schmerzhaftes erinnern muß – keine nebensächliche Rolle gespielt zu haben.«

»Ja, ich habe die Nachrichten gesehen.«

»Dann wissen Sie auch, daß nach Angaben des Staatsanwalts Wucherei vorliegt . . .«

»Ich weiß nichts von dieser Geschichte«, entgegnete sie kurz angebunden, beinahe schroff. Ihre Stimme kam aus dem Eiskeller.

»Verzeihen Sie, wenn ich darauf beharre, aber es hat sich herausgestellt, daß mein Vater Ihrem Mann tatsächlich eine Summe geliehen hat. Es scheint außerdem ...«

»Aber ich bitte Sie, Frau Doktor, reden wir doch nicht um den heißen Brei herum: Sie wollen also sagen, daß Ihr Vater die berühmten dreißig Millionen mir gegeben hat. Das kann ich Ihnen nur bestätigen. Als ich Ihnen sagte, ich wüßte von dieser Geschichte nichts, meinte ich die Wucherei. Die liegt meines Wissens nach nicht vor. Ich war nur die Mittelsperson. Lassen wir doch die Schönrederei: Wissen Sie, in meiner Familie herrschte vor dem Tod meines Mannes eine gewisse Harmonie, die ...«

Schlagartig hielt sie inne. In der Türöffnung zum Korridor stand ein siebzehn- bis achtzehnjähriger Bursche. Er wippte von einem Fuß auf den anderen. Es als Nervosität zu bezeichnen, wäre reiner Euphemismus gewesen. In Wirklichkeit war er geradezu hysterisch, seine Muskeln unter dem Pullover mußten in heftiger Spannung sein.

Er wechselte einen langen Blick mit der Mutter, der von dringlicher Notwendigkeit sprach. Die Szene hätte aus dem Kinderspiel »Figuren werfen« stammen können. Die lustige Witwe sah aus wie Frau Lot nach dem Mißgeschick, das sie in eine Salzsäule verwandelt hatte. Hinter dem Burschen erschien ein anderes hektisches Geschöpf, das jedoch vernunftbegabter und kommunikationsfreudiger wirkte und ebenfalls Blicke zur Mutter aussandte. Allem Anschein nach handelte es sich um Geschwister; und das Mädchen war wohl ein Jahr jünger. Die lustige Witwe schnellte vom Stuhl hoch.

»Sie entschuldigen mich bitte«, sagte sie, verließ den Raum und zog die Zöglinge mit sich hinaus. Kurz darauf war ein gedämpfter Wortwechsel zu hören: Die Stimme der Mutter versuchte um jeden Preis, die der jungen Leute zu übertönen. Es war absolut unverständlich, um was es bei der Streiterei ging.

Es dauerte nicht lange. Nach ein paar Minuten hörte man ein dumpfes Fluchen, worauf eine Tür zugeschlagen wurde:

Das Mädchen schloß sich in ihr Zimmer ein. Unmittelbar darauf eilte der Junge den Korridor entlang zur Wohnungstür und ging hinaus. Nach einer weiteren Minute kam die Mutter zu uns zurück.

»Ah, diese Kinder«, stöhnte sie. »Der Große muß dieses Jahr sein Abitur machen.«

Weiter sagte sie nichts und ließ uns alleine Schlußfolgerungen ziehen. Sie wollte uns zu verstehen geben, daß wir Zeuge eines alltäglichen Zusammenstoßes der Generationen, einer ganz normalen Familienszene, einer Standardepisode ihrer Familiendialektik geworden seien. Wir ließen sie im Glauben, daß wir dies schluckten. Für eine ganze Weile schien sie die obere Schicht ihrer Panzerung verloren zu haben. Doch bald war sie wieder ganz die alte: Sie hob das Kinn, und das Perlgrau ihrer Augen funkelte wie zuvor.

»Wovon hatten wir es gerade?« schoß sie heraus.

»Wir sprachen von Ihrem harmonischen Familienleben.«

Sie zuckte mit den Schultern und breitete die Arme aus, als wäre die Sache von sich aus völlig klar und bedürfte keiner Erklärungen mehr:

»César, Ihr Vater, war immer schon ein guter Freund. Sie wissen gut, was ich damit meine ...« und dabei drehte sie sich zu mir um. »Es ist ja wohl kein Zufall, wenn der Herr Doktor vergangenen Donnerstag in den Kamulût gekommen ist, um Erkundungen einzuholen. Wie hat Ihrer Tante die Ansteckenadel gefallen?«

Ich wich der Anspielung aus:

»Ein guter Freund von wem?« drängte ich sie, »von Ihnen oder von Herrn Ghini?«

Ohne zu antworten, wandte sie sich zu Michelle, und auf ihrem Gesicht stand die stumme Frage: Wo kommt der denn her? Michelle dachte eine Weile nach und wechselte dann das Thema:

»Stimmt es, daß Ihr Mann hin und wieder auf dem Land Schießübungen mit seiner Pistole machte?«

»Ja, er besaß eine Kaliber zweiundzwanzig, aber fragen Sie mich bitte nicht nach Einzelheiten, ich verstehe nichts von Waffen. Ein- oder zweimal im Monat fuhr er auf unser Landgut bei Corleone, um zu schießen. Dort war er auch in der Mittagspause an jenem Samstag, wissen Sie, an dem Tag, da ... Die Pistole ist auf alle Fälle verschwunden. Meiner Meinung nach haben sie die benutzt, um ... und dann haben sie sie mitgenommen.«

»Aus welchem Grund hatte er denn eine Pistole? Fürchtete er sich vor etwas, hatte er Drohungen erhalten?«

»Soweit ich weiß, nicht. Doch wenn ja, ist nicht gesagt, daß er zu Hause darüber gesprochen hätte. Manchmal konnte es vorkommen, daß viel Bargeld im Kamulùt war, und mit einer Waffe fühlte er sich einfach sicherer. Mein Mann war von Natur aus ängstlich. Doch in der letzten Zeit, bevor er umgebracht wurde, war er völlig ausgeglichen. Ich will nicht gerade behaupten, er sei gut gelaunt gewesen, der Typ war er nicht; aber nachdem die kritischen Zeiten überstanden waren, kamen die Geschäfte wieder ins Laufen ... Ich habe nie viel davon verstanden. Ich habe das Kamulùt praktisch sofort einen Tag nach Umbertos Beerdigung in die Hand genommen. Zuvor war ich nur für den Verkaufsbereich zuständig, ohne mich um Abrechnungen und den ganzen Rest kümmern zu müssen.«

Michelle überlegte offensichtlich lange, bevor sie die Bombe platzen ließ:

»Stimmt es, daß Sie sich zum Zeitpunkt des ... äh, der Tat zusammen mit meinem Vater in dessen Haus in Mondello aufhielten?«

»Wer hat Ihnen das denn gesagt?«

»Mein Vater.«

Gelassen wägte sie die Worte ab, bevor sie antwortete:

»Sie wollen zu Recht wissen, warum ich das nicht den Richtern erzähle. Haben Sie sich einmal gefragt, aus welchem Grund auch Ihr Vater das verschwiegen hat? Nein?

Dann will ich es Ihnen sagen. Ihr Vater war sich völlig klar, daß niemand außer ihm und mir von unserem Zusammensein an jenem Abend wußte. Er hat keine Anrufe erhalten, die beweisen könnten, daß wir zu jenem Zeitpunkt in Mondello waren. Wir haben keine Menschenseele zu Gesicht bekommen. Nur er und ich wissen, daß keiner von uns beiden auf Umberto geschossen hat. Ganz simpel ausgedrückt, können wir nicht beweisen, daß wir nicht in der Via Riccardo il Nero waren, als die Sache geschah. Nach Aussagen Ihres Kollegen, der die Obduktion vorgenommen hat, ist mein Mann zwischen halb zehn und zehn Uhr abends gestorben. Das wird auch durch die Aussage eines Carabiniere bestätigt, der gegen zehn, halb elf Uhr einen Schuß gehört hat. Um zehn war ich schon in Mondello bei Ihrem Vater. Fragen Sie ihn, wenn Sie ihn das nächste Mal sehen. Auch wenn die früheste Zeitannahme des Gerichtsarztes für die Todesstunde, das heißt um halb zehn, zuträfe, hätte ich es nie, vor allem nicht an einem Samstag, in weniger als einer halben Stunde vom Papireto nach Mondello geschafft. Ich bin bis kurz nach Mitternacht bei Ihrem Vater geblieben. Die Polizei hat mir gegen ein Uhr nachts zu Hause die tragische Nachricht hinterbracht. Wissen Sie, was passiert, wenn ich dem Richter erzähle, daß ich nicht die Mörderin meines Manns sein kann, weil ich bei Ihrem Vater zu Hause war, und wenn Ihr Vater das gleiche erzählt? Dann würden wir alle beide mächtig in der Tinte sitzen. Auf diese Weise aber wird César in ein paar Tagen wieder freikommen, da sie jeden Verdacht gegen ihn fallenlassen müssen.«

Michelle wollte nicht weiter bohren. Ich dachte, wenn der alte Gauner als freier Mann entschieden hatte, sich über die Anwesenheit der lustigen Witwe in seinem Haus auszuschweigen, würde er seine Version jetzt, nur weil er hinter Gittern saß, gewiß nicht ändern.

Schweigen und Räuspern. Die lustige Witwe nutzte die Unterbrechung, um die Sitzung zu schließen:

»Aber ich habe Ihnen ja gar nichts angeboten! Möchten Sie einen Aperitif?« Sie drehte sich Michelle zu: »Wahrscheinlich haben Sie nicht einmal einen Happen zu sich genommen, bei allem, was passiert ist. Aber seien Sie unbesorgt wegen Ihres Vaters – es ist nur noch eine Frage von Tagen.«

Sie stand auf und verschwand im Gang. Nach einem überflüssigen Blickwechsel mit Michelle erhob ich mich, um die Bücher im Regal unter die Lupe zu nehmen. Es waren andere Titel, aber der Stoff war derselbe. Es war die Lektüre des Lesers, der keinem etwas vormachen will, die gleiche wie in der Wohnung in der Via Riccardo il Nero. Verantwortlich für die Auswahl zeichnete also der Verstorbene. Es sei denn, es handelte sich um geteilte Schuld.

Die lustige Witwe kam mit einem Tablett alkoholfreier Aperitifs und Salzgebäck zurück. Es war eine fast surreale Szene: Drei erwachsene Personen sitzen in einem Wohnzimmer, schlürfen einen mit E 122 gefärbten Bitter, knabbern Salzstangen und werfen sich einige Banalitäten an den Kopf, wobei sie so tun, als würden sie die Situation eines Quasi-Trauerfalls im Haus ignorieren. Es hätte eines Fotografen, eines Fachmanns des Fischauges bedurft, um die Szene festzuhalten.

Wir waren gerade mit dem Aperitif fertig, als die Wohnungstür aufging und sich wieder schloß. Wenige Sekunden später tauchte der Junior auf. Jetzt wirkte er ruhig und in Maßen euphorisch. Er kam ins Zimmer hinein, beugte sich zur Mutter und gab ihr einen Kuß. Sie sah ihn lange und sehr beunruhigt an. Dann näherte er sich uns und reichte Michelle und mir mit jovialem Getue die Hand. Wir erhoben uns und waren zum Gehen bereit. Auch die lustige Witwe stand auf, und der Sohn legte den Arm um ihre Taille. Sie begleiteten uns zur Tür.

Wir schwiegen im Aufzug und auf dem Weg zum Golf. Es nieselte.

»Snifft er Kokain oder drückt er?« fragte Michelle, während ich den Motor anließ.

»Er drückt«, kam mein Urteilsspruch, ohne zu zögern.

»Ich sehe die Sache so: Der Kerl merkte, daß er auf Turkey kommt, und ist zu Muttern gerannt, um bei ihr Geld lockerzumachen. Die Mama weiß nämlich Bescheid.«

»Die Schwester auch. Die hat vergeblich versucht, die Mutter dazu zu bringen, keine Kohle rauszurücken.«

»Wenn wir nicht dagewesen wären, hätte sie den Geldbeutel vielleicht nicht gezückt.«

»Wer weiß? Als der Junge zurückkam, war er total zu.«

Ich war Michelle dankbar, daß sie mich mit dem Begriff Drogenhölle verschont hatte, mit dem die fernsehsüchtigen Schwachköpfe um sich werfen, wenn sie Lobeshymnen auf das tugendsame Leben anstimmen. Mein Schwager Armando, der meine heftige Abneigung dagegen kennt, unterläßt es nie, meine beiden, ihm bekannten Formen von Sucht hervorzuheben: Wenn er mich bezichtigt, mich freiwillig in die Hölle der gesalzenen Pistazien zu begeben und die der Oxymora nicht mehr verlassen zu wollen, die die schlimmste von allen sei.

»Eine tolle Situation. Es gibt noch eine andere Sache, die mir nicht ganz geheuer ist: Dein Vater erzählte am letzten Abend in seinem Haus, daß Ghini in der letzten Zeit sehr niedergeschlagen war. Der Verzweiflung nahe, so hat er sich ausgedrückt. Madame hingegen schwört, daß er quietschfidel war und die Geschäfte gut liefen.«

»Ich glaube meinem Vater.«

»Ich auch. Vor allem nach dieser Szene. Die Frage ist jedoch: Warum spielt Madame Ghini dieses Versteckspiel? Was war es, was dem Verstorbenen auf der Leber lag?«

»Das werden wir vielleicht nie in Erfahrung bringen. An dieser Frau beißt man sich die Zähne aus, die ist hart wie Granit. Was mein Vater bloß an ihr finden konnte?«

»Sie hat etwas von einer Äbtissin an sich, die den Nonnen-

216

stand aufgegeben hat, als sie das irdische Leben entdeckte. Vielleicht hat das deinen Vater an ihr beeindruckt: der Reiz des Verbotenen.«

»Den Tonfall der Klosterschule der Ancelle hat sie eindeutig. Sie wird dort aufs Gymnasium gegangen sein. Bis zum Abitur und dann Schluß, denke ich. Ist dir ihr Ton aufgefallen, als sie mich Frau Doktor genannt hat?«

»Und was machen wir jetzt? Hast du Hunger?«

»Nein. Mein Magen ist wie ein Ameisenhaufen. Setzt du mich zu Hause ab? Ich muß eine Weile allein sein.«

Ich reagierte ziemlich angesäuert und das merkte sie. Sie streichelte mir das Knie:

»Was hast du vor? Fährst du nach Hause? Wenn du irgendwo eine Kleinigkeit essen willst, leiste ich dir Gesellschaft.«

»Nein, ich will einem Typen, den ich kenne, einen Besuch abstatten.«

Die Idee war mir just in diesem Augenblick gekommen. Einer meiner ehemaligen Schulfreunde aus dem naturwissenschaftlichen Gymnasium hatte nach dem Universitätsstudium eine Mutation durchgemacht, die ihn nach und nach in einen Gerichtsberichterstatter verwandelt hat; er arbeitet heute in der Redaktion der *Sicilia*. Wir haben uns nicht völlig aus den Augen verloren, und zweimal im Jahr treffen wir uns mit anderen Ehemaligen zu einem Aperitif. Er weiß immer Bescheid über alles, was sich im Justizpalast abspielt. Es war anzunehmen, daß er über die Geschichte mit Monsieur Laurent mehr als der Herr Anwalt wußte. Das sagte ich Michelle.

»Kommst du dann bei mir vorbei und erzählst mir alles? Egal, wie spät es wird. Heute nacht kriege ich sowieso kein Auge zu.«

Als ich in der Via Lincoln ankam, hatte der Nieselregen aufgehört. Ich parkte in der Nähe des Eingangs zur Villa Giulia. Normalerweise verschließen dramatische Ereignisse und

Spannungssituationen meinen Mageneingang auf unbestimmte Zeit. Dieses Mal aber hatte sich trotz allem ein kleiner Appetit, noch kein richtiger Hunger, bei mir geregt, der seine Sonden aussandte und zu Angriff oder Rückzug bereit war. Ich ließ ihn im ungewissen, weil die Bar Rosanero wie jeden Montag geschlossen hatte. Ich schluckte ein paar Mal heiße Luft, schlüpfte in ein Telefonhäuschen, rief bei der Zeitung an und verlangte nach meinem Freund. Es dauerte eine ganze Weile, bis sie mich zu ihm durchstellten.

»Ich bin hier unten«, sagte ich zu ihm, »kannst du vielleicht herunterkommen? Ich muß mit dir sprechen.«

»Gib mir zehn Minuten.«

Ich wollte nicht zu ihm hinaufgehen. In den Zeitungsredaktionen geht es zu wie im Taubenschlag, und selbst die Wände haben Ohren. Es ist unmöglich, dort ein vertrauliches Gespräch zu führen.

Inzwischen war der Halbmond aufgegangen und verstärkte die Reflexe der Washingtonia auf den Glasfassaden des Zeitungsgebäudes. Die Universitäts-Palmen des Botanischen Gartens wirkten braver als die der Stadtverwaltung im Park der Villa Giulia. War das etwa eine Metapher? Ich überquerte erneut die Straße und spazierte eine Weile längs des Eisentors auf und ab. War der Mond nun in seiner zunehmenden oder abnehmenden Phase? Noch bevor ich dieses grundlegende Problem lösen konnte, tauchte der Freund auf – es waren noch keine zehn Minuten vergangen.

»Was meinst du, nimmt der Mond zu oder ab?« fragte ich ihn ohne Umschweife, während ich die Straße überquerte und auf ihn zuging.

»Hast du mich deshalb angerufen?«

»Reicht das etwa nicht? Auf alle Fälle, nein, nicht deshalb.«

»Laß uns einen Kaffee trinken gehen!«

Wir bogen in die Kalsa Richtung Porta Reale ein, und gingen zu einer Bar kurz hinter Santa Teresa, die noch offen hatte. Auf dem Weg erzählte ich ihm die Geschichte im groben, ohne Einzelheiten preiszugeben, denn ein Journalist ist und bleibt ein Journalist, auch wenn er dein Freund ist.

»Als du anriefst, arbeitete ich genau an diesem Fall«, verriet er mir, »wir widmen ihm einen großen Artikel auf der ersten Seite und zwei Seiten im Lokalteil in der morgigen Ausgabe. Übermorgen werden wir uns auf eine Seite beschränken, und am Donnerstag ist er nur noch eine Notiz im Lokalteil wert. Dann wird der Fall für Monate oder Jahre verschwinden, in Erwartung weiterer Entwicklungen oder viel wahrscheinlicher einer Rückführung auf seine wahren Ausmaße.«

Inzwischen hatte man uns den Kaffee gebracht. Ich warf einen Blick auf ein einsames *cannolo,* das langsam das verlebte Aussehen eines Überbleibsels aus dem letzten Krieg bekam, und biß dann vorsichtig hinein. Darauf trank ich noch einen Espresso.

»Bist du auf der Pressekonferenz der Staatsanwaltschaft gewesen?« fragte ich ihn.

»Ja. Dieser De Vecchi ist ein Typ, der hoch hinaus will. Der wäre sogar in der Lage, seine eigene Mutter hinter Schloß und Riegel zu bringen, nur um in die Zeitung zu kommen. Und abends würde er dann seelenruhig die Kutteln mit Zwiebeln und Bohnen mampfen, die die gute Mutti für ihn warm gehalten hat. Viele jedenfalls unterschätzen ihn. Dein Freund Spotorno zum Beispiel behauptet, er sei dumm. Aber das sagt er bloß, weil sie sich einmal gegenseitig ins Gehege gekommen sind und er auf Anweisung seiner Vorgesetzten den Schwanz hat einziehen müssen. De Vecchi ist in Wirklichkeit intelligent und pfiffig. Er versteht es, den Kurs zu halten.«

»Aber der Untersuchungsrichter ordnet doch die Verhaftungen an, oder nicht?«

Er sah mich mitleidig an:

»Kennst du die juristische Variante des berühmten Absatz 22?«

»Nein.«

»Sie besagt: Wenn ein Untersuchungsrichter nicht verrückt ist, kann er sich den Forderungen des Staatsanwalts widersetzen; aber ein Untersuchungsrichter, der sich den Forderungen des Staatsanwalts widersetzt, ist verrückt. Habe ich mich klar ausgedrückt?«

»Ja, aber wer ist dieser Untersuchungsrichter? Was für ein Typ ist er?«

»Er heißt Cascio und mit Spitznamen Rote Wüste, in Anspielung auf das Nichts, das sich unter seinem rostroten Haarschopf verbirgt. Ihm geht jeglicher Sinn für Humor ab, den haben sie ihm chirurgisch schon im Mutterleib entfernt. Seine eigentliche Berufung ist die zum Fußabstreifer unter den Füßen des Staatsanwalts. Aber wehe dir, wenn du es wagst, jemandem das zu erzählen. Ihn als Untersuchungsrichter zu haben, ist der Traum eines jeden Staatsanwalts, der Karriere machen will.«

»Dann stecken wir ja tief drinnen.«

Ich bezahlte, und wir gingen wieder Richtung Redaktion. Ich deutete ihm an, daß der Rechtsanwalt von Michelles Vater derzeit nicht vor Ort sei und uns deshalb keine Neuigkeiten mehr zu Ohren kämen.

»Was weißt du genau? Und was für Gerüchte gehen im Justizpalast um?«

Er zog die Stirn kraus, vielleicht um sich die Situation besser vor Augen zu holen. Wir waren am Eingang zum Zeitungsgebäude angelangt. Ein Stück weiter weg spielte sich auf dem Gehsteig aufwärts und abwärts ein indiskreter Verkehr von Autos und jungen, nachtschwarzen Afrikanerinnen ab. Vom Palazzo Jung, der seit Monaten von einem Kollektiv unbeugsamer Squatter besetzt war, schallte Livemusik herüber, der ich mich gerne genähert hätte: ein Techno-Reggae-Arrangement von *Hey Joe,* wie Jimi Hendrix das Stück heute gespielt hätte, wäre er nicht während der letzten Eiszeit gestorben.

»Nun, wenn du meine Version wissen willst«, rückte er schließlich heraus, »aber es handelt sich nur um eine persönliche Meinung. Also ich glaube, daß sie Laurent nur in die Sache hineingezogen haben, um die Ermittlungen aufzuplustern. Sicher liegen alle Elemente vor, um gegen ihn zu ermitteln: das Verbrechen, das geliehene Geld, der gehörnte Ehemann, der Streit zwischen ihm und dem Toten ... Aber konkret haben sie nichts in der Hand, ich meine nichts, was die Untersuchungshaft rechtfertigen könnte. Gegen einige andere Verhaftete liegt ein Berg von Indizien vor. Auch der Ring der Wucherer ist eine Tatsache. Aber es ist schwierig, die Rollen auseinanderzuhalten: Oft werden die Opfer mit den Tätern verwechselt. Und es ist nicht gesagt, daß alle Verhafteten tatsächlich in die Sache verwickelt sind. Auch wenn du kein Fachmann bist, weißt du selbst, wie gewisse Dinge laufen: Manchmal nehmen sie ihren Ausgang bei einer objektiven Situation, in der ein paar Betrüger der oberen Ränge drinstecken, und zum Ausgleich werfen sie einige kleine Fische in die Waagschale, fahren schwere Anklagen gegen sie auf und machen große Haie aus ihnen. Ab und zu verfängt sich tatsächlich ein hohes Tier in ihren Netzen. Und manchmal mit vollem Recht. Oft aber verpufft das Ganze wieder fernab vom Scheinwerferlicht der Presse. Im Fall Laurent versteht man nicht, was er mit den anderen zu schaffen hat. Die vielbeschworene Geldsumme, die er offenbar dem Toten tatsächlich geliehen hat, ist eine Sache ausschließlich zwischen den beiden. Überhaupt versteht man nicht, was die Hintergründe sein sollen. Es fehlt einfach das Tatmotiv. Oder zumindest geht es aus dem Haftbefehl nicht hervor. Laurent ist ein Fremdkörper innerhalb der Ermittlungen, die auf andere Dinge abzielen. Wenn seine Verhaftung tatsächlich nicht zu vermeiden war, hätten sie das auch in einem getrennten Verfahren durchführen können. Aber das ist heute ja zuviel verlangt. Bitte verstehe mich nicht falsch: Justizirrtümer hat es immer schon gegeben; heute aber ist das Justizwesen beinahe eine Option. Als wäre es ein Modeartikel mit dem Markenzeichen J wie Joop. Das müßte man ›Amnesy International‹ melden – Amnesy ohne t, denn alle tun so, als sei nichts, als liefe alles ganz normal.«

»Bau mich moralisch nicht zu sehr auf, bitte!«

»Ich will ja nicht um jeden Preis den Zyniker spielen, aber beim augenblicklichen Stand der Dinge kommen viele Leute auf ihre Kosten: die Rechtsanwälte, die sich auf ein Gemurmel beschränken, gerade so laut, um das *jus murmurandi* zu behaupten; die Werbeagenturen, die davon träumen, eines Tages eine Preisliste für die grell tönenden Titel auf der ersten Seite der Zeitungen genehmigt zu bekommen; die Verleger, die mehr Zeitungen verkaufen; die Leute, die ihre geheime Lust auf öffentliche ›Hinrichtungen‹ stillen können, ebenso wie wir Journalisten, die sich in der Geschichte suhlen, weil wir ansonsten unsere Stelle verlieren und arbeiten gehen müßten, was wirklich ein Unglück wäre. Hast du dich je gefragt, warum wir Journalisten immer von Festanstellungen schreiben, die zuschnappen, als wären es Fangeisen für Füchse, während die Entlassungen abgehen wie Postkutschen?«

»Ich habe scheinbar einen schwarzen Tag bei dir erwischt. Wenn Bobbio diese Dinge sagen würde, würdet ihr Journalisten von nüchternem Pessimismus des Verstands sprechen. Was ist mit dir los?«

»Erinnerst du dich noch, was Cèce Lo Sicco im Cannizzaro gesagt hat?« Cèce Lo Sicco war unser Philosophielehrer. »Er behauptete, daß der wahre Unterschied zwischen den Menschentypen folgender ist: Der eine sagt, unsere ist die bestmögliche aller Welten, weil er Optimist ist, und der andere behauptet dasselbe, weil er Pessimist ist. Es ist ein bißchen wie die alte Geschichte mit der Mona Lisa: Lächelt sie, weil sie gerade erfahren hat, schwanger zu sein, oder weil sie es nicht ist? Dahinter stehen zwei völlig konträre Welten. Es ist das, was die Intellektuellen rund um die Erde außer in Deutschland Weltanschauung nennen. Da tun sich riesige,

schwarze Löcher auf. Apropos, ich habe den Kostenvoranschlag des Zahnarztes für die Behandlung meiner Tochter gekriegt. Ein harter Brocken. Etwas für Amnesty International,
dieses Mal wirklich Amnesty.«

»O je, mein Beileid! Sag mir doch bitte, all die Informationen, die du vorhin ausgespuckt hast, werden sie euch ja wohl
nicht auf der Pressekonferenz erzählt haben ... wo bleibt das
Ermittlungsgeheimnis?«

Zum zweiten Mal nun schon schenkte er mir einen mitlei-
digen Blick mit der stummen Frage auf den Lippen: Lebst du
etwa hinter dem Mond, mein Freund?

»Warte hier auf mich«, sagte er. Er verschwand hinter dem
Glasportal des Zeitungsgebäudes.

Nach fünf Minuten tauchte er wieder auf:

»Hier, nimm.« Er hielt mir ein dickes Bündel Unterlagen
hin, das mit einem jener Einbände mit hartem Rücken zusam-
mengehalten wurde. Es waren über zweihundert Seiten. Auf
dem Titelblatt stand in Druckbuchstaben »Operation Broc-
cante«. Es klang wie ein Filmtitel aus den sechziger Jahren.
Über der zweiten Seite stand »Landgericht Palermo, Untersuchungsrichter«, davor verschiedene Protokollnummern
und komplizierte Abkürzungen; eine davon fiel mir besonders auf, weil sie beinahe das Wort Büstenhalter, aber ohne
Vokale ergab, und mich an die schrägen Blicke des Herrn
Doktor De Vecchi am Abend des Mordfalls in Richtung Michelles Oberkörper erinnerten. Das war Zeugs für Einge-
weihte. Gleich danach stand: »Untersuchungshaftbefehl«
und dann wenige Zeilen und darunter der Name des Richters,
Dr. Calogero Cascio, der nach Überprüfung der Forderung
des Staatsanwalts auf Seite eins, eine große Anzahl von Personen in alphabetischer Reihenfolge zu verhaften, auf Seite
zweihundertzwölf – gestützt von einer weiteren, definitiven
Abkürzung P. Q. M. (*Per Quanto Macchinato* – Soweit die
Verschwörung reicht?) – anordnete, daß der Forderung des
Staatsanwalts Folge geleistet werde. Das hätte er auch gleich

sagen können. Zwischen Seite eins und Seite zweihundertzwölf, der letzten des Dossiers, standen die Begründungen.
Das war die erste Stufe der Ermittlung.

Der Name des Richters auf Seite eins war der einzige, der
sachgerecht geschrieben war, während die der Ermittlungs-
personen nach militärischer Art aufgeführt waren, mit dem
Nachnamen zuerst. Auf jeder Seite der Akte war ein unleser-
licher Krakel, der auf der letzten Seite jedoch von einem
schwarzen Riesenklecks ersetzt war, der Form nach eine
übergewichtige, üppige Schabe, die man mit etwas gutem
Willen auch als Gregor Samsa entziffern konnte, stünde darunter nicht in Maschinenschrift und ausgeschrieben der offizielle Name des Autors, Doktor Calogero Cascio. Weiter unten eine klare, gestochene und aggressive Schrift, noch ein
Krakel, diesmal von Hand des Herrn Doktor Loris De Vecchi. Dem voraus gingen verschiedene runde Stempel und andere, unleserliche Kritzeleien.

Ich versuchte, ein paar Zeilen zu lesen. Es war reines Tür-
kisch für mich. Authentischer Justizslang. Ich zuckte jedesmal zusammen, wenn ich inmitten des Textes auf den Namen
von Monsieur Laurent stieß neben Ausdrücken wie: ... unter
Bezugnahme auf die folgenden Straftaten ... oder ... des Vergehens der Wucherei ... und: ... unter Mittäterschaft von ...
gefolgt von einschüchternden Artikeln zahlreicher Strafge-
setzbücher, darunter auch das von Hammurabi, wie ich vermutete. Das war nichts für mich. Dennoch hätte ich gut daran getan, alles von A bis Z durchzulesen.

»Soweit ich in der Lage bin, stehenden Fußes etwas daraus
zu entnehmen, könnten sie ihn auch der Beihilfe wegen Dieb-
stahls von Lutschern angeklagt haben. Kannst du mir die
Unterlagen bis morgen überlassen?«

»Völlig ausgeschlossen. Es ist die einzige Kopie, die ich habe, und ich brauche sie mindestens noch drei Tage. Der
Rechtsanwalt von Laurent hat seine Abschrift. Du kannst beruhigt sein, er ist ein knallharter Typ. Und laß dich nicht von

der Sprache des Haftbefehls einschüchtern. Das ist internationale Gepflogenheit. Wenn sie dich dabei erwischen – nur um bei deinem Beispiel zu bleiben –, wie du einem Hosenscheißer einen Lutscher wegnimmst, werden sie nie im Traum einfach schreiben, daß du so ein Ding geklaut hast, sondern: Mit der Absicht, der Süßwarenindustrie unerlaubte Vermögensvorteile zu verschaffen und zugleich zur Schädigung der Lobby der Zahnärzte, entwendete unter Beihilfe von ... Habe ich mich klar und deutlich ausgedrückt? So läuft es überall. Du hast doch auch Filme aus dem amerikanischen Justizleben gesehen.«

»Das ist sehr tröstlich. Werdet ihr Fotos veröffentlichen? Wenn es möglich wäre ...«

»Ich werde alles tun, um das zu vermeiden, aber ich kann dir nichts versprechen.«

Ich dankte ihm trocken, und wir verabschiedeten uns. Er wünschte mir viel Glück.

Michelle war noch in voller Tagesmontur, als ich ankam. Ich erzählte ihr alles. Und da ich nicht mit Fakten oder Neuigkeiten aufwarten konnte, zwang ich mich, ihr vor allem die Eindrücke zu schildern.

Der Augenblick, als ich mich zum Gehen wandte, war ziemlich heikel. Michelle schien ihre Idee über das Alleinbleiben geändert zu haben. Aber sie wollte nicht den ersten Schritt tun, um nicht mit falschem Mitleid meine Empfindlichkeit zu reizen. Und ich erleichterte ihr die Sache wahrlich nicht. Wieder diese zwei stolzen Bastarde, die schlimmsten, die je ihren Fuß in die vier Stadtteile gesetzt haben.

In meinem Kühlschrank herrschte trotz der zweiten Runde mit Michelle weiterhin gähnende Leere. Ich hatte ihn eher aus Gewohnheit denn aus Überzeugung geöffnet. Ich machte ihn wieder zu und stöberte im Küchenschrank herum. Ich fand ein halbes Paket gealterter Crackers mit Knoblauchgeschmack (was hatten die nur bei mir zu Hause verloren?) und begnügte mich mit ihnen und einem Rest von Schafskäse mit Pfefferkörnern aus der Produktion meines Schwagers. Die Crackers schmeckten muffig. Ich goß mir einen Daumen breit Laphroaig ein und schaltete den Fernseher an, um nach einem annehmbaren Filmausschnitt zu suchen. Ein totales Fiasko. Eine Art konditionierter Reflex ließ mich auf der Sequenz einer Blondine unter der Dusche haltmachen, weil man eine Blondine unter der Dusche besonders im Film doch nicht alleine lassen darf; ich hoffte, daß es sich als ein De Palma herausstellen würde. In Wirklichkeit war es ein drittklassiges Movie. Ich brauchte zwanzig Sekunden, um das zu begreifen. Auch die Blonde war nichts Besonderes.

Laut Truffaut gibt es in Filmen weder Staus noch Leerstellen oder tote Zeiten. Filme dringen wie Züge in die Nacht ein, sagte er. Aber vielleicht meinte er damit nur seine eigenen Filme. Was da vor mir über die Scheibe flimmerte, vermittelte im Höchstfall den Eindruck eines Sacks Schnellbinderzement, der in eine Betonmischmaschine stürzt.

Ich drückte auf Aus und gönnte mir noch einen Daumen breit Whisky. Der hielt gerade so lange vor, bis ich mich ausgezogen hatte und im Bett lag. Es war schon spät. Es war die Stunde, in der alle letzten Whiskys unweigerlich zu vorletzten werden. Eine untypische Stunde für mich, in der sich die Gedanken von selbst verklumpen und der Schlaf hinter der nächsten Ecke lauert, doch nie sein Versteck verläßt. Ich käute die Geschichte mit dem auf- oder abnehmenden Mond wieder. Was für aufdringliche Gedanken.

Ich mußte wirklich konfus gewesen sein, denn die Automatik der Gutenachtlektüre war nicht angesprungen. Wahrscheinlich aus diesem Grund wälzte ich mich im Bett hin und her. Ich knipste das Licht an und streckte die Hand nach dem ersten Band des Bücherstapels auf dem Nachttisch aus: *Der Herr Mani* von Yehoshua. Eine wahre Schande, auf diese Weise einen zukünftigen Nobelpreisträger zu verschwenden.

Das nächste war *White Jazz* von Ellroy, ein guter Kompromiß. Doch nach zehn Minuten war ich noch immer auf der gleichen Seite. Ich machte das Licht aus, und schon war die Leier mit dem auf- und abnehmenden Mond wieder da: Wieviel Zeit war seit dem letzten Mal verstrichen – fünf Minuten oder fünf Stunden? Der Mond war seit einer ganzen Weile verschwunden. An seine Stelle war ein schwacher Lichtschein getreten, der durch die halb geschlossenen Fensterläden fiel.

War ich wirklich wach geblieben oder hatte ich das bloß geträumt? Die Worte der nächtlichen Selbstgespräche sind aus demselben Stoff wie die Träume. Ein übler Spruch. Shakespeare hätte nie gewagt, so etwas zu schreiben. Ich sollte wohl besser aufstehen. Ich stellte die Kaffeekanne aufs Gas, und es grenzte an ein Wunder, daß ich mich erinnert hatte, vorher Wasser einzufüllen und Kaffeepulver in den Filter zu geben. Im Bad beriet ich mich mit meinem Spiegelbild. Es hatte verquollene Augen wegen des verlorenen Schlafs. Und sein großes Glück war es, männlichen Geschlechts zu sein; so konnte es sich einfach darüber hinwegsetzen und brauchte keine Ewigkeiten wie das schwache Geschlecht, um die entsprechende Restaurierung vorzunehmen, die nicht immer gelingt. Eine ganze Weile rechnete ich damit, das Spiegelbild würde jeden Moment das offizielle Motto der Zweiten Republik anstimmen: Ohne mich! Ich überließ es seinem Schicksal, bevor es sich dazu entschloß, es zu versuchen.

Zwischen Kaffee und Duschen brachte ich es wieder zu einem Anschein von intellektueller Autonomie. Am meisten aber trugen Jerry Garcia und seine Band mit *Almost Acoustic* aus dem CD-Player in der Küche dazu bei, meine Laune ausreichend sicherzustellen. Inzwischen stand der Zeiger der Uhr auf sieben, was eine unpassende Stunde ist, um den Erzähler anzurufen, aber höchst anständig, um bei Michelle anzuläuten, die immer früh aufstehen muß:

»Hast du schlafen können?«

»Wenig und schlecht. Ich habe mich gerade zum Weggehen fertiggemacht. Ich will ins Institut, um zu sehen, woher der Wind weht.«

Ich brauchte sie nicht nach dem Grund zu fragen. Nach den Bullen und den Richtern ist die Kategorie der Gerichtsärzte am tiefsten in Mordfälle verstrickt. Sie bilden beinahe einen außergerichtlichen Verband, und da sie enge Beziehungen zu den Ermittlungsbehörden unterhalten, erfahren sie oft Einzelheiten, die nicht immer bis in die Pressekonferenz der Staatsanwaltschaft vordringen.

»Gehst du in den Fachbereich?«

»Ja. Bevor der Rechtsanwalt zurück ist, können wir sowieso nichts machen, und schließlich muß man auch mal etwas für sein Geld tun ...«

»Tja. Wenn mir etwas einfällt, rufe ich dich an. Und umgekehrt.«

Ihre Laune war nicht gerade blendend, aber sie war auch nicht am Boden zerstört, wozu sie allen Grund gehabt hätte. Sie ist gut im Einstecken.

Ich zögerte, ob ich mir die Zeitungen besorgen sollte oder nicht. Der Lockruf der Nachrichten wurde von einem tauben Gefühl am Mageneingang gebremst, das aufgrund der Lektüre der Missetaten in ein heftiges Magengeschwür hätte ausarten können. Am Ende kam ich zu einem Kompromiß: Ich kaufte die Zeitungen, beschloß aber, nur die Überschriften und die Aufmacher zu überfliegen, die Artikel wollte ich erst nach der Entlassung Monsieur Laurents aus der U-Haft lesen.

Mediterraneo und *Sicilia* waren die einzigen Blätter mit fetten Titeln auf der ersten Seite: »Wucherei & Adel« titelte mysteriös die erste, »Razzia unter den Antiquitätenhändlern« lautete prosaisch die Überschrift der zweiten. Rasch blätterte ich im Auto die anderen Zeitungen durch. Im Lokalteil des *Il manifesto* war ein Artikel von zwei halben Spalten mit dem abgegriffenen Titel »Wuchernde Holzwürmer«. La *Repubblica* setzte alles auf »Einflußreiche Namen unter den Holzwürmern«, was ja schon längst bekannt war; und obendrein identisch mit dem Titel des *Corriere.* Nur die lokalen Tageszeitungen veröffentlichten auch Fotos: zwei Vorbestrafte wegen »Vergehens gegen das Eigentum« als Halbfiguren abgebildet und daneben die Aufnahmen des Staatsanwalts, des Ermittlungsrichters und die von der Pressekonferenz im Justizpalast.

Ich legte die Zeitungen auf den Rücksitz und schlug die Route Via Medina-Sidonia ein.

Der Einfall kam mir am späten Vormittag im Fachbereich. Ich rief Michelle bei der Arbeit an:

»Ich habe mir überlegt, daß wir wohl besser das Stück Bordkarte sicherstellen, das ich zwischen den Seiten des Buchs gefunden habe. So wie die Sache jetzt steht, ist die wichtig; vielleicht hat die Kripo nicht mitgekriegt, daß die Ugro-Finnin an jenem Tag in Palermo war. Wir heben die Karte für die Beweissicherung auf, bis Spotorno zurück ist. Er ist der einzige, dem ich sie mit ruhigem Gewissen aushändigen würde.«

»Gegebenenfalls können wir dem Herrn Rechtsanwalt etwas davon sagen.«

»Vielleicht. Zuerst sehen wir uns mal sein Gesicht an. Im Augenblick haben wir das Problem, wie wir wieder an die Schlüssel kommen sollen. Ich muß bei der Witwe Cannonito vorbeigehen und sie mir noch einmal geben lassen. Und du kommst am besten mit. Ich hatte ihr sowieso schon gesagt, daß ich auch meiner Verlobten die Wohnung zeigen wollte. Es macht dir doch nichts aus, als meine Verlobte aufzutreten, nicht wahr?«

»Bilde dir nicht zuviel ein, mein Guter, wir sind nur ein Liebespaar!«

Ihre Laune mußte sich gebessert haben, denn sie sagte das in scherzhaftem Ton und mit einem Timbre, das bei dem Wort *Liebespaar* in mir den üblichen Konflikt zwischen

Nebennierendrüse und Rest der Welt auslöste. Der Ausgang des Konflikts war klar, lagen doch einige Kilometer optische Fasern zwischen ihr und mir.

Nach der Arbeit holte ich sie von zu Hause ab. Der violette Sonnenuntergang hatte ungewöhnlich lange gedauert; er hatte einen übertriebenen Verschönerungseffekt und war etwas kitschig, einer von der Sorte, die das gute alte Palermo bis zum letzten auszukosten versteht und die der Herr Michelin in seinen berühmten Führern mit drei Sternen angibt. Telefonisch hatte ich schon die Witwe Cannonito verständigt, die sich über unseren baldigen Besuch erfreut zeigte, auch wenn er nur der Übergabe der Schlüssel diente. Es war unvermeidlich, daß auch Michelle mit hinaufging. Die Alte nahm sie gleich in Beschlag, und es sah so aus, als wolle sie sie nicht wieder gehen lassen. Ich befürchtete, sie würde uns sogar zum Abendessen einladen; doch dann stellte sich heraus, daß sie bei der Tochter speisen würde.

»Sie wohnt hier im vierten Stock; wenn Sie mit der Wohnungsbesichtigung fertig sind, müssen Sie bei Buccheri läuten. Den Schlüssel legen Sie einfach in den Aufzug. Nein, machen wir es anders: Sie brauchen ihn mir nicht sofort zurückzubringen. Lassen Sie sich Zeit, Sie können morgen, auch erst am Nachmittag, kommen, wenn Sie wollen, so können wir noch ein paar Worte miteinander wechseln. Wissen Sie, daß Sie eine sehr sympathische Verlobte haben?«

Die städtische Straßenbeleuchtung in der Via Riccardo il Nero war noch immer auf Sparstrom gesetzt. Die Gegend war stockfinster, auch die Werkstätten hatten ja schon längst Feierabend gemacht. Als wir in die Straße einbogen, wurden wir vom Fernlicht eines Wagens bis auf die Knochen durchleuchtet. Ich hatte das Standlicht an und achtete nur kurz auf das Auto, das uns aus der Straße kommend schnitt.

Zum zweiten Mal innerhalb von zwei Tagen hantierte ich am Türschloß des Hauses herum. Die Schlüssel der Witwe

Cannonito brachten mich auf etwas, was ich Michelle vergessen hatte zu fragen:

»Wurden Schlüssel bei Ghinis Leiche gefunden?«

»Ja. Sie haben sie auch schon überprüft. Da waren die für seine Wohnung, das Kamulùt, das Landhaus, einige Schreibtischschubladen, die ebenfalls schon nach der verschwundenen Pistole durchsucht worden sind. Und das war es auch schon. Die für die Via Riccardo il Nero waren nicht darunter.«

»Trotzdem bin ich mir sicher, daß er sie hatte: Er war derjenige, der die Pelargonie in Abwesenheit der Ugro-Finnin goß. Sie müssen die Schlüssel von seinem Schlüsselbund abgemacht haben, bevor sie die Leiche auf der Straße liegenließen. Dahinter steckt auch eine Logik, wenn es stimmt, daß sie alles getan haben, um eine Verbindung zwischen ihm und dem Haus zu vermeiden.«

In der Wohnung herrschte die gleiche Hitze wie beim ersten Mal. Michelle sah sich um. Ich führte sie durch die Räume, und tat so, als wäre ich hier zu Hause. Im Wohn-Arbeitszimmer zeigte ich ihr das Fenster mit dem ausgetauschten Glas und den Splittern des zerbrochenen auf dem Hinterhof. Mit dem sachverständigen Blick der Gerichtsärztin nahm sie das Ambiente unter die Lupe:

»Wenn er hier drinnen erschossen wurde und die Scheibe durch das Geschoß entzweiging, kann es nur so gewesen sein, daß Ghini mit dem Rücken zum Fenster stand und der Schütze schräg rechts vor ihm, aber nahe genug, um ihm den Pistolenlauf auf den Brustkorb zu setzen. Die Schußlinie verlief beinahe waagrecht; hätte man auf ihn geschossen, als er saß, wäre die Kugel gegen die Wand geprallt, und zwar ziemlich weit unterhalb des Fensters. Ohne die Rücklehne des Stuhls zu bedenken.«

Plötzlich kam mir eine Idee:

»Trug Ghini eine Armbanduhr, als sie seine Leiche entdeckten?«

231

»Ich weiß, worauf du hinauswillst. Ja, er hatte eine, und als wir sie ihm abnahmen, funktionierte sie perfekt und zeigte die richtige Zeit an. Es war eine Quarzuhr, eine von den sportlichen Modellen aus stoßfestem Stahl. Wahrscheinlich wäre sie trotzdem stehengeblieben, wenn sie einer heftigen Erschütterung ausgesetzt worden wäre. Das kann bedeuten, daß Ghini, als auf ihn geschossen wurde, noch soviel Zeit gehabt hatte, langsam zusammenzusacken; oder daß er die Uhr ausgezogen hatte und sie ihm wieder übergestreift wurde, bevor sie ihn aus dem Haus schafften. Vorausgesetzt, deine These, daß er in der Wohnung erschossen worden ist, trifft zu.«

»Tut sie das deiner Meinung nach nicht?«

»Seien wir ehrlich, Lorè: Im wirklichen Leben wird sich von zwei Hypothesen, einer verstiegenen und einer geradlinigen, bis zum Beweis des Gegenteils die zweite durchsetzen. Am wahrscheinlichsten ist, daß der Schuß, den der Carabiniere gehört hat, der aus der Mordwaffe war; Ghini wurde im Auto erschossen und seine Leiche dann auf die Straße geworfen. Der Täter ging lieber das Risiko ein, daß die Polizei eine Verbindung zwischen ihm und diesem Haus herstellt, als mit einem Toten im Gepäckraum durch die Stadt zu irren, um ihn dann irgendwo weit weg liegenzulassen. Und die Scheibe wird aus anderen Gründen kaputtgegangen sein.«

»Hast du etwas Neues über die Autopsie erfahren? Konnten sie die Tatzeit jetzt genauer bestimmen?«

»Mein Boß hat mich in sein Zimmer gerufen. Er war sehr solidarisch, von ganzem Herzen war er das. Und verlegen war er auch, denn theoretisch hätte er mir nichts sagen dürfen, außerdem hat er den Verdacht, daß auch bei uns alles verwanzt ist. Dann hat er sich einen Ruck gegeben und mir anvertraut, daß sich der Sachverständige aus Catania Zeit genommen hat und nicht einmal ihm gegenüber etwas herauslassen wollte. Zumindest ist es ihnen gelungen, dank des Carabiniere, der den Schuß gehört hat, das Feld der Ermittlungen einzuschränken: Ihm ist nämlich eingefallen, daß einige Minuten, nicht mehr als fünf, meint er, bevor er den Knall gehört hat, eine Patrouille seiner Kollegen an ihm vorbei in die Kaserne zurückmarschierte, und das war genau um zehn Uhr, so steht es auf ihren Stechkarten. Also wurde der Schuß um zehn Uhr und fünf Minuten – auf ein paar Minuten kommt es auch nicht an – abgegeben. Die Ghini Cottone war um zehn schon im Haus meines Vaters, was beweist, daß sie als Täterin nicht in Frage kommt.«

»Einverstanden, der Schuß stammt nicht von ihr. Aber wenn Ghini trotz deiner Zweifel früher erschossen wurde, steckt sie wieder drinnen. Besonders wenn das überheizte Wohnzimmer, in dem die Leiche gelegen hatte, die Berechnung der Tatzeit beeinträchtigt hat.«

»Aber wenn die Fensterscheibe ein Loch hatte, muß die Temperatur nicht unbedingt sehr hoch gewesen sein. Wären die Fensterläden geschlossen gewesen, hätten sich Spuren außer auf dem Glas auch auf dem Holz der Läden finden lassen müssen. Doch da war nichts zu entdecken.«

»Die Läden wurden vielleicht erst nach dem Schuß zugemacht, um neugierige Blicke von außen fernzuhalten. Als ich hier war, waren sie zu.«

»Was für ein Chaos!«

»Genau. Selbst wenn nicht auszuschließen ist, daß die lustige Witwe den vermeintlich ersten Schuß abgegeben hat, von wem aber sollte der zweite stammen?«

»Was ist mit der Ungarin? Laut der berühmten Bordkarte war auch sie in Palermo. Apropos, sind wir nicht deswegen hier?«

Richtig. Ich führte sie zum Bücherregal. Alles war genau so, wie ich es am Vortag hinterlassen hatte. Ich streckte die Hand nach *Der Fall Paradine* aus. Rasch ließ ich die Seiten durch die Finger gleiten, um den Kassenzettel und die Bordkarte zu suchen. Dann blätterte ich langsam Seite um Seite durch.

Nichts. Alles war verschwunden.

Wieder im Auto, nahmen wir den Weg zu Michelles Behausung. Wir hatten beschlossen, das Angebot der Witwe Cannonito anzunehmen und die Schlüssel bis zum nächsten Tag zu behalten. Man konnte ja nie wissen.

Michelle schwieg ein paar Minuten.

»Bist du dir sicher, daß du die Karte wieder in dasselbe Buch zurückgesteckt hast?« platzte sie am Ende heraus.

Ich gab ihr keine Antwort, denn sie stellte mir diese Frage schon zum dritten Mal. Es war eine Art Senilität, die an Infantilität grenzte. Bevor wir die Wohnung verließen, hatte sie unbedingt einen großen Teil der Bücher durchsuchen wollen, die rechts und links und oberhalb und unterhalb von *Der Fall Paradine* standen. Auch ich hatte herumgesucht, obgleich ich mir sicher war, daß ich die Karte an den richtigen Platz zurückgesteckt hatte.

Sie aber hatte den rettenden Einfall:

»Das Auto!«

»Was für ein Auto?«

»Dessen Scheinwerfer uns geblendet haben, als wir in die Via Riccardo il Nero eingebogen sind. Es war ein weißer Fiat Uno. Und er hatte einen dunklen Streifen über die ganze linke Seite. Ich habe den erst wahrgenommen, als die beiden Autos auf selber Höhe waren; nur konnte ich nicht erkennen, ob ein Mann oder eine Frau am Steuer war. Um ehrlich zu sein, hätte der Wagen auch voller Melonen sein können, denn nachdem sich der Lichtstrahl in meine Augen gebohrt hatte, konnte ich absolut nichts mehr sehen.«

»Meinst du etwa ich? Ich habe nicht einmal den Wagentyp erkannt.«

»Wer auch immer es gewesen war, er oder sie haben die Bordkarte an sich genommen.«

Vielleicht. Gewiß war es ein seltsamer Zufall, daß ein Wagen dort sein sollte, wenn er nichts mit dem Haus zu tun hatte. Wie auch immer, jetzt hatten wir nichts in der Hand. Wir konnten das Ganze nur Spotorno erzählen, der ohne Schwierigkeiten an die Passagierliste jenes Flugs herankommen würde. Aber wann?

Michelle wollte dieses Mal, daß ich ihr Gesellschaft leistete. Bevor sie weggegangen war, hatte sie eine vierfache Portion gewürfeltes Rindfleisch zum Auftauen aus dem Eisfach geholt. Ich machte mich daran, eine mediterrane Auslegung der österreichischen Variante des ungarischen Gulaschs zu kreieren. Das schien mir das mindeste. Und zum Teufel mit dem Rinderwahn, den Michelle Rinderirrsinn nennt, weil dieses Wort in ihren Ohren weniger infizierend klingt, vor allem aber, weil ihr Vater sich so ausdrückt. In der Zwischenzeit lieferte sie, die hochverehrte Frau Doktor Mordopferärztin, eine weitere Demonstration ihrer kulinarischen Fähigkeiten: Sie bereitete einen raffinierten Salatteller zu – ein emanzipiertes, heimisches Grüngewächs, nach den Regeln der Kunst zerschnipselt und mit Öl und Zitrone angemacht. Sie hatte sich schwer verausgabt.

In der Wahl der Hintergrundmusik war sie schon besser. Zur Begleitung des Dinners wählte sie die CD *Paolo Conte Live,* für den sie schon immer ein Faible hatte. Danach legte ich eine Kassette auf, die ich zum Haushalt beigesteuert hatte; es war eine Kompilation von Bluesstücken, die mir einer meiner Doktoranden zusammen mit den Konfetti der Doktorprüfung anstelle der üblichen, banalen Bonbonniere – das Ganze zum Anlaß in roten Tüll gewickelt – geschenkt hatte. In Wirklichkeit war es nur ein einziger Blues, *St. James infirmary,* die der Student in sämtlichen, erhältlichen Versionen für mich aufgenommen hatte:

I'll lay down to St. James infirmary ...

Wenn ihr das ganze Band hintereinander hört, fühlt ihr euch am Ende der sechzig Minuten wie auf einer Krankenbahre.

In der Zwischenzeit machte ich mich in der Küche zu schaffen. Wenn es stimmt, wie Paolo Conte gerade verkündet hatte, daß der Rumba nur eine heitere Variante des Tangos ist, wenn es eine allzu banale Tatsache ist, daß der Blues die melancholische Seite des Jazz ist, ist es dann übertrieben zu behaupten, daß das Geschirrspülen der Verdruß nach dem Abendessen ist?

Der weiße Fiat Uno

Früh am Morgen verließ ich Michelles Wohnung; ich war sogar schon vor ihr gewaschen, angezogen, meditierend und wach – genau in dieser Reihenfolge. Wir waren zusammmen hinuntergegangen, und sie hatte mir versprechen müssen, daß sie mich umgehend im Institut anriefe, falls es Neuigkeiten gäbe. Sie bat mich, sie später zum Rechtsanwalt zu begleiten, der voraussichtlich mit dem zweitletzten Flug aus Rom kommen würde. Das bedeutete, mitten in der Nacht. An und für sich nichts Schlimmes. Die besten Verteidigungsstrategien werden zu nächtlicher Stunde ausgearbeitet. Wie überhaupt die besten Dinge. Schon immer habe ich denen mißtraut, die behaupten, Morgenstund habe Gold im Mund. Mir scheint es, als habe sie hauptsächlich Blei im Kopf.

Ich hatte mir überlegt, vor der Arbeit noch zu Hause vorbeizufahren. Denn wäre ich so früh in der Via Medina-Sidonia eingetroffen, hätten mindestens zwei Leute einen Herzinfarkt gekriegt. Das wäre nicht ohne Reiz gewesen, hätte ich sichergehen können, daß es auch die Richtigen erwischte. Mein Autopilot schlug jedoch eine andere Strecke ein, und ich kreiste schließlich erneut um das Gebäude des Kamulùt und die Wohnung von Ghini Cottone. Der Laden war wie alle anderen in der Gegend noch geschlossen, nur ein paar Bars hatten schon offen, denn es war wirklich noch früh.

Es war ein Blindversuch, aber nicht allzu blind (man könnte ihn vielleicht mit gutem Grund als kurzsichtig definieren).

Schon auf der ersten Rundfahrt entdeckte ich, was ich zu finden hoffte. Er stand mit den Rädern auf dem Gehweg in der Nähe des Hauseingangs geparkt. Ein weißer Fiat Uno mit einer langen, dunklen Kratzspur über die ganze linke Seite, wie Michelle gesagt hatte.

Aufgrund des Adrenalinstoßes infolge dieser Entdeckung oder wegen der Ladung dieser dummen Vitamine aus Michelles Salat surrten die Ideen wie wildgewordene Wespen durch meinen Kopf. Die erste war sowieso klar. Ich stieg aus dem Golf und überprüfte das Innere des Fiat Uno. Es gab keine Blutspuren, keine Löcher in der Rückenlehne des Sitzes, keine Anzeichen von Reparaturen, keine Papiere noch sonst irgendwelchen Kram – nichts Interessantes also war darin. Ich studierte sogar die ausgehängten Zahlungsbelege der Kfz-Steuer und der Versicherung, eine von den großen Gesellschaften.

Ich setzte mich wieder in meinen Golf und war dieses Mal fest entschlossen, nicht auf meinen Autopiloten zu hören, der gerne mit der Umsetzung der Idee Nummer zwei weitergemacht hätte. Ich richtete den Bug gen Heimat. Die Mittagsstunde wäre der günstigste Moment gewesen, um den Rest des Programms zu realisieren.

Zu Hause bereitete ich mir einen Tropf mit Koffeinlösung. Die Nacht zuvor hatten wir wenig geschlafen, auch wenn ein Teil von mir in den oberen Stockwerken so tat, als merke er nichts davon. Ich trank eine erste Tasse noch kochendheißen Kaffee und lauschte im Hintergrund *Coloriage*, eine meiner CD-Neuerwerbungen: Richard Galliano, Akkordeon, Gabriele Mirabassi, Klarinette. Seelenruhig schlürfte ich die zweite Tasse, als das Telefon läutete. Es war halb neun. Das ist die Stunde, die mein Schwager bevorzugt, um mich um einen Gefallen zu bitten – der meist den Bereich Ackerbau und Viehzucht betrifft: Ich muß für ihn öfters Samengut und ähnliches in der landwirtschaftlichen Genossenschaft in der Via Archirafi kaufen, am Ende der Welt also.

Ich antwortete am Apparat im Wohnzimmer und hatte Tasse und Kaffeemaschine mitgenommen, da ich wußte, daß nach Armando Maruzza an der Reihe sein würde.

»Herr Professor?«

Es war nicht Armando. Der hätte einfach nur »Lorè!« gesagt, doch nicht deswegen … es war eine weibliche Stimme. Und es war nicht einmal Maruzza, denn diese hier hatte einen leicht fremdländischen Akzent, der irgendwie vertraut in meinen Ohren klang:

»Die Frau Ugro-Finnin!« rief ich in die Muschel.

»Herr Professor, Sie haben mir eine Essenseinladung und einen nächtlichen Rundgang durch die Stadt versprochen, erinnern Sie sich?«

»Wie könnte ich so etwas je vergessen! Wo sind Sie?«

»In Wien. Heute abend nehme ich den letzten Flug via Mailand. Kurz vor Mitternacht werde ich voraussichtlich in Palermo sein.«

Man hörte den Verkehrslärm auf der Mariahilfer, oder was es auch immer war, und den Singsang eines fliegenden Händlers, der seine Waren feilbot. Die folgenden Worte hatte ich wohlbedacht:

»In welchem Hotel werden Sie absteigen?«

»Ich weiß es noch nicht. Auch den Flug muß ich noch buchen. Es dürfte wohl keine Probleme geben.«

»Kommen Sie als Touristin?«

Sie lachte herzhaft:

»Das wäre schön! Nein, ich komme wegen Arbeit. Ich werde nur wenige Tage bleiben. Es wäre mir wirklich ein Vergnügen, Sie zu treffen. Ich rufe Sie morgen früh ganz einfach vom Hotel aus an, und wir machen noch für denselben Tag etwas aus. Ist Ihnen das recht?«

Und ob mir das recht war. Ich legte auf und verfiel in längeres Grübeln. Ich würde zu gerne wissen, was es mit dem Telefonat auf sich hatte. Denn trotz meines wohlbedachten und gerechtfertigten Vertrauens in meinen Latino-Charme schien mir die Ugro-Finnin nicht der Typ, der bei den internationalen Strategien der Verführung den ersten Schritt macht. Irgendwie mußte der Blitzbesuch am Vorabend in der Via Riccardo il Nero mit im Spiel sein. Was auf eine Verbindung zwischen den zwei Witwen Ghini – der ortsansässigen und der aus Wien – hindeutete. Auf welcher Grundlage aber?

Unter der Spitze des Eisbergs zeichneten sich Umrisse ab, die viel zu symmetrisch waren, um wahr sein zu können. Das war ein Kontext, der mir zu offensichtlich und zu widersprüchlich zugleich erschien. Ich hätte zu Papier und Feder greifen sollen, um die Fakten aufzureihen, damit sie ein Mindestmaß an Logik bekämen. Ich beschränkte mich darauf, aufzustehen, die Schlüssel des Golfs zu nehmen und das Haus zu verlassen. Eine Strecke zu fahren, die ich bereits im Schlaf kenne, steigert meine Konzentrationsfähigkeit, hilft mir, die richtigen Neuronen freizulegen und das besonders an roten Ampeln. Voller Optimismus programmierte ich meinen Autopiloten auf die Geschwindigkeit einer Kreuzfahrt bei zwanzig Knoten Wind mit Fahrtrichtung Via Medina-Sidonia. Unterwegs reihte ich in Gedanken die Fakten aneinander.

Erstens: Die Bordkarte und der Kassenzettel, die verschwunden waren, gehörten der Ugro-Finnin. Zweitens: Der Fiat Uno gehörte der Clique Ghini-Cottone-Kamulùt. Drittens: Der Fahrer des Fiat Uno hatte Bordkarte und Kassenzettel der Ugro-Finnin sichergestellt. Viertens: Der Fahrer des Fiat Uno hatte Michelle oder meine Wenigkeit oder uns beide wiedererkannt. Fünftens: Der Fahrer des Fiat Uno konnte sich nicht sicher sein, daß Michelle oder ich ihn nicht unsererseits wiedererkannt hatten. Sechstens: Die Ugro-Finnin hatte sich telefonisch mit mir in Verbindung gesetzt, weil der Fahrer des Fiat Uno ihr gesagt hatte, daß er mich in der Via Riccardo il Nero gesehen hatte, und die Bitte um ein Treffen für den nächsten Tag deutete auf den Versuch hin, das Terrain sondieren zu wollen. Siebtens: Der Fahrer des Fiat

240

Uno war die lustige Witwe. Das war in Wirklichkeit kein Fakt, sondern ein Beinahe-Fakt. Achtens: Die Verbindung zwischen der Ugro-Finnin und dem Ambiente Ghini-Cottone-Kamulùt basierte auf Komplizentum oder Erpressung oder beidem? Nicht einmal das war ein Fakt, sondern eine Frage.

Ich archivierte vorübergehend alles, denn inzwischen war ich im Fachbereich angelangt. Nach einer Viertelstunde tauchten meine beiden weiblichen Geschöpfe auf:

»Hat jemand dich heute früh aus dem Bett geschmissen, Chef?«

»Heute ist nicht der Tag, um Witze zu reißen, macht euch schleunigst an die Arbeit.«

»Rat mal, wen wir gestern kennengelernt haben.«

»Interessiert mich nicht.«

»Sie sind am Nachmittag angekommen, nachdem du schon weg warst.«

»Ja, Peppuccio und seine russische Verlobte. Der Neffe der Dekanin, erinnerst du dich?«

»Demnächst findet die offizielle Verlobungsfeier statt, und wir sind eingeladen.«

Das hatte gerade noch gefehlt.

»Sie wollten die alte Virginia besuchen, und die hat sie hierher zu uns umgeleitet.«

»Die Verlobte hat ein Gesicht wie eine Olga. Aber sie heißt Natascha.«

»Es ist eine Blondine mit sibirischblauen Augen und milchfarbenem Teint. Statt an ihr könnte man sich auch an einem Glas Magerjoghurt vergehen. Aber sie ist sympathisch.«

»Sie lernt gerade, wie man auf sizilianisch einkaufen geht. Italienisch kann sie ja schon. Und auch Peppuccio ist nicht übel. Wir hatten mit Schlimmerem gerechnet.«

»Aber er ist viel zu nachgiebig. Diese Olga-Natascha läßt ihn richtig nach ihrer Pfeife tanzen. Er wirkt wie das schwache Glied einer Nahrungskette.«

»Wenn ihr mir zu verstehen geben wollt, daß ihr noch irgend etwas aus den Ökologie-Vorlesungen wißt, zieht das bei mir nicht.«

»Aber ja doch: Er sieht so aus, als belege er die ersten Stufen der Nahrungskette eines Sumpfes. Chef, die Wahrheit ist, daß es heute keine *maschi* mehr gibt, wie es sich gehört. Die Guten sind alle schon vergriffen. Und die anderen sind entweder Scheißkerle oder schwul oder sie sind Peppuccio.«

Um des lieben Friedens willen verkniff ich mir, sie zu fragen, zu welcher Kategorie sie mich denn zählten.

Kurz nach Mittag lenkte ich meine Schritte erneut zum Ausgang. Mir war noch eine Idee gekommen. Ich nahm den Wagen und fuhr Richtung Zentrum und hoffte, in der Nähe des Kamulùt einen Parkplatz zu finden. Die einzige Möglichkeit war, in zweiter Reihe zu parken. Ich stellte mich in die Nähe der Straßeneinmündung, um von da aus den Fiat Uno im Auge zu behalten. Ein weiterer Blindversuch. Ich sah voraus, daß das Kamulùt pünktlich um ein Uhr schließen würde. Und dem war auch so.

Um fünf nach eins erschien einer der Lackaffen an der Ecke. Es war Milazzo, der versucht hatte, mir das Elfenbeinmundstück anzudrehen. Der mit dem Paß und den russischen Visa. Er näherte sich dem Fiat Uno, öffnete den Schlag, stieg ein, machte ein Manöver und raste mit quietschenden Reifen davon. Instinktiv ließ ich den Motor an und fuhr ihm nach. Er bog erst in die Via Daita, dann in die Via Turati und mußte hinter einer Schlange an der roten Ampel Ecke Via Libertà bremsen. Er hatte den rechten Blinker gesetzt. Ich war unentschieden, ob ich ihm folgen und dabei riskieren sollte, mein Programm für den Vormittag auf den nächsten Tag verschieben zu müssen. Am Ende entschied ich mich dagegen. Milazzo fuhr vermutlich nur zum Mittagessen zu Muttern nach Hause. Was ich gerade mit eigenen Augen gesehen hatte, reichte jedenfalls aus, die Situation in ein ganz neues Licht zu stellen: Dieses neue Element machte die Sache nun noch komplizierter. Ich bog nach links ab und fuhr die Via Ruggiero Settimo, danach die Via Maqueda entlang, bog in die Via Candelai ein und kam schließlich am Papireto heraus.

Zwischen dem einen und anderen Manöver war es mittlerweile halb zwei geworden. Das war die richtige Zeit. Wie das letzte Mal stellte ich mich an die Einmündung in die Via Riccardo il Nero und wartete. Es waren noch keine fünf Minuten vergangen und schon fuhr der abgewrackte Fiat Fiorino mit dem übernabligen Padrone an mir vorbei. Ich lenkte mein Gefährt in die Straße und hielt vor der Werkstatt des Kfz-Elektrikers. Wie gehabt war der Laufbursche dabei, seinen üblichen Fraß zu verputzen. Das Bild war mir überaus bekannt. Nur das Wetter schien sich verändert zu haben. Aber vielleicht war das nur mein Eindruck.

Dieses Mal blieb ich im Wagen sitzen und winkte den Burschen zu mir. Er erkannte mich und kam näher.

»Wie heißt du?«

»Peppuccio.«

Und damit wären wir bei drei! Zu dritt würden sie sicher viel Holz für ein lohendes Freudenfeuer zu Ehren ihres Namenspatrons San Giuseppe zusammentragen.

»Hör zu, Peppuccio, weißt du, ob es hier in der Nähe einen Glaser gibt?«

Entgeistert sah er mich an.

»Erinnerst du dich an den, der letzten Monat in der Wohnung dort eine Fensterscheibe ausgewechselt hat?« machte ich weiter mit meinen Blindversuchen.

Er kratzte sich am Kopf. Er hatte einen ausgeklügelten Schnitt, wie er vor einigen Jahren Mode war: an der Seite ganz hoch Fasson geschnitten und in der Mitte einen wallenden Schopf. So fängt es an. Und zum Schluß läßt man sich Koteletten wachsen. Der endgültige Ruin.

»Das muß Meister Aspano gewesen sein«, murmelte er schließlich.

»Wo hat Meister Aspano seine Werkstatt?«

Er erklärte mir recht umständlich, wo ich abzubiegen und woran ich mich zu orientieren hätte. Der wichtigste Anhaltspunkt war der Stand eines *stigliolaro,* der panormitische Delikatessen – Schafgedärme nämlich – röstete und feilbot. Die Stelle war nicht weit von hier, im Gewirr der Gäßchen des Capos Richtung Sant'Agata alla Guilla. Ich dankte Peppuccio Nummer drei und streckte ihm einen Fünftausendlireschein hin. Seine Augen leuchteten:

»Aber es bringt nichts, wenn Sie gleich hingehen. Um die Zeit ist er beim Essen. Er macht gegen halb drei wieder auf.«

Ich nutzte die Wartezeit und rief Michelle von einem öffentlichen Telefon aus an. Sie war ziemlich elektrisiert.

»Es gibt Neuigkeiten«, sagte sie, »aber wir sprechen besser unter vier Augen.«

Auch sie hatte schon die Paranoia wegen des Abgehörtwerdens.

Ein Duftkringel, der von Frittiertem kommen mußte, tanzte provokant und sinnlich wie eine Odaliske vor meinen Nüstern, tippte sachte gegen die äußeren Nervenenden und drang dann in die Tiefe, wo er meinen Geruchsnerv so fest in den Griff nahm, daß ich meiner fleischlichen Bedürfnisse gedachte. Ich nahm die Witterung auf und folgte dem Duft gegenströmig wie ein Lachs auf den Spuren des Lachsweibchens. Er kam aus der Pfanne eines *panelle*-Verkäufers gleich hinter der nächsten Ecke. Aber es waren keine *panelle:* Ich stand gerade noch rechtzeitig vor ihm, um zu sehen, wie er ein paar Kilo knusprig gebackene *cicirello*-Fischchen abtropfte. Möglicherweise begann ich sogar zu sabbern. Wie ließe sich ansonsten erklären, daß er mir, ohne mich gefragt zu haben, eine schöne Portion in eine Spitztüte aus Ölpapier füllte, sie zusammen mit einer halben Zitrone und einem kleinen Teller voll Salz vor mir auf die Theke stellte? Wirklich sehr rührend. Ich glaube, daß das der erste Fall von glotzäugigen Speicheldrüsen war. Während ich mir die knackigen Häppchen zwischen die Zähne schob, kam ich nicht umhin, an Michelles Vater und an die Catering-Tabletts im Pagliarelli zu denken, die vermutlich das Höchstmaß an Luxus hinter Gittern darstellten. Doch wie betrüblich der Gedanke auch war, er konnte mir nur zum Teil den Appetit verderben. Mit einer stummen Geste lehnte ich die Flasche *passito* mit Soda ab, die der Mann hinter der Pfanne mir entgegenstreckte, und nahm mit einem Glas eisgekühltem Weißwein des Hauses vorlieb. Es war wahrscheinlich ein gemischter Jahrgang, die Flasche trug kein Etikett und war mit einem Schraubverschluß verschlossen. Das Höchstmaß an Lasterhaftigkeit. Und da gibt es noch Leute, die sich mit einem in Zellophan verpackten Pausenhappen begnügen!

Um zum Glaser zu gelangen, fuhr ich auf den Corso Vittorio zurück, bog auf die Piazza Sett'Angeli ab und schlug die Via Sant'Agata ein. Vielleicht war das nicht der beste Weg, sicher aber der, der mir am meisten lag. Ich hoffte, den Golf am Rand des Marktes lassen zu können und den Rest zu Fuß zurückzulegen. Die Tageszeit war günstig, und ich fand ohne Schwierigkeiten einen Platz in der Piazza Sant'Isidoro.

Meister Aspano war dünn und lang wie eine Bohnenstange, und seine Werkstatt lag an einer kleinen Rampe mit Ausblick auf den üblichen Müllcontainer. Der Raum glich einer Rumpelkammer voller Glasscheiben, die auf dem Boden lagerten oder an der Wand lehnten, und der alte, verkrustete Arbeitstisch nahm fast den ganzen restlichen Platz ein. Der Glasermeister war schon am Werk, über eine Scheibe gebeugt machte er mit einer Diamantnadel Eingravierungen. Er war schon etwas älter und trug eine Brille mit Gläsern wie Panzerglas. Er drehte sich nicht einmal zu mir um, als ich auf der Türschwelle haltmachte, sondern grummelte auf meinen Gruß hin nur Buonasera. Ich sagte, daß ich ein kaputtes Fensterglas zu ersetzen hätte.

»Wo?« lautete seine lakonische Antwort (vielmehr seine Frage.)

Ich nannte ihm geradeheraus die Adresse des Hauses in der Via Riccardo il Nero. Er blickte nicht einmal von der Arbeit auf, als er knapp entgegnete:

»Noch eines?« Vielleicht mußte er für jedes Wort Akkordlohn zahlen.

»Was heißt – noch eins?«

»Es ist noch keinen Monat her, daß ich dort eine Fensterscheibe ausgewechselt habe.«

»Wann war das?«

»Das habe ich hier auf der Kladde stehen ... Moment, ach, da ist es ja. Ich schreibe mir solche Sachen immer auf, bei der vielen Arbeit, die ich habe ...«

Endlich hob er sein Haupt und fixierte mich eingehend mit zusammengekniffenen Lidern. Das eine Brillenglas war mattiert, und das Auge hinter dem anderen funkelte wie ein Doppelstern:

»Sie sind nicht der vom letzten Mal.«

»Und wer war das beim letzten Mal?«

Er igelte sich ein, ohne mich auch nur eines Blickes zu würdigen, und widmete sich eisig wie ein Fischstäbchen wieder seiner Arbeit.

»War es ein junger Mann? Ein älterer Herr?«

Sein eines Auge sprühte flüssige Lava, als er sagte:

»Hier wird gearbeitet und nicht geschwätzt.«

Ich trollte mich und wünschte ihm gute Arbeit.

Zwar hatte ich nicht herausgekriegt, wer den Auftrag für das Auswechseln der Fensterscheibe erteilt hatte, aber zumindest wußte ich jetzt, daß es ein Mann gewesen war. Und mir war auch gelungen, einen Blick in seine Notizen zu werfen. Das Datum war das vom Montag nach dem Mord, also am ersten Arbeitstag danach. Und ich wollte nicht an einen Zufall glauben.

Mit der Geschwindigkeit eines D-Zugs war ich wieder beim Wagen. Auch ich hatte eine Neuigkeit für Michelle.

Nach Feierabend fuhr ich zu ihr nach Hause und erzählte ihr jede Einzelheit, angefangen beim Anruf der Ugro-Finnin. Michelle setzte eines ihrer Lächeln Kaliber achtunddreißig mit Spezialrüstung für die Bisonjagd auf. Die Arten zu lächeln sind bei ihr breitgefächert und können es nur mit der Vielfalt ihrer Schweigepausen aufnehmen. Als ich zum Schluß vom Besuch in der Glaserei erzählte, nickte sie kräftig:

»Alles paßt zusammen.«

»Was paßt wozu?«

»Erinnerst du dich, daß ich von Neuigkeiten gesprochen habe? Es gibt ein Element, auf das sie erst bei der Analyse von Ghinis Wäschestücken gestoßen sind. Auf Ghinis Hemd wurden zahlreiche für die Verbrennung des Schießpulvers typische Rückstände gefunden, was ja nur recht und billig ist, da der Schuß aus allernächster Nähe auf ihn abgegeben wurde; auf der Krawatte jedoch sind nur ganz wenige Spuren davon und nur auf der Seite, die mit dem Brustkorb in Berührung gekommen war. Weißt du, was das bedeutet?«

»Als auf ihn geschossen wurde, trug er keine Krawatte; die haben sie ihm erst umgebunden, bevor sie ihn auf dem Gehsteig abluden. Sogar einen Krawattenhalter haben sie ihm angesteckt.«

»Genau. Das Bild, das sich daraus ergibt, besagt, daß Ghini in der Wohnung ein Jackett trug, das auch tatsächlich am Rücken ein Loch hat; er war am Relaxen und hatte den Hemdkragen aufgeknöpft. Wahrscheinlich saß er gemütlich da, als auf ihn geschossen wurde. Er hatte die Krawatte gelockert und dann ausgezogen. An diesem Punkt bin ich neugierig zu erfahren, was die Ungarin dir zu berichten hat ...«

»Das werden wir morgen wissen. Die Frage ist jetzt, erzählen wir heute abend alles dem Anwalt oder nicht?«

»Wieso hast du da Bedenken?«

»Die Sache ist die, der Advokat wählt die Verteidigungslinie, aber der Mandant muß das entsprechende Input liefern. Zum gegenwärtigen Zeitpunkt wissen wir nicht, ob dein Vater bei seiner Verhaftung über all das, was wir erst jetzt entdeckt haben, auf dem laufenden war oder nicht. Wenn er Bescheid wußte, ist es an ihm, mit seinem Verteidiger darüber zu sprechen, und wenn er das nicht tut, wird er seine guten Gründe haben. Meiner Ansicht nach ist es besser, wenn wir auch vor dem Rechtsanwalt den Mund erst aufmachen, wenn du nach dem Verhör einen Gesprächstermin mit deinem Vater gehabt hast. Bei der Gelegenheit dann erzählst du ihm alles und überläßt die Entscheidung ihm, was er sagen will und was nicht.«

»Das erscheint mir zwar etwas konstruiert, aber nicht unvernünftig. Noch etwas hat mir von Anfang an zu denken gegeben: Wieso ist keiner von der Polizei, den Finanzpolizisten, der Staatsanwaltschaft oder sonst jemand weder auf dieses Haus und die Ungarin, die sogar am Mordtag in Palermo weilte, noch auf den ganzen Rest gestoßen, den wir aufgedeckt haben?«

»Die Gründe dafür können verschiedene sein. Doch unter Berücksichtigung der Natur des Menschen und der Dinge ist die wahrscheinlichste, oder wenn du glaubst, die nüchternste Erklärung die, daß De Vecchi die Abwesenheit Spotornos ausgenutzt hat, um die Ermittlungen auf die simpelsten Lösungen hinzulenken. Die nämlich kommen ihm am meisten zupaß, weil sie das größte Aufsehen erregen. Tatsache ist, daß Spotorno und De Vecchi seit neuestem einen Groll aufeinander hegen – das hat mir mein Journalistenfreund anvertraut, aber es ist kein Geheimnis. Der Signor Zweiter Staatsanwalt wußte gar nicht, wie ihm geschah, als ihm eine so verlockende Geschichte unterkam, aus der er richtig Kapital schlagen wollte. Wäre Vittorio nicht abgereist, hätte er die Sache bestimmt auf seine Weise angepackt. Und hätte De Vecchi sich stur gestellt, hätte Vittorio einen Riesenkrach geschlagen. Es ist nicht auszuschließen, daß er das bei seiner Rückkehr tut, wenn der Fall in der Zwischenzeit nicht weniger Staub aufwirbelt. Aber du hattest von zwei Neuigkeiten gesprochen. Was ist die andere?«

Michelle schien einen Augenblick nachzudenken:

»Ein weiteres Element, das bei der Autopsie ans Licht kam; der Sachverständige hat es ohne Umschweife meinem Chef gesagt, da es nebensächlich zu sein schien: Ghini hatte ein Aneurysma im Gehirn.«

Ein Aneurysma! Ein kleiner Ballon voller Blut, der irgendwo im Gehirn festsitzt. Von wegen nebensächlich! Das ist es nur, wenn es jemanden betrifft, der einen nicht die Bohne interessiert. Die Wände einer Schlagader können nämlich nachgeben und sich erweitern, die blutgefüllte Blase schwillt an ... und es braucht nicht viel, daß sie fluff macht und platzt: beispielsweise eine rasende Verfolgungsfahrt wie in *Pongo und Perdita;* vier Tritte gegen einen Fußball; das sadistische Zeugnis des Stammhalters; der Sieg der Kommunisten bei den Wahlen in Texas. In den glücklicheren Fällen reicht auch ein etwas lebhafterer, nächtlicher Ritt. Und schon geht's mit der Reinkarnation los, wenn man es gut getroffen hat. Oder übel, wenn einer für das definitive Blackout ist und ihm ein einziges Leben vollauf genügt, da er nicht glaubt, es sei das Risiko wert, als Recyclingsystem für Ram-Speicher wiedergeboren zu werden.«

»War er mit dieser Mißbildung auf die Welt gekommen?«

»Wenn das der Fall war, war es ein Wunder, daß Ghini die Fünfzig geschafft hat. Nach Aussagen des Gutachters hätte er jeden Moment tot umfallen können.«

»Wußte er das?«

»Wie läßt sich das sagen? Man müßte die Witwe oder seinen Arzt befragen.«

»Dein Vater sagte, daß Ghini depressiv bis zur Verzweiflung war. Vielleicht ist das der Grund ...«

»Könnte sein. In diesem Fall dürfte die Witwe nichts davon mitbekommen haben, denn zu uns hat sie gesagt, daß er ganz und gar nicht von Sorgen gebeutelt, vielmehr ruhig und ausgeglichen war. Als hätte er sich in der Familie auf eine Weise und Außenstehenden gegenüber auf eine völlig andere verhalten. Falls die Ghini Cottone von dem Aneurysma wußte, können wir sie von der Liste der Verdächtigen streichen: Sie hätte keinerlei Grund gehabt, auf ihn zu schießen. Sie hätte sich nur gedulden müssen. Und nicht einmal lange.«

»Eben. Bei dieser Geschichte ist es so, jedesmal wenn wir glauben, einen Volltreffer gemacht zu haben, stellt sich heraus, daß der Linienwärter das Fähnchen schwenkt, weil das Spiel im Abseits war.«

Der Rechtsanwalt hatte ein Gesicht wie ein müder *bandolero*. Er war jünger, als ich ihn mir vorgestellt hatte, noch keine Fünfundvierzig; es war ein schmächtiger, dunkelhaariger und verknitterter Typ mit tiefen Ringen unter den Augen, was aussah wie eine Allegorie auf die Welt der Justiz kurz vorm Nervenzusammenbruch. Er saß hinter seinem Schreibtisch und wich dem schwachen Licht einer Tischlampe, der einzigen Lichtquelle der Kanzlei, aus – schlimmer als ein Schattengewächs oder ein Vampir, der gerade aus einem Sarg geschlüpft ist. Die Räumlichkeiten, in denen er hauste und werkte, befanden sich im dritten Stockwerk eines kleinen Herrenhauses aus den fünfziger Jahren in der Gegend um die Via Dante und nicht weit von Michelles Wohnung entfernt; wir hatten aber trotzdem das Auto genommen. Er war es, der uns an der Gegensprechanlage geantwortet und dann die Tür geöffnet hatte, weil der Assistent, die Sekretärin und der Laufbursche schon längst Feierabend hatten und wahrscheinlich im Begriff waren, die eiskalte Rache der zähen Tintenfische vom Abendessen in einem Glas Alkaseltzer zu ertränken. Michelle hatte mir schon gesagt, daß er allein lebte und seine Gunst ungleichmäßig zwischen einer unscheinbaren, brünetten Steuerberaterin und einer blühenden, dem Anschein nach blonden Gastwirtin aufteilte. Das ermöglichte ihm wahrscheinlich, am Essen zu sparen, da ein Gutteil seiner Einnahmen für die viel zu hohe Unterhaltszahlung seiner geschiedenen Frau draufging.

Nicht, daß Michelle ihn kannte, es war das erste Mal, daß

250

sie ihn sah. Nur ist es so, daß Palermo eine einzige Gerüch-
teküche ist. Man braucht nur stehenzubleiben und zuzuhören, wenn jemand über einen anderen redet, und automatisch
kriegt man einen Großteil der falschen, gleichwohl wissens-
werten Aussagen über die Einheimischen mit. Die Kunst besteht darin, sich das Beste herauszupicken. Und dann Über-
kreuz-Kontrollen durchzuführen. Hört man zweimal aus verschiedenen Quellen haargenau die gleiche Geschichte, kann
man sie bedenkenlos übernehmen: Sie ist hundertprozentig
erfunden.

Anfangs hielt ich mich diskret im Abseits und beschränkte mich bei dem vorgeschriebenen Händequetschen zwischen
Machos auf Entzug darauf, meinen Namen zu murmeln. Michelle hatte mich als »einen Freund« vorgestellt. Dieser Ausdruck kam mir unpassender vor denn je.

Der Anwalt betonte eingangs, daß er trotz seiner Abwesenheit von Palermo dank der Telefonkontakte mit seinem eng-
sten Mitarbeiter ständig auf dem laufenden war.

»Das ist ein aufgeweckter, fähiger junger Mann, der in der
Lage ist – und das ist in der heutigen Zeit Gold wert –,flugs
die Stimmungen in den maßgeblichen Büros – dem des Ermittlungsrichters und vor allem dem der Staatsanwaltschaft –
aufzuschnappen: Schreie und Flüstern.«

Bislang war mir noch kein Advokat untergekommen, der
mit Bergmann-Zitaten aufwarten konnte.

Und bevor »sich die Ereignisse dramatisch zugespitzt hatten«, hatte er die wenigen vorliegenden Elemente studiert.
Eingehend hatte er sie mit Monsieur Laurent diskutiert. Der
Tiefschlag war aber völlig unerwartet gekommen ... Keiner
hätte je gedacht, daß ...

Seine Sprache, mit der er sich über den Fall ausließ, war
etwas archaisch; er zeigte eine seltsame Scheu, die Dinge
beim Namen zu nennen: Aus der Verhaftung von Monsieur
Laurent wurde ein verschämtes »Überstürzen der dramati-
schen Ereignisse« oder noch kürzer »Das Ereignis«; zu Mi-

chelle gewandt, benutzte er den Ausdruck »Ihr Papa«, wenn er vom Vater hinter Gittern sprach.

Michelle hielt sich an unsere abgemachte Strategie, auch wenn der Herr Rechtsanwalt aus der Nähe besehen tatsächlich ein braver Typ zu sein schien, dem man ohne weiteres vertrauen konnte. Aber wir brauchten ja nur noch ein paar Tage abzuwarten, bis das Verhör stattgefunden hatte und, wenn alles gutging, die Familie zu einem Besuchstermin zugelassen wurde. Auch wenn es in diesem Fall nur um ein Familienmitglied ging.

Als wir die Anwaltskanzlei betreten hatten, schien Michelles Stimmung im Keller zu sein – von der Sorte »Familie Schopenhauer kehrt aus dem Urlaub zurück«. Die beruhigenden Worte des braven Rechtsanwalts aber hatten sie wieder aufrichten können.

Als alles gesagt zu sein schien und wir uns schon verabschieden wollten, fiel mir ein, daß Vittorio vor seiner Abreise etwas von einem Alibi der lustigen Witwe angedeutet hatte. Ich fragte den Anwalt, ob er etwas darüber wisse.

»Offiziell nicht«, antwortete er vielsagend. Dann wurde er plötzlich blaß und schien kurz vorm Umkippen. Er zog eine Schublade seines Schreibtischs auf und stöberte ergebnislos darin herum. Dann suchte er in den Taschen seines Jacketts, fand ein Bonbon und steckte es in den Mund. Wie ein Blitz kam mir ein Zweifel:

»Haben Sie heute schon etwas zu sich genommen?«

»Heute früh gegen zehn einen Cappuccino und ein Hörnchen, nach sechs Stunden Schlaf in zwei Tagen.«

»Ach ja? Wir haben auch noch nicht zu Abend gegessen.«

Ein dreifacher Blick des Einvernehmens genügte. Er führte uns zu Fuß die Via Dante entlang über die Piazza Politeama in eine halbleere Trattoria. Es war ein anspruchsloses Lokal, knapp an der Grenze zum Trostlosen, wie um zu sagen, daß Essen schließlich nur ein Ernährungsbedürfnis sei und die Gegebenheiten keinen Anlaß zu Abschweifungen ließen.

252

Der klassische Ort für Steak und Salat, bekannt unter dem Namen Zi' Cocò. Alle Tische bis auf einen waren frei; an ihm saßen zwei bunt gemusterte Sylphiden in niedergeschlagener Stimmung, die dabei waren, sich eine Portion Schwertfisch- filet mit Minze einzuverleiben. Neben ihren Tellern prunkten zwei identische Handys, auf die sie hin und wieder einen fle- hentlichen Blick warfen, auf daß es ja endlich klingele.

In seinen besten Zeiten war das Lokal sowohl von Schwar- zen als auch von Marxisten-Leninisten besucht, die den Mund voll nahmen mit den Volksmassen, während die einzi- gen Massen, die eine handfeste Wirkung auf sie hatten, die süchtig machenden Fleischklöpse in Sauce von Zi' Cocò wa- ren. In Kneipen dieser Art, die über die gesamte Halbinsel verstreut sind, ist die politisch korrekte Küche entstanden. Es war eine Art Dämpfpolster, ein Niemandsland, eine Schweiz mit Passito und Soda. Die Schwarzen kamen öfters, um ir- gendeine siegreich ausgetragene Schlägerei zu feiern. Wer weiß, ob der Rechtsanwalt eine Ahnung davon hatte. Die ju- ristische Fakultät war seinerzeit eine Festung der Faschos ge- wesen. Besser also nicht nachbohren. Auch weil noch eine andere Frage ausstand.

Ich wartete, bis ein Glatzköpfiger von der Crew des Zi' Cocò uns Brot, Wein und einen deftigen Vorspeisenteller ser- viert hatte, und brachte dann vorsichtig das Gespräch wieder auf unser Thema. Ich fragte den Anwalt, was er zuvor mit dem »offiziell nicht« gemeint hatte.

Er hüstelte und kaute ausgiebig sein Stück *caciocavallo*. Nachdem er den Käse mit einem Schluck Hauswein hinunter- gespült hatte, sagte er:

»Ich habe den Ermittlungsrichter, Doktor Calogero Cascio, von Rom aus angerufen, und wir haben ausgiebig miteinan- der geplauscht. Nach Aussagen des Gerichtsarztes wurde zwischen neun und elf Uhr abends auf Ghini geschossen. Die Gattin des Toten behauptet, daß sie am Samstagnachmittag mit der Inventur des Kamulùt begonnen und auch nach Ladenschluß weitergemacht habe und die Angestellten seien ihr zum Überstundentarif zur Hand gegangen. Danach sei sie gleich in ihre Wohnung hinaufgegangen, und dort habe sie die Nachricht von dem Unglück ereilt. Scheinbar war sie es, die sich jedesmal um die Inventur kümmerte; ihr Ehemann war in erster Linie für die Finanzen, die Marktsondierung und den Einkauf zuständig. Die Polizei hat ihre Aussagen überprüft, und die Angestellten haben sie bestätigt. Offiziell dürfte ich nichts davon wissen, aber Cascio und ich sind seit Ewigkeiten miteinander befreundet und waren auch an der Uni im gleichen Semester. Er ist kein übler Bursche, nur etwas zu schwach, zu nachgiebig.«

Unbeabsichtigt mußte ich wohl das Gesicht verzogen haben, was er mißverstand:

»Sie dürfen sich nicht wundern, Herr Professor: Die Beziehungen zwischen Anklage und Verteidigung sind nur im Gerichtssaal und in den Zeitungen angespannt. Draußen aber kommt es vor, daß die Vertreter der beiden Seiten zusammen essen gehen, sich gegenseitig Hausbesuche abstatten, sich den Liebhaber oder die Geliebte teilen. In Palermo ist das vielleicht nicht so oft der Fall wie in anderen Städten, und auch nicht unter den Strafverteidigern und Staatsanwälten, die sich mit Prozessen gegen die Mafia befassen, aber ich kann Ihnen versichern, es geschieht auch hier, und zwar häufiger, als man denkt.«

»Sie brauchen nicht zu glauben, Herr Anwalt, nur weil ich aus einer anderen Berufssparte komme... Sehen Sie, wir Großstadtbiologen bilden eine Sekte zur Beschwörung der guten Geister, deren einziges Mitglied bislang ich bin: Dem Gründungsstatut getreu wundere ich mich nie über etwas. Und schon gar nicht über das, was Sie eben gesagt haben. Ich habe den Magen eines Stoikers, und meine Augen sind Allesfresser, auch wenn es nur zwei sind und ich sie nicht wegen jeder Sache zudrücken kann. Meine Generation hat seinerzeit die 68er-Bewegung geboren, hat sie später verschlungen und

254

spuckt jetzt in aseptischer und geruchloser Form die letzten Reste dieses Verdauungsprozesses aus: die *political correctness*. Ich aber will unkorrekt sein und zwar in jeder Hinsicht. Angefangen bei der Politik in ihrer augenfälligsten Erscheinungsform: dem Justizwesen. Oder umgekehrt, wenn es Ihnen so lieber ist. Ich will Ihnen etwas sagen, für mich ist das einzig Erstaunliche bei dieser Geschichte, daß der Ermittlungsrichter nicht Peppuccio heißt.«

Er ließ die Faust auf den Tisch krachen und brach in schallendes Gelächter aus. Das war für einen von seiner Statur eine ziemlich unerwartete Reaktion. Bei einem übergewichtigen Bankier hätte ich eher damit gerechnet. Michelle zwang sich eines ihrer Lächeln von schleichend ätzender Wirkung ab.

»Dann wird Sie nicht einmal die vertrauliche Mitteilung des Ermittlungsrichters mir gegenüber Wunder nehmen. Er hat nämlich gesagt, daß er versucht hat, die Untersuchungshaft Ihres Papas«, und bei diesen Worten wandte er sich Michelle zu, »in Hausarrest zu verwandeln, denn seiner Beurteilung nach war das Tatmotiv zu vage, und es lagen weder Beweise noch schwerwiegende Indizien gegen ihn vor. Und der Staatsanwalt Doktor De Vecchi hat ihm entgegengehalten, daß Beweise nicht immer unerläßlich seien und die Ermittlungen eine komplexe Struktur, eine eigene Logik besäßen und die Anträge an den Ermittlungsrichter nur deren zwangsläufige und praktische Folgeerscheinung seien.«

»Und mein Vater ist diesen Kerlen da ausgeliefert?« seufzte Michelle.

»Bislang haben sie die besseren Karten. Ich habe Ihrem Papa ziemlich zugesetzt, um mehr aus ihm herauszukriegen, aber es war, wie dem Ochs ins Horn gepfetzt. Zum Schluß hat er gesagt, es sei wohl besser, wir ließen den Staatsanwalt machen; später hätte er dann im Einklang mit dem Ergebnis des ersten Verhörs eine bessere Verhandlungsposition, und dann könne man weitersehen.«

255

Unterdes waren das unvermeidliche Steak vom Grill für den Advokaten und der *cacio all'argentiera* für Michelle und mich serviert worden. Während die Kaumuskeln arbeiteten, herrschte Schweigen. Am Tisch der Grazien war das lang ersehnte Klingeln zu hören, aber es hatte keine erkennbaren Auswirkungen auf ihre trübe Laune. Nach dem Obstnachtisch bestellte der Anwalt einen Averna. Er war wieder zu Kräften gekommen und wirkte gelassen, aber mit wachem Sinn. Die Schlachten des morgigen Tags erwarteten ihn.

»Ich will Ihnen gern eine Episode aus den Zeiten der Universität erzählen«, sagte er in meine Richtung. »Eine Geschichte, die ich in jeder Hinsicht als erleuchtend bezeichnen würde. Ich war im vierten Semester und büffelte eben mit Calogero Cascio bei seinen Eltern zu Hause auf die Prüfung für Strafrecht. Sie wohnten damals in der Straße nach Baida, oberhalb von Boccadifalco. Es wird gegen Ende August gewesen sein, und wie eine Feuerwerksvorstellung war ein Sommergewitter losgebrochen: Donnerschläge, blitzende Pfeile und Funken sprühende Blitze inmitten von Wolkenbrüchen, daß man hätte ertrinken können. Es war schon dunkel, aber warm, und wir waren auf die Veranda gegangen, um das Schauspiel zu genießen. Plötzlich wurde zwischen dem einen und dem anderen Lichtstrahl ein fahles, bläuliches Licht sichtbar, das sich ausbreitend immer intensiver wurde, bis die alte Startbahn unter uns so hell erleuchtet war, daß man die Grashalme einzeln sehen konnte. Das Ganze dauerte ungefähr eine halbe Minute, bis das Licht langsam verlöschte. Es war großartig. Wir brachten den Mund vor Staunen nicht mehr zu. Vergeblich suchte ich den Himmel nach der Lichtquelle ab. Es war eine Art Bengalfeuer, das zur Feier von irgendeiner örtlichen Madonna abgeschossen worden war. Die Heiligen Jungfrauen der Vororte sind sehr rachsüchtig: Ob es regnet oder nicht, sie dulden nicht, daß ihre offiziellen Daten wie der Namenstag vergessen werden. Dann drehte ich mich zu Cascio um und sah, daß er die Hände um eine Stuhllehne geklammert hatte und leichenblaß war. Tags darauf lesen wir in der *Sicilia,* daß es sich bei jenem strahlenden Licht um einen Kugelblitz gehandelt hatte, eines jener meteorologischen Wahnsinnsphänomene, wie sie nur einmal alle tausend Jahre vorkommen und deshalb sogar in der Zeitung stehen. Cascio gestand mir dann, daß er am Vorabend vor lauter Schreck beinahe in die Hosen gemacht hätte, weil er das Licht für den Widerschein einer Atombombe gehalten hatte. Das Wesentliche an der Geschichte oder die Moral, wenn Sie wollen, ist genau die: Ich dachte an ein Stadtteilfest, und er glaubte, daß der Atomkrieg ausgebrochen sei. Das war schließlich der Grund, warum ich Rechtsanwalt geworden bin und er Ermittlungsrichter. Es stand in den Sternen geschrieben. Oder wie Sie sagen würden, in den Chromosomen. Habe ich mich klar genug ausgedrückt?«

»Völlig klar.«

In der Zwischenzeit hatten die Regenbogenschönheiten ihre Rechnung bezahlt. Auf dem Weg zum Ausgang konnten sie es sich nicht verkneifen, uns drei einen langen, prüfenden Blick zuzuwerfen, wie Finanzberaterinnen auf der Suche nach neuen Kunden.

Auch wir machten uns auf die Socken. Der Rechtsanwalt bestand darauf, die Rechnung zu bezahlen. Wir begleiteten ihn bis an die Haustür, und er versprach, daß er sich beim leisesten Anzeichen von Neuigkeiten mit uns in Verbindung setzen würde.

Michelle wollte, daß ich über Nacht bei ihr bliebe. Obwohl es schon recht spät war, wanderte sie ohne Unterlaß von einem Zimmer ins andere, verrückte Gegenstände ohne erkennbaren Grund, nur um ihre leichte Nervosität zu beruhigen. Ich suchte in der Zwischenzeit unter ihren Bücher nach etwas Lesbarem und landete am Ende nolens volens bei einem mehrbändigen Lawrence Block, den ich zum Teil schon gelesen hatte. Er ist nicht schlecht, nur ertrage ich diesen Sermon über die Liga der Anonymen Alkoholiker nicht. Ein andalusischer Freund von mir sagt immer, daß ein allseits bekannter Saufbruder immer besser sei als eine Schar Anonymer Alkoholiker. Deshalb sind wir miteinander befreundet. Abgesehen davon, daß ich dem Wort Liga nicht über den Weg traue.

Michelle schaltete beiläufig das Radio an und erwischte eine ungewöhnliche Reggae-Version von *It's all over now, baby blue* von Mick Jagger. Sie warf mir einen flüchtigen Blick zu. Ich wußte, warum. Für sie hatte der Song eine besondere Bedeutung. Vor nicht allzulanger Zeit hatte sie mir davon erzählt.

Es war eine jener Geschichten, die zu beweisen scheinen, daß der Flügelschlag eines Schmetterlings im Kanton Tessin einen Taifun in Canton in China auslösen kann: Michelle war wegen einer ihrer Fortbildungsseminare in New York und wollte sich unter keinen Umständen das Konzert von Bob Dylan im Central Park oder auf dem Washington Square oder wo auch immer entgehen lassen. Genausowenig wie eine Million 40jähriger, denen die Tränen locker saßen, die sich als Waisenkinder von Woodstock fühlten und Lust auf ein Revival hatten. Und Dylan hatte schließlich, nachdem er die Band heimgeschickt und die Gitarre niedergelegt hatte, angefangen, *It's all over now, baby blue* a cappella zu flüstern und zu surren. Er war allein auf der Bühne, seine Lippen klebten am Mikrophon, seine Stimme des ewigen Juden war kaum hörbar. Und Michelle und die Million 40jähriger waren mit einem Schlag verstummt und stellten sogar das Atmen ein, und auch die Grillen, die Zikaden, die Spatzen, die Tauben oder was auch immer für ein Getier hatten aufgehört zu lärmen. Und genau in jenem Augenblick, da eine Million stiller Schauer sich zu einem einzigen, riesigen Fluß vereinten, zu einem einzigen Erschauern, groß wie der Rio in Amazonien, zu einem mächtigen und stummen Mississippi aus Emotionen wurden ... war ihr der Urzweifel gekommen, der bohrende Gedanke, daß auch sie mit etwas Gewichtigem Schluß machen sollte, wie beispielsweise mit dem Fettsack, ihrem Gatten nämlich. Und am Ende war der Zweifel kein solcher mehr, sondern eine schwer auf ihr lastende Gewißheit. Und das, was hinterher geschehen war, nämlich meine zweite Runde, nennen wir es einmal so, und alle Begleitrunden waren nur der Endschlag, der letzte Katalysator, das Trockendock für die fälligen Reparaturen gewesen. Es waren nur die richtigen Personen zur richtigen Zeit am richtigen Ort.

Michelle machte das Radio wieder aus und wechselte zum Fernseher über. Da lief gerade *Kramer gegen Kramer,* was für sie, welch Graus, überhaupt nicht in Frage kam, da sie den Streifen als den typischen Film für die Anfangsphase der Wechseljahre hielt. Es war spät, aber es war eine jener Nächte, die kein Ende haben sollten und weit über die offizielle Zeit hinaus dauern. Am Ende stieß sie auf *In der Hitze der Nacht,* den wir beide in- und auswendig kennen. Ich sah ihn mir an ihrer Seite bis zum Ende an, obwohl ich vor Müdigkeit bald umkam. Auch das ist eine Form von Solidarität.

Kauft Salz und verwahrt es

Der Himmel verfärbte sich, und ich pfiff auf dem Weg nach Hause *Farewell Angelina*. Durch die Dunstwolken, die der verlorene Schlaf in meinem Kopf hinterlassen hatte, bahnte sich mühsam die Erinnerung an ein Versprechen seinen Weg: Die Ugro-Finnin wollte mich heute doch anrufen...? Das würde programmgemäß ein kritischer Tag werden. Der Himmel hatte sich am Ende zu einer neutralen Farbe durchgerungen und den Routineton eines Werktags angenommen.

Zu Hause stellte ich sofort die Mokka aufs Gas und ließ dem Libertango freien Lauf. Das Bandoneon des alten Astor destillierte die melancholischen Stimmungen des gesamten Universums zu einem lang anhaltenden Seelenschmerz aus Vinyl, ohne meine leicht angesäuerte Stimmung zu verändern. Erwartungsvoll lauschte ich auf ein Klingeln des Telefons. Es kam nicht. Ich konnte mich nicht entsinnen, ob ich der Ugro-Finnin bei unserer Begegnung in Wien auch meine Büronummer hinterlassen hatte. Zum Schluß entschied ich mich für ja. In jedem Fall war ich mir sicher, daß es ihr gelingen würde, mich aufzuspüren, schien sie doch ein lebhaftes Interesse an einem Plausch mit mir zu haben.

Sie überraschte mich am späten Vormittag im Institut, während ich, um mich bei Laune zu halten, ein Wortgefecht zwischen den beiden Maiden anzuheizen versuchte:

»Herr Professor, sind Sie es? Hier bin ich, wie versprochen.«

»Von wo rufen Sie an?«

»Ich bin im Hotel Politeama wie immer, wenn ich in Palermo bin.«

Wie immer, von wegen! Das sagte ich aber nicht. Allein schon dieser Satz wirkte wie eine Sondierung des Geländes und nicht einmal eine besonders behutsame.

»Haben Sie schon etwas vor zum Mittagessen?« streute ich ein und versuchte, meine Frage mit viel wohlerzogenem Enthusiasmus zu unterlegen.

»Ja, wie ich Ihnen gestern schon sagte, bin ich beruflich hier. Aber heute abend bin ich frei.«

Darauf hätte ich wetten können. Die Abendstunden mit ihrem typischen Palermer Flair sind wie gemacht dafür, jemanden in die Mangel zu nehmen. Und sie wußte das sehr gut. Wir vereinbarten, daß ich sie am frühen Abend im Hotel abholen käme. Als ich auflegte, machten sich die beiden Mädchen daran, mein Innenleben mit Röntgenaugen zu durchleuchten.

»Wer war das Frauenzimmer, Chef? Es war doch eine sie, oder nicht?«

»Wenn du uns alles erzählst, versprechen wir, deiner Geheimfrau nichts zu verraten.«

»Das geht euch überhaupt nichts an, haltet den Schnabel.«

»So bist du aber normalerweise nicht, Chef. Du bist richtig unhöflich!«

»Nur zu euch.«

Ich blieb den ganzen Tag an der Uni, sogar das Mittagessen ließ ich ausfallen und mutete meinem Organismus Unmengen von Koffein zu. Als die Dämmerung hereinbrach, machte ich einen Abstecher nach Hause.

Nach einer ersten Pistenrunde zwischen der Via Daita und dem seitlichen Fahrbahnstreifen der Via Libertà gab ich meine Suche nach einem Parkplatz auf. Ich ließ den Wagen in zweiter Reihe vor dem Hoteleingang stehen und ging hinein.

Die Ugro-Finnin erschien mit gerade noch erträglicher Verspätung, nachdem der Portier bei ihr im Zimmer angerufen hatte.

»Herr Professor, wie schön Sie zu sehen!« – (Wie originell!)

Sie hatte reichlich in den Schminkkasten gegriffen, doch mit soviel Klasse, daß es wie ein leichtes Make-up wirkte. Sie trug ein perlgraues Kostüm (war das wohl das Erkennungsmal der Ghini-Witwen?), ein Markenparfum, wahrscheinlich ein italienisches Label, und ein Tuch mit dem Signum Hermes, das ganz und gar mit aztekischen Masken auf dunkelblauem Grund übersät war. Ich hatte mich von der Schuhspitze bis zum Knoten der einfarbigen Krawatte aus Seidenstrickstoff, der genau wie die Große Revolution völlig aus der Mode gekommen war, als perfekter Gentleman aus dem Süden vermummt. Ich vermittelte den Eindruck des Vertrauensmanns eines Mafiabosses mit Geschmack, wie sie im Kollektivbewußtsein der Psychoanalytikerinnen von Voghera auftauchen. Falls ihr überhaupt an so etwas wie Kollektivbewußtsein glaubt.

»Da Sie mich in Wien zum Mittagessen eingeladen haben, gestatten Sie mir, daß ich Ihnen in Palermo zumindest einen Aperitif ausgebe?«

»Soll das ein Witz sein? Sehen Sie einmal genauer hin, wie ich gekleidet bin! So etwas nennt man gepflegte Eleganz; und das ist bestimmt nicht der Look, um sich von einer jungen Lady eine Runde bezahlen zu lassen. Dazu hätte ich mir die Spinatstecher und eine orangekarierte Weste anziehen müssen – und statt so etwas zu tun, wäre ich lieber in den Knast gegangen, da stimmen Sie mir sicher zu.«

»Danke für die junge Lady. Genehmigen wir uns trotzdem einen Aperitif?«

»Ja, aber nicht hier. Im übrigen steht mein Wagen in zweiter Reihe.«

Mein Golf, der mit der Zeit ein strapaziertes Weiß angenommen hat, war das einzige Detail, das nicht auf der Höhe des ganzen Rests war – abgesehen noch von meinen Haaren, die aufgrund eigenständiger Traditionen zur Unabhängigkeitsfront gehören. Die Sache ließ mich kalt. Und die Ugro-Finnin verzog keine Miene.

Ich schlug die Achse Ruggiero Settimo – Via Maqueda ein, die wie immer verstopft war, und führte eine unverbindliche, aber nicht demagogische Konversation. Sachen wie: Wie war das Wetter in Wien, hatten Sie eine gute Fahrt, wie gingen die Geschäfte, und derlei honigsüßes Zeugs kamen mir über die Lippen. Es lag an ihr, den ersten Schritt zu tun, wenn ich die Sache richtig eingeschätzt hatte. Sie antwortete verhalten, ohne übertriebene Herzlichkeit vorzutäuschen, abwartend, daß das Gespräch von alleine den richtigen Kurs einschlüge. Mit einem Wort, wir sondierten einander.

An den Quattro Canti bog ich in den Cassaro ab und parkte dann in der Piazza Bologni. Der Verkehr hatte deutlich abgenommen, eine Gefechtspause vor dem herannahenden Strom zu späterer Stunde. Ich geleitete die Ugro-Finnin über den Corso Vittorio zum Hotel Centrale, einst Zufluchtsstätte für heimliche Rendezvous der vornehmen Gesellschaft aus halb Sizilien, das jetzt in neuem Glanz erstrahlte. Meine Wahl dieses Ortes war keine Absichtserklärung meinerseits. Der Grund war die Dachterrasse mit Bar, einer der bezauberndsten Orte der ganzen Metropole und ideal für einen geheimen oder zumindest inkognito eingenommenen Aperitif. Ich hatte die Terrasse erst vor kurzem, nach der Renovierung des Hauptgebäudes entdeckt. Von dort oben hat man einen Blick auf ganz Palermo. Zumindest auf alles, was sehenswert ist. Und es war mild genug, um ein halbes Stündchen im Freien zu sitzen.

Wir fuhren mit dem Aufzug hoch, wanderten durch ein paar Kilometer auf Hochglanz polierte Korridore, durchquerten die Restauranthalle und traten auf die Terrasse.

Wäre ich einer von den Märchenerzählern des Baedeker,

könnte ich sagen, daß unsere Weltstadt ein funkelndes Lichtermeer war, das sich im trüben Gewässer von Porta Carbone spiegelte, ein Schmuckstück in der Nacht usw. usw. Aber es war noch mehr als das. Der Himmel sah aus wie die türkische Fahne: Die Mondsichel versuchte, den Stern aufzuspießen, der auf ihrer Spitze tanzte. Das Panorama war im Grunde nicht sehr viel anders als das von meiner Terrasse. Aber da, wo wir jetzt waren, nahm man einfach auf einem der Sessel aus Rohrgeflecht an einem kleinen Tisch Platz, und schon erschien jemand, der gegen ein paar Geldscheine alles herbeizauberte.

Die Ugro-Finnin bestellte einen Campari Soda und ich schloß mich ihr an. Sie setzte sich mit vollem Blick auf den Koloß des Teatro Massimo, das von Kopf bis Fuß eingerüstet war; und hell strahlte seine grün oxydierte Kupferkuppel, die von innen erleuchtet war. Links davon, fast zum Greifen nahe, stand das Auditorium des Santissimo Salvatore; ein Stück weiter die Fialen der Kathedrale, Porta Nuova und der Turm der Santa Ninfa des Palazzo dei Normanni. Und dann weiter in der Runde der übliche Reigen von Glockentürmen, Kuppeln, Küppelchen und dem ganzen Rest.

Wir waren allein auf der Terrasse. Das Hotel war voller Touristen, fast ausschließlich Japanern, die den Speisesaal bevorzugt hatten, wo sie jetzt gerade die letzten Reste ihrer Crème Caramel vom Teller kratzten. Für uns Ortsansässige war noch keine Essenszeit. Sie lehnte die Camel ab, die ich ihr anbot, und ließ sich von mir Feuer für eine ihrer Muratti geben. Sie blies den ersten Mundvoll Rauch aus und ließ ihren Blick um 360 Grad schweifen.

»Großartig«, sagte sie. Doch mir war aufgefallen, daß sie sorgfältig vermieden hatte, in Richtung Via Riccardo il Nero zu schauen. Von hier aus waren zwar weder die Straße noch das Haus zu erkennen, aber die Gegend war leicht zu lokalisieren.

Die Aperitife kamen. Sie zwang sich zu einem Lächeln:

»Nun, Herr Professor, was haben Sie mir Schönes zu erzählen?«

»Vielleicht haben Sie etwas zu erzählen.«

Langsam baute sie das Lächeln ab und sah mich nachdenklich an. Nun hatte sie wieder ihren wachsamen Blick, der mir schon in Wien aufgefallen war. Um ehrlich zu sein, hatte sie den schon aufgesetzt, als ich sie im Hotel abholte, nur war die Wachsamkeit jetzt stärker geworden. Offensichtlich hatte sie keine klare Vorstellung, wie sie die Sache einfädeln sollte. Natürlich konnte sie mich nicht auf den Kopf zu fragen, was ich alles über sie wußte. Und ich vereinfachte es ihr nicht. Das war der Grund, glaube ich, weshalb bei ihr die Automatik der Verführungsstrategie ansprang. Das strategisch geschickte Schweigen hielt an, bis die Aperitife zu Ende waren. Ich schlug vor, zum Essen zu gehen. Fast mit Erleichterung nahm sie meinen Vorschlag an. Auch sie hatte für Zeitgewinnen optiert. Der Abend versprach nicht viel.

Ich hatte einen Tisch bei Grilli in den neuen Räumen im Palazzo Pantelleria reserviert. Um dorthin zu gelangen, war ich wieder den Corso Vittorio Richtung Kathedrale hinaufgefahren, anstatt, wie ich sollte, Richtung Porta Felice. Perfide wie ich war, hatte ich eine Route gewählt, die uns über viele Kurven und Ecken in allernächste Nähe der Via Riccardo il Nero brachte. Die Miene der Ugro-Finnin war undurchdringlich. Aber ich könnte schwören, daß ich ihr erleichtertes Aufatmen hörte – vielleicht ein Atmen der Seele –, als ich am kritischen Punkt geradeaus fuhr, anstatt nach rechts abzubiegen.

Die Straßen um den Palazzo di Giustizia herum waren wie jeden Abend verstopft.

»Mir scheint, mit dem Verkehr in Palermo wird es immer schlimmer«, bemerkte sie.

»Nein, so ist es, seitdem ich meine erste Brille für Kurzsichtige anprobiert habe: Eine Sekunde zuvor war hier noch die

Wüste. Dann waren mit einem Schlag Millionen von Autos da.«

»Ach.«

Ganz objektiv gesprochen, hatte ich eigentlich mehr als nur das verdient. Ich parkte auf dem Platz Cavalieri di Malta, die wie immer von Katzen mit Fischgerippen im Maul bevölkert war. In den kleinen Speisesälen im oberen Stockwerk des Lokals waren recht viele Tische frei, denn es war noch keine Stoßzeit. Von irgendwoher ertönte gedämpft die swingende Fitzgerald, die *Love for sale* sang. Die Ugro-Finnin kannte sich allem Anschein nach hier aus.

Wir bestellten die Vorspeisen, den ersten und den zweiten Gang und den Wein. Ein verlängertes Schweigen trat ein, als hätten die Verhandlungen über den Speiseplan vorübergehend jedes andere Gesprächsthema auf einen toten Punkt gebracht. Der Wein kam. Ein erster Schluck ließ blitzartig ihre ironische Ader wieder aufleben:

»Und haben Sie dann die Dalmatika von König Roger in Wien besichtigt?«

»Was ist die Dalmatika?«

Die Musik leistete unverhoffte Hilfestellung. Das Band der Fitzgerald war zu Ende, und sie hatten ein anderes aufgelegt, dem ich keine Beachtung geschenkt hatte, bis *Sad walk* erklang. Das war die Inspiration. Anders wüßte ich nicht, wie ich den Impuls bezeichnen sollte, der mich zur folgenden Frage trieb. Es war eine kleine Frage aus dem galanten Handbuch des tolpatschigen Plauderers:

»Mögen Sie Chet Baker noch immer?«

Nicht einmal Madame Sagan hatte mit ihrem »Lieben Sie Brahms?« etwas Besseres finden können. B wie Brahms, B wie Baker. Zumindest war mir gelungen, den Anfangsbuchstaben beizubehalten. Ich versuchte, eine unschuldige Miene aufzusetzen, während ich der Ugro-Finnin in die Augen sah und ein richtiges Ohrfeigengesicht machte. Sie fixierte mich lange, während sie im Hinterstübchen ihres Gedächtnis wühlte, um die wahre Bedeutung meiner Frage zu enträtseln. Dann begann sie sachte zu nicken, als hätte sie eine Antwort auf eine tief im Innern liegende Frage gefunden:

»Professore, was hielten Sie davon, wenn wir aufhörten, uns vorzumachen, daß wir uns durch Zufall begegnet sind?«

»Wollen Sie sagen, Sie sind eigens aus Wien gekommen, nur um sich mit meiner Wenigkeit zu treffen?«

»Und Sie sind extra nach Wien gekommen, nur um mich zu sehen? Das bestimmt nicht. Aber es hat keinen Sinn, sich ein X für ein U vorzumachen. Herr Laurent ist ein alter Freund von mir, aber das wissen Sie ja längst.«

»Warum versuchen Sie mir nicht etwas zu erzählen, was ich noch nicht weiß? Beispielsweise Ihre Meinung zum Mord an Umberto Ghini? Aber halten Sie mich nicht für einen Trottel, der zu viele amerikanische Fernsehschnulzen gesehen hat. Ich erwarte mir nicht von Ihnen, daß Sie sagen: Okay, ich bin es gewesen, oder, Frau Ghini ist es gewesen, oder, wir beide sind es gewesen. Aber wenn Sie nichts damit zu tun haben und wenn Sie derselben Meinung sind wie ich, daß auch Ihr alter Freund César nicht in das Verbrechen verwickelt ist, dann ist jetzt höchste Eisenbahn, sämtliche Karten auf den Tisch zu legen, um ihm zu helfen.«

»Aber was soll ich schon in über zweitausend Kilometer Ferne davon wissen? Die Situation war nun einmal so, wie sie war: mit Umberto ... Sie wissen ja, was ich meine. Mittlerweile sahen wir uns nicht mehr so oft wie früher. Und er kam häufiger nach Wien oder Mailand, als umgekehrt ich nach Palermo. Seine Anwesenheit im Norden war wichtiger als meine im Süden. Unter uns gesagt, ich glaube nicht, daß César Laurent etwas mit Umbertos Tod zu tun hat. Und auch Eleonora nicht. Wenn Sie meine Meinung wissen wollen, muß man in den Kreisen der Antiquitätenhändler hier in Palermo suchen. Oder in denen der Halbwelt. Das hier ist ja nicht gerade die friedlichste Stadt der Erde, darüber sind wir uns doch einig ... Was César angeht, seien Sie beruhigt, er wird bald wie-

267

der auf freiem Fuß sein. Eleonora hat mir gesagt, daß sie so gut wie nichts gegen ihn in Händen haben. Wenn wir in meinen Breitengraden wären, würde ich Ihnen und Ihrer Freundin, der Tochter von César, raten, Vertrauen in die Mühlen der Justiz zu haben. Kennen Sie den Witz von dem Müller und Friedrich dem Großen? Es gibt Richter in Berlin ...«

»Was das anbetrifft, die gibt es hier auch. Das Problem ist, daß einige von ihnen zuweilen aus Berlin zu sein scheinen.«

Als sie die lustige Witwe vertraulich beim Vornamen genannt hatte, als wären sie alte Freundinnen, hatte ich keine Miene verzogen. Wer weiß, ob auch die Ghini Cottone sie ihrerseits Elena nennt. Wie auch immer die Dinge lagen, stammten all diese Informationen über die Beziehungen zwischen mir, Michelle und deren Vater offenkundig aus dem Mund der lustigen Witwe. Mehr meinem Instinkt folgend und weniger aus Berechnung, hatte ich es vorgezogen, mich so zu verhalten, als wüßte ich nichts von dem Haus in der Via Riccardo il Nero noch davon, daß die Ugro-Finnin sich am Tag des Verbrechens in Palermo befunden hatte. Genaugenommen war das ihre Absicht, als sie sich mit mir treffen wollte – nämlich herauszufinden, was ich über die zwei Fronten wußte. Mich reserviert zu geben, war also meine einzige Chance. Ich schenkte ihr Wein nach.

»Wie ging es Herrn Ghini in den letzten Wochen?« versuchte ich es nach einer Pause, in der ich nachdenklich meine Stirn in Falten legte, ohne wirklich nachzudenken. »War er besorgt, angespannt ...«

»Nein. Er war ganz normal und ausgeglichen. Zumindest am Telefon. Die Dinge liefen inzwischen ja ganz gut.«

»Hatte er gesundheitliche Beschwerden?«

Auch sie überlegte, bevor sie antwortete:

»Eleonora hat mir gesagt, daß bei der Autopsie ein Aneurysma in seinem Gehirn entdeckt wurde. Aber keiner wußte etwas davon, nicht einmal er selbst, denn er war ein ängstlicher Typ. Doch in der letzten Zeit wirkte er ganz entspannt.«

»Darf ich Sie fragen, warum Sie in Palermo sind, da Sie mir nun einmal die Illusion genommen haben, daß Sie meinetwegen hergekommen sind?«

»Lassen Sie sich doch nicht so leicht den Wind aus den Segeln nehmen, Herr Professor, in Ihnen steckt ein guter Kern. Wer weiß, vielleicht das nächste Mal ... jedenfalls bin ich wegen des Kamulùts gekommen. Es gibt zahlreiche Probleme zu bewältigen, Entscheidungen zu treffen. Eleonora hat im Unterschied zu mir auf diesem Gebiet keine große Erfahrung.«

»Sie sind zwei wahrlich welterfahrene Personen, Sie und Frau Ghini Cottone. Gebildet, emanzipiert, vorurteilsfrei ...«

»Wir sind nur realistisch und gebrauchen unseren gesunden Menschenverstand. Es liegt eine konkrete Situation vor, in der Klarheit geschaffen werden muß. Und eben das tun wir. Wir sind Frauen, die schon zu viel durchgemacht haben und sich keinen Zermürbungskrieg leisten können.«

Mehr aus Diplomatie denn aus Galanterie zog ich es vor, nicht weiter zu bohren. Der Rest des Abends plätscherte träge dahin. Nicht einmal der Armagnac zum Abschluß, dem eine Flasche Etna rosso zum Essen vorausgegangen war, konnte sie soweit bringen, daß sie ihr streng gehütetes Mißtrauen gänzlich ablegte, das sie wie eine Aura umgab.

Als ich sie ins Hotel zurückbegleitete, wollte sie offensichtlich den Moment des Abschieds hinauszögern. Ich ging mit ihr bis zur Rezeption und fragte sie, wie lange sie voraussichtlich in Palermo bleiben würde.

»Noch ein paar Tage, bis Samstag.«

»Dann sehen wir uns vielleicht noch ...«

Es war nur eine Abschiedsfloskel, und genau so wurde sie auch verstanden. Wenn ich es bei ihr versucht hätte, hätte sie mich vielleicht auf der Stelle in einen Eisblock verwandelt. Aber ich hatte den Eindruck, als sei sie trotzdem eingeschnappt, weil ich es nicht getan hatte. Ist das ein kleiner Nachtgedanke, wie ihn die südländischen Chauvis haben?

Auf den Sesseln im Atrium saßen drei Typen mit hungrigem Blick, die nur darauf zu warten schienen, daß ich das Feld räumte. Ich ging durch die Tür, ohne ihnen viel Erfolg zu wünschen. Sie ähnelten den drei Schwulis in einem Fernsehspot, die eine dumme, verrostete Glocke aus dem Meer bergen, bei der beim Teufel nicht einzusehen war, wie sie hatte Schiffbruch erleiden können. Vielleicht hätte ich der Ugro-Finnin viel Erfolg wünschen sollen.

Michelle war noch nicht zu Bett gegangen und wartete auf mich. Ich hatte ihr versprochen, nach dem Abend mit der Zebensky bei ihr vorbeizukommen, um Rapport zu erstatten. Sie war viel zu stolz, um mich von sich aus danach zu fragen. Als sie mich hereinließ, lag ein Schatten auf ihrem Gesicht, der sich nach dem Begrüßungskuß auf die Wange verdüsterte:

»Prada«, verkündete sie geheimnisvoll.

»Wie bitte?«

»Das Eau de Cologne, das du an dir hast. Es heißt Prada. Warum so spät?«

»Es ist noch nicht einmal Mitternacht. Und Eau de Cologne habe ich keines aufgelegt.«

»Eben. Es ist ein Frauenparfum.«

»Ach. Weißt du, es ist wie mit dem passiven Rauchen. Sie muß ein paar Liter von dem Zeugs an sich gehabt haben. Selbst das Auto hat sie damit imprägniert. Trotzdem war es nicht notwendig, daß ich mich für das Wohl aller aufopfere. Nicht bis zum Äußersten. Wir waren nur zusammen essen.«

Von dem Aperitif auf der Terrasse des Hotels Centrale sagte ich ihr nichts. Das wäre ihr verdächtig vorgekommen. Zumindest was meine Absichten anging. Hätte ich es selbst ausschließen können, daß ein solcher Verdacht unbegründet war? Ich begann mit meinem wortgetreuen Bericht.

»Es ging null zu null aus«, sagte ich abschließend. »Keiner von uns hat vom anderen etwas Wissenswertes erfahren. Sie muß aber zu der Überzeugung gekommen sein, daß wir weder etwas von dem Haus in der Via Riccardo il Nero noch von ihrer Reise nach Palermo am Tag des Gemetzels wissen. Das ist ein Spielvorteil für uns, auch wenn ich noch nicht weiß, wofür er gut ist.«

»Bemerkenswert ist jedoch, daß sie haargenau wie die Cottone behauptet, Umberto Ghini sei in den Wochen vor dem Verbrechen völlig ausgeglichen gewesen, während mein Vater das exakte Gegenteil behauptet hat. Da es von Amts wegen ausgeschlossen ist, daß mein Vater uns Lügenmärchen erzählt, stehen wir wieder vor dem alten Dilemma. Entweder bluffen die zwei Damen, um zu beweisen, daß der Verstorbene ruhig und gelassen war, weil er nichts an der häuslichen Front zu befürchten hatte, oder Ghini funktionierte zweigleisig: Zu Hause war er ein Simulant und außerhalb verlor er aufgrund der übergroßen Anspannung die Kontrolle über sich. Ich würde zur ersten Annahme neigen, denn es ist schwer vorstellbar, daß einer, der weiß, daß sein Sohn drogensüchtig ist, auf unbestimmte Zeit vor seiner Familie die Ruhe in Person spielen kann.«

»Wie auch immer, die beiden leisten sich gegenseitig Vorschub. Zumindest bisher.«

Tief in der Nacht erst war Michelle mit ihrem Verhör über mein Treffen mit der Ugro-Finnin fertig, und so durfte ich bleiben.

Am nächsten Morgen war zu einer Uhrzeit, wie sie den Workaholics liegt, eine Sitzung des Fachbereichsrats angesetzt. Es war ein Wunder, daß ich wegen des Schlafmangels und des langen Sermons des Peruzzi auf der Versammlung nicht einnickte. Aus diesem Grund beschloß ich, mich in der Mittagspause ausnahmsweise in meine vier Wände zu verziehen.

Ich machte mir einen Teller Spaghetti mit Tomatensauce, die meine Schwester eigenhändig in Flaschen eingekocht hatte, und spülte alles mit ein paar Gläschen Wein hinunter.

Dann streckte ich mich, die Zeitung in der Hand, auf der Couch im Wohnzimmer aus.

Mein Freund, der Gerichtschronist, hatte recht behalten: Die Affäre wurde auch im Lokalteil mit keiner Zeile mehr erwähnt. Um so besser. Ich ließ die Zeitung zu Boden gleiten und schloß die Augen. In einem meiner komplexen Gehirnmechanismen drehte sich die CD von Rabih Abou-Khalil mit seinem maghrebinischen Jazz, der dem Schlaf, vor allem aber den Träumen, sehr förderlich ist – vorausgesetzt, man hat Lust zu schlafen.

Die Stimme drang von der Straße durch die geschlossenen Fensterläden und bahnte sich ihren Weg in einem langsamen Crescendo bis zur Grenze zwischen Wachsein und Schlaf, die ich noch nicht ganz überschritten hatte. Anfangs schenkte ich ihr keine Beachtung, da sie wie die natürliche Ergänzung des Ouds von Abou-Kahlil im letzten Stück der CD, *Dreams of Dying City,* klang. Aber auch, weil es eine Stimme war, die uns Hauptstadtmenschen sehr vertraut ist:

»*Accattativ'u sali* ... Kauft Salz und verwahrt es ... Wenn ihr nach mir sucht, findet ihr mich nicht ... *Accattativ'u sali* ... vier Päckchen Salz zweitausend Lire ...«

Aktion und Reaktion: die Stimme über die Schlafschwelle einlassen, die geistigen Rädchen dazu bringen, sich in der richtigen Geschwindigkeit in die richtige Richtung zu drehen, bis es den richtigen Klick macht ... Wie ein Blitz sprang ich vom Sofa auf, griff zum Telefonverzeichnis, suchte die Nummer des Hotels im Zentrum und sah auf die Uhr. Es war noch keine vier, das Kamulùt hatte noch zu, und es war nicht auszuschließen, daß die Signora auf ihrem Zimmer war.

Ich schnaubte vor Zorn. Ich habe es nämlich gar nicht gern, wenn jemand mich verarschen will. Vor allem nicht, wenn das Vorhaben von Erfolg gekrönt ist. Ich wählte langsam die Nummer des Hotels und verlangte nach ihr. Sofort wurde ich verbunden. Ich bemühte mich, meiner Stimme einen harten, trockenen und distanzierten Tonfall zu verleihen.

»Gibt es in der Mariahilfer fliegende Händler?«

»Wie bitte? Ach, Sie sind es, Herr Professor. Was sagen Sie da?«

»Ich sage, gibt es auf der Mariahilfer fliegende Händler?«

»Ja, die gibt es, aber warum?«

»Und die verkaufen sizilianisches Salz?«

»Das glaube ich nicht, oder vielmehr das schließe ich aus. Aber was soll diese Frage?«

»Hören Sie selbst.«

Ich zog den Telefonapparat zum nächstliegenden Fenster, machte es auf und hielt den Hörer nach draußen. In der Zwischenzeit war der Salzhändler nähergekommen, und seine Stimme aus dem Lautsprecher erfüllte die ganze Valvidrera-Gasse. Ich ließ den Hörer so lange draußen, wie ein ganzer Zyklus des Singsangs dauerte. Dann zog ich den Arm herein und schloß das Fenster.

»Haben Sie gut hingehört?«

»Ja, aber ich begreife nicht, was ...«

»Das, was Sie gerade durch mein Telefon gehört haben, ist genau das, was ich vorgestern durch Ihr Telefon gehört habe, als Sie mich aus Wien anriefen. Nur daß ich bis vor einer Minute nicht darauf geachtet habe. Und die Verkehrsgeräusche, die ich automatisch mit der Mariahilfer in Zusammenhang gebracht habe, waren in Wirklichkeit die der Piazza Politeama. Ich muß wohl nicht ganz bei mir gewesen sein.«

Am anderen Ende der Leitung herrschte längeres Schweigen, das beinahe greifbar wurde. Sein Kern war jetzt nicht mehr aus Stahl. Ich setzte ihm ein Ende, weil ich ihr keine Zeit lassen wollte, sich eine Gegenoffensive auszudenken:

»Sie waren also schon in Palermo, als Sie mich anriefen. Und Sie haben mich angerufen, weil Sie die Person am Steuer des Fiat Uno waren, als wir uns an jenem Abend in der Via Riccardo il Nero gekreuzt haben. Sie haben mich wiedererkannt, konnten aber nicht wissen, ob auch umgekehrt. Deshalb wollten Sie sich unbedingt mit mir treffen. Zumindest das haben Sie ja jetzt aufgedeckt.«

»Es reicht, Herr Professor. Vielleicht ist es besser, unter vier Augen zu sprechen. Doch dieses Mal sollten wir uns reinen Wein einschenken.«

»Wollen Sie sagen, Sie sind zu einem Geständnis bereit?«

»Nicht so, wie Sie es sich erwarten. Aber wenn Sie meinen ...«

»Um wieviel Uhr darf ich zu Ihnen ins Hotel kommen?«

»Ich wollte gerade weggehen. Heute abend werde ich mindestens bis neun, halb zehn zu tun haben. Machen wir es doch so: Ich erwarte Sie hinterher, aber nicht im Hotel. Unter den gegebenen Umständen ist es besser, wenn wir uns direkt in der Wohnung sehen. Die Adresse kennen Sie ja. Kommen Sie bitte allein.«

Nach einem solchen Gespräch war keine Rede mehr davon, wieder aufs Sofa zurückzukehren. Bevor ich ging, versuchte ich Michelle zu Hause anzurufen. Sie war nicht da, aber auch nicht bei der Arbeit. Sie mußte irgendwo im Großstadtverkehr feststecken. Auch ihr Handy gab kein Lebenszeichen von sich, und so konnte ich sie nicht über die Neuigkeiten unterrichten.

Ich kehrte in den Fachbereich zurück und las den beiden Maiden tüchtig die Leviten, da sie immer stärkere Anzeichen von korporativer Faulenzerei an den Tag legten. Und dieses Mal ließen sie es ohne einen Muckser über sich ergehen. Entweder waren sie heute besonders schlaff, oder meine Miene war extrem finster.

Nachdem sie gegangen waren, machte ich erneut den Versuch, Michelle zu erreichen. Ohne Erfolg. Ich war nervös wie eine läufige Mamba. Und genauso giftig.

Ich ging die Treppen hinunter, spazierte ins Zentrum und verzog mich in einen Kinosaal. Seit Jahren war ich in keiner

Nachmittagsvorstellung mehr gewesen. Der Film erzählte eine so unwahrscheinliche Geschichte, daß sie gut auch eine Autobiographie hätte sein können. Da verknallte sich eine farblose Regisseurin mittleren Alters in einen jungen, argentinischen großprotzigen Tangotänzer. Oder so ähnlich. Erschwerend kam hinzu, daß die Story – wie könnte es anders sein – in Paris spielte, der halb offiziellen Hauptstadt des Tangos und der Großprotze. Einer der typischen Filme für das Vorstadium der Menopause, wie Michelle bemerkt hätte. Er bewirkte eine Verrenkung der Gehirnwindungen, was bei mir nicht einmal in Depression ausartete, vielleicht dank der Filmmusik. Das war ein Zeugs, das einem vor lauter Nostalgie nach jenem ersten und letzten Tango zwischen der Schneider und dem Brando die Kehle zuschnürte. Nimmt man es ganz genau, ist das nichts als eines meiner ewigen Oxymora, das den Bordkontrolleuren durch die Maschen geschlüpft ist, da Nostalgie per definitionem ein Synonym von Schlüpfrigkeit ist.

Als ich draußen war, vergaß ich, Michelle anzurufen. Oder vielleicht tat ich es absichtlich nicht. Sie hätte bestimmt darauf bestanden, mitzukommen, ich hätte mich quer gestellt, und wir hätten gestritten. Darauf wollte ich gerne verzichten.

Was würde mir der Abend wohl bescheren? Ein Schlag über den Schädel und dann zum Desaparecido werden, wie es den Traditionen vor Ort entsprach? Oder eine Kugel Kaliber zweiundzwanzig in ein Hohlorgan? Warum hatte ich ein Treffen mit der Ugro-Finnin auf ihrem Terrain akzeptiert? Und wenn sie mich extra gebeten hatte, allein zu kommen, weil sie damit rechnete, in Begleitung zu sein? Ein welterfahrenes Mannsbild wird in der Blüte seiner Jahre von zwei verschlagenen Witwen ein und desselben Toten aus dem Weg geschafft. Das wäre zu erbärmlich gewesen. Zeugs für einen spät-feministischen Noir.

Überlegte ich genauer, hatte ich eigentlich nichts zu befürchten, zumindest nicht in der derzeitigen Situation. Sie konnte ja nicht wissen, ob ich nicht schon der halben Welt erzählt hatte, wohin und zu wem ich ging und aus welchem Grund. Und mich aus dem Weg zu schaffen, hätte niemandem einen Vorteil gebracht. Nur einen kurzen Augenblick liebäugelte ich mit dem Gedanken, zur Beweissicherung alles schriftlich festzuhalten und es zu meinen Händen in den Fachbereich zu schicken. Doch das kam mir dann zu melodramatisch vor. Wir waren ja keine Figuren in irgendeinem dummen Krimi. Ich war eher gespannt als besorgt.

Zu Fuß ging ich zum Fachbereich zurück, um mein Auto zu holen.

Noch ein Abend, mild wie ein verspäteter Sankt-Martins-Sommer, erwartete uns. Als ich die Scheinwerfer des Golfs ausschaltete, gingen wegen der ewig defekten Straßenbeleuchtung mit einem Schlag die Sterne an. Auch das Haus schien ohne Stromversorgung zu sein. Vielleicht schaffte es das Licht nur nicht, durch die Spalten der Fensterläden zu dringen. Der weiße Fiat Uno mit der Kratzlinie auf der linken Seitenfront parkte vor dem Hauseingang.

Lang und entschieden drückte ich auf den Klingelknopf. Aus dem Innern kam nicht das leiseste Geräusch. Das Haus hatte dicke Mauern. Nach dreißig Sekunden wiederholte ich das Klingeln. Dann versuchte ich es mit dem Türklopfer.

Nach fünf Minuten erfolgloser Versuche fiel mir ein, daß ich der Witwe Cannonito die Schlüssel nicht zurückgegeben hatte.

Das peinliche Gefühl ob dieser groben Nachlässigkeit wurde von der Erleichterung überspielt, daß ich mir trotzdem Zugang verschaffen konnte. Doch sogleich überkam mich heftige Besorgnis, was mich wohl im Haus erwarten würde. Ob das eine Falle war?

Langsam drehte ich den Schlüssel im Schloß, sperrte auf, schaltete das Licht an und ging die Treppe in den oberen Stock hinauf. Mit der Handfläche klopfte ich an die Wohnungstür, was einen ziemlichen Lärm verursachte. Keine Reaktion. Das Enzephalogramm des Hauses zeigte nichts an, es schien im tiefsten Koma zu liegen.

Dieses Mal kam ich mir wirklich wie in einem Kriminalroman vor. Ich entschied, auch den anderen Schlüssel zu benutzen. Das Schloß war mehrfach abgeschlossen. Behutsam drückte ich die Tür auf, suchte mit der Hand nach dem Schalter und schaltete das Licht an. Ich ließ die Tür weit offen und ging ins Wohnungsinnere. Auf meinem Weg betätigte ich sämtliche Lichtschalter bis auf den der Schreibtischlampe. Die brannte schon.

Die Wohnung war aufgeräumt und mehr oder weniger in dem Zustand wie beim letzten Mal, als ich sie zusammen mit Michelle gesehen hatte, einschließlich des Staubs auf den Möbeln. Nur war da außerdem ein vager Eindruck von Leere, als ob etwas fehlte. Die Stühle standen alle wie beim ersten Mal an die Wand gereiht, und das rote Leder der Sitzflächen glänzte. Auf einer der Couchs im Wohn-Arbeitszimmer neben dem Bücherregal lag die Handtasche der Ugro-Finnin, die sie auch am Vorabend bei sich gehabt hatte. Im Aschenbecher war eine einzige Kippe, wahrscheinlich von einer Muratti.

Sie saß am Tisch. Nun, sitzen ist nicht richtig. In Wirklichkeit war ihr Körper nach links gebeugt und mit dem Rücken zur Hälfte gegen die Rückenlehne gepreßt. Die Armstütze hatte verhindert, daß sie sich noch weiter in die Tiefe senkte und auf den Boden kippte. Auf der anderen Seite pendelte ihr rechter Arm, dessen Innenseite die Armlehne berührte; die Finger waren halb geöffnet und zum Fußboden hin gerichtet, als wollten sie auf die Pistole ein Stück weiter weg deuten, die heruntergefallen war.

Es war eine schwarze Pistole, die keinen besonders gefährlichen Eindruck machte. Ich hätte sie leicht mit einer der Spielzeugpistolen verwechseln können, die es mittlerweile sogar am Zeitschriftenkiosk zu kaufen gibt. Aber hier konnte es sich um kein Spielzeug handeln, wie der kleine Krater an der rechten Schläfe der Signora Zebensky verriet: eine kleine rote Blüte, mit der sich die Glasaugen der Dame begründen ließen, wie die Umschreibung so schön heißt.

Aber Glasaugen sind nicht schön anzusehen. Vor allem nicht, wenn sie im lebenden Zustand die wundervoll dunkle Farbe eines echten Wiener Einspänners gehabt hatten, und zwar in der Tönung aus dem Grenzbereich, wo der Kaffee gerade beginnt, ein wenig von seiner Farbe an die Sahnehaube abzugeben.

Es bedürfte vieler Worte, um diese Farbe zu beschreiben, auch wenn das, was die Worte ausdrücken, nur das Ergebnis eines einzigen Blicks, kurz wie ein Zusammenzucken, war, der aber dem Betrachter für den Rest seines Lebens diese Szene auf der Netzhaut eingraviert.

Es war nicht viel Blut zu sehen. Keine Unmengen zumindest. Meine Untersuchung war jedoch nicht besonders gründlich. Ich berührte den Körper nur leicht und tastete den Puls nach einem höchstunwahrscheinlichen Pochen ab. Es war eine Operation, die ich zum Schutz meiner zukünftigen Träume praktisch mit geschlossenen Augen durchführte. Ich hätte daran denken sollen, daß das, was man wirklich sieht, immer weniger beunruhigend ist als das, was man sich im Geiste vorstellt. Wenn mir die Befürworter der These, die Realität übertreffe immer die Phantasie, das gestatten. Wessen Phantasie, hätte ich Lust zu fragen.

Schuldgefühle durfte ich keine aufkommen lassen. Dafür war noch Zeit. Für den Augenblick hatte ich an Wichtigeres zu denken. Ich steckte in einem schönen Schlamassel und hatte mich für einen Haufen Sachen zu rechtfertigen. Angefangen bei meiner Anwesenheit in der Wohnung. Und Vittorio war nicht greifbar. Trotz unserer charakterlichen Verschiedenheit kann ich mich in echt kritischen Momenten immer auf meinen Polizistenfreund verlassen.

Wollte ich behaupten, daß mir die Idee, mich aus dem Staub zu machen, keinen einzigen Moment durch den Kopf ging, wäre das eine Lüge mit ganz kurzen Beinen. Um die Wahrheit zu sagen, kreiste dieser Gedanke länger als einen Moment in meinem Gehirn, auch wenn mein Zeitgefühl sehr subjektiv war: Es kam mir so vor, als lägen zwischen der Entdeckung der Leiche und dem Anruf bei der Notrufnummer mindestens ein paar Stunden und nicht nur knapp zwei Minuten, wie meine analogische Seiko zuverlässig anzeigte. In diesen zwei Minuten hatte ich rasch mehrere Lösungen einschließlich der, die Carabinieri zu rufen, in Erwägung gezogen und genau so rasch wieder verworfen. Hätte ich mich vor ihnen auf meine Freundschaft mit Herrn Polizeikommissar Spotorno berufen, hätte sich meine Position nur noch verschlimmert.

Es ist nicht so, als gäbe mir die Polizei wer weiß welche Sicherheiten. Aber sie war das geringere Übel. Sie hätten sich immer noch bei Amalia erkundigen können. Da gibt es nichts zu lachen: Solche Dinge haben nach wie vor ihr Gewicht. Verantwortungsgefühl und Selbstbewußtsein des perfekten Gentlemans aus dem Süden im besten Alter sind ja schön und gut, aber – wie einmal ein gewisser Wursthändler meinte, der in einem Buch lebt – Gott hat noch nie jemanden aufgefordert, unbedingt die Rolle des Dummkopfs zu spielen.

In der Wohnung standen zwei Telefonapparate; die waren mir bei den vorigen Besuchen schon aufgefallen. Es waren zwei gleiche Modelle, grau und etwas antiquiert, und es fehlte die Wiederholungstaste. Deshalb hatte ich keine Bedenken, eines davon zu benutzen, auch wenn ich nicht ausschließen konnte, daß es trotzdem möglich wäre, die zuletzt gewählte Nummer herauszufinden. Die Alternative wäre gewesen, auf die Straße hinunterzugehen und ein öffentliches Telefon zu suchen. Ich zögerte nur kurz.

Den Apparat auf dem Wohnzimmertisch zu benutzen, kam

nicht in Frage: Der stand einfach zu nahe bei der Toten. Ich benutzte den im Schlafzimmer und versuchte, den Hörer so wenig wie möglich zu berühren, und drückte mit dem Endstück eines Kulis, den ich neben dem Telefon gefunden hatte, auf die Tasten.

Der Beamte am Apparat, dem ich mitteilte, eine Leiche entdeckt zu haben, blieb gelassen. Er ließ sich nur meinen Namen wiederholen, um sicherzugehen, ihn richtig geschrieben zu haben. Dann fragte er mich nach der Adresse; er hatte den resignierten Tonfall dessen, der weiß, alles, sogar die Bereitstellung des Sarges, selbst in die Hand nehmen zu müssen. Er wies mich an, das Eintreffen des Untersuchungskommandos abzuwarten und nichts anzufassen.

Ich machte die Eingangstür zu und kehrte ins Wohnzimmer zurück, wobei ich mich zwang, meinen Widerwillen zu besiegen und die Szene mit nüchternem Verstand zu betrachten. Es konnte nur eine Frage von Gewohnheit und Selbstbeherrschung sein, denn beinahe wäre es mir gelungen.

Beim Blut herrschte die Komponente Rot vor, es war die Farbe von frischem, noch nicht vollständig geronnenem Blut; Farbabstufungen bis hin zum Rostbraun waren nur in den dünneren, weiter von der Wunde entfernten Schichten vorhanden. Als ich den Körper kurz zuvor berührt hatte, war das Gewebe noch ziemlich elastisch gewesen, da noch etwas Körpertemperatur vorhanden war. Der Tod mußte erst vor kurzem eingetreten sein. Alles, was ich bis dahin getan hatte, war lediglich eine beinahe automatische Konsequenz meiner Lektüre aus dem Krimi-Genre.

Ein Rundblick durchs Wohnzimmer löste bei mir erneut das Gefühl einer vagen Leere aus, das ich auch bei meiner Ankunft verspürt hatte. Es war eine leichte, körperliche Leere. Wäre ich ein Regisseur gewesen, wäre das der ideale Drehplatz geworden, um die Beklemmung in Szene zu setzen. Etwas fehlte im Zimmer. Mein Blick fiel auf die Handtasche der Verstorbenen auf dem Sofa. Sie stand ein Stück weit offen, da die Schnalle nicht eingehakt war. Bevor die Bullen eintrafen, hob ich mit dem Kugelschreiber den Rand des oberen Teils hoch, kehrte ihn um und schaute hinein. Der übliche Krimskrams in Frauenhandtaschen: ein Päckchen Muratti, ein Feuerzeug, ein Handy, die Schlüssel des Fiat Uno, ein zweiter Schlüsselbund, den ich, ohne ihn hervorzuholen, mit dem der Witwe Cannonito verglich, der vorübergehend in meinem Besitz war. Der Haustürschlüssel glich eindeutig einem der Schlüssel am Bund.

Wenn außer mir und der Verstorbenen noch jemand anderes in der Wohnung gewesen war, mußte noch ein dritter Schlüsselbund im Umlauf sein, da ich die Wohnungstür mehrfach verschlossen vorgefunden hatte. Unter der Voraussetzung, daß alles nicht so gelaufen war, wie es den Anschein hatte, und die Zebensky, nachdem sie sich eingeschlossen hatte, nicht automatisch die Schlüssel in die Tasche gesteckt und sich darauf eine Kugel in den Kopf gejagt hatte.

Endlich tauchten die Sbirren auf. Zuerst traf ein Streifenwagen mit der klassischen Besatzung ein, ein Grünschnabel um die Zwanzig und ein anderer Polizeibeamter, dem etwas mehr Erfahrung im Gesicht geschrieben stand, obwohl auch er noch keine Dreißig war. Sie hatten unten geläutet, ich hatte ihnen aufgemacht, und sie hatten sich vorsichtshalber mit gezückter Beretta präsentiert, einer dem anderen Deckung gebend, wie man es ihnen in den Ausbildungskursen beigebracht hatte. Man konnte ja nie wissen. Ich hätte ja auch einer jener durchgeknallten Mythomanen sein können, die scharenweise in gewissen Filmen auftreten.

Nachdem sie festgestellt hatten, daß ich ein harmloser, wenn auch nicht unbedingt normaler Typ war, ließen sie die Pistolen sinken und inspizierten die Räumlichkeiten.

Der Rest der Mannschaft traf ein paar Minuten später ein. Ich erkannte einige Gesichter in Zivil wieder, die schon um die Leiche von Umberto Ghini geschwirrt waren. Vor Urzeiten. Nach einer Weile war es schier unmöglich, sich in der Wohnung noch zu bewegen. Die Beamten von der technischen Abteilung legten mit ihren üblichen Prozeduren los, aber in Erwartung des Gerichtsarztes ohne den Leichnam zu berühren. Wie wild schossen sie Fotos. Überall streuten sie ihre Pülverchen aus wie in den Romanen der Cornwell.

In erster Linie rückten sie mir auf den Leib. Wer ich sei. Was ich hier verloren hätte. Wie ich hereingekommen sei. Welche Beziehungen zwischen mir und der Verstorbenen bestanden hätten, bevor sie verstarb. Und andere Nettigkeiten. Alles wurde mehrfach von einer gewissen Anzahl von Exemplaren des Prototyps Sbirre wiederholt. Aber das war nur der Anfang. Die erste halbe Stunde. Der Rest kam später, als sie mich ins Polizeipräsidium brachten.

In der Zwischenzeit war der Gerichtsarzt eingetroffen. Ich hatte ihn schon bei einer anderen Gelegenheit gesehen und erkannte ihn vor allem an seiner Stimme wieder, dröhnend wie eine Kirchenorgel; es war fast nicht zu glauben, daß diese aus den Hohlkammern eines so mickrigen Typs stammte, der obendrein ein Höchstmaß an Unverfrorenheit seiner Umwelt gegenüber an den Tag legte.

Zuletzt traf der Staatsanwalt flankiert von seiner Leibgarde und mit überflüssigem Sirengeheul und quietschenden Autoreifen ein. Es war der schielende Doktor Loris De Vecchi. Er betrat die Szene, sah sich um, und kaum hatte er Mister Orgelstimme erblickt, machte er ein enttäuschtes Gesicht. Vielleicht hatte er gehofft, Michelle anzutreffen.

Ich dachte ja gar nicht daran, den Beistand eines Rechtsanwalts zu fordern, und berief mich auch nicht auf die einheimische Version des Fünften Gebots, wie auch immer die lautete. Die ganze Zeit über, die ich den Bullen zur Verfügung stand, versuchte ich, einen Eindruck von Ruhe, Überlegenheit, Geistesgegenwart und Unschuld zu verbreiten. Nach einer Weile verlangten sie von mir, mich der Probe des Paraffinhandschuhs zu unterziehen. Ich weigerte mich. Ich wußte nicht, ob sie mich hätten zwingen können. Ich weigerte mich aus Prinzip. Ich dachte, mein Wort müßte reichen. Vielleicht hätten sie mich auch zwingen können, jedenfalls taten sie es nicht. Für sie war die Sache völlig klar. Der Fall ist abgeschlossen, hatte De Vecchi laut zu sagen gewagt. *Caso chiuso.* Dieses unaussprechbare Stereotyp evozierte ganz andere Schließungen, denen unsere Väter heute noch nachweinen. Die der Freudenhäuser: *le case chiuse.*

Ach, Michaíl Ilariònovič

Der Fall war also gelöst. Halbamtlich abgeschlossen. Bei Morgengrauen wurde ich nach vielen Entschuldigungen und langen, zermürbenden Verhören beim mobilen Einsatzkommando freigelassen. Michelles Vater hatten sie provisorisch Hausarrest in seiner behaglichen Villa in Mondello gegeben. Offiziell stand Monsieur Laurent immer noch unter Verdacht wegen jener Verbrechen, die ihm Eintritt in die vaterländischen Kerkerzellen verschafft hatten; das schwerste davon hieß Beihilfe zum Mord an Umberto Ghini. Nach dem großen Wirbel bei der Verhaftung bedurfte es jetzt eines Zwischenschritts, einer Clearingstelle, bevor der Verhaftete erhobenen Hauptes aus dem Fall ausscheiden konnte. Auch der Doktor Schielauge mußte ja sein Gesicht wahren.

Seit dem Tod der Zebensky waren einige Tage vergangen, und alles schien geklärt. Die Pistole war tatsächlich ein Kaliber zweiundzwanzig, und Umberto Ghini war als ihr Eigentümer identifiziert worden. Es war die gleiche Pistole, die nach seinem Tod verschwunden war. Höchstwahrscheinlich war es die Waffe, die ihn seinerzeit zur Strecke gebracht hatte. Teilweise wurde das durch eine einfache Kontrolle bestätigt, die sofort von den Beamten der technischen Abteilung durchgeführt worden war; sie hatte erwiesen, daß zwei Kugeln aus dem Magazin fehlten und eine davon war, unter Vorbehalt unwahrscheinlicher Dementis von seiten der Fachleute, für die kleine rote Blüte auf Elena Zebenskys Schläfe verantwortlich.

Elena Zebensky. Ich hatte mich dabei ertappt, daß ich sie seit jenem Abend im stillen nicht mehr die Ugro-Finnin nannte, sondern mit ihrem tatsächlichen Namen. Das war eine natürliche Respektbezeugung einer Toten gegenüber, nahm ich an.

Der Tathergang war bis auf ein paar unwesentliche Einzelheiten exakt rekonstruiert worden; unter diesen war das Tatmotiv der Zebensky, wieso sie Umberto Ghini über den Haufen geschossen hatte, und sich dann aus Angst, geschnappt zu werden, selbst um die Ecke brachte.

Mein Verhör beim mobilen Einsatzkommando trug nicht unwesentlich zur Rekonstruktion der Ereignisse bei. Und die Probe des Paraffinhandschuhs, die eiligst durchgeführt worden war, hatte erwiesen, daß die Zebensky tatsächlich mindestens einen Schuß abgegeben hatte. An ihrem rechten Zeigefinger hatten sie sogar die Druckstelle gefunden, die der Abzug beim Gegenstoß hinterlassen hatte – wie in einem Roman der Cornwell. Der Gerichtsarzt hielt es für eine Heldenleistung, als er die Todeszeit auf eine Stunde vor der ersten Identifizierung der Leiche festsetzte. Das bedeutete, maximal vierzig Minuten, bevor ich die Tote entdeckt hatte. Die toxikologischen Routineuntersuchungen waren im Gang, doch für die Ergebnisse mußte man sich mehrere Tagen, wenn nicht gar Wochen gedulden. Niemand erwartete sich großartige Neuheiten. Es gab wenig Spielraum für Komplikationen. Alles war eindeutig und kohärent wie ein Film, der im Kinosaal der Kirchengemeinde gezeigt wird. Es wäre ein Zeichen von Geschmacklosigkeit gewesen, allerlei Zweifel zu streuen und so bei den Zuständigen Verdauungsstörungen auszulösen. Das wäre ein schweres Vergehen gewesen.

Die Harmonie des Universums war wiederhergestellt. Die Erdkugel drehte sich erneut in der richtigen Richtung, Justitia hatte den Sieg davongetragen, die Bösen, in diesem Fall die Böse, war so vernünftig gewesen und hatte sich von selbst vom Acker gemacht; damit hatte sie dem Steuerzahler einen

Haufen Geld erspart, und alle waren glücklich und zufrieden. Fast alle.

Ich schaffte es einfach nicht, eine dumpfe Millenniums-Melancholie von mir zu schütteln, die sich nicht entscheiden konnte, entweder in eine Depression abzustürzen oder einen Schritt rückwärts im Alterungsprozeß zu tun. Obendrein hörte ich an diesen Tagen nichts anderes als Blues und war unbewußt auf der Suche nach einer homöopathischen Lösung, die auf sich warten ließ.

Zwangsläufig mußte ich mich fragen, ob ich nicht unbeabsichtigt zum Katalysator der komplexen Hormonreaktion geworden war, die die Zebensky schrittweise dazu getrieben hatte, ein zweites Mal den Abzug jener Pistole zu betätigen. Die Bullen hegten keinerlei Zweifel daran.

Es war nicht einfach gewesen, sie mir vom Leib zu schaffen. Ich hatte mich auf meine Freundschaft mit Kommissar Spotorno berufen; sie waren so anständig gewesen und hatten das nachgeprüft. Doch nicht bei Amalia hatten sie angeklopft, sondern sich direkt an Vittorio gewandt. Aufgrund der Zeitverschiebung hatte es ein ganzes Weilchen gedauert, bis sie ihn schließlich an die Strippe bekamen. In New York dunkelte es gerade, und mein Freund Sbirre hatte wahrscheinlich schon zum Rückzug geblasen und stapfte über die Avenuen oder war am Versumpfen, wie es sich in Little Italy eben gehört.

Vittorio hatte mir pflichtgemäß Schutz geboten. Doch was spürbar die Zeiten verkürzte – so glaube ich –, war der Umstand, daß der Herr Doktor De Vecchi mit dem schrägen Blick denen im Polizeipräsidium noch wesentlich mehr auf den Keks ging als mir. Da sie schon länger mit ihm zu tun hatten, nehme ich an. Ich hatte eine Weile gebraucht, bis mir das klar war, und hatte dann ohne falsche Scham davon profitiert. Ich hatte mich in der Bresche breitgemacht wie ein Strom aus Melasse, der nach und nach zu einem ätzenden Klumpen wird.

Trotz allem war es kein leichtes Ding. Vor allem, nichts aus mir herausquetschen zu lassen, was ich nicht ausplaudern wollte. Und das war alles, was meiner Ansicht nach Monsieur Laurent mit seinem »Doppelleben« schaden könnte.

Als erstes hatten sie mich gefragt, wieso ich denn die Hausschlüssel der Via Riccardo il Nero hatte. Angesichts der Beziehungen zwischen Herrn Laurent und der Verstorbenen und der zwischen mir und Herrn Laurents Tochter sei es doch ein ziemlich merkwürdiger Zufall, daß ausgerechnet ich in diese Wohnung gestolpert sei, argwöhnte ein Kommissar, der das übergewichtige Ebenbild von Gian Marie Volontè in dem Film *Ermittlungen gegen einen über jeden Verdacht erhabenen Bürger* war.

Es sei kein Zufall, erklärte ich. Ich sei in Wien zu Ghini's gegangen, weil die Vorfälle kurz zuvor in Palermo mich neugierig gemacht hatten: das Verbrechen an Ghini nämlich, mit dem ich nur am Rande zu tun hatte, einfach weil ich den Kommissar Spotorno zum Tatort begleitet hatte. Und von der Existenz des Ghini's in Wien hatte ich rein zufällig erfahren. Dann erzählte ich die Geschichte mit der weißen Pelargonie und wie ich am Ende auf die Witwe Cannonito gestoßen war. Die Entdeckung der Bordkarte und den angeblich aus Wien kommenden Anruf der Zebensky erwähnte ich mit keiner Silbe. Ich fügte hinzu, daß ich eine Verabredung mit der Verstorbenen hatte und aus Besorgnis, weil sich auf mein Klingeln und Klopfen nichts rührte, hatte ich entschieden, die Wohnung zu betreten.

Auch gestand ich am Ende, weil ich ein gewisses Interesse für die Dame hatte – und ich war mir sicher, der Kommissar war nicht auf den Kopf gefallen –, die eine schöne Frau war, als sie noch unter den Lebenden weilte ...

Bei diesen Worten bekam ich beinahe einen Ekel vor mir selbst, denn ich hasse die Typen, die augenzwinkernd Anspielungen machen.

Keiner schien auf die Unstimmigkeiten, Widersprüche,

Auslassungen, mit einem Wort die zahlreichen dunklen Punkte meiner Version des Tathergangs zu kommen. Schlicht gesagt, glaubten sie mir, weil sie mir glauben wollten. Das kam allen Seiten zupaß. Mit Ausnahme vielleicht des Herrn Doktor Schielauge.

Natürlich hüteten sie sich davor, mir zu verstehen zu geben, was sie über die Geschichte wußten – wo kämen wir da hin.

In der Zwischenzeit hatte die Beerdigung stattgefunden. Ich weiß nicht, ob es das passende Wort ist, da es in Wirklichkeit nur ein kurzes Bestattungszeremoniell war.

Niemandem war es gelungen, nähere oder fernere Verwandte der Zebensky aufzuspüren, und der Leichnam war bis zu jenem Zeitpunkt in der Leichenhalle geblieben. Dann hatten Michelle und ihr Vater ein heikles Tête-à-tête, und im Anschluß daran gab Michelle ihr Einverständnis, die sterblichen Überreste vorübergehend in der Familiengruft auf dem Friedhof Santa Maria di Gesù beizusetzen, bis eine ewige Ruhestätte irgendwo gefunden wäre, die für sie passender war.

Der Leichenzug, das waren der Bestattungswagen und Michelle und ich an Bord des Golfs, setzte sich an einem rauhen Morgen, wie ihn nur der Beerdigungsgott anordnen konnte, vom Leichenschauhaus aus in Bewegung. Es gab weder ein lila Band noch Sargkränze, nur einen kleinen Strauß hellblauer, wilder Iris, den Michelle an einem der Verkaufsstände auf dem Freiplatz unterhalb des Friedhofs ausgesucht hatte.

Als wir eintrafen, begann es zu nieseln. Ein Geistlicher im Priesteranzug, aber mit violetter Stola, erteilte in knappen Worten der Toten seinen Segen, die noch immer im Leichenwagen vor dem Tor ausharrte, von wo die Treppe hin zum Monumentalfriedhof abging. Was hätte man sich schon für eine Selbstmörderin, nein schlimmer noch, Mörderin erwarten dürfen? Dort in Santa Maria di Gesù würde sie in guter Gesellschaft sein.

Die flüchtige Gegenwart eines Priesters mußte wohl Monsieur Laurents Verdienst gewesen sein, der dank seines Daueraufenthalts in der ehemaligen Hauptstadt des Verbrechens Tentakel entwickelt hat, die überall hinreichten. Elena Zebensky war ja schließlich Katholikin, wenn auch keine praktizierende.

Als das Zeremoniell vollzogen war, wollten wir nicht auf einen kurzen Besinnungsgang über die Friedhofswege am Fuß des Monte Grifone bis zum Aussichtsplatz verzichten. Von dort aus hat man die ehemalige Goldene Muschel und den Golf und weiter östlich, jenseits des Kap Gallo den kleinen Meeresausschnitt bei Sferracavallo im Blick, der sich trotz des blassen Himmels sein Blau nicht nehmen ließ. Von diesem Blickwinkel aus hatte der Monte Pellegrino ein ungewohntes Aussehen, als wäre der Berg in die Länge gepreßt worden. Das ist eines der herzergreifendsten Panoramen der Großstadt, die es überhaupt gibt, und hat wie kein anderes verschönernde Wirkung: Von hier aus sieht die ehemalige Goldene Muschel etwas weniger »ehemalig« aus, trotz der wuchtigen Wohnblocks ringsum.

Eine fast pathetische Aura umgab uns, wie wir da in unseren beigefarbenen Regenmänteln – der Partner-Look war ungewollt – aneinander gequetscht unter einem Damenregenschirm stillstanden und Gesichter wie nach einer Beerdigung machten, obwohl es gar keine richtige gewesen war.

Als wir bergabwärts Richtung Ausgang spazierten, fixierte ein Klosterbruder uns argwöhnisch von einer Fensterluke der Abtei aus. Er folgte uns mit dem Blick, so weit es ging. Vielleicht befürchtete er, wir könnten Mafiakiller sein, wie jene, die an derselben Stelle vor Jahren einen seiner Mitbrüder umgebracht hatten.

In der Zwischenzeit war Weihnachten gefährlich näher gerückt. Mir war das aufgefallen, weil ich in der Via Pilo zwei Hundertjährige gesichtet hatte, die Plakate in den Farben der

Trikolore anklebten, auf denen stand: Die Monarchische Jugend Wünscht Frohe Feste, was ziemlich nach New Age klang. Heavy Leute. Die sollte man anspornen. Und beim Freund Sbirren anschwärzen, der eine philo-sauvoyische Jugendzeit hinter sich hat, die längst verwässert und als nicht gerade fanatische Anhängerschaft an den Turiner Fußballverein Juventus überlebt hat. Vittorio würde das nie zugeben, aber in Wirklichkeit ist er ein uriger Gefühlsmensch.

Ich war wieder ganz in meinem hektischen Arbeitsrhythmus, hatte den Nacken gebeugt, um die verlorene Zeit aufzuholen, vor allem aber, um mir die Festivitäten vom Leib zu halten. Doch bei der Arbeit war ich nur mit der einen Hälfte des Gehirns dabei. Die andere kreiste um die Ereignisse der letzten Tage, angezogen von den Signalen, die einige von ihnen noch immer aussandten. Wie ein Hai um das Rettungsfloß der Schiffbrüchigen. »Kreisen« ist genau das richtige Verb, denn ich konnte mich einfach nicht des Eindrucks eines nicht vollkommen geschlossenen Kreises, einer Spirale, einer Endlosschraube erwehren. Es war eher ein ästhetischer als ein ethischer Eindruck. Vorausgesetzt, es besteht da überhaupt ein Unterschied.

Eines Spätnachmittags in der Mitte der Woche fiel mir ein, daß es eine Person gab, der ich, wenngleich sie nur am Rande in die Geschichte verwickelt war, noch nie begegnet war. Ein beinahe Außenstehender. Ein neutraler Gesichtspunkt. Zumindest soweit ich wußte.

Ich stieg ins oberste Stockwerk, hielt vor dem Zimmer der Dekanin inne, lauschte, ob sie auch allein sei, und trat ein. Leicht verwirrt blickte sie mich an, als wüßte sie nicht, wer ich sei:

»Ich will Peppuccio treffen«, sagte ich.

»Wen, den mit dem Brot und der *mèusa*?«

»Nein, Ihren Neffen.«

»Haben die beiden dir nichts gesagt? Du wirst ihn morgen abend bei mir zu Hause auf seiner Verlobungsfeier sehen. Ich hätte dich persönlich eingeladen, aber wann hat man dich in der letzten Zeit je zu Gesicht bekommen? Ich hatte die zwei Mädels gebeten, dir meine Einladung auszurichten. Es werden ein Haufen Leute kommen.«

Normalerweise hätte ich mir tausend Tricks einfallen lassen, um mich aus der Schlinge zu ziehen. Angesichts der Umstände war es mir dieses Mal aber nur recht. Das war besser als ein förmliches, von mir anberaumtes Treffen. So würde mein Versuch, ihn auszuquetschen, wie beiläufig, eher unverbindlich und harmlos aussehen.

Ich bedankte mich bei der Neuausgabe der alten Virginia, verabschiedete mich und wandte mich zum Gehen.

»Lorenzo.«

Ich drehte mich erneut um. Ein teils impertinentes, teils virtuoses Grinsen stand ihr im Gesicht:

»Du kannst mitbringen, wen du willst.«

Sie wollte sagen, Michelle. Auch das paßte mir. Erneut bedankte ich mich und verließ das Zimmer.

Wir gehörten zu den letzten Ankömmlingen. Francesca und Alessandra waren schon da. Auch der Peruzzi. Der weiße Fiat Uno mit der Kratzspur an der Seite stand in der Nähe geparkt, und so wunderte ich mich nicht, den Generalstab des Kamulùt dort zu sehen: die lustige Witwe eskortiert von den zwei Fatzken. Und eine Unmenge anderer Leute war da, die ich nicht kannte. Ich begriff sofort, warum all diese Personen eingeladen waren: Sie sollten das Gegengewicht zu den Russen bilden.

Zahlreich waren die Mitglieder der Familie Olga-Natascha, die eigens aus Großrußland gekommen waren. Aber nicht nur. Sie hatten außerdem einen Großteil der russischen Minderheit von Palermo zusammengetrommelt und vermutlich ein paar Touristen, die sie unterwegs in der Metropole aufgefischt hatten. Das zumindest war der Eindruck an diesem Abend, als Stimmung aufkam.

Äußerlich ähnelte Olga ein wenig der Hauptdarstellerin des Films *Die kleine Vera,* doch kam sie emanzipierter und weniger problembeladen daher. Wahrscheinlich gehörte sie zum Stamm der Arbat, der neuen Rasse moskowitischer Jungleute, die auf dem Marsch zur Eroberung der Welt sind. Meine zwei Schwererziehbaren hatten richtig getippt. Sie war es, die den Großteil des Abends bestritt, zumindest was die Kontaktpflege zwischen den beiden Volksstämmen anging: Sie dolmetschte simultan vom Russischen ins Italienische und umgekehrt, von einer Gruppe zur nächsten wandernd; hin und wieder überließ sie diese Aufgabe einem anderen Paar, einem jungen Mann mit Freundin, die recht passable Italienischkenntnisse besaßen. Auch sie arbeiteten auf dem Sektor Tourismus und Hotelwesen.

Kaum hatten wir unseren Fuß in die Tür gesetzt, beeilte sich die Dekanin, uns als erstes dem Festpaar vorzustellen. Als ich Olga die Hand drückte, versuchte ich mir die fernen Schreckgespenster meiner Russischstunden ins Gedächtnis zu rufen. Nicht nur meine Schwester hatte Russisch gelernt, wie ich in Wien zur Zebensky gesagt hatte. Nach dem Abitur hatte ich mit einem Überbleibsel von Klassenkameraden einen Sprachkurs in der Fakultät für Physikwissenschaften besucht, der von einem älteren Fürst aus Petersburg gehalten wurde. Für uns Jungen war es vor allem ein Vorwand, um sich nicht aus den Augen zu verlieren. Es hatte nur ein paar Wochen gedauert. So lange, bis unsere Telefone von der politischen Abteilung der Geheimdienste angezapft worden waren. Zu jener Zeit war ein Russischkurs noch schwer subversiv. Vor allem, wenn er von einem Aristokraten gehalten wurde.

Ich hielt ihre Hand länger als notwendig in der meinen.

»Pitzui paijùt, Lorenzo La Marca«, brachte ich schließlich heraus.

Olga sah mir in die Augen und brach in Lachen aus.

»Was habe ich bloß gesagt?« fragte ich zurück.

»Sie haben gesagt: ›Die Vögel singen, Lorenzo La Marca‹.

Die Aussprache war beinahe perfekt, aber wenn Sie sagen wollten ›Angenehm‹, heißt das: ›Ócin' prijátna, Lorenzo La Marca‹.«

»O je, stimmt ja.«

Sie hatte das erste o in Lorenzo so ausgesprochen, als wäre es ein a, und das e wie ein i. Ich bat sie nicht um Russischstunden, Michelle hätte mir das sehr übelgenommen. Das Mägdelein war wie ein Steppenwind, aber ein warmer Wind wie unser Schirokko.

Peppuccio hingegen war der klassische, brave Junge mit dem unschuldigen Blick eines Bettnässers. Gutmütig wie ein Klebstoffschnüffler. Das Modell des braven Jungen, den die Mamas – und vor allem die Papas – als Verlobten für die eigene, nicht gerade vorsätzlich tugendsame Tochter gerne hätten. Ein bißchen dusselig, so hatten ihn die Mädchen beschrieben. Der Blick der beiden war gut. Peppuccio war die eindeutige Antithese zu Olga-Natascha. Mehrmals im Verlauf des Abends ertappte ich mich dabei, wie ich nachdenklich seine Stirn fixierte. Ganz doof war er offensichtlich nicht, denn irgendwann merkte er es und mußte meine Gedanken erraten haben, denn er errötete und fing an, vor Michelle den Galan zu spielen – doch so, als trüge er einen unsichtbaren Schild zum Schutz der Seeleninnereien.

Ich nahm mir vor, ihn erst gegen Ende des Abends über das auszufragen, was mich interessierte; dann sind die Abwehrmechanismen erfahrungsgemäß schwächer, der Mensch weniger auf der Hut und durch das Gemüt von Speis und Trank gestärkt auch wohlgesonnener.

Für den Abend war ein sikulisch-russisches Menü zusammengestellt. Auf einem langen Tisch lag eine weiße, durchbrochene Leinentischdecke, die Ton in Ton mit gestickten Birnen, Weintrauben und Granatäpfeln geschmückt war. Das mußte eine Wahnsinnsarbeit gewesen sein. Meine Schwester hat die Schränke voll mit solchem Zeugs. Hin und wieder versucht sie mir etwas aufzuschwätzen, ein Handtuch oder einen Kopfkissenbezug oder so etwas. Ihren Worten nach handelt es sich um ein Gewebe in echt sizilianischer Durchbrucharbeit. Die Dekanin nannte es Cinquecento. Nein, ich hatte sie nicht ausdrücklich danach gefragt, Michelle hatte ihr mit Fragen zugesetzt. Wie die meisten Weiber ist sie verrückt nach diesen Dingen.

Auf dem gedeckten Tisch warteten die klassisch russischen Vorspeisen auf uns: Salzgurken, Knoblauchsalami, Blinies, Heringe, roter Kaviar, schwarzer Kaviar und dann Schüsseln voll mit Smétana, Suppentöpfe mit warm gehaltenem Borschtsch sowie verschiedene andere, nicht genauer zu klassifizierende Gerichte. Das Ganze wurde mit dem unvermeidlichen Wodka in Zimmertemperatur nach russischem Brauch und mit georgischem Brandy heruntergespült. Die Gastronomie vor Ort war abgesehen vom Wein mit den typisch sizilianischen Evergreens vertreten: Da wurden *caponata,* Sardinen à la beccafico, roter Kürbis in süßsaurer Tunke, *panelle,* warme Kroketten, wilde Endivie, kleine Artischocken, in Teig gebackener Brokkoli, gebackene Reisklöße und Minifladen mit *mèusa, spitini, cassata* und *cannoli* aufgefahren. Es war eine richtige Orgie, und was das anging, schien es keine nennenswerten Unterschiede zwischen den beiden Ländern zu geben.

Die Dekanin war bestens gerüstet und hatte zum Anlaß ein Kellnerpaar in weißem Jackett engagiert; für eventuelle Notfälle und für Außendienste hielt sie Peppuccio Nummer zwei in Reserve. Obgleich Peppuccio Nummer zwei um einiges jünger als Nummer eins war, schien er doch wesentlich heller als jener. Das war eine Frage der Chromosomen, aber auch der frühen Anpassung an das harte Gesetz des großstädtischen Straßenlebens.

Die russischen Machos hefteten den Großteil des Abends ihren Blick auf Michelle, die zum Anlaß besonders betörend war. Die Älteren saßen anfangs in einer Reihe, mit den Stuhllehnen gegen die Wohnzimmerwand, und hatten in ihren Gesichtern den unbeweglichen, düsteren Ausdruck ehemaliger Komsomols, die vorzeitig gealtert und in Formalin eingelegt worden waren.

Francesca und Alessandra hatten im Zuge eines perfekten Einkreisungsmanövers Michelle für sich beschlagnahmt und nahmen sie ins Kreuzverhör. Sie waren voll auf Vergeltung gegen mich aus; schon seit geraumer Zeit hatten sie auf eine solche Gelegenheit gewartet, um wohlwollend ihr Gift in die richtigen Ohren zu spritzen und dabei die meinigen klingeln zu lassen.

Dieses Mal war die lustige Witwe mit dem Perlgrau sparsamer umgegangen und hatte es mäßig auf Iris, Lidschatten und die Beinkleider der beiden Schicki-Mickies verteilt, die nicht von ihrer Seite wichen. Nur bei meinem Eintreffen und gegen Ende des Abends tauschte ich mit ihnen ein paar Belanglosigkeiten aus. Sie schienen nicht überrascht, mich unter den Gästen der Dekanin anzutreffen.

Olga drückte mir ein Glas Prosecco in die Hand und führte mich zu den Russen, die an der Wand aufgereiht waren. Sie hatte offensichtlich die Dekanin bezüglich des Umgangs der Kosaken mit fremder Leute Kristallgeschirr beruhigt, denn die Gläser im Umlauf waren die vom guten Service. Wie von meinen Gedanken heraufbeschworen, gesellte sich die Dekanin zu uns und strengte sich an, die Dame des Hauses zu spielen. Sie fragte die Russen, welchen Eindruck Palermo auf sie gemacht habe. Das war extrem originell, fand ich. Olga übersetzte die Worte der Dekanin und darauf die Antworten der Russen:

»Eine schöne Stadt, aber viel zu dreckig. Man kommt sich vor wie in Tblisi, der Hauptstadt Georgiens«, lautete das Urteil des einen. Blitzschnell wurde mir klar, worauf die Städtebrüderschaft zwischen Palermo und Tblisi gründete, die seinerzeit die Bürgermeister der zwei Städte geschlossen hatten.

»Eure Straßen sind zu schmal«, meinte ein anderer, »und all diese alten Palazzi, die so eng aneinander gebaut sind, als wollten sie einen erdrücken. Wir vermissen hier unsere weiten Ebenen.«

»Das Fleisch bei euch ist auch nichts Besonderes ...« schloß sich ein Dritter diplomatisch an. Ich hätte große Lust gehabt, ihm gewisse unbezwingbare moskowitische Steaks vorzuhalten, mit denen auch die Schuhe von Vladimir Il'ič Ul'janov gut hätten besohlt sein können.

Die alte Virginia hatte damit ihre Satisfaktion und wechselte zu einer anderen Gruppe über. Ich glaube, sie hatte nicht ein einziges Wort mitgekriegt. Auch Olga entfernte sich in Begleitung eines Russen, wodurch ein Stuhl frei wurde. Ich nahm Platz und mit dem Rücken gegen die Wand versank auch ich in den Anblick des allgemeinen Treibens.

Ein Typ mit georgischen Zügen, der sich wie ein King aufspielte, baggerte alle anwesenden Damen nach Comecon-Art an. Als Michelle an der Reihe war, verzog sie höflich das Gesicht zu einem leicht metallisch blitzenden Lächeln, das gewiß nicht ihren unsichtbaren Zahnplomben zuzuschreiben war.

In meiner Gegend herrschte absolut tote Hose. Ich bedauerte zutiefst, nicht Russisch gelernt zu haben, als mir das noch vergönnt gewesen war. Rasend gern hätte ich mit einer von den statuenhaften Jungfern über das Vorher und das Nachher geplauscht – den Zusammenbruch des Imperiums, *of course.* Die Statue zu meiner Rechten war ein Kosak mit versteinertem Gesicht; mit einem Mal kam Leben in ihn, er verschwand im Zimmer nebenan und kehrte nach wenigen Minuten mit ziemlich vielen Gläschen zwischen den Fingern wieder zurück. Er reichte mir eines davon, eines behielt er für sich, und die anderen verteilte er reihum. Alle hoben das Glas, murmelten: *sdarovie,* und kippten alles auf einmal hinunter. Auch ich sagte *sdarovie,* soweit kam ich gerade noch, doch von dem Wodka nahm ich nur einen winzigen Schluck. Bei dieser Runde konnte ich nicht mithalten, nicht mit leerem Magen.

Das Steingesicht linste auf mein Glas, schüttelte den Kopf und ein wundervoll unverständlicher Satz in tiefstem Russisch rollte von seinen Lippen. Genau in diesem Augenblick kam einer von Olgas Freunden vorbei, ich hielt ihn am Arm fest und bat ihn zu übersetzen:

»Er sagt, man muß immer das Glas leeren, weil das, was zurückbleibt, Tränen sind. Das ist eine russische Volksweisheit.«

Nun war ein anderer Kosak an der Reihe, der sich erhob und mit Nachschub zurückkam. Mein Glas war noch immer halbvoll.

Am Ende der dritten Runde ging das Geseufze los. Das Signal dazu gab ein Kosak zu meiner Linken:

»Ah, Micháil Ilariònovič…« seufzte er. Und tat einen Schluck.

»Da, Vasilij Serghiejévič…« erwiderte das Steingesicht ebenfalls mit seufzender Stimme. Und die Köpfe der beiden gingen fleißig auf und ab, während sie sich in Gedanken in der Weite der Steppe verloren, die sie im Nordosten, einige hundert Werst entfernt, zurückgelassen hatten. Genau so fern war auch ihre längst vergangene Jugend.

Ich bildete mir zumindest ein, daß genau das in ihren Köpfen vorging, auch wenn sie in Wirklichkeit vielleicht nur die Minuten bis zum Startschuß für den Sturm aufs Büfett zählten.

Dann war Micháil Ilariònovič an der Reihe, seinerseits Vasilij Serghiejévič hinterher zu seufzen. Und auf geht's, noch ein Schluck Wodka! Ohne größere Variationen wiederholte sich diese Sequenz bei den anderen Kosaken: Name, Patronymikon, Seufzer, Wodkaladung, Auf und Ab mit dem Kopf. An meiner Stelle hätte der Peruzzi da sein sollen, der ja Spezialist in Sachen Schädelgymnastik ist. Aber der Peruzzi war am anderen Ende des Salons und mühte sich ab, eine brillante Konversation mit der von den zwei Gecken streng eingerahmten lustigen Witwe in Gang zu bringen.

Wieder entstand ein Schweigen, das kompakt, aber zugleich zerbrechlich war. Ich spürte, daß ich etwas sagen sollte, etwas x-beliebiges, und ich versuchte mich zu konzentrieren, in meinen Erinnerungen zu fischen, auf der Jagd nach einem mnemonischen Wunder, bis es plötzlich und unerwartet Klick bei mir machte:

»*Niè-ssliscnujì-fssadù-dàjie-shórahi*«, stieß ich in einem Atemzug heraus. Es ging mir flüssig von der Zunge, und die Aussprache war nicht schlecht. In dieser Friedhofsatmosphäre genau das richtige.

Einige Sekunden lang wurde das Schweigen noch intensiver. Das Steingesicht drehte sich um und musterte mich, ohne das Gesicht zu verziehen, als wäre dies die einzige Maske in seinem bisherigen Leben, dann schlug er sich gewaltig auf die Knie und brach in ein echt kosakisches Gelächter aus, das sicherlich bis ans andere Ufer des friedlichen Don erschallte, dort wo er am breitesten fließt. Sein steinernes Gesicht wechselte rascher hintereinander mehrfach seinen Ausdruck, so als versteckten sich hinter der ersten Maske noch viele andere und warteten darauf, endlich entblößt zu werden. Alle anderen taten es ihm nach und kriegten sich vor Lachen nicht mehr ein.

Ich hatte lediglich die erste Strophe des Lieds *Moskauer Abende* vorgetragen, das ich seit Ewigkeiten wie ein Papagei nachplappern kann, deren Bedeutung ich jedoch erst seit kurzem kenne. Der Text lautet: Im Garten vernimmt man nicht den leisesten Hauch.

Als das Ex-Steingesicht mit Lachen fertig war, erhob er sich, reichte mir die Hand und stellte sich feierlich nur mit dem Nachnamen vor: Kutúzov. Ich wußte, daß er auch noch Michaíl Ilariònovič hieß, weil mein Nachbar zur Linken dieses Wort ehrfurchtsvoll einige Minuten zuvor geseufzt hatte.

Auch ich erhob mich und skandierte meinen Namen im gleichen feierlichen Ton. Er geleitete mich die Kosakenreihe entlang und stellte mir jeden einzelnen mit Namen und Patronymikon vor: Kiríll Vladímirovič, Dmitrij Vasílevič, Pjotr Niklàič, Prochor Ignàtjič, Iljà Andréjevič, Pjotr Kiríllov und der schon zitierte Vasilij Serghiejévič.

Es war das erste Mal, daß ich diese Namen hörte, doch ohne erkennbaren Grund waren sie mir seit Lebzeiten vertraut.

Einer nach dem anderen erhob sich und wetteiferte, wer von allen mir am heftigsten die Hand quetschen konnte, als wäre das die letzte Tat seines Lebens. Ich machte eine Reihe knapper Verbeugungen, bei denen ich leicht die Hacken zusammenschlug ... nicht mal am Hof von Katharina der Großen würde ich mich so vorstellen.

Angesichts der Umstände kam ich nicht umhin, erneut mit der ganzen Gruppe anzustoßen und das Glas bis auf den Grund zu leeren.

Wer weiß, ob jemand von ihnen etwas mit dem Ikonenschmuggel zu tun hatte, kam mir plötzlich in den Sinn. Vielleicht war einer von ihnen der Moskauer Verbindungsmann der Zebensky oder Ghinis, oder – warum nicht? – der lustigen Witwe oder des geschniegelten Milazzo mit den russischen Visa im Paß. Wie es sich auch immer verhielte, hatte ich wohl kaum eine Möglichkeit, das herauszufinden.

Endlich war aufgrund gewisser, nicht wahrnehmbarer Signalzeichen klar, daß mit der substanzhaltigeren Seite der Feierlichkeiten begonnen werden durfte. Meine Magensäfte rumorten schon bedrohlich, auch weil ich seit einiger Zeit Michelle aus den Augen verloren hatte und für meinen politisch unkorrekten Geschmack eines gestandenen Südländers viel zu viele libidinöse Mannswesen auf der Piste waren.

Umsichtig nahm ich von allem nur kleine Happen, um mir ein Mindestmaß an klarem Verstand für den Augenblick zu bewahren, wenn ich zum Schluß endlich Peppuccio Nummer eins die Hand schütteln dürfte.

Beim Dessert zogen die Russen als Alternative zum sizilia-

299

nischen Brut, den die Dekanin kredenzte, ein paar Flaschen moldawischen Sherry heraus.

Das Steingesicht klopfte leicht mit einem Messer gegen sein Glas und ließ es nachhaltig klirren, und sofort begannen alle Russen »tost! tost!« zu schreien.

Ein provisorisches Schweigen setzte ein. Olga gesellte sich zu uns, und Kutúzov-Steingesicht brach in einen endlosen Wortschwall aus, den das Mädchen nach und nach übersetzte. Mit einem Schlag war die Dekanin in Höchstspannung, da sie wohl erneut um das Schicksal des Hauskristalls besorgt war. In der Zwischenzeit hatte mir jemand gesteckt, daß Kutúzov nicht nur der charismatische Anführer der Gruppe, sondern auch Olgas Onkel war. Er gebärdete sich so, als trüge er gewohnheitsgemäß vier oder fünf Reihen schwerer Medaillen am Aufschlag des Jacketts im Vor-Perestroika-Stil mit sich herum.

Wie er seinen Trinkspruch herausschwitzte, erinnerte er mich an Sergej Bonda-Kuk im Film *Es war Nacht in Rom,* als dieser sich zusammen mit einem Engländer und einem Amerikaner auf einem Speicher vor den Krauts versteckt hatte – die eine Razzia in der Stadt machten – und einen langen Monolog auf Russisch vom Stapel ließ, der nicht untertitelt war, was auch nicht nötig war, da selbst ein Gehörloser den Sinn seiner Worte verstanden hätte.

Der Redebeitrag von Kutúzov war eher im Stil Komintern als ein Trinkspruch, und der Kernpunkt waren die Auspizien, daß die ins Haus stehende Hochzeit von Olga und Peppuccio die Freundschaftsbande zwischen dem sizilianischen und dem russischen Volk verfestigen mögen. Ausschlaggebend dafür sollte die zahlreiche und robuste Nachkommenschaft sein, die der zukünftigen Vereinigung entspringen würde.

Als er unter Beifallsklatschen geendet hatte, erwartete ich eigentlich, daß alle strammstünden mit dem üblichen Beiwerk von Nationalhymnen, Fahnengruß und Werbesprüchen.

Olga jedoch war ein Übermaß an Diskretion oder Diplomatie: Kutúzov hatte systematisch den beiden Namen der Festkinder das Wort »towarisch«, Genosse, vorausgeschickt, und das Mädchen hütete sich, es zu übersetzen.

Mir wurde ganz warm ums Herz, als ich ihn dieses Wort sagen hörte. Und das Komische war, wären wir noch in den Zeiten des Imperiums gewesen, in denen der Troika, nicht der Perestroika, hätte die Sache das genaue Gegenteil bei mir bewirkt, da ich nun mal ein verdammter Sophist und Querschläger mit Spätzünderhumor bin.

Auf den ersten Trinkspruch folgten andere, alle in der gleichen Leier und alle von Männern der gleichen Kosakenspezies vorgetragen, deren Duldsamkeit gegenüber der feministischen Ideologie nicht lückenlos ist.

Dann war das Festkind Peppuccio an der Reihe, von dem man lauthals verlangte, er solle in die Mitte des Rings treten und für internationales Gleichgewicht sorgen. Er überstand es ehrenhaft, indem er eine eindeutige Opus-Dei-Technik benutzte; er schaffte es sogar, ein paar intelligente Sachen zu sagen, was mich doch einigermaßen verwunderte; doch ich erinnerte mich, daß die Sekte des Opus Dei schwerlich echte Vollidioten aufnahm. Dem hatte ich im weiteren Verlauf des Abends Rechnung zu tragen.

Auf das Zuprosten folgte nicht die gefürchtete Zerstörung des Kristalls. Das einzige Glas, das zu Bruch ging, war der alten Virginia aus der Hand gerutscht. Vor Schreck gelähmt verharrte sie einige Sekunden, weil sie damit möglicherweise eine unkontrollierbare Kettenreaktion ausgelöst hatte. Erst als sie sah, wie ein paar Kosaken herbeistürzten und die Scherben aufsammelten, beruhigte sie sich wieder.

Die Gruppen und Grüppchen lösten sich auf und bildeten sich dank des Effekts der überkreuzten Flüsse der Völkerwanderung neu. Ich kam auf sikulisch-englisch mit einer Physiologin aus Kasachstan ins Gespräch, die normalerweise in Sankt Petersburg arbeitete und seit einigen Monaten ein Praktikum

301

in einem bedeutenden Forschungszentrum in den Bergen des sizilianischen Hinterlands absolvierte. Sie war ein extrovertierter Typ zwischen fünfundzwanzig und fünfzig und gehörte dem mongolischen Volksstamm der Burjaten an, der – wie sie mir erzählte – nur dreihunderttausend Individuen zählt. Sie ziehe in Erwägung, dem WWF beizutreten, vertraute sie mir im Widerschein aufflackernder Selbstironie an. Mit ihr zusammen wechselte ich ins nächste Zimmer, wo sich eine große, ethnisch gemischte Gruppe gebildet hatte. Am buntesten gewürfelt war natürlich der Stamm der Sizilianer, dem Michelle, Francesca, Alessandra, Peppuccio, die Dekanin, die lustige Witwe mit ihren zwei dienstbaren Kavalieren und recht viele andere mehr oder weniger Unbekannte angehörten.

Es wurde gerade eines jener dummen und ein wenig makabren Spielchen gespielt, bei denen man am Ende meist einen Anfall von Paranoia bekommt oder noch schlimmer sogar einschläft: Das Spiel der Endmusik nannten sie es. Jeder Teilnehmer mußte erklären, welches Musikstück er als Filmmusik für seine letzten Atemzüge, den Augenblick des Von-der-Schippe-Springens wählte; und wir sollten dann raten, was für einen Menschen wir vor uns hatten.

Die Dekanin war es, die dem Ganzen die Krone aufsetzte, indem sie, ich weiß nicht in welchem Zusammenhang, gewiß aber zur Verteidigung ihres (unfreiwilligen) Jungfernstands erklärte, daß wir früher oder später alle in einem Einzelbett enden. Was kein schlechter Ausdruck für den Lebensabschnitt kurz vorm Begräbnis ist.

Es war ein derart dummes Spielchen, daß ich nicht umhin konnte, mir zu überlegen, was ich wohl wählen würde, wäre ich so dumm, kostbare Minuten mit so idiotischen Überlegungen zu verplempern. In die Enge getrieben, glaube ich, daß ich mir eine Musik aussuchen würde, die meine Laune und alles sonst bessern würde, beispielsweise einen Bauchtanz, einen von jenen harten Sachen, die besser funktionieren als das Wunderwasser aus Lourdes.

302

Als ich jedoch an der Reihe war, bekannte ich mich zu so etwas wie *Knockin' on heaven's door,* was ein Bluff ist: Dieses Stück würde die Dinge ja nur beschleunigen, und beim derzeitigen Konjunkturstand würde ich es zumindest für selbstzerstörerisch halten; so hatte ich beschlossen, mit falschen Karten zu spielen, denn ich hatte keine Absicht, mich vom erstbesten Idioten analysieren zu lassen.

Der Peruzzi optierte ganz banal für das Adagietto aus der Fünften Symphonie von Mahler. Doch was Banalität anging, wurde er um Längen von den zwei Geschniegelten, Milazzo und Pandolfo, geschlagen, deren Wahl jeweils auf den *Bolero* von Ravel und *Also sprach Zarathustra* von Strauss fiel. Das ist das öffentliche Bekenntnis von jemandem, der seine private, nicht eingestandene Leidenschaft für Toto Cutugno tarnen will.

Michelle schwankte zwischen *Forever young* – problematisch, was das Halten des Tons und das Zurückhalten der Tränen anginge – und *The famous blue raincoat,* dem rührseligsten Song der Weltgeschichte und die pathetischste Story von Partnerbetrug, die je in Musik ausgeartet ist. Wenn ich so etwas auf dem Sterbebett anhören müßte, könnte es mich packen, durch selbstverabreichte Schläge mit dem Schraubenschlüssel sogar den Freitod zu suchen. Was den Status quo nur noch verschlimmerte.

Michelles Musikwunsch überraschte mich, und ich mußte mich fragen, ob nicht auch sie bluffte. Dann sah ich sie an und stellte mir einige Fragen. Wie würde ich wohl reagieren, wenn … Bah, ich war gewiß kein masochistischer Liedermacher mit einem kurzgeschlossenen Hormonhaushalt.

Als die Dekanin ihren Musikwunsch offenbaren sollte, erwartete ich, daß sie ihren ganzen Einsatz auf so etwas wie das Ave Maria von Schubert oder die Hymne auf den Papst oder im Höchstfall noch, eingedenk der Russen und Olgas Anwesenheit, das Pontifikalamt nach christlich-orthodoxem Ritus am Tag von Allerheiligen setzte. Mir blieb die Spucke weg, als sie erklärte, sie würde *Il cielo in una stanza* hören wollen. Wußte sie etwa, daß Gino Paoli das Lied für ein ätherisches Wesen aus der Gegend von Sciacca geschrieben hat.

Baß erstaunt war ich aber wegen Peppuccios Nummer eins, der sich für *Foxy Lady* in der Version von Jimmi Hendrix entschied. Es konnte nichts geben, was weniger dem Geist des Opus Dei entsprach. Zwangsläufig mußte ich ihm mit neuem Respekt gegenübertreten. Um die Wahrheit zu sagen, das war ein Prozeß, der schon ab dem Zeitpunkt der Prosite eingesetzt hatte. Er hatte bei der Sauferei keinen Rückzieher gemacht, sondern sich tapfer gehalten. Immer selbstsicherer trat er auf, ja er war auf Hochtouren und ganz Herr der Situation. Wenn jemand ihn etwas Persönliches fragte, überlegte er erst ein Weilchen, bevor er antwortete, und vermittelte so den Eindruck, alles bestens im Griff zu haben. Vielleicht wandte er eine geheime Methode der Opus-Dei-Leute an. Oder er hatte schlicht und einfach einen nächtlichen Metabolismus genau wie ich. Vielleicht hatte ich nicht auf das richtige Pferd gesetzt, als ich plante, über ihn auf einfachem Weg etwas in Erfahrung zu bringen. Wir sind beide Sizilianer und werden definitionsgemäß bei direkten Fragen mißtrauisch. Und erst recht bei indirekten.

Mein Blick schweifte von Peppuccio ab und suchte nach Olga-Natascha. Sie stand einige Meter rechts von mir und starrte mich an, weil sie sich wohl fragte, warum zum Teufel ich ihren Verlobten so intensiv ins Visier nahm. Unsere Blicke kreuzten sich ein paar Sekunden; mit einem Lächeln trat ich auf sie zu und versuchte, nicht zu sehr den Mann von Welt heraushängen zu lassen. Schließlich hatte sie beim Endmusik-Game *Natural Woman* gewählt. Eine schöne Wahl.

Wie alt war Olga wohl, dreiundzwanzig, vierundzwanzig? Sie besaß eine gewisse Portion Naivität, die nicht sehr im Kontrast zu ihrem emanzipierten Flair stand, doch sehr wohl zu meinem ersten Eindruck von ihr. Es war, als hätte es zwischen Anfang und Ende des Abends einen doppelten Austausch zwischen Olga und Peppuccio gegeben. Als hätte der eine dem anderen seinen Charakter verliehen und dafür die Unschuld des Schöpfers erhalten. Mit meinem anfänglichen Urteil über die beiden hatte ich ziemlich schiefgelegen, das mußte ich zugeben. Liebenswürdig nahm ich Olga beim Arm und geleitete sie zu einem Zweisitzersofa. Wir begannen mit einer Konversation freundschaftlichster Natur, aus der nach und nach ein intimes Geplauder unter Freunden wurde. Ich war keineswegs verwundert, daß mich ihre Probleme, Ambitionen, Pläne, die sie mit dem guten Peppuccio geschmiedet hatte, tatsächlich interessierten. Ich könnte meine Hand ins Feuer legen, daß der Name Ghini ganz von selbst aufkam; ich hatte nichts erzwungen und ihn vielleicht nicht einmal als erster ausgesprochen.

Peppuccio sei von Umbertos Tod schwer mitgenommen. Der Verstorbene habe ihn wie einen eigenen Sohn behandelt und noch viel mit ihm vorgehabt. Nicht daß er selbst keine Kinder gehabt hätte – er hatte ja zwei, eine Tochter und einen Sohn. Doch der letztere sei Ghinis großes Problem gewesen. Sein schweres Kreuz. Der Junge sei nämlich drogensüchtig. Ghini habe sogar Peppuccio gebeten, ihm ins Gewissen zu reden. Er habe einen gewissen Einfluß auf den Burschen gehabt und habe ihn, wenn man es genau nehme, noch immer. Doch konkret sei nichts herausgekommen. Nichts habe sich geändert. Auch am Tag des Verbrechens, als jene Frau Umberto Ghini eine Kugel ins Herz getrieben habe, habe er bei Peppuccio zuvor dieses Herz ausgeschüttet. Er habe ihn zum Essen in ein Restaurant in Mondello eingeladen. Ghini sei am Rande der Verzweiflung gewesen, das habe Peppuccio später zu Olga gesagt. Wer habe je gedacht, daß genau an jenem Abend …

Am Rande der Verzweiflung. Die gleichen Worte hatte Michelles Vater gebraucht, als hätten sie sich zuvor abgesprochen.

Die Unterhaltung stimmte mich nachdenklich. Es gab eine

gewisse Dissonanz zwischen den Informationen, die irgendwo in meinen Gehirnwindungen gespeichert waren, und einer Sache, die das Mädchen erwähnt hatte. Aber ich kam einfach nicht dahinter, was es war. Noch einmal wollte ich dem Ratschlag meiner Tante Carolina folgen und nicht daran denken, in der Hoffnung, daß die Lösung von selbst käme.

Ich setzte meine Unterhaltung mit Olga fast bis zum Ende des Abends fort. Als Dolmetscherin wurde sie nicht mehr gebraucht. Die Energien für den Austausch zwischen den Ethnien waren ziemlich erschöpft. Die Dekanin war fix und fertig und ähnelte dem Werbespot für einen Zombie-Film. Nach und nach traten wir den Rückzug an. Kutúzov lenkte seine Truppen, die ein überraschend nüchternes Aussehen hatten, Richtung Ausgang. Wir hatten uns mit kräftigem Händeschütteln verabschiedet.

Auf einer kleinen Ottomane des Vorzimmers, einem der wenigen Stücke der alten Einrichtung des Hauses, lag zusammengerollt wie ein Embryo ein schnarchender Russe, der hin und wieder zusammenzuckte. Er ähnelte einem der Kosaken, wie sie Ilya Repin malt. Aus seinem Schnarchen vermeinte ich die Melodie von *Die Fährmänner auf der Wolga* herauszuhören, die ich in der Ausführung der Roten Armee besitze. Doch ich glaube, es war ein Fall von Autosuggestion.

Michelle und ich gingen mit Francesca und Alessandra hinunter. Die zwei schlimmen Girls kicherten und taten geheimnisvoll. Kaum waren wir aus der Haustür, drückte mir Francesca ein kleines Geschenkpaket mit goldener Schleife in die Hand.

»Wir haben auch dir eine Kleinigkeit mitgebracht, Chef.«

Das Gekichere nahm zu. Rasch wickelte ich das Präsent auf, und ein Säckchen mit getrockneten Lavendelblüten für den Wäscheschrank kam zum Vorschein.

»Oh, wie nett von euch.«

Bestürzt sah Francesca zu Alessandra. Beide rauften sich die Haare.

»Was geht hier vor sich?«

»Chef, wir haben dir das Päckchen für die Dekanin gegeben.«

»Nicht schlecht, dann packt ihr es wieder ein und übergebt es ihr als ein neues Geschenk.«

»Du hast uns nicht verstanden: Ihr haben wir deines gegeben ...«

»War das ein After-shave?«

»Das wäre schön!«

Sie warfen Michelle einen Blick zu, in dem eine winzige Prise von Enttäuschung lag. Plötzlich packte mich ein heftiger Zweifel:

»Was enthielt meine Schachtel?«

»Eine Packung Kondome mit Himbeergeschmack.«

»Das geschieht euch gerade recht.«

»Meinst du, die Dekanin wird es überleben, Chef?«

»Sie ist gegen Erdbeeren allergisch, nicht gegen Himbeeren.«

Michelle nahm das Ganze mit Gelassenheit.

Im Auto erzählte ich ihr, was ich beinahe unfreiwillig von Olga-Natascha erfahren hatte. Ich erklärte ihr, warum ich beschlossen hatte, nicht mehr mit Peppuccio zu sprechen, und ich bereute, es nicht trotzdem versucht zu haben.

»Den habe ich mir vorgeknöpft«, sagte Michelle. »Ich habe mit ihm geredet, während du schamlos vor aller Augen seiner Verlobten auf die Pelle gerückt bist.«

So wird Geschichte gemacht! Ich hätte sie fragen sollen, ob das Ereignis als solches sie indignierte oder mehr die Tatsache, daß es in aller Öffentlichkeit geschehen war. Statt dessen beließ ich es bei einem Protestschweigen. Ich wartete ab, ohne sie zu drängen, daß sie mir von der Unterhaltung mit Peppuccio erzählte. Eigentlich hatte nur der junge Mann gesprochen. Er hatte es kaum glauben können, daß Michelles faszinierende Ohrmuscheln zum Zuhören bereit waren. Und es mußte sich um etwas Wichtiges gehandelt haben, denn Michelle kam nicht gleich auf den Punkt und redete mit gedämpfter Euphorie um den heißen Brei herum. Sie hatte etwas von einer Tragödienspielerin an sich wie laut Reiseführer alle Sizilianer, und sie steht auf Knalleffekte.

In der Zwischenzeit waren wir auf der Piazza Rivoluzione angelangt. Die Luft war prickelnd, aber trocken, und ich hatte das Wagenfenster auf der Fahrerseite heruntergelassen; der würzige Duft vom Stand eines nächtlichen Kastanienrösters schlug uns entgegen, der gerade ein Grüppchen Afrikaner, schwarz wie eine Mondfinsternis, bediente.

Michelle begann bei dem weißen Fiat Uno. Peppuccio hatte ihr gesagt, daß das ein Geschäftswagen des Kamulùt sei, und dem Personal des Ladens im Bedarfsfall zur Verfügung stünde; die lustige Witwe und auch Ghini hatten ihn vor dem üblen Zwischenfall öfter gefahren.

»Sie überließen ihn auch der Zebensky, wenn sie in Palermo war«, bemerkte ich.

»Genau. Just am Tag, als sie sich das Leben genommen hat, war sie damit in die Via Riccardo il Nero gefahren; und sie war am Steuer, als wir den Wagen am Abend unseres mißglückten Versuchs mit der Sicherstellung der Bordkarte gekreuzt hatten.«

Michelle berichtete ausführlich über Peppuccios Stimmungslage, daß er wegen Ghinis Tod sehr niedergeschlagen war, was Olgas Worte bestätigte. Für ihren Bericht brauchte sie die ganze Strecke vom Ende der Via Paternostro bis zum Anfang der Via Bonello. In der Regionalverwaltung mußte eine außerordentliche Sitzung stattgefunden haben, denn von der Villa Bonanno fuhren blaue Limousinen voller Gesichter vom »Pakt für Italien« ab, auf denen so manche Doppelpakte geschrieben standen.

Michelle hatte auch versucht, Peppuccio über die zwei eleganten Herren, Milazzo und Pandolfo, die den ganzen Abend über keinen Schritt von der lustigen Witwe gewichen waren,

308

auszufragen. Doch der gute Junge wurde immer verlegener, bis er schließlich keine Silbe mehr über die Lippen brachte. Und Michelle ahnte, daß zwischen den beiden und der Ghini Cottone etwas im Busche war. Die Beziehung war ein wenig zwielichtig, wenn es sich auch nicht unbedingt um ein Dreiecksverhältnis handeln mußte. Abgesehen von der Unterredung mit Peppuccio hatten ihre weiblichen Antennen mitgekriegt, daß die zwei Geschniegelten sich gegenseitig im Auge behielten und die lustige Witwe die beiden im Griff hatte.

Michelle machte eine längere Pause und holte tief Luft, bevor sie die echte Bombennotiz des Abends, die Kostbarste aller Informationen brachte, die Peppuccio fast nebenbei herausgerutscht war, so als wüßte die ganze Welt schon Bescheid. Es war eine ganz naheliegende Sache, mit der schlauere Typen als wir schon von Anfang an gerechnet hätten:

»Eine Versicherungspolice ist mit im Spiel ...«

Frohe Weihnachten
und Aufgepaßt

Eine Lebensversicherung. Eine von denen mit Substanz, mit übertrieben, ja unverschämt hoher Prämie. Ghini hatte sie vor Jahren, zur Zeit der fetten Kühe, abgeschlossen. Jetzt ging alles an die Witwe und zu gegebener Zeit an die Kinder, sobald sie volljährig sein würden. Es war nur eine Frage der Zeit, hatte Peppuccio gesagt. Denn bevor die Versicherungsgesellschaft zur Kasse schritt, wollte sie klarer sehen, das steht auch im kleinen Handbuch des Versicherungskaufmanns.

War es möglich, daß sich alles auf eine so mittelmäßige Geschichte reduzierte? Michelle schien nicht sehr überzeugt. Möglicherweise rührte ihre mangelnde Überzeugung von der Überlegung her, daß ihr Vater irgendeine Rolle dabei spielte. Trotz allem durften wir die Versicherungspolice nicht ignorieren. Die paßte zu jeder Art von Szenerie. Und die Bullen? Und die Staatsanwaltschaft? Diese Institutionen verfügten über ausgeklügeltere Mittel als wir. Und dennoch ...

Ich machte meinen Bedenken Luft, weil ich den Advocatus Diaboli spielen wollte.

»Die Sbirren sind nicht dumm, einverstanden«, erwiderte Michelle, »und auch der Staatsanwalt ist es nicht, auch wenn er ehrgeizig ist. Aber ...«

Die Zebensky hatte mit ihrem Abtritt von der Szene eine Lösung geschaffen, mit der alle glücklich waren. Aus dem Tod Ghinis hätte sie gewiß keinen Profit geschlagen ... Aber versetzt man sich einmal in die Lage der Sicherheitsbeamten, warum sollten die sich in einer Stadt wie der unsrigen das Leben schwermachen, wo doch die wahren Probleme, die mit dem Vorzeichen »M«, nicht fehlen, die für die Karriere wesentlich mehr brachten? Einverstanden, fügte Michelle hinzu, da gebe es Ausnahmen wie meinen Freund Spotorno. Aber der weilte immer noch in Amerika ...

Michelle ließ schlicht und einfach die Zweifel, die auch meine waren, Gestalt annehmen. Und die kreisten mittlerweile wie ein Sputnik um Madame Ghini Cottone.

In dieser Nacht träumte ich von der Witwe Cannonito. Wir waren zusammen in der Wohnung in der Via Riccardo il Nero, saßen uns am Tisch im Wohn-Arbeitszimmer gegenüber, und der Leichnam der Zebensky war zu meiner Linken in derselben Lage, in der ich ihn vorgefunden hatte. Aber wir taten so, als wäre nichts Besonderes: Die Cannonito offerierte mir eine Tasse Kaffee mit dem üblichen Glas Eiswasser, aber dieses Mal zur Strafe ohne *zammù,* weil ich diesen ganzen Aufruhr verursacht hatte.

Ich träumte heftig, ansonsten hätte ich mich nicht mehr daran erinnert. Und wie immer in solchen Fällen hielt sich eine Spur, ein Echo aus dem Reich der Träume den ganzen Vormittag in meinem Kopf.

Erst kurz vor der Mittagszeit kristallisierte sich die Idee heraus. Oder besser gesagt der Impuls. Jene Wohnung übte auf mich eine unwiderstehliche Anziehungskraft aus. Dort hatte alles seinen Verlauf genommen, und dort schien alles sein Ende gefunden zu haben. Ich war in der gleichen Stimmung wie das letzte Mal, als ich den Abend mit der Zebensky verbracht hatte. Eindrücke, die noch nicht geklärt waren. Der unvollkommene Kreis.

Aber wie käme ich noch einmal in die Wohnung hinein? Die Sbirren hatten die Wohnungsschlüssel, die ich bei mir hatte, beschlagnahmt und würden sie wohl mittlerweile der

Witwe Cannonito zurückgegeben haben. Und ich konnte schlecht bei ihr anklopfen, als wäre nichts geschehen, und sie bitten, sie mir erneut zu leihen. Sie hätte mich zum Teufel gejagt. Und das hätte sie sicher auch mit Michelle getan.

Die Lösung kam wie von selbst, als Francesca und Alessandra in mein Zimmer platzten und mich lauthals fragten, ob ich etwas wegen der Reaktion der Dekanin auf die vertauschten Geschenkgaben gehört hätte. Reaktionen hatte es keine gegeben, aber das behielt ich für mich und ließ sie schmoren, während die Lösung sich herauskristallisierte.

»Hört mal her, ihr zwei: Ihr seid mir einen Gefallen schuldig. Dann werde ich sehen, was ich bei der Dekanin für euch ausrichten kann. Aber nur, wenn ihr eure Sache gut gemacht habt.«

»Ist das eine Erpressung, Boß?«

»Paß nur auf, auch wir haben so einiges über dich auf Lager.«

»Und ob! Wir können der Dekanin beispielsweise erzählen, wie es war, als du im Embo-Workshop ...«

»Basta! Das hat nichts mit Erpressung zu tun. Ich habe euch nur um einen Gefallen gebeten. Ihr müßt nur ja oder nein sagen. Doch überlegt es euch gut, bevor ihr ablehnt.«

Ich erklärte, was ich von ihnen wollte.

»Aber ich flehe euch an: Sie darf keinen Herzinfarkt kriegen. Deshalb richtet euch bitte ordentlich her, kein Straß in der Nase und keine Nietenjacken, zieht euch was Normales an. Ihr werdet ja wohl irgendwo einen Rock und eine Bluse auftreiben ... und ein Paar Damenschuhe und einen beigefarbenen Übergangsmantel. Ihr müßt euch von Post-Punk-Raupen in zarte Liberty-Schmetterlinge verwandeln. Das wird schwer sein, ich weiß ...«

Sie taten so, als wären sie zutiefst in ihrer Ehre gekränkt, aber doch wiederum nicht übertrieben tief. Sie hätten nicht einmal dann abgelehnt, wenn ich sie gebeten hätte, sich als Vorsitzende des Rotary Club zu verkleiden.

Ich versorgte sie mit den logistischen Einzelheiten. Alessandra traf telefonisch eine Verabredung mit der Witwe Cannonito. Am späten Nachmittag, nach der notwendigen »Metamorphose« bei sich zu Hause, würden sie zu ihr hingehen. Ich wollte im Fachbereich auf sie warten.

»Das kommt überhaupt nicht in Frage, Chef.«

»Entweder du kommst mit oder es läuft nichts.«

Da half keine Anrufung der Schutzheiligen. Dieses Mal mußte ich klein beigeben. Und das erwies sich als keine schlechte Idee.

Die Verabredung warum sechs Uhr, und wir hatten ausgemacht, daß ich ab halb sieben vor dem Hauseingang in der Via Riccardo il Nero stehen und die Daumen drücken würde, daß alles glattging. Ich hatte ihnen eingebläut, unter keinen Umständen das Wort »Universität« in den Mund zu nehmen, ansonsten hätte die Signora die Polizei gerufen oder noch Schlimmeres.

Alle Werkstätten hatten schon Feierabend, und weit und breit war keine Spur von Peppuccio Nummer drei noch von seinem Boß. Die übliche feierabendliche Einöde. Ich dachte, daß die halbe Stunde Vorsprung reichte, statt dessen mußte ich noch eine ganze Weile warten, bevor ich das Kühlerheck des gelben Twingo mit den beiden an Bord erblickte. Sie hatten es tatsächlich zu einem fast normalen Look geschafft, ohne daß jemand sie mit zwei Novizen in Klausur verwechselt hätte. Triumphierend schwenkten sie beim Aussteigen die Schlüssel.

»Es war nicht schwer, Kapo.«

»Zuerst glaubte sie, wir wollten ein Bordell aufmachen. Dann haben wir ihr erklärt, daß wir den öffentlichen Wettbewerb bei der Regionalverwaltung für zwei Stellen als Kindergärtnerin gewonnen hätten und da wir von auswärts seien, suchten wir jetzt nach einer Wohnung ...«

»... und wir hätten erfahren, daß sie eine frei hätte, die

obendrein möbliert sei. Du hättest Francescas Akzent hören sollen, Chef. Sie schien direkt aus einem gottverlassenen Bahnwärterhaus irgendwo zwischen Scoglitti oder Gualtieri Sicaminò zu kommen.«

»Darauf hatte sie sich erweichen lassen und uns Kaffee und Eiswasser mit Anis vorgesetzt. Das haben wir nur aus Diplomatie getrunken, denn bei ihr war es schweinekalt.«

»Aber wir müssen ihr die Schlüssel in einer Stunde wieder zurückbringen.«

Inzwischen waren wir oben angelangt und betraten die Wohnung. Sie war geputzt und aufgeräumt, und alle Spuren von den letzten Ereignissen und dem Durchzug der Bullen waren beseitigt. Die Möbel standen an ihrem Platz, offensichtlich fehlte nichts. Auch nicht das leichte Gefühl von Leere und die Unruhe, die ich das letzte Mal schon wahrgenommen hatte.

Ziellos schlenderte ich durch die Räume. Abgesehen von meinem Impuls, dem ich bewußt gefolgt war, war mir unklar, was ich hier eigentlich verloren hatte. Die Mädchen schnüffelten in sämtlichen Ecken herum, als wollten sie tatsächlich die Wohnung beziehen. Nicht im geringsten beunruhigte sie das, was sich in diesen Räumen zugetragen hatte. Vielleicht erregte sie das sogar. Schließlich kannten sie ja keinen der Hauptdarsteller dieser mehrfachen Tragödie. Oder handelte es sich doch wieder nur um die übliche Komödie trotz der Toten?

Ich hielt vor dem Bücherregal im Wohnzimmer an und ging die Titel durch. Die Bücher standen unverändert in der gleichen Reihenfolge wie das erste Mal, und *Der Fall Paradine* mit seinem jadegrünen Umschlag fiel auch jetzt wieder ins Auge.

War ich etwa deswegen hier? Wie sonst sollte ich den erneuten Impuls erklären, der mich meinen Arm senken und zum dritten Mal nach diesem Band die Finger lang machen ließ? Das Buch war ein Magnetpol, und meine Hand ein

Stück überaus reaktionsfreudiges Metall mit entgegengesetzter Polarität.

Ich wog es in der Hand, bevor ich es öffnete. Schwören könnte ich, daß ich mit dem gerechnet hatte, was ich dann fand. Vielleicht weil ich wußte, daß Selbstmörder manchmal Botschaften für die Hinterbliebenen zurückließen. Und die Zebensky hatte ja schon einmal und unabsichtlich dieses Buch als Postfach benutzt, als sie die Bordkarte und den Kassenzettel darin gelassen hatte.

Die Mädchen waren nicht in Sicht. Ich faltete das vierfach zusammengelegte Stück Papier auseinander, entzifferte rasch das Geschriebene und steckte es in die Tasche des Jacketts.

Ich trommelte die zwei Holden wieder zusammen, und zu dritt verließen wir die Wohnung. Auf der Treppe bohrten sie:

»Hat dir der Besuch überhaupt etwas gebracht, Chef?«

»Genau. Wie eine gepeinigte Seele bist du durch die Wohnung gewandert und hast nach wer weiß was gesucht.«

»Die Wohnung war nicht übel.«

»Auch die Einrichtung nicht. Abgesehen von den Stühlen im Wohnzimmer mit den blutroten Sitzen, als wäre das Leder erst vor kurzem ersetzt worden... aber die hölzernen Rückenlehnen haben sie vergessen abzustauben.«

Mein rechter Fuß setzte gerade auf einer Treppenstufe auf und der andere schwebte haltsuchend in der Luft:

»Was hast du gerade gesagt?«

Beide starrten mich mit offenen Mündern an:

»Ich habe gesagt, daß die Einrichtung abgesehen von den Stühlen nicht übel war...«

Aber ich hörte schon nicht mehr zu. Noch ein weiteres Stück des Puzzles paßte. Das vorletzte. Und wenn auch eine direkte Verbindung fehlte, bis auf eine gewisse Ölung der Gehirnwindungen, kam gleich darauf das letzte. Es war, als hätte jemand nach einer endlosen Eiszeit kräftig auf die Entfrostertaste gedrückt.

Ja, jetzt war der Fall wirklich abgeschlossen.

In jener Nacht hatte ich wenig geschlafen und versucht, klarzusehen, was jetzt am besten zu tun sei. Ich trug in mir einen Konflikt zwischen Vernunft, Vorsicht und Urteilsvermögen auf der einen Seite und Stolz, Selbstgefälligkeit und Narzißmus auf der anderen aus. Wie der ausgehen würde, war leicht vorhersehbar.

Vittorio würde erst in der nächsten Woche zurück sein. Daß ich mich in seiner Abwesenheit an die Sbirren wendete, kam überhaupt nicht in Frage. Die hätten mich endlos festgehalten, um sich von mir jedes einzelne Warum und Wieso und Weshalb erklären zu lassen. Tagelang hätte ich mich nicht mehr loseisen können. Möglicherweise hätten sie mich sogar in eine finstere, feuchte Knastzelle geworfen. Bei Morgengrauen, der Sternstunde aller Alpträume und verräterischen Gesten, stand mein Entschluß fest. War es nicht etwa Aufgabe des Detektivs, zumal eines Amateurdetektivs, mit dem Mörder abzurechnen?, dachte ich am Ende mit einem Touch von masochistischem Sarkasmus. O. k., das hier war das wirkliche Leben und kein Film. Und wir befanden uns auch nicht auf den Seiten eines Buches. Theoretisch waren Überraschungseffekte ausgeschlossen, und es war keine Eile.

Theoretisch.

Michelle sagte ich nichts. Sie hätte mir die Hölle heiß gemacht, wenn sie auch nur das mindeste von meinen Absichten geahnt hätte.

Ich parkte den Golf im Halteverbot an einem Platz, der vorschriftswidrig den blauen Limousinen eines öffentlichen Amts vorbehalten war. Das Wetter hatte aus dem nichtssagenden und unsteten Vormittag einen theatralischen Nachmittag mit vielfarbigen Wolken gemacht, die sich wie dekadente Adlige bei einem Sonderverkauf von Tiefkühlkost ballten und violette Strahlen zu den Platanen, der Washingtonie und den Dächern der Metropole aussandten. Man konnte jeden Augenblick damit rechnen, daß Moses leibhaftig, mit den

Haaren an zweien dieser ikonographischen Strahlen festge-
macht, aus diesen Wolken herabsteigen würde. Ein Himmel
wie geschaffen für die Einweihung des Gerichtsjahrs im Jahr
des Weltgerichts.

Auf der Piazza Politeama hatten die Arbeiter der Stadtverwaltung begonnen, den diesjährigen Weihnachtsbaum aufzustellen; es war eine künstliche Riesenfichte, die aus Hunder-
ten von Poinsettia-Pflanzen zusammengestückelt war. Wer
weiß, wie sie die da ganz oben wässern wollen? fragte ich
mich träge, ohne tiefschürfende Gedanken zu wälzen, die zur
nahen, allernächsten, beinahe gegenwärtigen Zukunft passender gewesen wären.

Ich hätte auch passendere Musik hören sollen, schluchzen-
de Töne aus einer Oboe aus den Abruzzen oder so etwas ähnliches. Statt zweier Saxophone, von denen das eine Lee Ko-
nitz gehörte und die *Weaver of dreams* in meinem Kopf ertö-
nen ließen.

Ich nahm Kurs auf die Via del Droghiere und war die Ruhe
in Person. Beinahe bis zur Bewußtlosigkeit war ich ruhig. Am
Morgen hatte ich ganz automatisch meine Lorenz von der
Erstkommunion um das Handgelenk gebunden statt der üblichen Seiko. Eine Geste, bei der ich mich öfters ertappe,
wenn mir kritische Situationen bevorstehen. Auch wenn sie
mir die Zeiten etwas durcheinanderbrachte, aber was soll's.
Auch die Schmusedecke von Linus beginnt im Laufe der Zeit
zu muffeln.

Im Kamulùt brannten sämtliche Lichter. Auf den Schau-
fensterscheiben stand in silbernen Steckbuchstaben »Frohe
Weihnachten und Glückwünsche«. Sie hätten eher schreiben
sollen: Achtung, Aufgepaßt, nehmt euch in acht, oder etwas
von der Art. Wie die Warnung Donald Ducks an die Adresse
der Panzerknackerbande.

Ich trat ein.

Weit und breit keine Kunden in Sicht, nichts Neues also.
Die zwei Lackel machten sich ein faules Leben, schlenderten

wichtigtuerisch zwischen dem Plunder herum. Auf ihren Visagen waren noch Spuren aus ihren besten Zeiten zu erkennen, als die kommunistischen Kinderfresser sie zu Unrecht verschont hatten. Als sie mich erkannten, war es schon zu spät, die dicke Patina nicht gerade umsatzsteigernder Feindseligkeit abzulegen.

»Ist die Signora da?« fragte ich nach einer Andeutung eines politisch korrekten Grußes. »Ich muß mit ihr reden.«

Sie tauschten einen Blick aus.

»Sie ist oben«, sagte Pandolfo. »Warten Sie hier.«

Rasch eilte er die Stiege hinauf und kam nach gut fünf Minuten wieder herunter.

»Die Signora erwartet Sie.«

Unterdes hatten Milazzo und ich uns gebührend ignoriert. Er tat so, als untersuche er unsichtbare Flecken auf seinen Fingernägeln. Ich blickte angestrengt durch die Scheiben, als rechne ich jeden Moment mit der Erscheinung von Madame Ferilli in seidenem Untergewand. Wäre es nach den beiden gegangen, hätten sie mich ohne mit der Wimper zu zucken rausgeschmissen.

Ich stieg nach oben und ging weiter bis zu dem Büroraum, in dem ich heimlich bei meinem ersten Blitzbesuch herumgeschnüffelt hatte. Geologische Ären lag das zurück, aber wie viele?

Die lustige Witwe saß hinter dem Schreibtisch, den ich seinerzeit flüchtig untersucht hatte. In jener Sekunde fiel mir die Pistole Kaliber siebenhundertfünfundsiebzig ein, die in der Schublade lauerte. Ich hätte mein letztes Hemd gewettet, um herauszukriegen, ob sie noch dort war. Aber nun konnte ich nicht mehr zurück, wollte ich nicht den Preis eines irreparablen Imageverlusts bezahlen. Ich trat ein und schloß die Tür hinter mir.

Die Dame war von dem schleimigen, servilen Pandolfo auf meinen Empfang vorbereitet. Sie hätte ausreichend Zeit gehabt, eine Schicht Ducoton bis auf den Grund ihrer Seele aufzutragen, um zu übertünchen, was die ledernen Züge um ihren Mund und vor allem ihre perlgrauen Augen verrieten. Aber es gelang ihr nicht. Oder besser gesagt, sie hatte es nicht einmal versucht. Die Solonummern zwischen mir und Olga und zwischen Michelle und Peppuccio auf dem Fest bei der Dekanin waren ihr nicht entgangen, und jetzt fragte sie sich gewiß, was wir in Erfahrung gebracht hatten. Es war ein Cocktail aus Spannung, Animosität und Ablehnung. Ein ungemütlicher Cocktail, der eisgekühlt serviert wurde.

Sie bedeutete mir, ihr gegenüber auf einem der Stühle mit Wiener Strohsitz Platz zu nehmen. Weiterhin ohne die geringste Liebenswürdigkeit. Ich parierte ihren Blick aus perlgrauen Augen. Aber wir waren nicht auf dem gleichen Stand. Ihre kalten Irisse ließen durch das schwarze Loch der Pupillen Eisbären, Iglus und eine ganze, dahinter liegende Polardrift erahnen. Es waren Augäpfel aus Eis. Ein blasses Eis. Antiklimax-Irisse.

Auch ihre Stimme paßte dazu, was Inhalt und Ton anbetraf.

»Was willst du von mir, La Marca?« zischte sie und verzichtete auf jede heuchlerische Höflichkeitsform.

Ich zögerte mit der Antwort. Man wird es schwer glauben, doch mein erster Gedanke galt der Frage, ob es zulässig sei – wenn man kein Sbirre ist –, bei einer Person, die man gerade als Mörder entlarvt, mit einem Schlag zum Du überzuwechseln. Es bedeutet einen Grad von Vertrautheit, die einer gewissen Einübung bedarf, auch wenn es die Gegenseite ist, die den ersten Zug macht. Ich würde ihr gegenüber die dritte Person Plural beibehalten, beschloß ich. Und was mich anbetraf, sollte sie ruhig das Pronomen ihrer Wahl nehmen. Das war mir völlig gleichgültig, ich würde sie nicht bitten, mich zu siezen. Der Ton meiner Stimme würde genügen.

Deshalb versuchte auch ich, eisig, distanziert, bissig und anklagend zu sein. Das fiel mir nicht schwer.

Anfangs hatte ich vorgehabt, ihr ohne große Umschweife

den Zettel unter die Nase zu halten, den ich in *Der Fall Paradine* gefunden hatte, und basta. Doch als ich ihr dann gegenüberstand, hatte ich es mir anders überlegt; das Stück Papier war, zumindest was sie direkt anging, alles in allem kein entscheidendes Element. Besser wäre es wohl, weiter auszuholen und die Zügel etwas lockerer zu lassen. Vielleicht würde sie sich daraus selbst einen Strick drehen.

Ich sprach von meinen Ausflügen in die Wohnung in der Via Riccardo il Nero und dem Eindruck von Leere und Unruhe, den sie mir bei meinem vorletzten Besuch am Abend, als die Zebensky starb, vermittelt hatte. Dann sagte ich ihr, daß ich am Vortag noch einmal dort war und mir dank einer schlichten Beobachtung eines der Mädchen klar wurde, was fehlte. Das war nur eine kleine psychologische Falle, ein hinterlistiger Trick, eines Universitätsbarons der alten Garde würdig, sie jedoch fiel voll, der ganzen Körperlänge nach, darauf hinein.

»Das ist ganz einfach«, erwiderte sie, »Elena hatte die Absicht, die Wohnung zu räumen. Sie hatte ja keinen Grund mehr, nach Palermo zu kommen. Offensichtlich hatte sie schon mit dem Umzug begonnen und die Möbel wegschaffen lassen.«

Ich ließ verlauten, daß die Dinge sich auch so verhalten könnten. Doch die Tatsache, daß sie sich sogleich eine plausible Erklärung abgerungen hatte, sollte wohl heißen, daß auch ihr die potentiellen Folgen jenes Verschwindens bewußt waren. Warum aber das?

»Weil ich nicht auf den Kopf gefallen bin«, sagte sie. »Ich weiß, worauf Sie hinauswollen.«

Dennoch wurde sie aschfahl bis zu den Augäpfeln. Punkt für mich.

»Lassen wir das für einen Augenblick«, entgegnete ich und ging zur Schilderung des interessantesten Teils meiner Unterhaltung mit Olga über. Dann holte ich zum entscheidenden Schlag aus:

»Am Tag, als Ihr Gatte ermordet wurde, hat Peppuccio noch mit ihm zu Mittag gespeist.«

Wieder erbleichte sie. Eine bläuliche Blässe, die im Zuge der Anstrengung der Dame, sich zu konzentrieren, in ein Perlgrau umschlug. Es war eine optionale Farbe, die gut zu ihrer Standardfarbe paßte.

Sie wollte etwas einwenden, aber ich kam ihr zuvor. Jetzt war der Augenblick da, zum Endschlag auszuholen. Seitdem ich ihr gegenüber saß, hatte ich die Hand in der Tasche des Jacketts und drehte das vierfach gefaltete Stück Papier zwischen Daumen und Zeigefinger hin und her. Es war zwar nur eine Fotokopie – das Original hatte ich zusammen mit ein paar anderen Kopien in Sicherheit gebracht –, aber es wirkte trotzdem beruhigend auf mich. Es vermittelte mir Sicherheit. Und das leise Knistern, das wohl auch sie mitbekam, mußte sie nervös machen. Sie schien sich zu fragen, welch geheime Waffe ich wohl in der Tasche hatte. Ich zog das Papier heraus und legte es so, wie es war, vor sie auf den Tisch.

Sie fixierte mich eingehend, bevor sie schließlich die Hand danach ausstreckte. Dann faltete sie es auf, warf einen Blick darauf, zog sofort die Schublade auf und fuhr mit der Hand hinein. Das Blut wich aus meinen Venen, angefangen beim Haaransatz bis hinunter zu den Schuhsohlen. Vermutlich war ich jetzt an der Reihe, die Farbe zu wechseln. Doch als die Hand wieder auftauchte, hielt sie keine Kaliber siebenhundertfünfundsiebzig mit häßlicher Mündung umklammert, sondern ein ganz simples Paar Augengläser für Kurzsichtige. Das gute alte Herz-Kreislaufsystem pumpte wieder, wie es im Vertrag steht, und die Situation in den oberen Stockwerken entspannte sich.

Die Dame las, was auf dem Zettel stand. Und zum dritten und letzten Mal wurde ihr Gesicht wächsern. Die Falten um die Mundwinkel bildeten zwei Rundklammern, die alle Boshaftigkeit, Härte und Wut dieser Welt in sich schlossen.

»Puttana!« zischte sie.

Ich war perplex, denn in brenzligen Situationen gehen mir die unglaublichsten Dinge durch den Kopf … beispielsweise staunte ich jetzt, daß sie das italienische Wort statt des sikulischen »Buttana« verwendet hatte, das wesentlich besser zu ihrem Tonfall und vor allem ihrem neuen Gesichtsausdruck gepaßt hätte. Die vornehme Dame, die im Mädchenpensionat Ancelle erzogen worden war, hatte ihren persönlichen Vorrat an Masken aufgebraucht. Das Gesicht, das sich Schicht um Schicht herausmodelliert hatte, war das eines B, gewiß nicht eines P am Wortanfang.

»Dieses Flittchen hatte es ganz schön dick hinter den Ohren«, bestätigte sie mit Nachdruck vor sich selbst; seitdem sie das Papier in die Hand genommen hatte, würdigte sie mich keines Blickes mehr.

Aber mit dem, was sie dann zu mir sagte, hatte ich wahrlich nicht gerechnet. Ihre Stimme wurde sanfter, und die Falten in ihrem Gesicht glätteten sich:

»Wir können uns auf einen Kompromiß einigen, La Marca.«

Ihre Augen wechselten erneut die Farbe. Das Eis hinter den Pupillen war jetzt weniger farblos, das Perlgrau begann wieder zu glitzern. Es waren Augen, die Höllenqualen und Paradies zugleich versprachen. Augen wie eine Dark Lady aus den Vierzigern. Sie ließen mich bis zu den nächsten Worten nicht los:

»Es war nicht meine Schuld«, hauchte sie mit Flüsterstimme. »Es war Milazzo.«

Das Flüstern war intensiv, es war ein geflüsterter Aufschrei. Ein echtes Oxymoron. Beinahe hätte es gereicht, das Knarren der Tür, die ein leichter Windhauch aufgestoßen haben mußte, zu überdecken. Aufgrund eines Oxymorons kann man auch sterben.

Wie lange Milazzo draußen mit dem Ohr an der Tür schon gelauscht hatte, weiß ich nicht. Ob er überhaupt etwas anderes außer den letzten Worten der Ghini Cottone verstanden

322

hatte, war mir ebenfalls unbekannt. Und um ehrlich zu sein, war ich in diesem Augenblick nicht einmal sicher, ob er zumindest die gehört hatte.

Sicher waren nur die fünf Schritte, die Milazzo von der Schwelle bis zur richtigen Seite des Schreibtischs brauchte, und die paar Sekunden, um die Schublade mit der einen Hand aufzuziehen und mit der anderen die Pistole zu packen.

Er war außer sich vor Wut. Er sah weder seine Padrona noch meine Wenigkeit an und schien nicht recht zu wissen, was er mit der Pistole in der Hand anfangen sollte. Die Mündung war einstweilen auf den Fußboden gerichtet.

»Milazzo«, rief die Dame leise und bohrte ihre Pupillen in die seinigen. »Schieß ihn nieder!«

Milazzo hob die Hand mit der Pistole, mit der er noch immer auf niemanden zielte.

»Knall ihn doch endlich ab, Milazzo«, drängte die lustige Witwe ihn, eisig wie das Hinterzimmer einer traurigen, alten Jungfer, deren Ende naht.

Ich wartete nicht ab, bis Milazzo zur Tat schritt. Vielleicht hätte ich Zeit gewinnen sollen. Doch die Spannung im Raum war einfach zu hoch. Langsam, wie unter Wasser gleitend, erhob ich mich, während ich die Frau fixierte und den Pistolenheld ignorierte. Darauf kehrte ich beiden den Rücken zu und setzte mich Richtung Tür in Bewegung, wobei ich versuchte, ein erträgliches Mindestmaß an Würde zu bewahren. Das heißt, ohne zu rennen und mit erhobener Brust.

»Schieß doch endlich, Milazzo«, hörte ich sie wieder hinter mir. Ihre Stimme war jetzt akuter und drohte, sich zu überschlagen.

Ich habe eine ziemlich klare Erinnerung an die Zeitspanne zwischen diesen Worten und den darauffolgenden Ereignissen. Aber es ist eine uferlose Zeit und die Bewegungsabläufe sind zähflüssig wie eingegipst. Irgendeine Hintergrundmusik – eine echte oder nur vorgestellte – wäre eine von jenen 78er Platten auf 33er Umdrehung gewesen ... eine Filmme-

323

lodie wie zu *Rebecca, Laura, Marnie* oder *Sunset Boulevard.* Doch Musik war keine zu hören. Nur jener absurde Satz, und ich brachte mich mehr vor jener Stimme als vor der Pistole in Sicherheit: Der Tod ist ein geradliniger Prozeß. Dieser Satz schoß mir durch den Kopf wie ein Blitz, der greller aufleuchtete als ein Oxymoron. Er klang wie gemacht, um in einem Pariser Erfolgsroman aufzutauchen, in einer Story, die beispielsweise in Belleville spielt. Das war der Gedankengang, zu dem ich fähig war, während ich mich der Türschwelle, das heißt der Rettung, näherte und Gefahr lief, auf dumme, sinnlose Weise hinterrücks erschossen zu werden.

»Drück ab, Milazzo«, kreischte Madame Ghini Cottone heiser, genau in der Sekunde, als ich meinen Fuß über die Schwelle setzte.

Milazzo schoß.

Später, morgen,
vielleicht nie

Bläulicher Rauch in engen Spiralen, dichte Schwaden, Zirruswolken, Wolkentürme, tiefhängende Regenwolken aus Rauch. Rauch von einem bläulichen Feuer. Kalter Rauch, der Licht filtert. Schwaches Licht, wie gemacht für Augen, die ruhiges Licht brauchen. Photonische Augentropfen aus sensiblen Lichtquanten.

Violetter Rauch, warmer Rauch, zweifarbiges Licht. Wie ein scharfer Säbel zerschneidet die Stimme der Freni den Rauch. Die Stimme der Berganza schwebt im Kreis, erklimmt eine himmelblaue Wolke in der Höhe und kullert außen entlang wieder hinunter.

Da ist noch ein violetter Rauch, der sich waagrecht seinen Weg bahnt. Die zwei violetten Rauchstrahlen treffen im Flug aufeinander, fließen zusammen, verschmelzen zu einem ephemeren, geheimnisvollen Wesen, zu einer Molekülfusion, die sich friedlich wie eine Kobra emporschlängelt. Die violette Schlange weicht der bläulichen Masse aus, die wie ein Amöbe aus Rauch sich teilend das violette Etwas zu verschlingen droht. Doch dann überlegt sie es sich anders.

Ich bin bei der dritten Camel des Abends, Michelle hat sich gerade ihre erste angesteckt. Der blaue Dunst, der sich in Schwaden vereint, kommt aus unseren Mündern. Diese Metapher gefällt mir richtig gut. Entzückt wälze ich sie in einer Randzone meines Gehirns, im Grenzgebiet des Bewußtseins. Zum Teufel mit der Psychoanalyse.

Monsieur stößt einen weiteren Kubikhektar bläulichen, kalten Rauch aus, der das ihn durchdringende Licht erwärmt. Es ist ein besonderer Abend, denn M'sjö César trifft seine Auswahl nicht wie üblich zwischen Montecristo und Romeo y Julieta, sondern greift zu einer ganz ordinären, zentnerschweren Toscano. Das muß etwas zu bedeuten haben, aber ich frage besser nicht, was.

Auf dem niederen Beistelltisch zu seiner Rechten steht eine Flasche Armagnac, die eigens zu diesem Anlaß entkorkt wurde. Es ist ein vierzig Jahre alter Armagnac, abgelagert und dunkel, fast schwarz wie die Hölle, die aus dem hölzernen und edlen Bauch eines Louis soundso gezapft worden war. Wir trinken ihn aus schlichten, handfesten Wassergläsern. Auch das wird seine Bedeutung haben, die mir aber fremd ist und mir bestimmt gefiele, würde ich sie bloß kennen.

Aus den Rillen des Pergolesischen *Stabat Mater* schwingen sich die Stimmen von Mirella Freni und Teresa Berganza in die Höhe und durchbohren unser Herz und andere empfindliche Weichteile. Das Haus ist bis zur Decke in den üblichen Nutella-Effekt eingehüllt. Es gäbe noch viele Dinge zu sagen über dieses mondellianische After Dinner.

In zwei Tagen ist Weihnachten. Aber ich denke nicht oft daran. Heute nacht wird es möglicherweise schneien. Doch auch das läßt mich kalt. Ein Sandregen aus der Sahara wäre mir lieber.

Aus meinen Gehirnwindungen jedoch sind die Sandkörner so gut wie verschwunden und durch eine Plastikkörnung ersetzt, die das Getriebe nicht blockiert. Schade, daß das nicht eher geschah. Nicht nur meinetwegen.

Mein Freund Sbirre hat mir zum zweitenmal aus der Scheiße geholfen. Dick war sie, viel dicker als das Mal zuvor, das heißt an dem Abend mit der Zebensky. Vittorio ist meinetwegen sogar früher aus den Staaten zurückgekehrt. Nach dem Motto »Jungs, hier kommt Verstärkung!« Die Sieben Reiter aus dem Jumbo. Es war wirklich sehr rührend. Nie werde ich

326

ihm das vergessen. Auch wenn er Amerika vermutlich sowieso satt hatte. Schließlich bin ich ja sein Trauzeuge. Mir ist es wirklich schleierhaft, wie er es angestellt hat, mir den schielenden Doktor De Vecchi und eine beträchtliche Anzahl von Schergen sämtlicher Waffengattungen einschließlich der Schweizer Garde vom Leib zu schaffen. Es sah ganz so aus, als hätten sie etwas gegen mich Armen. Unterschlagung von Beweisstücken, damit ging es los. Und dann der ganze Rest. Ich habe den Verdacht, daß Vittorio einer hübschen Menge von Leuten, die selber eine Leiche im Keller haben, etwas wie »das Klappern knackender Knochen« vorgespielt hat. Leute, die gewöhnlich mehr auf das Rascheln von Scheinen hören.

Auch der Anwalt von Monsieur Laurent hat seinen Teil dazu beigetragen. Michelle hatte ihn angerufen, nachdem sie mich – glaube ich – wegen technisch erforderlicher Stillegung abtransportiert haben, als wäre ich eine Art verschmutzte Erdölraffinerie, die einer außerordentlichen Wartung bedarf. Er und Vittorio haben ein ganz schönes Theater veranstaltet.

Es war nicht leicht gewesen, den Bullen klarzumachen, wie sich die Dinge zugetragen hatten. Beim ersten Mal, am Abend mit der Zebensky, hatte ich mich darauf beschränkt, den Leichnam aufzufinden. Dieses Mal jedoch war ich Tatzeuge gewesen. Sagen wir ruhig, ich habe die Tat provoziert. Wenn ich beim Fall Zebensky als bloßer Katalysator fungierte, war meine Rolle dieses Mal ganz klar die des Zünders gewesen, der die Bombe explodieren ließ. Um mir das Leben noch schwerer zu machen, hatte Milazzo das Weite gesucht, nachdem er das Herz der Ghini Cottone mit einer dieser Kugeln Kaliber siebenhundertfünfundsiebzig durchbohrt hatte, die die gnädige Frau eigentlich mir zugedacht hatte. Nachdem er tagelang wer weiß wo herumgeirrt war, hatte er sich gnädigerweise dann doch der Polizei gestellt.

Bei Tisch habe ich Michelles Vater alles erzählt. Nun liegt es an ihm, die Lücken zu füllen. Gegen Ende des Abends aber habe ich das Gefühl, als seien bestimmte Leerstellen in unseren Erzählungen zu schwindelerregenden Abgründen geworden.

Monsieur Laurent steht jetzt nicht mehr unter Hausarrest. Er kann sich nach Lust und Laune bewegen. Doch offensichtlich zieht es ihn nirgendwo hin. Halbamtlich hat er alles hinter sich und ist vollkommen rehabilitiert. Es fehlen nur noch die richtigen Stempel auf den richtigen Papieren. Das wird Jahre dauern. Oder vielleicht ein paar Tage.

»Nun, M'sjö ...«

Ich will ihn ja nicht sticheln, aber er scheint in der Kontemplation siderischer Räume in seinem Innern versunken. Schweigsam und in seinen selbstproduzierten Dunst gehüllt, sitzt er da und könnte so bis zum nächsten Morgen verharren. Er stößt einen Kringel aus, der langsam in die Höhe steigt und für einen Augenblick wie eine unerwünschte Aureole sein Haupt umkränzt. Wenn es ihm gelänge, einen dieser Ringe um seinen Bauch – seine doppelte Taille – zu kondensieren, wäre er die perfekte Allegorie des Planeten Saturn, dessen Einflüssen er sowieso ausgesetzt sei, wie er gesteht.

Michelle drückt die Kippe aus, und ihre Hand, die auf der Suche nach Nachschub automatisch zu meinem Päckchen greifen will, hält auf halber Höhe inne. Sie muß sich wohl erinnert haben, daß sie eigentlich vorhatte, mit dem Rauchen aufzuhören. Ihr Vater schüttelt sich, und seine Stimme kommt aus der Tiefe der Privatwolke, mühsam bahnen sich seine Worte eine Schneise durch den bläulichen Dunst.

Er beginnt mit dem Besuch der Ghini Cottone an dem Abend, als sie Witwe wurde.

Es ist ein Überraschungsbesuch. Spät trifft die Dame in der Villa in Mondello ein, Monsieur César ist längst schon mit dem Essen fertig.

»Eleonora war wie von Sinnen. Du mußt mir helfen, war das erste, was sie, kaum eingetreten, flüsterte, wie nur sie es konnte.«

Sie erzählt, was sie zu sagen hat. Ihr Bericht ist sprunghaft, aber dennoch klar, wie es dem Temperament einer harten, lebenserfahrenen Frau, die sie ja war, entspricht. Als Beweisstück zieht sie ein vierfach gefaltetes Papier heraus, das dem gleicht, das ich im Buch gefunden hatte. Ich habe eine Kopie mitgebracht, die jetzt auf dem Couchtisch neben der Flasche Armagnac liegt. Monsieur Laurent überprüft es und kann die Ähnlichkeit mit jenem anderen feststellen, das natürlich nicht in unseren Händen ist. Erneut nimmt er das Blatt und liest:

»Soweit ich mich erinnern kann, ähnelt der Wortlaut dem des anderen bis auf das ›Cara Eleonora‹ aus dem hier ›Elena Carissima‹ geworden ist.«

Analoger Inhalt und gleiche Handschrift.

Es ist eine fahrige Schrift, die starke, innere Unruhe verrät; die Buchstaben sind ungleichmäßig, die Zeilen schlagen Wellen; das »U.« darunter ist jedoch mit ruhiger Hand gesetzt, eine Abkürzung, mit der Umberto Ghini seine informellen Botschaften zu unterzeichnen pflegte.

Doch die beiden Botschaften, die der Mann den zwei letzten Frauen seines Lebens hinterließ, sind alles andere als informell. Sie waren eine doppelte Flaschenpost mit präzisen Anweisungen. Die Botschaft, die die Ghini Cottone Michelles Vater zeigte, ist die Bestätigung ihres Berichts.

An jenem Abend war sie im Kamulùt und machte zusammen mit den zwei Angestellten die Inventur. Da klingelte das Telefon. Am anderen Ende der Leitung drängte die Zebensky, sie möge schleunigst in die Via Riccardo il Nero kommen. Ein Unglück sei geschehen. Aber kommen Sie alleine, legt sie ihr nahe. Und lassen Sie keine Silbe verlauten.

Die frischgebackene Witwe stellt sich ein peinliches und pikantes, vor allem aber folgenschweres Spektakel vor, während sie im Unwetter durch die Stadt fährt, darauf achtend, daß sie in keiner jener abgrundtiefen Pfützen landet, wie die

Großstadt sie ihren Kindern bei solchen Gelegenheiten beschert. Vor ihrem geistigen Auge sieht sie den nackten Körper ihres Mannes auf einem nicht offiziellen Ehebett liegen; die Leintücher sind zerwühlt, und sein Gehirn ist im eigenen Blut ertrunken. Sein letzter Beischlaf ist ihm zum Verhängnis geworden. Und im Hintergrund der Szenerie die zerzauste Zebensky.

Als die Ghini Cottone in der Wohnung eintrifft, muß sie feststellen, daß der Gehirnschlag beim Tod ihres Mannes nur eine Nebenrolle gespielt hat.

»Ghini wußte, daß er unter einer schweren, nicht operablen Form von Arterienerweiterung im Gehirn litt. Auch Eleonora wußte Bescheid. Das hat sie mir an jenem Abend gesagt.«

»Mir aber hat Elena Zebensky gesagt, daß dieser Befund erst bei der Autopsie herausgekommen sei.«

»Das zu behaupten, gehörte nun mal zu ihren Rollen. Nachdem Umberto sich erschossen hatte, mußte jeder Verdacht aus der Welt geschafft werden.«

»Der Lebensversicherung wegen.«

»Genau. Die Versicherungsgesellschaften zahlen nicht bei Selbstmord. Deshalb war es nötig, daß alle in himmelhoch jauchzenden Tönen von Umbertos Seelenzustand sprachen – zumindest was die Zeit vor seinem Tod angeht.«

»Und der postume Ghini, wie die beiden Frauen ihn entwarfen, war gelassen, in gutem Gesundheitszustand, die wirtschaftliche Lage konsolidierte sich langsam, und das stillschweigende Abkommen zwischen zwei noblen Damen war sein Schutzschirm, der die inneren Konflikte abschwächte.«

»In Wirklichkeit ist auch das postum. Eleonora wollte in Wahrheit kein Wort von Scheidung hören. Und was die ökonomische Situation angeht, stimmt zwar, daß im Kamulùt ein großes Vermögen steckt, aber es ist ein unbewegliches Kapital, das sich nur langsam umschlägt; wir leben in schweren Krisenzeiten, und in diesem Metier muß man schwindelfrei sein, um es weit nach oben zu schaffen. Aber ohne Treibstoff ist kein Flug möglich. Das gleiche gilt auch für die beiden anderen Geschäftsstellen, die in Mailand und die in Wien. Er sprach sogar davon, sie zu verkaufen.«

»Ihr habt gestritten an jenem Nachmittag ...«

»Umberto hatte völlig den Verstand verloren. Es hat ihn schwer getroffen, daß ich mich erneut weigerte, seinen Ikonenimport zu finanzieren. In Wirklichkeit hoffte er, daß ich sein Sozius werde und frisches Kapital ins Kamulùt stecken würde. Ich glaube nicht, daß dies eine nennenswerte Rolle bei seiner Entscheidung, Schluß zu machen, gespielt hat. Ich fühle mich nicht schuldig. Nicht deswegen. Wir werden nie erfahren, wie die Dinge wirklich gelaufen sind, welcher Mechanismus in seinem Kopf klick gemacht hat.«

»Obendrein war sein Sohn drogensüchtig ...«

»Das brachte das Faß zum Überlaufen. Ein Mann mit stabilem, inneren Gleichgewicht ist ohne weiteres in der Lage, mit Problemen dieser Art umzugehen. Aber einer Person mit depressiven Neigungen, die all das allein auf ihren Schultern zu tragen hat, droht der endgültige Zusammenbruch. Die Diagnose des Aneurysma bedeutete für Umberto einen Schlag ins Genick. Einen derartigen Spannungszustand hielt er auf die Dauer nicht aus.«

Monsieur Laurent macht eine Pause, bläst ein paar Mundvoll Rauch in die Luft und schluckt eine ordentliche Menge Armagnac, der das Herz erwärmt und die Leber kaputtmacht. Auch Michelle trinkt Armagnac, aber aus meinem Glas. Dann fährt ihr Vater mit seiner Erzählung fort.

Es ist eine Chronik aus dritter Hand, denn er erzählt uns, was die Zebensky zur Witwe gesagt hat und die Witwe ihm dann verraten hat.

Die zwei Frauen sind also allein mit einem Toten in den Armen in einem gottverlassenen Haus beim verheerendsten Gewitter seit Menschengedenken. Nach den paar Metern zwischen Auto und Hauseingang ist die Witwe bis zum Bauchnabel aufgeweicht.

Auch die Zebensky hat triefendnasse Haare und Kleider. Auch sie ist bei heftigem Unwetter in der Wohnung eingetroffen, erzählt sie der Witwe. Und kaum hat sie ihren Fuß ins Vorzimmer gesetzt, hört sie einen Schuß, der aus dem hintersten Zimmer kommt. Entsetzt macht sie ein paar Schritte in jene Richtung, und schon hat sie die Tragödie vor Augen. Ghini liegt in der Nähe des Fensters tot – oder wahrscheinlicher im Todeskampf – auf dem Boden.

Erst als ihr klar wird, daß nichts mehr zu machen ist, entdeckt sie die beiden Blätter auf dem Tisch. Sie liest, was da geschrieben steht, und wählt dann die Nummer des Kamulùt, um die Witwe herbeizurufen. Beim Warten wagt sie eine Rekonstruktion der Vorgänge und Tatgründe und fragt sich, in welchem Gemützustand Ghini wohl bis zu dem Moment gewesen war, als er sich eine Kugel vom Kaliber zweiundzwanzig ins Herz geschossen hat. Es ist wichtig, daß sie das tut. Auch die Witwe würde das tun müssen.

Auch wir versuchen das jetzt bequem und friedlich im Wohnzimmer in Mondello sitzend, den Armagnac zur Hand und Musikklänge im Ohr. Wie alle Rekonstruktionen kommt auch unsere spät, sehr spät sogar, denn die Hauptfiguren sind längst alle tot. Drei Tote, drei Kugeln. Nein, fünf waren es ja.

Wir haben den Brief Ghinis, bei dem wir ansetzen konnten, und den Bericht der Witwe in der Darstellung von Monsieur Laurent. Wir verfügen auch über die Aussagen des schnieken Milazzo und die knappe Darstellung Peppuccios mit seinen übernatürlichen Vermutungen. Manche Dinge, gewisse Einzelheiten können wir nur erahnen. Oder schlimmer, sie uns ausmalen. Aber das Bild verändert sich dadurch nicht sehr.

Elena und Umberto haben den Vormittag gemeinsam verbracht. Umberto Ghinis letzter Vormittag. Er ist ein gebrochener Mann am Rande der Verzweiflung. Er sagt, die Welt sei für ihn eingestürzt. Nie zuvor hat Elena ihn in einem solchen Zustand gesehen. Er erzählt ihr von seinem Sohn. Eleonora hat ihn wissen lassen, daß der Sprößling seit Monaten drückt, und gibt ihm die Schuld dafür: Er sei vollkommen unfähig, seinen Vaterpflichten nachzukommen. Die Zebensky drängt ihn zu einer Reaktion, schmeichelt ihm und appelliert an seinen Stolz. Er aber fährt fort mit seinem Selbstmitleid und Gejammere. Da ist noch der Alptraum des Aneurysma ... Sein Leben hänge an einem hauchdünnen Faden.

Zur Mittagsessenszeit gehen die beiden auseinander. Sie hat noch etwas in der Stadt zu erledigen und nimmt ein Taxi. Umberto hat eine Verabredung mit dem Peppuccio der Dekanin. Er mag den jungen Mann: ein braver Kerl, solide und gesetzt ist er – und vermittelt ihm ein Gefühl von Sicherheit. Ghini hat Vertrauen zu ihm. Er will ihn bitten, sich noch einmal seines Sohnes anzunehmen und ihm ins Gewissen zu reden.

Sie treffen sich in der Trattoria mit Blick auf den Meerbusen von Mondello. Umberto rührt kein Essen an. Selbst der Himmel wirkt bedrohlich auf ihn. Der Gewitterguß, der am Abend kommen würde, ist noch in weiter Ferne, aber die Farben sind schon intensiv, dunkel, bleiern. Sie wecken in ihm die Erinnerung an die Flutwelle von 1933 – sagt er zu Peppuccio –, als der Orkan den Hafen von Palermo zerstörte. Es war der 25. Oktober, beinahe das gleiche Datum wie jetzt, überlegt er. Vielleicht sieht er das als unheilvolles Vorzeichen. Und als habe er nicht schon Schmerz und Leid im Überfluß, reagiert er obendrein auch noch empfindlich auf plötzlichen Wetterumschwung.

Dieses Mal hat der junge Mann nicht die gleiche Wirkung auf ihn. Peppuccio ist mit dem Kopf ganz woanders: Jetzt gibt es nämlich ein Mädchen in seinem Leben, eine Russin, die ihm diesen Kopf verdreht hat. Sie wollen sich verloben. Jetzt ist er ganz mit sich selbst beschäftigt und schweift in Gedanken einer strahlenden Zukunft entgegen. Und deren Widerschein ist viel zu hell für Umberto in den Niederungen seines Schmerzes. Die Stimmung des Burschen ist nicht das Richtige für einen Ghini, der gerade auf dem Gipfel einer chronischen Depression angelangt ist.

Peppuccio willigt dennoch ein, mit dem jungen Ghini zu sprechen. Aber er sei nicht optimistisch, was das Resultat anginge, gibt er zu bedenken. Ihm ist klar, daß hier ganz andere Dinge als nur Worte nötig sind.

Die beiden verabschieden sich voneinander. Umberto hat im Kamulùt eine Verabredung mit Michelles Vater. Die Begegnung hat ihn noch mehr frustriert. Pech auf der ganzen Linie.

Gegen Abend fährt er zur Wohnung in die Via Riccardo il Nero, Elena ist noch nicht zurück. Seine seelische Verfassung hat sich bestimmt noch verschlimmert. Tödlich ist sie. Wir werden nie wissen, ob sein Entschluß in jenem Augenblick gereift ist oder ob er sich schon seit Zeiten mit dieser Absicht trägt. Im Zimmer ist es warm. Ghini lockert den Knoten und streift die Krawatte ab. Er setzt sich an den Tisch, nimmt Papier und Stift und schreibt zwei Briefe.

Elena carissima – schreibt er oben auf das eine Blatt –, ich hoffe, die Kraft zu haben, es bis zum Ende durchzustehen. Dann gibt er den beiden Frauen Anweisungen, was sie zu tun haben. Der Selbstmord muß wie ein Verbrechen aussehen. Der Gegensatz zwischen dem Wortlaut der zwei Briefe und der Handschrift ist verblüffend: Aus den wenigen Zeilen sprechen Rationalität, Effizienz, Kalkül und Nüchternheit – Eigenschaften, die zuvor keiner bei ihm vermutete.

Schließlich unterzeichnet er die Briefe und legt sie gut sichtbar auf den Tisch, vielleicht neben die Pistole.

Er steht auf, geht im Zimmer auf und ab, nähert sich dem Fenster und blickt hinaus. Der Sturm wütet, als stünde die Totalvernichtung auf dem Plan. Von Zeit zu Zeit werden die Schlammstellen auf der Rückseite des Hauses und die Spitzen der Kathedrale in der Ferne in grelles Licht getaucht.

Plötzlich macht es klick im Türschloß in der Diele. Umberto Ghini hat den schnellsten Reflex seines Leben. Und auch den folgenschwersten. Mit wenigen Schritten ist er beim Tisch, greift nach der Pistole und schießt sich mitten ins Herz.

Elena Zebensky hat nicht einmal Zeit gehabt, ihre Sachen abzustellen.

Als die Witwe in der Via Riccardo il Nero eintrifft, ist einer der beiden Briefe verschwunden. Sie jedoch weiß nichts von der Existenz eines zweiten Briefes. Es schmeichelt ihr, als sie entdeckt, daß die letzte Nachricht ihres Mannes an sie gerichtet ist. Am Ende kehren die Männer doch alle wieder an den heimischen Herd zurück, muß sie gedacht haben.

Die zwei Frauen beratschlagen sich frenetisch. Sie dürfen keine Zeit mit Formalitäten verlieren. Auch nicht mit dem echten oder vorgespielten Schmerz. Es gilt jetzt, sofort zu handeln. Ist das nicht auch der letzte Willen des Toten?

Die zwei Frauen binden ihm die Krawatte um, stecken sie mit einer Krawattennadel fest und schaffen den Leichnam hinaus in den strömenden Regen. Anfangs haben sie vor, den Toten ins Auto zu laden und ihn irgendwohin weit weg von jener Wohnung zu schaffen, damit keiner auf die Idee kommt, unpassenderweise nach Verbindungen zu suchen. Aber das ist zu gefährlich, kommen sie überein, als sie auf der Straße sind. Blitzschnell ändern sie ihre Strategie. Sie lassen den Leichnam einfach auf dem Gehsteig liegen. Zuvor aber nehmen sie ihm noch die Wohnungsschlüssel der Via Riccardo il Nero ab, die Eleonora einsteckt. Sie führt jetzt das Spiel.

Da sie als Witwe das größere Risiko eingeht, sobald die Versicherungspolice zum Vorschein kommt, muß sie sich dringend ein Alibi besorgen. Das Schicksal der beiden Frauen ist nun aneinander geschmiedet; es ist ein eiserner Pakt, aber ohne schriftliche Abmachungen. Das vergossene Blut Umbertos muß als Siegel reichen. Eleonora Ghini verpflichtet sich, Elena Zebensky die Kapitaleinsätze auszubezahlen, die sie in den Kamulùt investiert hat. Mehr verlangt die Ungarin auch gar nicht; weder will sie mit dem Tod Ghinis spekulieren noch ihre Verwandtschaft durchfüttern. Später sollen noch die zeitlichen und sonstigen Modalitäten dafür festgelegt werden. Das ist in ihrem gemeinsamen Interesse. Selbst das hat Ghini bedacht, bevor er sich erschoß.

Elena geht wieder in die Wohnung hinauf. Für den Augenblick besteht keine Gefahr, daß die Leiche entdeckt werden könnte, da sie hinter dem weißen Fiat Uno, den Umberto längs des Gehsteigs geparkt hat, außer Sichtweite ist. Die Witwe fährt mit ihrem Wagen zu Monsieur Laurent nach Mondello. Die andere läßt ihr eine halbe Stunde Vorsprung. Dann geht sie wieder hinunter, schießt mit der Pistole Kaliber zweiundzwanzig in die Luft, hebt die Patronenhülse auf, steigt in den Fiat und fährt mit Karacho davon. Eleonora ruft sie später auf dem Handy an, um mit ihr die Einzelheiten für die verbliebenen Nachtstunden zu besprechen.

Für Elena besteht keine echte Gefahr. Kein Außenstehender weiß, daß sie in Palermo ist. Sie ist am Vortag mit einem Flug aus Mailand angekommen, und ihr Flugticket lautet auf Pedretti, ihren Ehenamen. Sie hat ja öfters geschäftlich in Mailand zu tun. Und nicht selten reserviert sie zwei verschiedene Flüge am selben Tag jeweils auf einen ihrer beiden Nachnamen lautend – der größeren Bewegungsfreiheit zuliebe. So hat sie es auch an jenem Freitag gehalten: Die Reservierung auf den Namen Zebensky wird schließlich annulliert. Elena Zebensky hat keinen Flug von Mailand aus genommen. Die Signora Pedretti E. ist es, die am nächsten Tag weiterfliegt.

»Der Schuß in die Luft diente dazu, die Todesstunde Umbertos zu bestimmen«, sagt Michelles Vater. »Ihr wißt ja selbst, daß die Gerichtsmedizin nicht immer eine exakte Wissenschaft ist. Dort in der Nähe ist eine Kaserne der Carabinieri;

die zwei Frauen bauten fest auf das Gehör und das Gedächtnis des Wachpostens. Recht leichtsinnig.«

Doch sie lagen nicht falsch, bestätigt Michelle. Die Rekonstruktion der Uhrzeit, als der Schuß abgegeben wurde, verschafft Eleonora ein Alibi. Denn zu jenem Zeitpunkt war sie schon bei Monsieur Laurent in Mondello.

Sie gibt sich nicht der Illusion hin, seelenruhig zu später Stunde, durchweicht und aufgewühlt, wie sie war, bei César eintreffen zu können, ohne ihm eine stichfeste Erklärung zu liefern. Zumal am nächsten Tag die Nachricht von Umbertos Ermordung in allen Zeitungen stehen würde. Und Monsieur Laurent käme nicht umhin, sich ein paar unangenehme Fragen zu stellen.

Als Lösung tischt sie ihm einen Mix aus Verwegenheit und Unbesonnenheit auf, der mit einer zu starken Brise von Anmaßung gewürzt ist. Sie hat die Faszination der berühmten perlgrauen Augen überschätzt. Denn was tut sie? Eleonora beschließt, ihm schlichtweg die Wahrheit zu sagen. Die ganze. Sie hat ja auch den Brief, und Monsieur Laurent erkennt eindeutig Umberto Ghinis Handschrift.

Doch der gute Freund César macht Madame Ghini einen Strich durch die Rechnung. Er denkt ja nicht daran, bei einem so schweren Betrug zum Komplizen zu werden oder ihr irgendein Alibi zu liefern. Das kann sie sich aus dem Kopf schlagen, und wehe ihr, sie würde versuchen, ihn da hineinzuziehen.

Nach langem Hin und Her erklärt er sich bereit, keine Anzeige gegen sie zu erstatten ... im Angedenken an ihre gemeinsam verbrachten Zeiten. Doch vor allem – glaube ich –, weil das nicht mit seinem privaten Moralkodex im Einklang stünde.

Wieder ist Eleonora gezwungen, rasch eine Entscheidung zu treffen. Sie bedauert es, die Brieftasche mit den Ausweisen nicht aus Umbertos Jackett genommen zu haben. Eine verspätete Identifikation des Toten würde ihr etwas Spielraum lassen. Außerdem könnten die Ermittlungsbeamten ja auch einen Raubüberfall vermuten. Doch kann sie nicht sofort klar und deutlich erkennen, ob das ein Vorteil wäre oder nicht.

All das geht ihr in Sekundenschnelle durch den Kopf. Die Lösung steht jetzt klipp und klar fest: Milazzo und Pandolfo, die zwei Obereitlen des Kamulùt, müssen herhalten.

Die beiden sind in der Via del Droghiere geblieben und haben mit der Inventur weitergemacht. Sie waren Zeugen des überstürzten Aufbruchs der Signora nach dem mysteriösen Anruf der Zebensky. Irgendeine Erklärung hätte sie sich sowieso ausdenken müssen, selbst wenn der Exfreund César ihr auf der ganzen Linie Rückendeckung gegeben hätte. Die zwei sind ja auch eingeweiht und machen sich nicht allzuviele Gewissensbisse. Was von Eleonoras Warte aus nicht von Übel ist. Milazzo hat in der Organisation des Ikonenhandels sogar eine recht gefährliche Rolle inne. Und sie versteht sich gut darauf, gewisse Beziehungen und Situationen in die Hand zu nehmen ... und gewisse, nicht gerade ausdruckslose Blicke zu ihr hin hat sie auch schon gekappt. Der Mißerfolg bei Michelles Vater hat ihrem Selbstvertrauen nicht den geringsten Abbruch getan: Mit ihren Fähigkeiten würde sie es allemal schaffen, ein paar *maschi* am Gängelband zu führen und bei ihnen den Hormonhaushalt auf Hochtouren zu bringen. César Laurent ist ein ganz anderes Kaliber als die beiden Untergebenen. Mit denen würde sie leichtes Spiel haben, da ist sie sich ganz sicher.

So bleibt ihr nichts anderes übrig, als schleunigst zum Kamulùt zurückzufahren. Die Zeit ist knapp geworden.

Sie erklärt den beiden Pinkeln die ganze Geschichte und zeigt ihnen auch Ghinis Abschiedsbrief. Dann geht sie zu den Forderungen über: Wenn die zwei verhört werden, dürfen sie keinen Ton über den Anruf der Zebensky verlauten lassen. Und sie, Eleonora Ghini Cottone, hat sich an jenem Abend nicht eine Sekunde vom Kamulùt entfernt – und sie haben sie nie aus den Augen verloren –, bis sie mit der Inventur für diesen Tag fertig waren.

Außerdem muß man der Zebensky für die Nacht eine Unterkunft besorgen. Die Frau darf nach den Vorfällen nicht in der Wohnung in der Via Riccardo il Nero bleiben und kann sich wohl auch schlecht in einem Hotel registrieren lassen. Die beiden Frauen sitzen in einem Boot.

Elena Zebensky übernachtet schließlich bei Pandolfo, der allein lebt. Vor ihrer Abreise vertraut sie ihm die Pistole Kaliber zweiundzwanzig an. Eleonora würde sie schon verschwinden lassen.

Dann sind die Versprechen an der Reihe. Sie sind nicht expliziter Natur und eben deshalb verlockender als der Gesang der Sirenen. Eleonora läßt alles mögliche durchblicken; in der Kunst, zu blenden und Hoffnungen zu schüren, ist sie eine echte Frau vom Fach. Ihr ist bewußt, wie wichtig es ist, alles richtig einzufädeln. Hinterher wäre es für die beiden dann schwierig, wieder abzuspringen. Sie würden viel zuviel riskieren. Um sich die zwei gefügig zu machen, braucht sie ihnen nur hin und wieder einen Knochen hinzuwerfen. Und falls notwendig auch ihre eigenen Knochen mit allem, was an ihnen dran ist. Tagelang bearbeitet sie die zwei, um ihr Bündnis noch enger zu machen. Oder besser gesagt, noch gleitender. Ihr mißfällt es nicht, daß zwischen den beiden insgeheim ein Konkurrenzverhalten entstanden ist und sie das Objekt ist, um das es dabei geht.

Sie verweilt in der so entstandenen Nische und sorgt dafür, daß sich diese nicht allzusehr erweitert oder, schlimmer noch, sich zu ihrem Nachteil schließt. Wenn ich an die Atmosphäre bei meinem ersten Besuch im Kamulùt denke und dann an das Fest im Haus der Dekanin, ist mir die Sache jetzt klar.

Zu ihrer Strategie gehört auch, Milazzo die Kaliber zweiundzwanzig anzuvertrauen, die Elena Pandolfo übergeben hat, damit er sie Eleonora aushändigt. Die Frau gibt Milazzo zu verstehen, es sei besser, seinen Kollegen nicht wissen zu lassen, daß die Pistole jetzt in seinen Händen ist. Milazzo ist in ihren Augen der schwächere von beiden, der sich am leichtesten manipulieren läßt. Pandolfo hat eine andere Mission auszuführen: Er muß die Reparatur der Fensterscheibe organisieren, die zu Bruch ging, als das Projektil aus Umberto Ghinis Rücken ausgetreten ist. Das ist eine Maßarbeit für Meister Aspano, und ein weiteres Stück des dicht gewobenen Netzes, in dem sich Pandolfo verfängt.

»Ein letztes Detail ist noch zu klären«, sagt Michelle, »ein wichtiges Detail.«

Es bestand die Gefahr, daß Ghinis Leiche dem Test mit dem Paraffinhandschuh unterzogen werde, der bestimmt zu positiven Ergebnissen führen würde. Welche Erklärung ließe sich dafür den Ermittlungsbehörden abgeben?

Die Ghini Cottone gräbt darauf eine alte Wahrheit aus und paßt sie den gegebenen Umständen an: Ihr Gatte besitzt eine ordnungsgemäß registrierte Pistole Kaliber zweiundzwanzig, und um nicht aus der Übung zu kommen, pflegt er hin und wieder auf dem Land ein paar Schuß abzugeben. Das habe er auch an jenem Tag gemacht, schwindelt sie den Beamten vor.

Pandolfo und Milazzo bestätigen alles zu gebührender Zeit. Ghini sei an jenem Samstag noch vor der Schließung für die Mittagspause weggegangen und habe erklärt, er würde zu Schießübungen hinausfahren. Die drei wissen sehr wohl, daß Ghini in Wirklichkeit eine Verabredung mit Peppuccio hatte. Aber es ist unwahrscheinlich, daß jemand auf die Idee käme, den Jungen zu verhören. Er ist kein Stammkunde des Kamulùt, und außer ihnen weiß niemand über die guten Beziehungen zwischen ihm und dem Verstorbenen Bescheid. Und es ist ebenso unwahrscheinlich, daß die Einzelheiten über den Ausgang des Paraffintests in die Zeitung kommen und Peppuccio dort auf sie stoßen könnte.

Alles geht glatt bis zu meinem Gespräch mit Olga.

340

Elena Zebensky führt unterdes wortgetreu aus, was sie mit der anderen ausgemacht hat. Aber sie traut dieser Frau nicht, zumindest nicht hundertprozentig. Aus dem Grund hat sie vor ihr die Existenz der zweiten Botschaft Umbertos verborgen, die er ihr hinterlassen hat. Es ist ihre Reservekarte. Sollte die Lage ganz aussichtslos werden.

Frau Zebensky unterläuft nur eine winzige Unachtsamkeit. Winzig, aber fatal. Sie vergißt in dem Buch, das sie am Flughafen gekauft hat –, die Bordkarte und den Kassenzettel. Es ist *Der Fall Paradine.*

Vielleicht fällt es ihr nicht sofort auf, und sie denkt erst ein paar Tage später daran, als sie die Mariahilfer entlangspaziert. Möglicherweise ist es mein Besuch im Ghini's in Wien, der ihrem Gedächtnis auf die Sprünge hilft. Ein Palermitaner in ihrem Laden? Soll das ein bloßer Zufall sein? Noch lange nagt dieser Zweifel an ihr. Aber doch nicht so heftig, daß sie ins erste Flugzeug steigt, um in Palermo die zwei Stück Papier sicherzustellen. Auch wendet sie sich nicht an Eleonora, damit sie das erledigt. Sie weiß, daß sie sowieso in einigen Wochen wieder nach Palermo muß. Es gibt jede Menge mit der anderen zu besprechen, sobald die Wellen nicht mehr so hoch schlagen. Dann wäre Zeit, um die Papiere sicherzustellen.

Tatsächlich ist sie einen Monat nach Ghinis Tod wieder in Palermo. Zur Sicherheit nimmt sie sich ein Hotel im Zentrum. Es ist ratsam, daß sie sich vorläufig von der Via Riccardo il Nero fernhält.

»Bis auf den Blitzbesuch, um die zwei Papiere an sich zu bringen«, meint Michelle.

»Und das geschieht genau an dem Abend, an dem wir die gleiche Idee haben.«

Sie hat mich wiedererkannt, als sie uns beim Abbiegen aus der Via Riccardo il Nero mit dem Scheinwerferlicht streifte. Und die Sache muß ihr schwer zu denken gegeben haben. Was habe ich wohl dort gewollt? Was wußte ich von der Geschichte? Es konnte sich wohl kaum um einen weiteren Zufall handeln.

»Sicherlich hat sie die Ghini Cottone zu Rate gezogen«, mutmaßt Michelle. »Wie hätte sie sonst all die Einzelheiten wissen können, von denen ihr am Abend danach beim Essen gesprochen habt? Und die Ghini wußte, daß wir beide nach der Verhaftung meines Vaters nicht die geringste Absicht hatten, Däumchen drehend den Lauf der Dinge abzuwarten. Du bist im Kamulùt gewesen, bevor sie ihn verhafteten. Und dann sind wir am Abend seiner Verhaftung bei ihr vorbeigegangen ...«

Wie auch immer sich die Dinge abgespielt haben, es steht fest, daß die Zebensky alles andere als beruhigt war.

»So beschließt sie, dich zu Hause anzurufen und so zu tun, als sei sie noch in Wien.«

»Sie wollte mir auf den Zahn fühlen. Die Tatsache, daß ich auf ihre Ankündigung hin, sie komme erst am nächsten Tag nach Palermo, überhaupt nicht verwundert reagierte, muß für sie wohl bedeutet haben, daß wir sie am Abend zuvor nicht erkannt hatten.«

Trotzdem liegt ihr an einem Treffen mit mir. Sie will auf Nummer Sicher gehen. Um jeden Preis muß sie in Erfahrung bringen, was wir wissen.

Die Unterredung mit mir beruhigt sie wieder. Sie gelangt zu der Überzeugung, daß wir keinerlei Verdacht über die wirklichen Ursachen von Ghinis Tod hegen.

Dann ist da die Episode mit dem fliegenden Händler.

Elena Zebenskys Verfassung ist leicht vorstellbar, als sie durch mein Telefon die Stimme des Salzverkäufers und meinen Kommentar vernimmt. Sie begreift, daß der Schwindel, den sie mit der Ghini Cottone auf die Beine gestellt hatte, zwar sehr verwegen, aber auf Sand gebaut ist. Und ihr ist deutlich bewußt, daß sie jetzt in sehr viel größerer Gefahr schwebt: Es geht nämlich nicht mehr um Beihilfe zum Versicherungsbetrug, sondern um die Anklage wegen Mordes an Umberto Ghini. Die bestehende Verbindung zwischen ihr und dem Haus in der Via Riccardo il Nero ist nun kein Geheimnis mehr. Vielleicht ist auch ihre Anwesenheit in Palermo an Ghinis Todestag keines mehr.

Doch es ist die Witwe, die ihr echtes Kopfzerbrechen bereitet. Wie würde sich Eleonora in einer heiklen Situation verhalten, die alles über den Haufen wirft? Wäre sie bereit, die Verantwortung mit ihr zu teilen, oder würde sie versuchen, ihr einen Mord in die Schuhe zu schieben, um zum entsprechenden Zeitpunkt die Versicherungsprämie einzukassieren? Genau gesehen befindet sich die Ghini ja in ihrem Territorium. Und die Vorzeichen haben gewechselt. Die Risiken, die anfangs auf der Witwe lasten, sind jetzt auf sie abgeschoben: Eleonora hat sich in der Zwischenzeit ein Alibi zusammengezimmert, das nicht leicht umzuwerfen ist. Elena aber hat den Brief, den Umberto ihr geschrieben hatte. Sie trägt ihn bei sich. Wenn sie in die Zwickmühle käme, würde sie ihn gegen die Witwe ausspielen.

»Es gab noch etwas anderes, was sie hoffen ließ, mit einem blauen Auge davonzukommen«, gibt Michelle zu bedenken.

»Stimmt, die Tatsache, daß ich in ein Treffen mit ihr einwilligte, anstatt schnurstracks zu den Bullen zu gehen und dort alles auszuplaudern. Sie muß gedacht haben, daß ich etwas von ihr wollte. Beispielsweise zur Entlastung von Michelles Vater. Oder eine Gewinnbeteiligung oder vielleicht etwas wesentlich Prosaischeres. Sie kennt sich ja aus mit den Männern ...«

Sicher ist nur, daß die Zebensky nach meinem Anruf wie von der Tarantel gestochen Richtung Kamulùt startet. Dort schließt auch sie sich mit der legitimen Witwe des Verstorbenen in Ghinis ehemaligen Studio ein. Das wissen wir aus erster Hand. Nachdem Milazzo sich schließlich der Polizei gestellt hat, hat er das nämlich Spotorno erzählt, und Pandolfo hat seine Aussage bestätigt. Nach dem Debakel mit der Ghini Cottone hat er den Kurs der uneingeschränkten Zusammenarbeit mit den Sbirren eingeschlagen.

Was wir nicht wissen, ist das, was die zwei Frauen besprochen haben. Angesichts der Abfolge der Ereignisse läßt sich dennoch etwas ableiten. Vor allem was sie sich nicht gesagt haben, können wir schlußfolgern.

Die Zebensky findet, daß der Moment noch nicht gekommen sei, den zweiten Brief Ghinis, den er ihr hinterlassen hatte, hervorzuholen. Für sie ist er die Notkarte, die nicht leichtfertig gespielt werden darf, sondern erst, wenn die Lage wirklich verzweifelt ist.

Die Ghini Cottone ist ihrerseits nicht besonders erfreut bei dem Gedanken an ein Treffen der Zebensky mit mir. Sie hat das Gefühl, daß die Frau, ist sie einmal in die Enge getrieben, dem Druck nicht standhalten und so alle ins Unglück stürzen wird. Wahrscheinlich beschließt sie am Ende ihrer Unterredung, den ganz großen Sprung zu wagen – die Quadratur des Kreises.

In den letzten Tagen hat sie Milazzo noch mehr zugesetzt. Sie spürt, ihn im Griff zu haben. Als die Zebensky weg ist, spricht sie lange mit ihm. In lebhaften Farben malt sie ihm die drohende Gefahr aus, daß die andere sie alle verraten könnte. Und das hieße, lange Jahre hinter Gittern schmachten; und wieder auf freiem Fuß gäbe es keine Aussichten mehr auf ein flottes Leben. Milazzo wird unsicher. Was sie von ihm will, ist keine Kleinigkeit. Aber das perlgraue Glitzern verfehlt seine Wirkung nicht. Die Frau übergibt ihm den Zweitschlüssel zur Wohnung in der Via Riccardo il Nero, die sie und die Zebensky dem Toten abgenommen haben, bevor sie ihn unter dem Gewitterregen auf dem Gehsteig liegenließen. Die Pistole Kaliber zweiundzwanzig ist schon in den Händen des Angestellten.

Sie lassen der Zebensky einen kleinen Vorsprung, gerade soviel, um die Wegstrecke zurückzulegen. Dann ruft Eleonora in der Via Riccardo il Nero an und bittet sie, Milazzo empfangen zu wollen. Es gebe Neuigkeiten, über die man besser nicht am Telefon spräche. Schweren Herzens stimmt die andere zu.

Milazzo hat die zwei fehlenden Projektile in der Kaliber zweiundzwanzig schon ersetzt. Das Magazin ist jetzt voll.

Elena ist nervös. Vielleicht bereut sie es schon, diesem Besuch zugestimmt zu haben. Sie fragt sich, was es denn für Neuigkeiten in der kurzen Zeit gegeben haben soll. Ihre Unruhe nimmt zu, als es an der Tür schellt.

Vielleicht beschließt sie in jenem Augenblick, den Brief zu verstecken. Es ist eine impulsive Regung, nichts Überlegtes. Fast instinktiv streckt sie die Hand nach dem Buch mit dem jadegrünen Umschlag aus. Es muß eines der wenigen Bücher auf den Wohnzimmerregalen sein, die sie persönlich ausgesucht hatte. Und schon einmal hat sie es als unfreiwilliges Versteck benutzt.

Die Frau läßt Milazzo herein, geleitet ihn zum Wohn-Arbeitszimmer und bittet ihn, am Tisch Platz zu nehmen. Auch sie setzt sich auf einen der Stühle mit Armlehnen. Unruhig beobachtet sie den Mann und wartet, daß er gleich zur Sache kommt.

Milazzo legt mit einer Story los, die er sich eilig zusammen mit der Ghini Cottone zurechtgelegt hat. Im Grunde handelt es sich nur um eine abgewandelte Version dessen, was die zwei Frauen kurz zuvor im Kamulùt besprochen haben. Elena ist perplex, aber nicht alarmiert.

Wenige Minuten später steht Milazzo auf, um seine Zigaretten zu holen, die er auf der Konsole am Eingang gelassen hat. Er geht um die Frau herum, und plötzlich hat er die Kaliber zweiundzwanzig in der Hand.

Elena Zebensky hat keine Zeit mehr, zu begreifen, was vor sich geht, denn schon durchbohrt ein Schuß aus nächster Nähe ihre Schläfe.

Milazzo aber ist noch nicht fertig. Er muß einen perfekten Selbstmord in Szene setzen.

345

Die Seidenkissen dort auf den Stühlen in einer Reihe an der Wand sind wie gemacht für sein Vorhaben. Er will mit ihnen den zweiten Schuß dämpfen, um zu vermeiden, daß sich jemand erinnert, zwei Schüsse gehört zu haben. Aber auch um das Projektil sicherzustellen. Die Kissen sind schön dick, die Füllung bietet einen guten Widerstand.

Mit dem Taschentuch reinigt er die Pistole. Eigentlich ist das nicht nötig, denn der Knauf ist gerändelt. Aber man kann ja nie wissen, auch er hat ein paar Filme gesehen und Krimis gelesen. Er hält die Pistole mit einem Taschentuch am Schaft und legt sie der Zebensky kunstgerecht in die Hand. Das ist nicht schwierig, denn das Gewebe ist noch warm und somit elastisch und biegsam. Der biologische Tod ist noch nicht eingetreten.

Er streift Elenas Zeigefinger über den Abzug. Ein Schuß geht los. Dann fällt die Waffe zu Boden, genau an der Stelle, wo sie gelandet wäre, hätte die Zebensky sich erschossen. Schließlich schafft er die Kissen weg, und um glauben zu machen, daß Elena sich vor dem Unglück in der Wohnung eingeschlossen hatte, schließt er die Wohnungstür mehrfach ab.

»Mir fiel nicht sofort auf, daß die Kissen verschwunden waren; nur daß sich etwas verändert hatte, merkte ich. Was das war, darauf kam ich erst, als eines der Mädchen von der Polsterung der Stühle sprach, die ihr im Gegensatz zum Rand der Lehnen glänzend und neu vorkam.«

Das Auge hatte die Veränderung schon registriert, aber das Gehirn hatte die Daten noch in keine sichere Information umgewandelt. Als ich am Abend die Wohnung der Zebensky betrat, lag eine dünne Staubschicht gleichmäßig auf allem verteilt, nur nicht auf den Stuhlsitzen, auf denen bis vor kurzem Kissen gelegen hatten.

Der Schuß garantiert, daß der Schießpulvertest auf der Hand der Zebensky positiv ausfällt. Außerdem werden die Bullen denken, daß der zweite Schuß, der im Magazin fehlt, der war, der seinerzeit Umberto Ghini getötet hat. Milazzo läßt nur eine Patronenhülse auf dem Fußboden der Wohnung zurück. Die zweite steckt er ein. Für die Ermittlungsbeamten wird es dann die Zebensky sein, die einen Monat zuvor auch den anderen Schuß abgegeben hat.

Für die Gaunerbande des Kamulùt läuft alles wie geschmiert, so sieht es zumindest aus. Offiziell hat Elena Zebensky aus Gewissensbissen wegen der Ermordung ihres Ex-geliebten aus guten Kreisen – oder, noch wahrscheinlicher, weil sie sich nach meinem Anruf, der sie schwer belastet, verloren glaubt – beschlossen, Schluß zu machen.

Dann finde ich den zweiten Brief Ghinis.

»Ihre ehemalige Freundin Eleonora hat sich bis zum Schluß kohärent verhalten, M'sjö. Als sie sich verloren glaubt, hat sie erst versucht, sich Milazzos zu entledigen und die ganze Schuld auf ihn abzuwälzen. Dann wollte sie ihn soweit treiben, mir ein paar Bohnen in den Leib zu jagen. Milazzo aber hat alles mitgehört. Er wird mildernde Umstände wegen der Erschießung der Ghini kriegen. Vielleicht verleihen sie ihm auch eine Medaille.«

In der Zwischenzeit ist die Platte mit einer Art mechanischem Aufschluchzen zu Ende, was mir wie ein unpassendes und abgeschmacktes Schweigesiegel vorkommt. Michelle steht auf, nimmt die Platte herunter und legt die *Carmina Burana* unter den Tonarm.

Ich genehmige mir noch einen großen Schluck Armagnac. Den habe ich mir verdient, sage ich mir. Aber nicht auf der ganzen Linie. Da ist noch etwas Aufgeschobenes, was ich noch zu erledigen habe. Etwas Neues, eine Last auf meinem Zwerchfell, die meine Lungen nur vorsichtig Luft holen läßt und mich zu längeren Atempausen zwingt.

Schon seit Beginn dieser abendlichen Selbsterfahrungssitzung versuche ich mich auf etwas zu konzentrieren, das herb und bitter schmeckt, wie der Nachgeschmack von verbranntem Kaffee; das hat nichts mit dem Seebarsch auf Kräuterbeet des Abendessens und der Flasche Chiarandà zu tun, die

347

wir bei Tisch geleert haben. Ich warte, daß sich dieses Etwas deutlicher zu erkennen gibt, und lasse mich dann zögernd darüber aus.

»Etwas stimmt noch nicht, M'sjö. Am Abend, als Michelle und ich zum ersten Mal nach Ghinis Tod bei Ihnen zum Abendessen waren, haben Sie uns erzählt, daß Eleonora zum Zeitpunkt des Schusses hier bei Ihnen war. Und Sie haben uns dringend nahegelegt, keine Silbe verlauten zu lassen, weil die Sbirren ansonsten eine Absprache zwischen Ihnen beiden vermuten würden. Und der Ghini empfehlen Sie, auch vor uns Ihre Version zu bestätigen, falls wir sie darüber befragten. Liege ich richtig bis jetzt?«

Ein knappes Nicken.

»Ich kann einfach nicht begreifen, warum Sie uns erst einen Haufen Lügenmärchen über eine angebliche Ermordung Ghinis aufgetischt und später dann die Wahrheit über seinen Seelenzustand kurz vor seinem Ende erzählt haben – von wegen, er sei schwer deprimiert und völlig verzweifelt gewesen.«

Monsieur Laurents Gesicht verrät nicht die mindeste Regung, seine Züge sind wie versteinert, und ich merke, daß meine Stimme zum Satzende hin leiser wurde, bis sich die letzten Worte in einem undeutlichen Gemurmel verloren. Etwas weniger Undeutliches bahnt sich unterdes mühsam seinen Weg zu meinem Bewußtsein, bis mir mit einem Mal die Eingebung kommt.

Ich hefte meinen Blick auf Michelle. Ihre Augen sind auf den Vater gerichtet. Sie ist mir zuvorgekommen, hat alles noch vor mir begriffen. Waren das die weiblichen Antennen oder die Stimme des Bluts? Monsieur Laurent wartet ab.

»Das hast du gemacht, um uns zu schützen«, sagte Michelle. »Wenn du uns erzählt hättest, wie sich die Dinge wirklich zugetragen haben, hättest du uns der Anklage wegen Tatbeihilfe ausgesetzt. Außerdem hast du uns auf diese Weise auch blockiert. Wenn wir weiterhin so großen Wirbel ge-

macht hätten, wären wir Gefahr gelaufen, dich in die Bre-
douille zu bringen. Du konntest und du wolltest nicht expliziter sein.«

Monsieur tat noch mehr. Einige Tage nach Ghinis Tod ahnt
er, daß er aufgrund geringfügiger Indizien in den Fall hineingezogen werden könnte, was dann auch der Fall ist. Doch
schon ist es zu spät, um kehrtzumachen. Abgesehen von dem
Versprechen, das die Witwe ihm abgezwungen hat: Käme er
jetzt auf die Idee, der Ermittlungsbehörde zu enthüllen, daß
Ghini sich selbst erschossen habe, steckte auch er mitten
drin. Unter gar keinen Umständen dürfen Michelle und ich
uns jetzt einschalten. Er ist hin und her geworfen zwischen
der gewünschten Diskretion, um nicht auch uns in das Verbrechen zu verwickeln, und der Notwendigkeit, daß Michelle
und ich auf irgendeine, wenn auch nebelhafte Weise begreifen, daß es besser wäre, sich nicht allzusehr zu schaffen zu
machen.

»So hast du uns die Chronik mit den authentischen Stimmungen Ghinis untergejubelt und dir vorgestellt, daß wir von
alleine begreifen würden, daß er es war, der sich erschossen
hat, wenn die Frauen des Toten uns eine gänzlich andere Darstellung auftischten. Und du wußtest, daß sie das machen
würden.«

Aber bei all dem, was folgt, kommen wir nicht von alleine
dahinter.

Monsieur Laurent schweigt weiterhin, sein Gesicht ist un-
beweglich, aber die Unbeweglichkeit ist anders als zuvor, weniger in sich selbst verbarrikadiert.

Ich überlege es mir gut, bevor ich schließlich den Mund
aufmache. Vorsichtig forme ich die Worte, ich blase sie weg,
als wollte ich sie eigentlich gar nicht aus mir herauslassen:

»Fassen wir noch einmal zusammen, M'sjö, wenn Sie uns
von Anfang an und unmißverständlich gesagt hätten, wie die
Dinge standen, wären beide Frauen heute noch am Leben,
die Versicherungsgesellschaft wäre kräftig zur Ader gelassen

worden, was alle glücklich gemacht hätte, und wir wären jetzt nicht hier, Totenwache zu halten ...«

»Oder wenn wir alleine dahintergekommen wären ...« fügt Michelle aus Gnade und Barmherzigkeit hinzu.

Sie hat recht. Es ist ein Mitverschulden. Ihr Vater hatte ein Indiz, das so groß wie eine seiner stinkigen Zigarren war, vor uns ausgebreitet, und wir waren nicht dahintergekommen. Das war ein schwerer Schlag für den Stolz der Allerwertesten und den meiner Wenigkeit. Es würde eine ganze Weile dauern, ihn wieder zu flicken.

Ich zünde meine vierte Camel an. Monsieur Laurent schenkt noch mehr Armagnac aus, und zwar Mengen für trinkfeste, keineswegs aber nüchterne Erwachsene. Das hat es jetzt gebraucht. Schon kann ich eine gewisse Veränderung feststellen. Ich schieße mir einen kräftigen Zug in den Blutkreislauf.

»Wir haben ein ziemlich vertracktes Durcheinander geschaffen, M'sjö ...« hauche ich, genau als die Lautsprecher ein Fortissimo bringen, das meine Worte verschluckt, so daß auch ich nicht mehr sicher bin, sie überhaupt ausgesprochen zu haben. Schon will ich sie wiederholen, aber Michelle und ihr Vater starren hinter mich durch die Scheiben der Balkontüre.

Draußen schweben leichte Flocken herab, die mich an die in Teig gebackenen Krebse aus dem Restaurant Shang Hong erinnern, die zart und knusprig sind und doch weiß bleiben; ich kann einfach nicht begreifen, wie das möglich ist bei dem vielen gelben Licht der Halogenscheinwerfer auf dem Gehsteig gegenüber.

Ich sage mir, daß ich den letzten Satz wiederholen muß, aber ich kann mich nicht mehr daran erinnern. Für den Augenblick sind wir viel zu beschäftigt, diese verdammten Flocken anzuschauen, die beinahe senkrecht herunterkommen, da totale Windstille herrscht. Ich denke an die Jasminstöcke auf meiner Terrasse, die bis heute früh ohne Unterlaß